꿈
전달

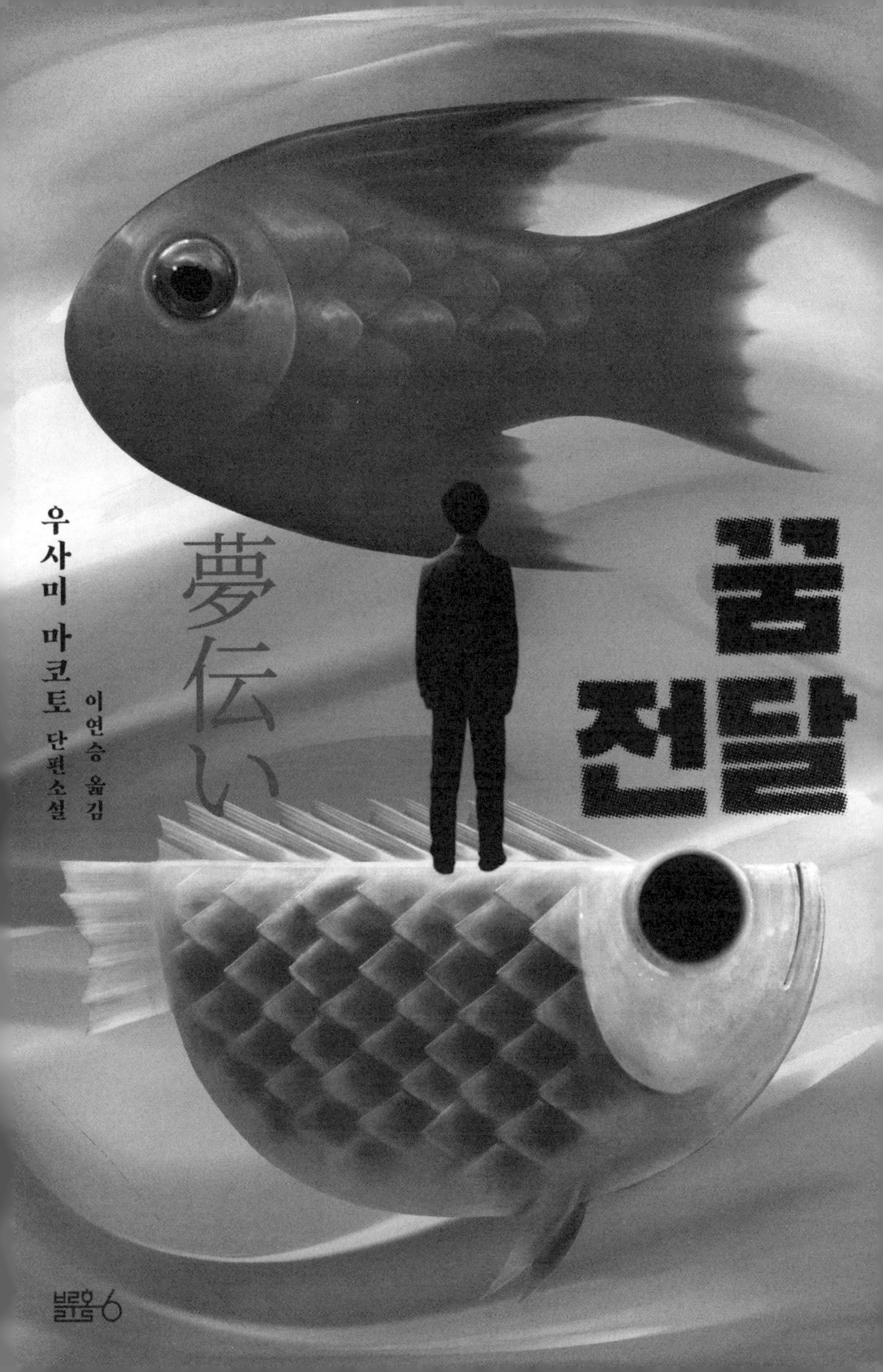
꿈 전달
夢伝い
우사미 마코토 단편소설
이연승 옮김
블루홀6

차례

일러두기
본문의 각주는 전부 독자의 이해를 돕기 위한 옮긴이 주입니다.

1
—
꿈 전달

역 앞에서 갈아탄 버스가 바닷가 길을 달려 곶 끝으로 향했다.

하늘은 음울한 구름으로 뒤덮여 있다. 거친 바다도 탁한 색이다. 바다에서 부는 바람이 버스 창문을 때린다. 비인지 바닷물인지 모를 물방울이 유리를 타고 흘러내렸다.

버스 안에 난방이 잘되는데도 마스모토는 몸을 부르르 떨며 코트 깃을 여몄다. 자주 오는 길은 아니지만 이 여정은 늘 마음을 무겁게 한다. 사루하시는 왜 이런 외진 곳에 살며 글을 쓰는 걸까. 늘 머릿속을 맴도는 의문이 다시 떠올랐다.

요새는 지방에 살며 집필하는 작가가 많다고 하지만, 호쿠리쿠 지역에 있는 사루하시 히데오의 집은 인적이 드문 외진 곳에 있어 교통편이 불편하다. 본인은 혼자 사는 데다가 대인 관계도 좋지 않으니 그런 삶이 편할 것이다. 편집자가 찾아가기 불편한 문제 같은 걸 신경 쓸 리 없다. 워낙 후미진 곳이라 만나서 부담 없이 이야기를 나눌 근처 카페나 식당도 없다. 어쩔 수 없이 그의 집을 직접 찾아가야 한다.

황량한 풀밭 가운데에 덩그러니 있는 사루하시의 집은 목조 단층집으로 중년 남자가 혼자 살기에는 충분한 넓이다. 그는 그 집 안에 틀어박혀 소설을 쓴다. 책과 컴퓨터만 있으면 되는 삶이다. 맛있는 음식을 먹고 싶다거나 좋은 옷을 입고 싶은 욕구 같은 건 눈곱만큼도 없다. 요즘 시대에는 보기 드문 작가이자 구시대적 인간 유형이라고 할 수도 있을 것이다.

그러나 담당 편집자로서 원고만 받을 수 있다면 불평할 처지가 아니다.

사루하시 히데오는 3년 반 전 마스모토가 몸담고 있는 소엔샤 출판사가 주최하는 대중 문학 신인상에서 가작을 수상하며 데뷔했다. 개성 강한 작품이었지만 독자들의 호평이 쏟아져 대상 수상작보다 더 많이 팔렸다.

그가 쓰는 소설은 주로 현대 사회를 배경으로 한 일종의 다크 판타지물이다. 인간의 어두운 내면에 파고들어 끈적끈적한 것을 토해내는 듯한 작풍이다. 읽는 사람들이 불편함을 느낄 법도 한데 그 독특한 매력에 이끌려 자기도 모르게 다음 작품, 그다음 작품을 찾게 된다. 꼭 사루하시가 뿌린 어둠의 씨앗이 뿌리를 내리는 것처럼.

아마 누구나 마음속에 지닌 공통된 어둠을 예리한 칼로 도려내듯 묘사하기 때문일 것이다. 하지만 어째서인지 다 읽어도 기분이 나쁘지는 않다. 오히려 일종의 개운함마저 느낄 정도다. 인간이 숨겨 온 뭔가를 드러내고 싶어 하는 욕망에 반응하는지도 모른다. 그런 신비한 매력을 표현하기 위해 마스모토는 지난 작품 띠지에 '이 독은, 약이 된다'라는 홍보 문구를 넣었다.

사루하시의 작품에는 두터운 팬층이 있다. 처음 받은 신인상 이후로 다른 문학상과는 인연이 없고 베스트셀러 작가라고 하기도 어렵지만, 늘 일정한 독자들이 따라다닌다. 다른 출판사에서도 책을 몇 권 냈으니 그의 작품에서 매력을 발견한 다른 편집자들도 있을 것이다. 어쩌면 그들 역시 자기도 모르게 사루하시의 작품에 중독된 것인지 모른다.

마스모토도 사루하시의 작품을 좋아했다. 발상이 독창적이고, 이야기의 흐름이 흥미진진하며, 마지막 반전도 절묘했다. 출판사의 문예부 편집장 역시 지금껏 보지 못한 재능의 소유자라고 인정할 정도다. 소엔샤에서 데뷔한 작가이니 될 수 있으면 좋은 작품을 받고 싶고, 그러기 위해서는 친밀한 관계를 계속 이어 갈 필요가 있다. 성격이 괴팍한 사루하시와 친하게 지내는 건 쉬운 일이 아니지만 그래도 다른 출판사 편집자보다는 가깝다고 자부하고 있다.

혼자 지내는 걸 힘들어하지 않는 사루하시는 인간관계를

더 돈독히 하고 싶은 생각은 눈곱만큼도 없을 것이다. 지금 정도의 거리감을 유지하는 걸로 만족해야 했다.

하지만 얼마 전, 도저히 간과할 수 없는 일이 일어났다.

사루하시가 '글을 더는 못 쓰겠다'라는 메일을 보내온 것이다. 지난 3년 반 동안 딱히 재촉하지 않아도 꾸준히 작품을 써 온 그였다. 사람들과 잘 어울리지 못하고 성격이 괴팍하더라도 재미있는 글만 써 주면 그걸로 충분했다. 사루하시가 도쿄에 오는 일은 없으니 거의 메일과 전화로 연락을 주고받았다. 꼭 직접 만나서 논의해야 할 일이 생기면 이렇게 마스모토가 그를 찾아갔다.

집필이 순조로웠다면 아마 3월에는 소엔샤에서 신작이 나올 예정이었다. 늘 그래 왔듯 메일로 주제와 대략적인 줄거리를 확인하고 플롯을 받아 어느 정도 얼개가 갖춰지면 마스모토가 필요한 자료를 수집하는 과정에 들어갔어야 했다. 그러나 가을부터 시작된 그런 작업이 이번에는 전과 달리 원활하지 않았다.

가을이 더 깊어지고 슬슬 뭔가 이상하다고 느낄 무렵, 그에게서 그런 퉁명스러운 메일이 도착했다. 깜짝 놀라 전화를 걸었지만 사루하시는 그저 "이제 더는 못 쓰겠어"라는 말만 반복할 뿐, 구체적인 이유나 해결책도 내놓지 않았다. 결국 편집장과 상의한 끝에 마스모토가 직접 그를 만나서 이야기해 보기로 했다.

겨울 문턱에 선 바다에 거센 파도가 일었다. 바닷새들이 바람에 쓸려 날아갔다.

모쪼록 이야기가 잘 풀려 당일에 돌아갈 수 있기를 간절히 바랐다. 이런 음산한 마을에서 하룻밤을 보내는 건 피하고 싶었다. 예전에 대화가 길어져 가까운 비즈니스호텔에 묵은 적이 두 번 정도 있었다. 식당 하나 찾기 어려운 황량한 곳에 있는 낡은 비즈니스호텔이었다.

그러지 않아도 신경이 날카로운데 그런 곳에 묵었다가 잠도 제대로 못 잘 게 뻔했다. 사루하시가 그런 메일만 보내지 않았어도 집에서 차분히 대책을 세웠을 것이다. 그 터무니없는 생떼에 대한 대응책을.

마스모토는 흐린 창유리에 이마를 붙이고 손톱을 물어뜯었다.

헤어진 지 2년도 더 된 옛 연인 리온이 마스모토를 찾아온 건 2주 전이었다. 외근 중인 마스모토에게 불쑥 전화를 걸어서 만나고 싶다고 했다. 근무 중이라는 이유로 한 번은 거절했다. 리온에게는 미련이 없어서 다시 만나고 싶은 생각도 전혀 없었다. 아니, 애초에 그녀에게 특별한 감정이 있었던 것도 아니고 그때 마침 사귀는 사람이 없어서 만났을 뿐이다. 그래도 2년 정도 관계가 지속된 건 속궁합이 좋았던 덕분일 것이다.

그녀와는 만난 지 얼마 안 돼 깊은 관계가 됐다. 어린아이처럼 순진한 얼굴과는 딴판인 성숙한 육체. 그 간극이 마스모토에게 강렬한 자극이 됐다. 소녀처럼 얼굴을 붉히며 신음하는 리온의 모습은 욕망을 자극했다. 순진한 척해도 남자 경험이 꽤 있을 거라 짐작했지만 그런 건 신경 쓰이지 않았다. 리온은 마스모토가 원하는 대로 몸을 내줬고 어떤 요구에도 응했다.

어떤 의미에서 리온은 마스모토에게 이상적인 섹스 파트너였다. 다른 여자가 생겨서 그녀를 떠나기 전까지는. 이별 과정은 물론 순조롭지 않았다. 리온은 끝까지 매달렸고, 울고 불며 거세게 저항했다. 결국 감정이 격해진 마스모토는 그녀에게 폭력을 행사하며 억지로 관계를 끊었다. 뒷맛이 좋지 않은 이별이었다.

서른여섯이 된 지금도 마스모토는 가벼운 이성 관계를 이어 가고 있다. 결혼해서 정착해야겠다는 생각은 한 번도 하지 않았다.

─만나는 게 좋을걸.

평소답지 않게 단호한 리온의 말이 마음에 걸렸다.

일정이 있어서 20분만 만날 수 있다고 미리 못을 박고 나간 자리에는 리온이 웬 남자아이와 함께 앉아 있었다. 이제막 한 살이 됐다는 아이의 이름은 쓰바사라고 했다.

"당신 아이야."

느닷없는 리온의 말에 마스모토는 피식 웃음을 터뜨렸다.

"어이. 거짓말을 하려면 좀 그럴싸하게 해. 우리가 헤어진 건 재작년……."

그렇게 말하며 머릿속으로 빠르게 계산했다.

"재작년 여름도 되기 전이니 벌써 2년 반이 지났어. 그런데 어떻게 이 아이가 내 아이란 거야? 아무리 생각해도 말이 안 되잖아."

리온은 눈 하나 깜짝하지 않았다.

"헤어진 뒤에도 당신, 우리 집에 몇 번 몰래 들어왔잖아."

그녀는 태연하게 말했다.

"뭐?"

"전에 그랬던 것처럼 여벌 열쇠를 써서."

쓰바사라는 아이가 칭얼대며 울자 리온이 아이를 품에 안았다.

"내 방에 슬그머니 숨어들어 와서, 그리고 날……."

그렇다. 사귈 때는 가끔 그랬다. 리온이 사는 집의 여벌 열쇠를 가지고 있어서 한밤중에 몰래 들어가 곤히 잠든 리온과 관계를 맺었다. 잠에서 깬 리온은 상대가 마스모토임을 알면서도 낯선 남자에게 당하는 척 연기를 했다. 그런 묘한 취향이 두 사람을 흥분시켰다. 서로 뒤엉킨 채 땀범벅이 되어 잠든 날도 있었고, 끝까지 강간범 역할을 하며 기진맥진한 리온을 혼자 두고 나오는 날도 있었다. 당시에는 자극적이면서도 짜릿한 놀이였다.

"헤어진 뒤에도 내가 너희 집에 갔다는 거야?"

마음을 가다듬고 묻자 리온은 크게 고개를 끄덕였다.

"열쇠를 그대로 갖고 있었잖아. 당신 말고 또 누가 우리 집에 들어올 수 있었다는 거야?"

"웃기지 마. 다른 남자한테도 열쇠를 줬겠지. 대체 얼마나 남자를 많이 만나고 다녔길래."

헤어질 때 열쇠를 돌려주지 않은 걸 후회했다. 그렇게 깔끔하게 헤어질 수 있는 상황이 아니었다. 그래서 이런 누명을 쓰게 된 것이다. 지금은 그 열쇠가 어딨는지도 모른다.

"어쨌든 난 너희 집에 간 적 없어. 그러니 그 아이도 내 아이가 아니야. 이상."

마스모토는 몸을 일으켰다.

"잠깐만. 이 아이는 당신 아이가 맞아. 그렇지? 쓰바사. 아빠 만나러 온 거지?"

리온도 자리에서 일어나 아이를 마스모토에게 밀었다. 마스모토는 뒤로 물러서면서 그제야 아이의 얼굴을 제대로 봤다. 가장 눈에 띄는 건 오른쪽 뺨에 있는 커다란 점이다. 짙은 쌍꺼풀은 리온을 닮은 듯하다. 얼굴 주변에는 갈색 곱슬머리가 돌돌 말려 있다. 언뜻 여자아이처럼 보이기도 한다. 하지만 어느 모로 보니 니와 닮은 구석은 없다. 당연하지 않나. 문득 그런 생각을 한 자신이 우스웠다.

"다른 데서 진짜 아빠를 찾아봐. 날 찾아와 봐야 소용없으니 오지 말고."

단호하게 말했지만 리온의 얼굴에는 자신감 넘치는 미소가 번졌다.

"아니, 거짓말하는 건 당신이야. 그런 짓을 할 사람은 당신밖에 없어. 그 수많은 밤들 중에 어떤 날 난 아이를 임신하게 된 거야."

"헛소리 그만해."

막말을 내뱉고 커피숍을 나섰다. 만난 지 채 20분도 되지 않았다.

인도로 발을 내딛자 유리창 너머로 두 사람이 보였다. 쓰바사가 마스모토를 멀뚱히 바라보고 있다.

불쾌한 기억을 다시 떠올리고 말았다. 이후 리온에게 몇 번 전화가 왔지만 받지 않고 나중에는 아예 수신 거부를 했다. 리온이 그렇게 쉽게 포기할 리 없다는 예감이 들었다. 그 여자는 은근히 집요한 구석이 있다. 설마 유전자 감식처럼 더 성가신 일을 벌이지 않기만을 바랐다.

버스가 커브를 크게 돌자 몸이 창문에 붙었다. 다음 정류장에서 내려야 한다. 마스모토는 작은 여행용 가방을 들고 일어섰다.

사루하시는 몰라보게 야위고 초췌해져 있었다.

정돈과는 거리가 멀었던 집 안도 더 엉망이었다.

"대체 무슨 일인가요?"

최대한 부드러운 어조로 말을 걸었다.

"슬럼프인가요? 그럼 잠시 쉬시고 나서……."

"아니."

사루하시는 목구멍 깊숙한 곳에서 간신히 목소리를 짜내는 듯했다. 마지막으로 만난 게 언제였을까. 그때는 이 정도로 상태가 심각하지 않았다. 두 볼은 홀쭉하고 얼굴 절반에 수염이 덥수룩하다. 마흔이 갓 넘었을 텐데 길게 뻗친 머리카락에서는 흰머리가 눈에 띄었다. 마스모토는 가만히 사루하시를 관찰했다. 하이백 의자에 앉은 그는 전에 만났을 때보다 한층 작아진 느낌이었다. 기이한 눈빛의 두 눈으로 자신을 찾아온 담당 편집자를 응시하고 있었다.

책상 위에 있는 노트북에 먼지가 희미하게 쌓인 걸 보고 마스모토는 조용히 한숨을 쉬었다.

"슬럼프 같은 게 아니야."

사루하시는 비틀비틀 몸을 일으켰다.

"그런 게 아니야."

그대로 현관 쪽으로 향한다. 그러더니 사루하시는 돌아보고 "잠깐 산책이나 하지"라고 했다. 산책에 어울리는 날씨는 아니었지만 마스모토는 말없이 신발을 신었다.

사루하시가 걸친 롱코트가 바람에 펄럭이며 휘날렸다. 그의 앙상한 몸이 바람에 휩쓸려 날아가 버릴 것 같았다. 그런데 발걸음에는 의외로 힘이 느껴진다. 성큼성큼 앞서 걷는 그를 따라 풀밭을 나아가니 잠시 후 바다가 보였다. 그 끝에 있는 절벽으로 좁은 길이 이어져 있다. 두 사람은 그 길을 나란히 걸었다. 이곳에는 1년 내내 바람이 거센지 옆으로 자란 나무들이 전부 기이하게 휘어져 있었다.

"자네에게 꼭 할 말이 있어."

사루하시가 입을 열었다.

"조금 더 일찍 말해야 했는데……."

아무래도 듣기 좋은 이야기는 아닐 듯하다. 마스모토는 바람 소리에 묻혀 사라질 것 같은 사루하시의 목소리에 귀를 기울였다.

"내가 아동 보호 시설에서 자랐다는 건 전에 말했지?"

"네."

사루하시는 부모의 이혼 후 자신을 거둔 아버지에게도 버림받아 아동 보호 시설에 들어갔다. 그 후 고등학교를 졸업할 때까지 그곳에서 지냈다는 건 마스모토도 들은 적이 있었다.

"그때부터 책만큼은 정말 많이 읽었어. 달리 할 게 없었으니까. 같은 시설에 나 말고도 책을 좋아하는 아이가 한 명 더 있었는데, 걔가 내 유일한 친구였지. 우리는 자주 책에 대한 이야기를 나눴고, 각자 머리에 떠오른 상상을 주고받기도 했어. 앞으로 내가 이런 이야기를 글로 쓰고 싶다고 하면 개가 '아니, 그건 이렇게 바꾸는 게 더 재밌어'라는 식으로 말이야."

아이자와 도모히로라는 그 친구와는 시설을 나온 후 한 번도 만나지 못했다고 했다.

"사실 내가 상을 받아 데뷔한 소설도 그 시절에 아이자와와 나눈 이야기를 바탕으로 쓴 거야."

"그랬군요."

이 이야기의 결론이 뭘까. 사루하시는 바다를 등진 채 무표정한 얼굴로 말을 이었다.

"데뷔작은 뭐 그럭저럭 잘됐지만 그다음 작품을 써야 했어. 하지만 두 번째 작품에 대한 아이디어 같은 건 전혀 없었으니 막힐 수밖에."

당시 사정은 마스모토도 잘 알고 있다. 사루하시의 데뷔작부터 마스모토가 편집을 담당했기 때문이다. 신인 작가에게는 흔한 일이었다. 혼신을 다해서 써낸 작품이 세상의 빛을 보고 독자들에게 받아들여진다. 말은 쉽지만 거기까지 이르는 과정은 결코 쉽지 않다. 또 작가를 꿈꾸는 사람이라면 수상 및 데뷔만으로도 들뜨기 마련이고, 대부분 그 이후까지는 생각하지 않는다. 정작 중요한 건 그 이후인데.

화려하게 데뷔해도 두 번째 작품이 졸작이 되어 사라지는 작가도 많다. 그러나 사루하시의 두 번째 작품은 달랐다. 또 다른 세계의 문을 열어젖히는 듯한 작품이었다. 창작의 고통에 신음하면서도 그 정도 수준의 글을 다시 써낸다는 건 대단한 일이다. 그는 첫 번째 고비를 넘겼다고 해도 무방했고, 마스모토는 안도의 한숨을 쉬었다. 이후에도 그는 참신한 작품을 계속 써냈다. 다른 출판사에서 낸 것까지 합치면 총 여섯 편에 이른다. 그리고 다음으로 소엔샤에서 일곱 번째 작품을 출간할 예정이었다. 마스모토는 물론 편집장도 기대를 걸고 있었다.

그 이야기를 조심스럽게 꺼내자 사루하시는 힘없이 고개를 저었다.

"내가 쓴 게 아니야. 두 번째 작품부터는."

"네?"

설마 이런 고백을 듣게 될 줄은 꿈에도 몰라서 마스모토는 그 자리에서 굳어 버렸다. 차가운 바닷바람이 얼굴을 때렸다.

"아니, 정확히 말하면 글을 쓴 건 내가 맞아. 하지만 아이디어는 다른 사람에게 얻었어."

데뷔작이 출간된 후 아이자와가 사루하시를 찾아왔다고 했다. 이곳 호쿠리쿠 지역까지.

─네가 썼다는 걸 금방 알겠더라.

사루하시를 찾아온 그는 그렇게 말했다.

─그건 우리가 그 시절에 마음껏 상상을 부풀리며 함께 만든 이야기였으니까.

사루하시 히데오의 본명은 사루하시 슈이치로. 필명만 봐도 옛 친구임을 쉽게 눈치챌 수 있었을 것이다.

"아이자와는 내 데뷔를 마치 자기 일처럼 기뻐해 줬어. 다음 작품에 대해 고민 중이라고 하자 이런저런 조언을 해 주기도 했지. 우리는 이 길을 함께 걸으며 전처럼 같이 줄거리를 다듬었어."

"그걸 바탕으로 두 번째 작품을 쓰셨군요."

사루하시가 고개를 끄덕였다.

"그 녀석은 정말 탁월한 재능을 가졌어. 관찰력과 통찰력이 뛰어나고 풍부한 지식에 상상력도 철철 넘쳐흘렀지. 그래서 이후 작품을 의뢰받을 때마다 자연스럽게 그에게 의지하게 된 거야."

그게 과연 문제가 될까. 마스모토는 잠시 생각에 잠겼다. 작가가 다른 곳에서 영감을 얻어 이야기를 만드는 건 흔한 일이다. 아이디어의 원천은 어디서든 얻을 수 있다. 옛 친구와의 대화에서도. 그런 걸 감성이라고 할 수도 있을 것이다.

만약 지금까지 출간한 작품에 친구가 깊이 관여한 게 드러나면 악영향을 끼칠까. 그렇게 되지 않게 하려면 어떻게 해야 할까. 돈으로 해결해야 할까. 순식간에 온갖 생각이 마스모토의 머리를 오갔다.

"아이자와 씨는 자신이 아이디어를 제공했다는 걸 알게 되자 뭐라고 하셨나요?"

"정말 기뻐했어. 자기가 상상한 이야기가 실제 작품이 되는 게 소름이 끼칠 정도로 벅차다더군."

"그럼…… 데뷔작부터 지금까지 모든 작품에 아이자와 씨가 도움을 주신 건가요?"

"도움을 준 정도가 아니야. 내가 창작한 부분은 거의 없어. 의뢰가 올 때마다 그에게 의지했으니까. 어느 순간부터는 그쪽도 그런 상황에 익숙해져서 여기 올 때마다 세부 스토리 전개까지 전부 인쇄해서 가져다줬어. 난 그걸 바탕으로 글을 썼을 뿐이야."

"하지만, 그건……."

말문이 막힌 마스모토를 아랑곳하지 않고 사루하시는 말을 이었다.

"물론 나도 말했어. 이렇게 훌륭한 이야기를 떠올릴 수 있다면 네가 직접 글을 쓰면 되지 않겠냐고."

그러나 아이자와는 친구가 쓴 작품을 읽는 것으로 충분하며 자신은 소설을 쓸 생각이 전혀 없다고 했다.

그렇다면 앞으로도 이런 방식으로 괜찮지 않을까. 그런 마스모토의 마음을 읽은 것처럼 사루하시는 말했다.

"괴로워졌어. 이렇게까지 다른 사람에게 의지해서 글을 쓰는 게. 내가 쓰는 건 더 이상 내 작품이 아니야."

사루하시는 쓸쓸하게 미소 지었다.

"게다가 질투가 나기도 했어. 이토록 멋진 이야기를 떠올리는 아이자와의 재능에. 또 그런 걸 떠올리면서도 그야말로 선뜻 '나는 쓰지 않겠다'라고 단언하는 그의 태도에."

바닷바람이 거세게 몰아쳤다. 등 뒤에서 분 바람 때문에 사루하시가 비틀거렸다. 근처 나무에 손을 짚고 몸을 지탱한다.

"그 녀석은 그 뒤로도 계속 날 찾아왔어. 내가 이렇게 괴로워하는데도, 마치 재능을 과시하듯 나에게 찾아와 내 앞에서 계속 보여 주는 거야. 견딜 수 없었어. 이제는 더 이상⋯⋯."

"그래서 아이자와 씨에게 오지 말라고 하신 건가요?"

마스모토는 조심스레 물었다. 사루하시는 손으로 짚고 있던 나무줄기에 이마를 갖다 댔다.

"아니, 그게 아니야. 난⋯⋯."

바람에 쓸려 당장에라도 사라질 것 같은 그의 목소리를 들으려고 마스모토는 한두 걸음 그에게 다가섰다.

"난 그 녀석을 죽였어."

사루하시는 고개를 돌려 절벽을 보며 입을 열었다.

"여기서 밀어서 떨어뜨렸어."

"설마⋯⋯."

마스모토는 길가를 벗어나 절벽 쪽으로 다가갔다. 세찬 바람을 거슬러 몸을 기울이자 절벽 아래에서 거세게 몰아치는 파도가 바위를 때리고 있었다. 여기서 떨어지면 살아남을 수 없다. 고개를 돌려 다시 사루하시와 눈을 마주쳤다.

그는 꿰뚫을 듯한 시선으로 마스모토를 바라보고 있었다.

잠시 후 사루하시는 다시 고개를 슬쩍 돌려 갑자기 발걸음을 재촉해 왔던 길을 되돌아가기 시작했다. 자신이 죽인 친구의 영혼에게서 도망치려는 것처럼 허둥지둥 집을 향해 걸어간다. 마스모토는 그 뒤를 따랐다.

문을 박차고 집 안에 들어간 사루하시는 작업실인지 거실인지 알 수 없는 평소 쓰는 방으로 갔다. 그러더니 하이백 의자가 아닌 책장 앞 바닥에 그대로 주저앉았다.

"정말인가요? 조금 전 그 이야기가."

마스모토는 방 입구에 서서 물었다.

"사실이야. 난 정말 그 녀석을 죽였어."

사루하시는 무릎을 끌어안고 희미하게 몸을 떨었다.

"언제였죠?"

"9월 30일. 그때도 녀석이 날 찾아왔거든. 내가 곤란해하고 있을 거라 생각했는지 또 그 재능을 내 앞에 들이밀며 날 도와주려고 온 거야."

"그래서, 그분을…… 절벽에서 밀어 떨어뜨렸다는 건가요?"

사루하시가 고개를 연신 끄덕였다.

"그날 이후부터 잠을 잘 수가 없어."

사루하시는 멀찍이 서 있는 편집자를 애처로운 눈빛으로 바라봤다.

"잠들면 꿈을 꾸잖아. 꿈은 위험해. 꿈을 타고 뭔가가 날 찾아오니까."

정상이 아니다. 이 남자는 지금 단지 글을 못 쓰는 수준이
아니라 완전히 제정신이 아니다.

마스모토는 발길을 돌려 그 음침한 집을 뒤로했다.

"그게 정말이야?"

편집장인 도이 역시 마스모토와 똑같이 물었다.

"본인은 사실이라고 합니다."

"망상일 수도 있지 않을까? 글을 못 쓰는 스트레스 때문에
생긴."

아이자와가 정말 바다에 떨어졌다면 그 후 어떻게 됐을까.
그 근방 바다에서 시신이 발견됐다는 뉴스 같은 건 나오지
않았다. 그날 이후 벌써 두 달 가까이 지났다. 두 달 동안 시
신을 못 찾는 게 현실에서 가능할까.

"뭐, 됐어. 일단 그건 나중에 생각하자."

도이는 작게 헛기침을 했다. 호쿠리쿠에서 돌아온 마스모
토는 곧장 도이를 찾아갔다. 지금 두 사람은 소엔샤에 있는
작은 회의실에 마주 앉아 있다.

"사루하시 히데오가 쓴 모든 작품을 실제로는 다른 사람이
구상했다는 게 세상에 밝혀지면 어떻게 될까?"

"당연히 큰일 나겠죠."

"공동 작업이라고 할 수는 없을까?"

"이제 와서 말입니까?"

도이가 괴로운 듯이 낮게 신음했다. 지금까지 나온 여섯 작품은 모두 사루하시의 단독 명의로 출간됐다. 이제 와서 원작자가 따로 있다고 할 수는 없다. 그랬다가는 지금껏 순조롭게 명성을 쌓아 온 사루하시에게 치명적인 타격을 입힐 것이다.

"아이자와라는 인물이 실제로 존재하는지가 관건이겠네."

도이는 고민에 잠겼다.

"만약 존재한다면 어디 있다는 거지? 살아 있는지 죽은 건지도 아직 불분명하잖아."

사루하시가 말한 대로 그가 정말 살인을 저질렀다면 원작자가 누군지 따위를 운운할 문제가 아니다. 사루하시는 살인자가 된다.

"아무래도 아이자와의 신원부터 조사해야겠어. 그럼 그의 말이 진실인지 거짓인지 알 수 있겠지."

도이는 자기가 아는 흥신소에 의뢰해 보겠다고 했다.

흥신소는 신속하게 일을 처리했다. 그로부터 열흘 뒤 보고서가 도착했다.

"이거."

도이가 보고서가 든 봉투를 내밀었다.

"아이자와 도모히로는 실제 존재하는 인물이야."

"정말입니까?"

"그래. 사루하시와 같은 시설에서 자랐어. 그것도 사실이야."

동급생인 두 사람은 고등학교를 졸업한 후 둘 다 시설을 떠났다고 했다.

"그 후 아이자와는 결혼을 했다더군. 여기 주소도 나와 있어."

마스모토는 보고서를 꺼내서 대충 훑어봤다. 아이자와 도모히로는 현재 야마나시현에 거주 중이라고 적혀 있다. 야마나시에서 호쿠리쿠까지는 편도로 대여섯 시간은 걸릴 것이다. 그는 그렇게 옛 친구에게 자신이 떠올린 소설의 줄거리를 계속 전달해 줬다는 말인가. 사루하시의 말처럼 정말 그것만으로 만족했다는 말인가. 자신이 살해당할 줄은 꿈에도 모르고.

아니, 앞서가는 건 금물이다. 마스모토는 마음을 다잡았다. 어디까지나 정신적으로 불안해진 작가가 횡설수설 늘어놓은 이야기다. 아이자와는 지금도 멀쩡하게 살아서 다음 이야기 구상에 몰두하고 있을지 모른다.

"자네가 직접 만나서 확인해 봐. 이 아이자와라는 사람을."

도이는 예상대로 그렇게 지시했다. 사루하시의 이야기가 진실인지 망상인지 몰래 확인할 필요가 있다. 만약 낭사사가 살아 있고(그럴 가능성이 크다) 만날 수 있다면 그의 의중을 파악해야 한다. 말이 통할 만한 사람이라면 향후 일에 대해서도 논의해야 한다. 그런 일은 흥신소에 맡길 수 없다.

보고서에는 전화번호가 적혀 있었지만 도이는 이런 건 전화로 해결할 일이 아니라고 못을 박았다. 아이자와가 어떤 사람일지 짐작할 수도 없으니 그를 직접 만나 반응을 살피며 교섭해야 한다는 것이다. 문제를 최대한 원만하게 해결하고자 하는 의지가 느껴졌다.

마스모토 역시 만나러 가는 게 좋겠다고 판단했다.

"알겠습니다."

"서둘러."

도이는 짧게 지시하고 책상 위 서류로 시선을 돌렸다.

야마나시현 고후시에는 눈이 내렸다.

하필 이렇게 추운 시기에 추운 지방만 돌아다녀야 한다니. 사무실 안에서 따뜻하게 일하고 싶었던 마스모토는 새삼 운이 없다고 생각했고 기분도 꿀꿀해 혀를 찼다. 아니, 어쩌면 기분 전환이 될지도 모른다며 생각을 고쳐먹었다.

어제 소엔샤 문예부에 리온에게 전화가 걸려 왔다. 마스모토와 연락이 되지 않자 회사에까지 전화를 건 것이다. 동료들 앞에서는 최대한 정중하게 전화를 받았지만 속이 부글부글 끓었다. 한 번만 더 만나 달라고 간청하는 리온을 매몰차게 거절했다.

─그럼 전화라도 받아 줘. 안 그러면 계속 회사에 전화할

거야.

고함치고 싶은 마음을 억누르고 알겠다고만 했다. 옆에는 쓰바사가 있는지 아이가 뛰노는 소리가 들렸다. 뺨에 점이 있는 아이 얼굴이 자연스럽게 떠올랐지만 귀엽거나 사랑스럽지는 않았다. 내가 그런 아이의 아버지라니, 말도 안 된다. 리온은 지금껏 관계를 맺은 남자들에게 닥치는 대로 연락해 누구든 아이 아버지로 만들려는 것이다. 지금 시급한 문제는 사루하시가 아니라 오히려 이 문제일지 모른다.

또 한 번 주먹을 휘둘러 입을 다물게 할까. 그런 여자는 말로 설득하기보다 몸으로 가르치는 편이 낫다.

고후역에서 택시를 타고 아이자와의 주소를 기사에게 전했다. 변두리를 향해 달리는 택시의 창밖에서 비스듬하게 흩날리는 눈발이 보였다. 잿빛 풍경을 멍하니 보다가 그만 깜빡 졸았다. 꿈에 쓰바사가 나왔다. 동글동글 말린 곱슬머리를 흔들며 달려오는 아이.

—아빠.

어눌하게 자신을 부른다.

무슨 일인지 자신은 활짝 웃으며 아이를 안아 올렸다. 쓰바사가 어깨에 얼굴을 파묻었다. 뺨과 뺨이 맞닿았다. 어린 아이가 내쉬는 숨결에서 은은한 단내가 났다. 그때, 쓰바사가 마스모토의 귀에 대고 속삭였다. 낮고 어른스러운 목소리로.

—날 죽이지 마.

화들짝 놀라 아이를 떼어내려고 팔을 뻗었다. 어느새 쓰바사는 몸은 어린아이지만 어른의 얼굴을 하고 있다. 곱슬머리와 뺨의 점이 그대로인 얼굴로 조롱하듯 히죽 웃는다. 마스모토는 짧게 비명을 지르며 쓰바사를 내던지려 했다. 그러나 작고 가벼운 몸이 아무리 애써도 떨어지지 않았다. 그것도 모자라 아이는 마스모토의 팔을 움켜쥐었다. 작은 손가락이 살을 파고들었다.

"손님, 다 왔습니다."

기사의 목소리를 듣고 잠에서 깼다. 눈을 떠도 요동치는 심장이 가라앉지 않았고, 끈적한 식은땀이 등을 타고 흘렀다. 숨을 깊이 들이쉬며 마음을 진정시키고 간신히 요금을 지불했다.

눈은 이미 멎었다. 택시에서 내린 마스모토는 추위를 느껴 몸을 움찔했다. 기사가 가리킨 쪽으로 아담한 주택이 보였다. 감사 인사를 하고 발걸음을 뗐다. '아이자와'라고 적힌 문패가 보였다. 초인종을 누를 때는 긴장해서 몸이 굳었다. 아무 예고도 없이 찾아온 건 상대에게 대비할 틈을 주지 않기 위해서다. 조금 전 꺼림칙한 꿈을 꾼 탓에 마음이 더 무거웠다.

—네. 누구세요?

문 너머로 여자 목소리가 들렸다.

비바람을 맞아 색 바랜 문이 살짝 열렸다. 40대로 보이는, 지친 기색이 역력한 여자가 문틈에 서 있다. 아이자와의 아내일 것이다. 마스모토는 이름을 대고 아이자와 도모히로 씨가 집에 있냐고 물었다. 여자는 대답 없이 얼굴을 살짝 찌푸렸다. 뭔가 음침한 사람 같다는 느낌이 들었다.

여자는 마스모토가 누구인지 가늠을 못 하는 듯했다. 부랴부랴 출판사 이름을 밝히고 사루하시 히데오의 담당 편집자라고 설명했다. 사루하시의 이름이 나오자 그를 아는지 여자의 표정이 한결 밝아졌다. 잠시 후 문이 활짝 열렸다.

"아, 사루하시 씨요. 그분 이야기는 남편한테 들었어요."

마스모토는 현관으로 들어섰다. 남편의 오랜 친구에게 좋은 인상이 있는 걸까. 여자가 건넨 슬리퍼를 받아 신고 집 안에 들어갔다. 너무도 선뜻 안내하는 탓에 아이자와가 집에 있는 줄 알았지만 응접실로 보이는 공간에는 아무도 없었다. 남편을 불러 올 기색도 없다. 찻잔과 과자를 쟁반에 담아서 가져온 그녀는 말없이 마스모토의 맞은편에 앉았다.

"저, 아이자와 씨는?"

여자의 얼굴에 조용히 그림자가 드리웠다.

"남편은 세상을 떠났어요."

"네?"

설마 살해된 겁니까? 입 밖에 튀어나오려는 그 말을 간신히 집어삼켰다. 아니, 그럴 리 없다. 사루하시의 말이 맞다면 바다에 밀어 떨어뜨렸다는 아이자와의 시신이 아직 발견되지 않았기 때문이다. 지에코라고 이름을 밝힌 여자는 아이자와가 오랫동안 병상에 누워 있었다고 했다. 젊은 시절 교통사고로 경추를 다치는 바람에 일어서는 건 물론 자기 의지로 몸을 움직이는 것조차 어려웠다.

"거동을 못 하셨다는 말입니까……? 정확히 언제부터?"

경악한 마스모토는 다급히 물었다.

"12년 전이에요. 인도를 걷고 있을 때 한눈을 판 운전자의 차에 치였죠. 그 후 9개월간 입원과 재활 치료를 거쳐 자택 요양을 하게 됐어요. 정말 힘들었답니다. 요양 보호사의 도움을 받았지만, 그래도 주로 제가 직접 집에서 남편을 돌봤으니까요."

"그럴 수가……."

마스모토는 말문이 막혔다.

"그럼 혹시 그 기간에 여행 같은 건……?"

지에코는 힘없이 미소 지었다.

"갈 수 있었을 리 없죠. 남편은 중증의 사지 마비였어요. 병원에 가는 것조차 힘들어서 의사 선생님께서 직접 왕진을 와 주셨죠. 1년에 한 번 검사받으러 갈 때도 요양 보호사분들의 도움을 받아야 했고요."

지에코는 "그분들 덕에 꽃구경이나 단풍놀이를 간 적은 있었지만" 하고 말을 이었다.

"지난 2년간은 그것도 거부하더라고요. 점점 몸 상태가 나빠지면서 남편은 예민하고 침울해져 아예 집 밖에 나가려고 하지 않았어요."

결국 병상에 누워 지낸 탓에 다발성 장기 부전이 진행됐고, 마지막에는 심부전으로 세상을 떠났다고 했다.

이게 과연 무슨 뜻일까. 마스모토는 생각에 잠겼다. 침대에 갇혀 외출이 여의치 않던 아이자와가 혼자 호쿠리쿠까지 가는 건 불가능하다. 즉, 아이자와가 소설 아이디어를 들고 찾아왔다는 이야기는 전부 사루하시의 망상이었다.

"그렇다면…… 남편분은 사루하시 씨와 어떻게 교류하신 건가요?"

사루하시의 이름이 나오자 지에코의 표정이 다시 누그러졌다.

"남편은 어릴 때 사루하시 씨와 같은 아동 보호 시설에 있었다고 했어요. 사루하시 씨가 쓴 소설을 정말 즐겨 읽었죠. 하지만 그뿐이고, 그분 쪽에서 남편에게 연락이 온 적은 없어요. 아마 사루하시 씨도 남편의 상태에 대해서는 몰랐을걸요."

"네? 연락을 주고받지 않았다는 겁니까?"

"네. 아마 3년 반쯤 전에 사루하시 씨가 소설가로 데뷔했죠? 남편은 금세 어린 시절 친구가 쓴 책인 걸 알아보고 저더러 책을 사 오라고 하더라고요. 그리고 정신없이 책을 읽으며 기쁜 듯이 말했어요. '이 이야기는 말이지. 우리가 어릴 때 이미 원형이 완성돼 있었어. 사루하시와 내가 함께 상상력을 펼치며 만든 이야기야'라고 했죠. 전 그런 말은 프로 작가님에게 실례라며 웃어넘겼지만요."

아이자와는 지금까지 출간된 사루하시의 소설을 하나도 빼놓지 않고 읽었다고 했다.

"옛 친구가 유명 작가가 됐다는 걸 아주 자랑스러워했어요. 사루하시 씨의 새 작품이 나오면 밤을 새워서라도 하루 만에 다 읽었죠. 몸에 무리가 간다고 말려도 듣지 않았어요. 아니, 책을 읽으면 오히려 기운이 샘솟는 것 같더라고요."

지에코는 아련한 눈빛으로 말했다.

"아이자와 씨는 정말 사루하시 씨와 한 번도 연락을 주고받지 않았던 겁니까? 예를 들어 이메일 같은 건 거동이 불편해도 보내실 수 있었을 텐데."

아내 몰래 이메일 등으로 연락했을 가능성도 있다. 지에코는 미소 지으며 자리에서 일어나 옆방으로 통하는 미닫이문을 활짝 열었다. 방 불을 켜자 매트리스만 덩그러니 있는 전동 침대가 형광등 아래에서 모습을 드러냈다.

"남편은 이 방에서 요양했어요. 정리를 아직 다 못해서 그대로 뒀어요."

그녀의 말을 들으며 마스모토도 방 안에 발을 들였다. 침대 등받이를 세우면 마주 보이는 침대 발치 부근에 모니터가 고정돼 있었다.

"컴퓨터군요. 남편분이 쓰신 건가요?"

"네. 팔다리를 움직일 수 없으니 이걸 입에 물고 숨으로 조작하는 거예요."

컴퓨터에는 마우스 대신 빨대처럼 생긴 기기가 연결돼 있었다.

"이걸로 글을?"

"네. 정말 열심히 썼죠. 옛 친구의 창작 활동에 자극을 받아 본인도 뭔가를 써 보고 싶었던 게 아닐까요? 하지만 이 컴퓨터는 요양 봉사자님이 전에 쓰던 걸 주신 거라, 워드로 글만 쓸 수 있었지 인터넷에는 연결되지 않았어요."

마스모토는 침대 옆에 멍하니 서 있었다. 다시 응접실로 향하는 지에코를 보며 따라가려다가 순간 발이 꼬여 비틀거렸다. 지에코는 요양용 방에 있는 캐비닛에서 종이 뭉치를 들고 왔다.

"남편이 지금껏 쓴 걸 모아 둔 거예요. 두서가 없어서 여러모로 읽기 어렵지만……."

마스모토는 지에코에게 양해를 구하고 글을 읽어 갔다. 읽을수록 경악했다. 지금껏 사루하시가 쓴 소설의 원천이라 할 수 있는 글이었다. 시소한 빌상에서 출발해 소설의 형식을 갖춰 가는 과정이 고스란히 담겨 있었다. 휘갈겨 쓴 듯한 짧은 문장이나 여러 번 고심한 흔적이 엿보이는 서사 전개.

결말부의 정리와 복선, 그 회수까지. 다른 사람이 읽으면 무슨 뜻인지 알 수 없겠지만 그동안 사루하시가 마스모토에게 제안한 것들과 똑같았다. 아이자와는 역시 이 글들을 어떤 식으로든 사루하시에게 전달한 게 아닐까. 마스모토는 지에코 앞에서 다시 그 의심을 털어놓았다.

"아뇨. 메일 같은 건 못 보내요. 저희 집에는 아예 인터넷 환경이 갖춰져 있지 않은걸요."

그럼 우편으로 보냈을 수도 있다. 아내 몰래 요양 보호사나 자원봉사자에게 부탁해서. 그러나 지에코는 그 가능성도 부정했다.

"그것도 말이 안 돼요. 저희 집에는 프린터도 없어요. 이 글도 남편이 세상을 떠난 후 서비스 센터 직원분이 컴퓨터에 저장돼 있던 걸 찾아서 출력해 준 거예요."

지에코의 이야기를 들으며 목이 바짝바짝 말랐다. 마스모토는 식은 차를 단숨에 들이켜며 생각을 정리했다. 아이자와는 사루하시가 소설가가 됐다는 걸 알았다. 그의 데뷔작이 과거 자신과 함께 만든 이야기를 바탕으로 쓰였다는 것도 깨달았다. 또 그것에 자극을 받아 아이자와 자신도 소설 같은 것을 써 보려고 했다. 침대 위에서 상상력을 발휘했다. 그에게는 아마 삶의 버팀목이었을 것이다. 그리고 놀랍게도 그것들은 사루하시가 마스모토에게 보낸 소설의 초안들과 그야말로 흡사했다.

뜻대로 몸을 움직일 수 없고, 외출도 마음대로 할 수 없으며, 별다른 통신 수단조차 없던 남자와 그의 소꿉친구였던 남자 사이에서는 대체 무슨 일이 있었던 걸까.

—꿈을 타고 뭔가가 날 찾아온다.

순간 사루하시가 했던 말이 머리를 스쳤다. 마스모토는 고개를 흔들며 터무니없는 생각을 떨쳤다.

지에코는 마스모토의 찻잔에 차를 더 따라 줬다. 조금 전보다 표정이 한결 밝아진 듯하다. 남편이 세상을 떠난 뒤로 사람을 만나지 않았는데 문득 사루하시의 지인이라는 사람이 찾아와 허심탄회하게 남편 이야기를 할 수 있어서 마음이 가벼워졌을 수도 있다.

그러나 마스모토의 긴장은 점점 고조됐다.

"저, 남편분이 돌아가신 건 언제였습니까?"

"올해 9월이요. 9월 30일이에요."

하마터면 비명을 지를 뻔했다. 사루하시가 아이자와를 절벽에서 밀어 떨어뜨렸다고 한 날이다. 경악하는 마스모토를 알아채지 못하고 지에코는 말을 이었다.

"몸 상태가 급격히 안 좋아져서 주치의가 입원을 권했는데도 남편은 완강히 거절했어요. 그 후 뭔가 상태가 이상하다고 느꼈을 때는 이미 숨을 쉬지 않았고 심장도 멈춰 있었죠."

"사인은 심부전이라고 하셨죠?"

쉰 목소리로 간신히 물었다. 지에코가 고개를 끄덕였다.

"처음 발견했을 때는 깜짝 놀라 어쩔 줄 몰랐지만 곧 구급차를 부르고 심장 마사지를 시작했어요. 그런 상황에 대비해 미리 강습을 받았거든요."

마스모토는 텅 빈 침대를 힐끗 봤다. 축 늘어진 남편의 몸에 올라타 필사적으로 심장 마사지를 하는 지에코의 모습이 떠올랐다.

"그랬는데 말이죠. 남편이 갑자기 입에서 물을 왈칵 토하는 게 아니겠어요?"

마스모토는 천천히 고개를 돌려 지에코를 봤다.

"이상하죠? 어떻게 그런 일이 생긴 걸까요. 그 후 구급차가 와서 구급대원분이 저와 교대해 응급조치를 했어요. 그리고 서둘러 병원으로 옮겼지만 결국 목숨을 구하지는 못했죠."

이미 각오했는지, 아니면 두 달 사이 마음의 정리를 마친 건지 지에코는 담담하게 말했다.

"그 후 혼자 집에 돌아와 멍하니 침대 옆에 앉아 있는데, 얼른 장례식을 준비해야겠다는 생각이 들어 방 정리를 시작했어요. 그리고 그때……."

지에코는 말을 멈추고 희미하게 미소 지었다.

"시트가 젖은 걸 발견한 거예요. 순간 남편이 토했던 물이 떠올랐죠. 그 물은 바닷물이었어요. 정말이에요. 신기하죠? 바다 같은 곳에 갈 상황이 아니었는데 죽기 직전에 바닷물을 토하다니요."

마스모토는 손으로 입가를 가리며 신음을 들키지 않으려 했다. 어딘가에서 연결된 것이다. 이 좁은 집, 그리고 호쿠리쿠의 바닷가.

지에코는 찻잔을 들어 차를 한 모금 마시고 숨을 길게 내쉬었다.

"사루하시 씨께는 감사하고 있답니다."

한층 부드러워진 말투. 조금 더 마음을 연 듯하다. 남편과의 추억을 다른 사람과 이렇게 이야기하고 싶었을까.

"몸이 뜻대로 움직이지 않아 정말 견디기 힘들 정도로 괴로웠을 거예요. 곁에서 지켜보는 저 역시 괴로웠고요. 하지만 남편은 사루하시 씨의 소설을 읽을 때만은 기분이 좋아 보였어요. 정말 큰 위안이 된 것 같아요."

뭐라고 대답해야 좋을지 알 수 없었다. 지에코는 손바닥 위에 찻잔을 올리고 빙글빙글 돌렸다.

"시간이 갈수록 할 수 없는 일이 더 많아지고 몸도 점점 고통스러웠겠죠. 그러니 걸핏하면 저한테 화를 내서……정말 힘들었답니다."

지에코는 잠시 망설이더니 다시 입을 열었다.

"전 남편보다 네 살 연상이에요. 그이가 서른한 살에 사고를 당했을 때 저는 서른다섯이었죠. 슬슬 아이를 가져 볼까 상의하던 참이었는데."

"그건……."

마스모토는 말을 잇지 못했다.

"하지만 그렇게 된 후부터 아이는 완전히 포기했죠. 그런데 최근 몇 년 사이 남편이 다시 종종 아이를 갖고 싶다고 하는 거예요."

지에코는 황급히 "그건 그이의 망상이었어요"라고 덧붙였다.

"남편이 아이를 원한 건 맞아요. 그래도 전 그 이야기를 진지하게 듣지 않았어요. 그러자 그이는 점점 더 집착하더라고요."

이윽고 아이자와는 지에코에게 아이를 낳아 달라고 간청하기 시작했다. 원래 한번 말을 꺼내면 고집이 세서 받아 주기 힘들었는데 대충 넘기려 하자 상태가 더 심각해졌다.

"그 뒤로는 완전히 정신 줄을 놓았는지, 자기는 지금 몸이 이래서 아이를 만들 수 없으니 다른 남자의 아이라도 좋으니 낳아 달라고 했어요."

점점 부부 사이의 깊은 이야기가 나와서 마스모토는 당황했다. 그러나 지에코는 가벼운 농담을 하듯 말을 이었다.

"그래서 확실히 말했죠. 난 이제 나이가 들어서 아이를 낳을 수 없다고요."

오랜 와병 끝에 죽음을 예감한 아이자와는 점점 망상에 사로잡혔고, 떠오르는 생각을 족족 입에 담으며 아내를 괴롭힌 걸까. 마치 아이가 떼를 부리는 것처럼. 그는 대체 어떤 사람이었을까.

"그 뒤로 한동안은 그 터무니없는 소원을 잊은 듯했어요. 그런데 어느 날 갑자기 아주 환한 얼굴로 저한테 이러더라고요. '이제 더 이상 당신을 괴롭히지 않을 거야. 당신한테는 미안하지만 젊은 여자가 내 아이를 대신 낳아 주기로 했어' 라고."

그 말을 들은 지에코는 결국 눈물을 터뜨렸다고 한다. 그러지 못하는 걸 알면서도 이루어질 수 없는 소원을 끝까지 입에 담는 남편이 너무 안쓰러웠다. 조금 더 일찍 아이를 가졌다면 좋았을 거라고 후회했다. 이미 다 떨쳤다고 생각했는데 자신들에게 들이닥친 가혹한 운명을 원망했다.

"저도 모르게 남편에게 매달려 그의 몸을 흔들었어요. 사고 이후 그런 짓은 절대 하지 않기로 마음먹었는데. '정신 좀 차려. 그럴 리 없잖아. 다른 여자를 임신시키다니, 침대에서 한 발짝도 못 움직이는 주제에'라고 하면서요. 그런데도 그이는 전혀 흔들리지 않았어요. 오히려 느긋하게 웃더라고요."

지에코의 애달픈 마음이 고스란히 전해졌다.

"남편은 이러더군요. '아니. 간단해. 난 어디든 갈 수 있어. 사루하시에게도 자주 찾아가고 있어. 가서 소설에 대해 이런저런 조언을 해 주고 있지. 녀석은 분명 나한테 감사하고 있을 거야'라고요."

지에코는 슬픈 눈빛으로 마스모토를 봤다.

"그때는 저도 제정신이 아니었나 봐요. 결국 자제력을 잃고 말았어요. 환자의 망상으로 그냥 넘기면 되는데, 괜히 흥분해서 '어떻게? 어떻게 사루하시 씨한테 간다는 거야?'라고 따졌죠."

마스모토는 다시 찻잔을 들었다. 손가락이 떨려서 차를 조금 흘렸다. 바지에 생긴 작은 얼룩을 우두커니 봤다.

"그러자 그이는 밝게, 정말 해맑게 말했어요. '꿈을 타고 가는 거야'."

―꿈을 타고 뭔가가 날 찾아온다.

"'여자 집에도 몰래 들어갈 수 있어. 내 아이를 낳게 할 수 있어. 난 자유야. 꿈을 통해서라면'."

지에코의 이야기가 가차 없이 이어졌다. 몸의 떨림이 점점 커졌다.

"거기까지 듣자 저도 정신이 번쩍 들었어요. 이제 더 이상 이 사람 생각에 맞서지 말자고 마음먹었죠. 그건 망상이 아니었어요. 침대에 갇혀 불운한 삶을 살아가는 환자의 작은 희망이자 마지막 빛이었던 거예요."

"그 후 무슨 일이 있었는지도 남편분이 이야기했나요?"

"네."

지에코는 기쁜 듯이 미소 지었다. 그녀의 천진난만한 미소를 보며 등골이 오싹해졌다. 혹시 이 여자도 정신을 좀먹힌 게 아닐까. 꿈을 타고 찾아온 그 무언가에 의해.

"그이는 꿈을 타고 어떤 여자의 방에 몰래 들어갔다고 했어요."

지에코는 정말 즐거운 이야기라도 하는 것처럼 들뜬 말투로 말했다.

"그리고 잠든 그 여자와 몇 번인가 관계를 맺었고……."

하마터면 찻잔을 떨어뜨릴 뻔했다. 마스모토는 간신히 찻잔을 테이블에 내려놓고 숨을 크게 들이마셨다. 심장이 미친 듯이 뛰었다.

"자기 아이를 낳게 했다더라고요."

"지에코 씨는……."

목이 바짝 말라서 목소리가 제대로 나오지 않았다.

"지에코 씨는 그 말을 믿었나요?"

그러자 지에코는 마스모토를 똑바로 쳐다보았다.

"당신은요?"

"네?"

"당신은 어떤가요? 믿으세요? 이런 이야기."

믿을 리 없다. 그렇게 말하려 했지만 차마 입이 떨어지지 않았다.

지에코는 다시 일어나 옆방에서 액자를 가져왔다.

"이 사람이 저희 남편이에요. 지금은 분명 자유롭겠죠. 영혼이 가고 싶었던 곳으로 가고 있을 거예요."

마스모토는 지에코가 내민 액자를 받아 들었다. 조금 전에는 눈치채지 못했다. 이런 사진이 있다는 걸.

사진을 본 순간, 이번에는 정말 비명을 질렀다. 마스모토의 손에서 액자가 툭 떨어졌다. 사진 속에서는 침대에 누운 아이자와가 어렴풋이 미소 짓고 있었다. 조금 길게 자란 머리카락이 곱슬머리처럼 동그랗게 말려 있고, 오른쪽 뺨에는 눈에 띄는 점이 있다. 그 얼굴은 여기 오기 전 꿈속에서 본 쓰바사의 얼굴과 똑같았다. 어린아이의 얼굴이 아닌, 안아 올렸을 때 어른이 된 그 쓰바사의 얼굴과.

마스모토의 비명은 계속 이어졌다.

도이가 엘리베이터에서 내렸다.

"몇 호야?"

뒤따라오는 젊은 편집자에게 묻는다.

"음, 610호입니다."

가와다라는 이름의 편집자가 대답했다.

마스모토가 회사에 나오지 않은 지 나흘이 지났다. 전화도 받지 않았다. 이미 야마나시 출장을 마치고 돌아왔을 터다. 얼른 결과를 듣고 싶은데 연락이 닿지 않아서 결국 참지 못하고 그가 사는 아파트까지 찾아왔다.

610호 앞에 도착했다. 초인종을 눌렀지만 반응이 없다.

"대체 무슨 일이람."

도이는 초조하게 말했다. 가와다가 문손잡이를 돌렸다.

"어? 열려 있습니다."

"뭐야. 그럼 안에 있는 거 아니야?"

집 안은 어두웠다.

"어이, 마스모토. 안에 있나?"

현관 입구에 서서 불러도 대답이 없었다.

그때 집 안 깊숙한 곳에서 문득 인기척이 느껴졌다.

"역시 안에 있나 본데. 들어간다."

도이는 신발을 벗고 안에 들어섰다. 가와다가 뒤따랐다. 짧은 복도. 양옆에 있는 문은 아마 화장실과 욕실일 것이다. 전형적인 원룸 아파트 구조다.

복도 끝에 있는 방에 들어갔다. 대낮인데도 커튼이 완전히 닫혀 있다. 벽에 있는 침대가 어렴풋하게 보였다. 누워 있는 걸까.

손을 뻗어 전등 스위치를 켰다.

"몸이 안 좋나? 그럼 그렇다고……."

도이의 말은 중간에 끊겼다.

가와다가 뒤에서 윽 하고 신음했다.

마스모토는 침대에 기댄 채 바닥에 주저앉아 있었다. 다른 사람인 줄 알았다. 몸에 걸친 옷이 헐렁해 보일 만큼 잔뜩 야위어 있다. 무릎에 얼굴을 파묻고 있던 그는 천천히 고개를 들더니 부릅뜬 눈을 깜빡이며 주변을 두리번거렸다.

이리저리 움직이는 눈동자에 생기라곤 없다. 마스모토는 뼈마디가 도드라지는 손가락을 입가로 가져가 신경질적으로 손톱을 깨물었다.

"대체 무슨 일이 있었던 거야?"

도이는 간신히 물었다.

"잠을 잘 수가 없어요."

마스모토가 대답했다.

"잠을 자면 꿈을 꿔요. 꿈은 위험해요. 꿈을 타고 뭔가가 찾아오니까요."

2

수족(水族)

도모가하마 수족관은 만을 따라 난 도로를 한 바퀴 돌아간 곳에 자리하고 있다. 교통이 편리하지 않아서 관람객들은 대부분 자가용을 타거나 가까운 역에서 버스를 타고 간다. 개관한 지는 36년 됐고 오랫동안 현에서 운영해 왔지만 5년 전 민관 합동 법인으로 경영 주체가 바뀌었다.

　볼거리라고 해 봐야 벨루가 정도이고, 화려한 돌고래나 바다사자 쇼도 없다. 외지 관광객을 불러 모을 수준은 아니라 어디까지나 지역민들에게 사랑받는 소박한 수족관에 머물고 있다.

　다쿠야는 "그게 좋은 거야"라고 자주 말했다.

　경영권이 민관 합동 법인에 넘어갔을 때 리모델링을 약간 했지만 원통형의 건물 외관은 그대로다. 이름도 '시 파라다이스'나 '마린파크'처럼 멋 부린 외래어로 바꾸지 않았다.

입장료도 고작 3백 엔 올랐다며 다쿠야는 입에 침이 마르도록 칭찬했다. 도모가하마 수족관으로 드라이브를 가는 게 우리의 단골 데이트 코스였다.

"'수족관'이라는 단어는 어감이 참 좋아."

다쿠야는 차를 운전하며 내게 말했다.

"특히 이 '수족'이란 단어가 재밌지 않아? 수족은 독립된 단어가 아니잖아. '수족관'이라는 단어 안에서만 의미를 지니지."

"수족은 물에 사는 생물 전체를 뜻하는 거 아닐까?"

조수석에 앉은 내가 대꾸했다.

"뭐, 그렇게 볼 수도 있겠네. 하지만 수족관에는 물고기나 게, 새우, 물가에 사는 조류나 해양 포유류들까지 전부 전시돼 있잖아. 그런 걸 통틀어서 '수족'이라고 부르는 사람은 없어."

다쿠야는 "동물을 보러 가는 곳은 동물원, 식물을 보러 가는 곳은 식물원인데 말이지" 하고 덧붙였다. 확실히 '수족'을 보러 수족관에 가자고 하지는 않는다.

"이런 단어를 처음 쓴 사람은 누구일까? 마리, 넌 혹시 그런 게 이상하다고 느낀 적 없어?"

열린 차창으로 들어오는 기분 좋은 바람을 맞으며 나는 미소 지었다. '이상한 건 네 그런 사고방식이야'라고 하려다 말았다.

주차장에서 싸늘한 기운이 감도는 어두운 전시관 안으로 들어서며 다쿠야는 말했다.

"그런데 이상하게도 여기 오면 이해가 돼. '수족'이라는 말이 정확히 들어맞는 것 같거든. 아마 물 때문인 것 같아. 여기 자꾸 오고 싶은 것도 물이 날 부르기 때문이야."

인적이 드문 수족관에 다쿠야의 목소리가 울려 퍼졌다. 그 말은 어떤 의미였을까. 이제는 영영 알 수 없다. 우리는 영원히 헤어지고 말았으니까.

그날 이후 나는 혼자 이 수족관에 온다. 관람객들은 완만하게 굽이진 통로를 따라 순서대로 수조들을 둘러보게 돼 있다. 중앙에는 5백 톤 규모의 대형 수조가 있다. 수조에서는 거대한 능성어가 유유히 헤엄치고, 그 위를 전갱이 떼가 지나간다. 머리가 망치 모양인 귀상어가 커다란 눈으로 수조 앞에 선 사람을 노려보며 지나가기도 한다.

나는 수조에서 조금 떨어진 벤치에 앉았다. 5월 연휴나 여름 방학에는 그래도 북적이는 편이지만, 겨울인 지금 수조 앞에 선 사람은 초로의 부부 한 쌍뿐이다. 오랜 세월을 함께한 듯한 부부는 조용히 무언가를 속삭이고 있다. 밝게 빛나는 수조 앞에서 두 검은 실루엣이 머리를 맞댄 모습을 나는 멍하니 바라봤다.

지난 녁 달을 어떻게 보냈을까. 기억은 띄엄띄엄하다. 꼭 시간의 흐름이 어긋나 버린 느낌이다.

가을에 나는 다쿠야와 결혼할 예정이었다. 원래라면 지금쯤 새로운 삶이 시작됐을 것이다.

다쿠야는 시내에서 레스토랑과 호텔을 운영하는 사업가 집안에서 태어났다. 두 형은 이미 결혼해 본가 근처에 집을 두고 아버지의 사업을 잇는 형태로 경영에 참여하고 있었다. 그러나 다쿠야는 그 전철을 따르지 않고 일부러 다른 회사에 취직했다. 결혼을 앞두고도 형들처럼 젊은 나이에 집을 장만하기를 꺼려 월세 아파트에 신혼집을 마련하기로 했다.

지은 지 15년 정도 된 오래된 아파트였지만, 우리는 1층에 있는 정원 딸린 집을 골랐다. 지금 그곳에는 다른 가족이 살고 있을 것이다. 1층을 고른 이유는 다쿠야의 피아노를 옮기기 위해서였다. 다쿠야는 다섯 살 때부터 피아노를 쳤다. 어머니는 그를 피아니스트로 키우고 싶어 했다.

"아들이 셋이나 있으니 한 명쯤은 특이한 길을 가도 괜찮다고 생각한 게 아닐까."

다쿠야는 웃으며 말했다.

실제로 그는 피아노 실력이 뛰어나 도쿄에 있는 음대에 진학했다. 그러나 그곳에서 재즈 피아노에 심취해 학교를 휴학하고 미국으로 건너갔다. 그곳에서 2년 동안 수련인지 휴식일지 모를 시간을 보낸 후 다시 일본에 돌아와 망설임 없이 음대를 그만뒀다. 그리고 음향을 공부하기 위해 전문 대학에 들어갔다.

그 후 지역 방송국에서 음향 관련 일을 했다.

장애 아동을 위한 콘서트에서 자원봉사로 음향을 맡은 그를 처음 만났다. 나는 그 콘서트에서 미야자와 겐지의 시를 낭독했다. 사귀기 시작했을 무렵 다쿠야는 지역 방송국의 음향 일에 만족하지 못하고 있었다. 그는 도시에 있는 대형 음향 회사에 들어가 프로 뮤지션의 콘서트를 담당하고 싶다는 꿈을 내게 털어놓았다.

어쩌면 그 꿈이 차근차근 실현되고 있었을지 모른다. 무엇보다 그의 부모는 그가 하고 싶은 대로 하게 내버려두는 사람들이었다.

"이대로 자리를 잡으면 참 좋을 텐데 말이야."

결혼이 정해졌을 때도 다쿠야의 어머니는 그렇게 말했다.

"마리 씨, 그래도 각오는 해 두는 게 좋을 거야. 애는 무슨 일을 저지를지 모를 아이거든."

그녀는 기쁜 듯이 웃으며 말했다. 앞으로도 막내아들이 조금은 엉뚱한 아이로 남아 주기를 바라는 듯했다. 무슨 일이 벌어져도 괜찮을 정도로 다쿠야의 부모에게는 여유도 있었다. 심적으로든, 경제적으로든.

다쿠야는 재능이 있었다. 피아노 재능은 아니다(그 자신도 미국에서 피아니스트로서의 미래를 포기했다). 소리를 가려 들을 수 있는 재능이었다.

다쿠야와 단둘이 처음 만났을 때 그는 내 목소리가 좋다고 했다.

"콘서트 때 부스 안에서 헤드폰으로 네 목소리를 들었을 때 '아, 이 사람과 대화해 보고 싶다'라고 생각했어. 얼굴을 본 적도 없는데."

다쿠야는 내 목소리를 '계곡을 따라 물이 유유히 흐르는 듯한 소리'라고 했다. 여기서도 결국 '물'이다. 물과 소리. 문득 참을 수 없을 정도로 다쿠야가 보고 싶었다.

도모가하마 수족관 앞마당 한쪽에는 위령탑이 세워져 있다. 거칠게 다듬은 돌을 초승달 모양으로 깎은 소박한 탑이다. 소귀나무 아래에 조용히 자리 잡고 있어서 그 존재를 모르는 사람도 많다. 위령탑 너머는 절벽이다. 바다가 거세게 출렁일 때는 짠 기운이 가득한 바람이 불어와 위령탑을 촉촉이 적신다. 아마 위령받는 수족들은 기뻐할 것이다.

소귀나무 뒤 벤치에서 보는 석양은 유난히 아름답다. 오늘 마리는 수족관에 들어가지 않고 벤치에 앉았다. 늘 자기도 모르게 가장자리에 앉게 된다. 옆자리에서 다쿠야의 존재가 느껴졌다.

바다 위에 듬성듬성 떠오른 구름 사이에서 무수한 빛줄기가 쏟아지고 있다. 그렇게 쏟아진 빛이 파도의 오목한 곳에 고여서 일렁였다.

나는 위령탑을 힐끗 보고 눈을 감았다. 눈을 감으면 언제나 떠오르는 광경.

다쿠야가 몰던 독일 차의 앞부분이 처참하게 찌그러져 있다. 앞 유리 너머에 있는 다쿠야의 모습이 흐릿하다. 비가 내려서 잘 보이지 않는다. 손바닥으로 유리를 닦는다. 의식을 잃은 다쿠야가 보인다. 흰 에어백이 부풀어 있지만 제대로 작동했는지 의문이다. 그의 머리에서는 피가 줄줄 흐르고 있다.

"다쿠야!"

나는 앞 유리를 힘껏 내려쳤다. 그래도 그는 미동조차 없다. 핏기를 잃은 얼굴이 내가 아는 다쿠야가 아닌 다른 사람처럼 보인다.

사고 직전 나는 드럭스토어 앞 인도에 서서 다쿠야의 차를 기다리고 있었다. 그곳에서 그가 나를 태워 갈 예정이었다. 교차로를 돌아온 다쿠야는 인도에 선 나를 확실히 알아봤다. 늘 그렇듯 내가 오른쪽 눈썹을 살짝 들며 미소 지었으니까.

그 순간, 어두운 하늘에서 굵은 빗방울이 떨어지기 시작했다. 손에 든 우산을 미처 펼 새도 없이 세차게 쏟아져 내렸다. 앞 유리 너머로 보이는 다쿠야의 얼굴이 문득 일그러지며 울상을 짓는 것처럼 보였다.

차가 갑자기 차도를 이탈했다. 그리고 인도를 가로질러 드럭스토어 광고탑 콘크리트에 정면으로 충돌했다. 돌진 직후 빠직 하는 오싹한 소리를 들은 것 같다. 하지만 그즈음의 기억은 흐릿하다. 우는 것 같기도, 웃는 것 같기도 한 다쿠야의 얼굴과 차가 충돌하는 소리. 내가 차 앞 유리를 두드린 기억 외에는 전부 희미하다.

그때부터 나는 다른 세상에 발을 들였다. 다쿠야와는 함께할 수 없는 세상에.

눈을 떴다. 붉게 물든 태양이 구름 사이에서 모습을 드러내고 있다. 수평선을 향해 저무는 태양을 가만히 바라봤다. 오직 나만을 위해 펼쳐지는 이 저녁 풍경은 아름답기에 더 잔혹하고 애달프다. 그날 다쿠야는 혼자 장거리를 운전해 인접 현의 방송국에 회의를 하러 갈 예정이었다. 그러나 상대측 사정으로 취소되면서 시간이 비었고, 우리는 그 틈을 이용해 결혼식장에 상담을 하러 가기로 했다.

그날 그곳에서 만나자고 한 사람은 나였다. 만약 다른 곳에서 만나기로 했다면 사고가 일어나지 않았을까. 원래 일정대로 다쿠야의 일이 진행됐다면 그는 아무 문제 없이 목적지에 도착할 수 있었을까. 아니면 운명은 결국 끝까지 우리를 옭아맸을까. 나는 또다시 꼬리에 꼬리를 무는 상념에 빠지고 말았다.

만을 따라 이어진 간선도로로 나가 성큼성큼 걸었다. 흐릿해진 시간 감각을 되찾으려고 밤이 날 때까지 무아지경으로 걷고 또 걸었다.

드디어 그 장소가 서서히 보이기 시작했다. 사고 이후 두려운 마음에 가까이 가지 못한 그 드럭스토어 앞. 광고탑 아래 콘크리트는 형태가 조금 변형됐고 멀리서도 하얗게 긁힌 흠집이 눈에 띈다. 하지만 그뿐이다. 사람들은 여느 때처럼 인도를 오가고 있고 드럭스토어도 성황리에 영업 중이다. 인도 옆 조경대에는 동백이 군데군데 붉은 꽃을 피우고 있었다.

그 동백 한 그루도 쓰러뜨리지 않고 다쿠야의 차는 기가 막히게 틈새를 비집고 나와서 그대로 돌진했다. 가까이 다가가자 행인들 사이에 혼자 서 있는 사람의 모습이 눈에 들어왔다.

"료……."

그는 조경대 옆에 작은 꽃다발을 내려놓고 있었다. 허리를 숙여 꽃다발을 내려놓고는 몇 걸음 물러서서 인도를 바라본다. 그가 곧 다시 몸을 돌려 자리를 떠날 때까지 나는 말을 걸지 못했다.

료는 여러 번 이곳을 찾아서 꽃을 바쳤을 것이다. 노란 장미를 감싼 셀로판지가 바람에 흔들리고 있다. 노란 장미는 원래 결혼식장을 장식할 꽃이었다. 료 앞에서 그 이야기를 한 적이 있었을까. 다쿠야가 예식장에 노란 장미를 특별히 부탁했다는 이야기를.

노란 장미는 내가 가장 좋아하는 꽃이기 때문이다. 지금은 잘 모르겠다. 내 안의 모든 감각이 마비된 느낌이다. 꽃다발을 들어 향기를 맡고 싶은 충동에 사로잡혔지만 참았다. 향기조차 느낄 수 없다는 걸 자각하는 게 두려웠다. 허리를 곧게 펴고 그 자리를 떠났다. 적어도 여기까지 올 수는 있었다. 이게 과연 한 걸음 나아간 건지는 알 수 없지만.

료는 도모가하마 수족관에서 일하고 있다. 그는 다쿠야와 어릴 적부터 친구였다. 다쿠야가 수족관을 그렇게 좋아했던 것도 아마 료의 영향이 클 것이다. 다쿠야는 형들이 사립 초, 중, 고등학교에 진학한 것과 달리 동네 공립학교에 다녔다. 장난기가 많은 아이였기에 가까운 곳에 함께 놀 친구가 필요하다는 부모님의 판단 때문이었다.

그의 집은 언덕 위에 있지만 땅값이 비싼 곳은 아니었다. 애초에 이 동네에는 언덕이 많다. 료의 집은 학군 가장자리의 공장이 많은 구역에 있었고 비탈길을 50미터만 내려가면 소박한 상점가가 나왔다. 료의 아버지는 자동차 정비소를 했지만 료가 공업고등학교를 졸업하고 자동차 정비 전문대학에 진학하려던 때부터 경영난에 봉착해 결국 자신의 정비소를 포기하고 다른 정비소에 일하러 나갔다. 그때 폐차나 부품 창고로 쓰던 인접 용지를 판 덕분에 1층을 정비소로 쓰던 자택만은 남길 수 있었다.

차를 좋아하던 다쿠야는 면허를 따기 전부터 정비소에 드나들며 료와 함께 차를 만졌다고 한다. 법에 저촉되지만 않으면 아이가 뭘 하든 신경 쓰지 않은 다쿠야의 부모는 그런 아들을 그대로 내버려뒀다. 고등학교는 서로 다른 곳에 갔지만, 다쿠야와 료는 자동차를 손보거나 낚시 등을 함께하며 계속 가까운 친구로 지냈다.

다쿠야가 우여곡절을 거쳐 마을에 다시 돌아왔을 때 료는 수족관에서 사육사로 일하고 있었다. 5년 전 수족관 리모델링과 함께 새로 채용된 것이다.

수족관 직원이 하는 일은 물고기 사육에 그치지 않고 어획, 해양 조사, 수조 관리, 취수 펌프를 비롯한 기계 장비의 유지 보수, 잠수 청소, 전시 기획 등 다방면에 걸쳐 있다. 아마 기계를 잘 다루는 료의 능력을 높이 평가한 게 아닐까 싶다. 과묵하고 꼼꼼하며 끈기 있는 성격도 사육사로 적합하다고 한다. 이건 료의 상사인 히노 씨라는 사람에게 들었다.

수의사 자격이 있는 히노 씨는 수족관의 얼굴 같은 존재로, 다쿠야가 일하던 방송국에서 수족관이나 그곳 생물들을 소개할 때 항상 등장했다. 그 인연 덕에 다쿠야는 히노 씨와도 친하게 지냈다. 료와 셋이 함께 술을 마시러 가는 날에는 나도 가끔 함께했는데, 체격이 다부지고 건장한 히노 씨가 손짓발짓을 섞어 가며 들려주는 수족관과 바다 이야기는 무척 흥미진진했다. 히노 씨와 다쿠야가 신나게 수다를 떠는 모습을 료는 옆에서 흐뭇하게 지켜보며 귀를 기울였다.

다쿠야는 그럴 때 "좋겠다, 료는"이라는 말을 자주 했다. 그 말을 들은 료가 어정쩡하게 미소 짓는 모습도 자주 봤다.

다쿠야는 그 말을 거의 입에 달고 살았다.

다쿠야를 따라 료의 집에도 몇 번인가 가 본 적이 있었다. 1층 정비소는 문을 닫은 이후에도 그대로 남아 있었고, 료와 그의 아버지 모두 정비공으로 일했기에 다쿠야는 그곳에서 마음껏 차를 만질 수 있었다. 그는 어릴 때부터 그곳을 자주 드나들어서 집에 아무도 없어도 마음대로 들어가 공구를 꺼내 쓰기도 했다.

지금은 주차장이 돼 버린 인접 용지에 당시에는 폐차들이 쌓여 있었고 다쿠야가 말하길 그곳은 '보물 창고'였다고 한다. 정비소에서 실컷 차를 만지다가 질리면 항구로 낚시를 하러 갔다. 다쿠야와 료는 그렇게 어린 시절을 함께 보냈다.

아마 그때부터 다쿠야는 "좋겠다, 료는"이라는 말을 하기 시작했을 것이다. 료와 함께 놀다가 자신만 피아노 레슨을 받으러 가는 게 싫었을까. 다쿠야가 기름때 묻어 까매진 손으로 집에 돌아가면 그의 어머니는 허리를 젖히며 호들갑스럽게 놀랐다고 한다. 다쿠야는 그런 이야기를 들려주며 자기 차를 간단히 수리하거나 사양을 바꾸기도 했다.

정비소에서 들리는 소리를 듣고 료의 아버지가 외부 철계단을 내려와 도와줄 때도 있었다. 그는 위암 때문에 위의 3분의 2를 절제한 뒤부터 예전처럼 일을 하기 어려운 듯했다. 계단 아래에 걸터앉아 담배를 피우며 가만히 우리를 지켜보기만 할 때도 있었다. 다쿠야는 혼자 힘으로는 고칠 수 없을 때는 차를 그대로 두고 갔고, 그러면 수족관에서 돌아온 료가 능숙하게 고쳐 놓았다.

료에게는 어머니가 없었다. 그가 초등학생 때 정비소 직원과 눈이 맞아 도망쳤다고 한다. 잔인하게도 그때 정비소 운영 자금도 들고 도망쳐서 경영이 휘청거렸다고 들었다. 료는 지금도 어머니에 대해서는 한마디도 하지 않는다. 어머니는 가출할 때 세 살이던 료의 동생만 데려갔다.

그런 이야기는 료의 아버지가 들려줬다. 어머니 이야기가 나올 때 다쿠야는 차 밑에서 아무 말도 하지 않았고, 나는 뭐라고 반응해야 할지 몰라 난감한 적이 몇 번 있다.

료의 아버지도 별생각 없이 푸념을 늘어놓는 듯했다.

"료도 사실 엄마를 따라가고 싶었을 거야."

아버지는 담배 연기를 뿜으며 힘없이 웃었다.

수족관 입구를 지나는데 저 멀리 료가 커다란 공구 상자를 들고 가는 모습이 보였다. 그는 나를 알아보지 못하고 사육사 전용 통로로 들어가 버렸다. 아직 료와 마주할 용기가 없어서 나는 조금 안도했다.

해파리 전시실 안을 천천히 거닐었다. 수족관은 수조를 돋보이게 하려고 수조 내부는 밝고 통로 조명은 어둡게 돼있다. 어둠 속에서 파랑해파리와 말레이원양해파리가 둥둥 떠 있는 수조들 사이에 있으면 바닷속이 아닌 마치 우주 공간에 와 있는 듯한 착각이 든다. 내 앞으로 커플 한 쌍이 걷고 있다. 여자 쪽이 조금 더 키가 큰 듯한데 무슨 말을 할 때마다 남자의 팔에 기대어 조용히 웃었다.

두 사람은 벨루가 수조 앞에서 꽤 오랫동안 대화를 나누고 떠났다. 나는 두 사람의 발소리가 멀어질 때까지 기다렸다가 벨루가에게 다가갔다. 벨루가는 내 모습을 알아본 것처럼 수면 아래로 유유히 내려와 까만 눈동자를 굴리며 아크릴 벽에 부비듯 머리를 갖다 댔다.

"베가, 잘 지냈니?"

나직이 말을 걸었다.

이 벨루가는 5년 전 수족관이 리모델링됐을 때 캐나다에서 들여온 수족관의 트레이드마크다. 공모를 통해 이름이 '베가'로 정해졌는데, 아마 '벨루가'에서 따온 것이겠지만 암컷이니 '직녀성'의 의미도 담겨 있을지 모른다. 나는 두꺼운 아크릴 유리판에 귀를 갖다 댔다. 벨루가는 북극권과 한대 지역에 서식하므로 수조 수온도 낮게 설정돼 있다. 뺨에서 서늘한 기운이 느껴졌다.

베가는 내 말을 알아듣는 것처럼 유리 안에서 빙글빙글 돌며 헤엄쳤다. 귀를 기울이니 "큐르륵, 큐르륵" 혹은 "쿠추쿠추"라고도 들리는 베가의 울음소리가 들렸다. 이가 맞물리는 듯한 딱딱 소리도 섞였다. 벨루가는 '바다의 카나리아'라고 불릴 만큼 수다스러운 돌고래다.

마지막으로 큐웅 하고 애교를 부리는 듯한 소리가 들렸다. 수조를 보니 물속에 뜬 베가의 얼굴이 놀라울 만큼 가까이 있었다. 나도 모르게 웃음이 나왔다. 베가는 입을 오므리며 마치 말을 거는 듯이 움직였다. 이 아이는 나와 다쿠야를 기억할까. 다쿠야는 여기 오면 늘 다른 사람이 없는 틈을 노려 이렇게 벨루가가 내는 소리를 들었다.

"들어봐. 꼭 오케스트라 연주 시작 전에 조율하는 소리 같지 않아? 그렇지? 그렇게 들리지?"

다쿠야는 행복한 표정으로 나에게 물었다.

벨루가는 성대가 없다. 코안에 있는 주름을 진동시켜 소리를 낸다. 그 진동은 물을 통해서 전달된다.

"그러니 우리도 이렇게 귀 뼈로 직접 진동을 느끼는 게 돌고래와 소통하는 올바른 방법이야."

소리, 물, 생물. 다쿠야를 사로잡았던 찬란한 모든 것.

다쿠야는 순수하고 욕심이 없으며 천성적으로 밝았다. 유복한 가정에서 자랐지만 편견 없이 세상을 볼 줄도 알았다. 그래서 서민 동네에서 고생을 많이 한 료와 격의 없이 지낼 수 있었다. 료도 성장 환경 같은 건 개의치 않는 성격이라 두 사람은 오랜 친구 사이였다.

어릴 때와 똑같이 친근감을 담아 다쿠야는 말하곤 했다. "좋겠다, 료는" 하고.

료는 그 말을 어떤 기분으로 들었을까. 처음으로 그런 생각을 했다.

료에게는 사귀는 사람이 있었다. 아야나라는 이름의 그녀는 다쿠야가 일하는 방송국에서 아르바이트를 했는데, 다쿠야의 소개로 만나 둘은 교제를 시작했다. 우리는 가끔 더블데이트도 했다. 아야나는 천진난만하고 애교가 많아 료와 잘 어울렸다.

하지만 아야나는 료 몰래 방송국의 다른 젊은 디렉터와도 사귀고 있었다. 료는 아야나가 사는 원룸을 찾았을 때 두 사람의 외도 현장을 목격했다. 격분한 나머지 그에게 주먹을 휘둘러 다치게 했다. 소식을 전해 들은 다쿠야가 중재에 나섰고 결국 그 디렉터는 자기 경력에 흠이 날까 봐 료를 고소하지 않았다. 스스로 아야나와의 관계도 끊었다. 아마 처음부터 가벼운 만남이었을 것이다.

아야나가 울면서 사과했지만 료는 그녀를 용서하지 않았다. 옆에서 다쿠야가 설득해도 귀 기울이지 않았다. 아야나는 결국 아르바이트를 그만두고 우리 앞에서 사라졌다. 료가 그렇게까지 아야나를 완고하게 거부한 이유를 다쿠야는 알지 못한다. 료는 나에게만 털어놓았다. 자신은 어릴 때 어머니가 정비소 직원과 관계를 맺는 광경을 여러 번 목격한 적이 있다고.

정비소의 어둑한 그늘과 폐차 안에서 어머니는 젊은 직원과 추하게 뒤엉켜 있었다. 어린 료의 뇌리에 그 광경이 깊이

각인돼 버렸다. 그리고 아야나의 외도 현장을 목격했을 때 그런 기억이 플래시백처럼 떠오른 탓에 자기도 모르게 격분한 것이다.

"엄마는 집을 나갈 때 나도 데려가려고 했지만 내가 거부했어. 도저히 따라갈 수 없었어. 그런데도, 그런 사람인데도······ 늘 그립더라."

료는 그렇게 고백했다.

그 이야기를 다쿠야에게는 할 수 없었다. 료가 아야나와 헤어진 걸 안타까워하는 다쿠야는 료의 복잡한 내면을 진정으로 이해하지 못할 것 같았다. 료도 비슷한 심정이었으니 나에게만 털어놓지 않았을까. 다쿠야에게는 비밀이었던 료의 고백은 내 안에서 언제까지나 작은 이질감으로 남았다.

다쿠야의 부모는 꾸밈없는 털털한 분들이고 다쿠야도 그런 성격을 물려받았지만, 나는 때때로 불편함을 느끼는 순간이 있었다. 아량이 넓다고 할 수도 있겠지만 세상 무엇에 집착하지 않고 대부분 받아들이는 그 여유로움의 이면에는, 경제적 풍요가 가져다주는 무의식적인 우월감이 깔려 있지 않았을까. 자신들은 이미 행복이라는 이름의 섬에 발을 딛고 있기 때문에 그 주변 바다를 호화 유람선이 지나가든 낡은 고물선이 지나가든 신경 쓰지 않는 것이다.

다쿠야와 료는 순수한 우정으로 맺어져 있었다. 그건 틀림없는 사실이지만 그 관계를 유지하는 과정이 료는 힘들었을지 모른다. 그리고 다쿠야는 그런 료의 마음을 알아차리지 못했다. 유복한 가정에서 자랐기에 저도 모르게 생긴 악의 없는 무신경함.

다쿠야의 사고 이후로 유리처럼 섬세한 마음씨를 가진 료를 제대로 마주하지 못했다. 서로의 깊은 상처를 드러내 보이는 게 두려워 계속 그 순간을 미루기만 했다. 료의 곁을 맴돌며 갈팡질팡했고 오늘도 역시 멀리서 그를 지켜보고 있다. 다쿠야의 가장 친한 친구를.

항구의 부두. 료는 몸을 웅크린 채 낚싯줄을 드리우고 있다. 목을 살짝 앞으로 내민 그를 멀리서도 한눈에 알아볼 수 있었다.

요즘은 어떤 물고기가 낚일까. 다른 낚시꾼은 보이지 않는다. 만 안쪽은 고요하지만 외해에는 하얀 삼각파도가 일고 있다. 항구 너머의 산 위로는 솔개 두 마리가 원을 그리며 날았다.

료와 조금 떨어진 곳에 널린 어망 아래에 나는 서 있었다. 맑은 바닷물 속에서 작은 물고기 떼가 헤엄치고 있지만 찌는 꿈쩍도 하지 않는다. 료는 미간을 찌푸린 채 바다를 내려다보고 있다. 낚시를 즐기는 사람처럼 전혀 보이지 않는다. 바로 눈앞에서 작은 어선이 지나갔다.

"료! 요즘 같은 때에 고기가 잡히겠냐?"

햇볕에 까맣게 그을린 젊은 어부가 소리쳤다. 아마 다쿠야와 료의 동창일 것이다. 수족관에 전시할 물고기를 잡으려면 현지 어부들의 협조가 필수라 료는 평소 그들과 친하게 지냈다. 그런데 오늘은 시큰둥하게 손만 들어 반응해서 내가 대신 손을 흔들어 줬다. 어선이 엔진 소리를 울리며 멀어졌다.

"료!"

등 뒤에서 누가 부르는 소리가 들렸다. 나는 료와 동시에 고개를 돌렸다.

멀리서 료의 아버지가 걸어오고 있었다. 지팡이를 짚은 채 숨을 헐떡이고 있지만 마음만큼 다리가 따라 주지 않는 듯하다. 다가오는 그를 보며 나는 깜짝 놀라 숨을 집어삼켰다. 이 사람을 마지막으로 본 게 언제였을까. 그때에 비해 너무 수척하고 힘이 없어 보였다.

간신히 가까이 왔을 때 아버지는 멈춰 서서 숨을 골랐다. 말하는 것도 아닌데 입가를 끊임없이 우물거리고 있다.

그는 지팡이를 짚으며 몇 걸음 더 나아가 료 곁으로 다가갔다.

"료. 왜 다쿠야에게 돈을 빌리지 않았던 거냐?"

순간 숨이 멎는 듯했다. 료는 다시 바다로 고개를 돌렸다.

"그 녀석이 어떻게든 마련해 보겠다고 했잖아? 그런데도 넌……."

기억이 되살아났다. 료의 가족이 운영하는 정비소에는 아직 거액의 빚이 남아 있었다. 위암 치료가 길어지며 아버지는 일을 할 수 없었고 결국 빚 때문에 곤란해졌다는 이야기를 다쿠야에게 들었다. 료의 월급으로는 도저히 빚을 감당하지 못했고 치료비도 계속 늘었다. 그래서 보다 못한 다쿠야가 돈을 빌려주겠다고 나섰다. 그러지 않으면 정비소가 다른 사람 손에 넘어갈지도 모른다고 걱정했다. 하지만 료는 스스로 어떻게든 해 보겠다며 그 도움을 거절했다. 완강히 고개를 젓는 료를 보며 다쿠야는 설득을 시도했다. 그때 이런 말도 했다.

"괜찮아. 네가 그 디렉터를 때렸을 때도 내가 그 재수 없는 자식에게 합의금을 쥐여 줬으니까."

료가 깜짝 놀라는 게 느껴졌다. 다쿠야는 그런 걸 친절로 착각하고 있었다. 착각을 바로잡아 줄 사람이 그의 가족 중에는 없었다.

그 후 그 사고가 일어났고.

나를 둘러싼 세계가 송두리째 바뀌어 버렸다. 그래서 료의 집이 이후 어떻게 됐는지 신경 쓸 여유도 없었다.

아버지는 두 손으로 지팡이를 꼭 붙들고 료 뒤에 서 있었다. 가까이서 보니 더 여위고 왜소해 보인다. 안색이 나쁘고 옷차림도 초라하지만 눈빛만은 예사롭지 않은 광채를 띠고 있었다.

"다쿠야에게 도움을 받았어도 됐잖냐. 조금이라도……."

"가세요."

료는 고개를 돌리지 않고 말했다. 그러자 아버지가 격분했다.

"아버지한테 그게 무슨 말버릇이야!"

지팡이를 놓는 바람에 몸이 휘청였다. 나도 모르게 달려가려고 했지만 내가 발을 내딛기도 전에 병약한 남자는 간신히 중심을 잡았다.

"그런 식이니 네 엄마한테도 버림받은 거다."

료가 흠칫하며 고개를 들었지만 곧 수치스러운 듯이 아랫입술을 깨물었다.

아버지는 다시 발길을 돌려 처음 왔을 때처럼 서둘러 그 자리를 떠났다. 나는 료와 아버지의 뒷모습을 번갈아 보다가 아버지를 뒤쫓았다. 그는 서툰 술사가 조종하는 마리오네트 인형처럼 어색하게 발걸음을 옮겨서 금세 따라잡을 수 있었다.

"저, 아저씨……. 무슨 일이에요? 정비소는 어떻게 됐나요?"

그는 대답하지 않았다. 눈물인지 콧물인지 모를 투명한 물줄기가 얼굴에서 흘러내린다. 그것을 닦지도 않고 입으로 의미를 알 수 없는 말을 중얼거리고 있다.

"잠깐만요, 아저씨."

나는 그의 어깨에 손을 얹었다. 그러자 그는 몸을 움찔하고 자신의 어깨를 돌아봤다.

"저리 가! 저리 가!"

갑자기 지팡이를 휘두르기 시작했다. 나는 반사적으로 물러나 가까스로 지팡이에 맞지 않았다. 바로 옆 어부 휴게소에서 뚱뚱한 중년 여자가 뛰어나왔다.

"뭐 하시는 거예요. 위험하게."

여자는 그가 거칠게 휘두르는 지팡이를 단번에 제압했다. 고무 앞치마를 두른 또 다른 여자가 휴게실에서 나왔다.

"무슨 일이야?"

"무슨 일이긴. 그 정비소 할아버지셔. 아니, 이제 정비소는 없어졌지. 아무튼 치매가 심해져서 이제 다들 감당을 못해."

여자가 료의 아버지의 팔을 붙잡고 지팡이를 다시 쥐여줬다. 그는 풀이 죽은 채 그녀가 시키는 대로 따랐다.

"이사 가셨다고 들은 것 같은데. 혼자 가실 수 있어요?"

그는 대답하지 않고 고개를 숙인 채 걷기 시작했다. 두 여자는 얼굴을 한 번 마주 보고 다시 휴게소로 돌아갔다. 고개를 돌리니 아직 부두에 료의 모습이 보였다. 해가 저물고 있다. 저녁 조업을 나가는 배가 이번에는 조용히 료 앞을 지나쳐 갔다.

나는 료의 집으로 향하는 길을 걸었다.

그곳에 이제 정비소는 없다. 검은 흙이 드러난 공터에 잡초만 군데군데 쓸쓸히 자라고 있다. 주의 깊게 보지 않으면 옆 주차장이 조금 넓어진 것처럼 보일 정도다.

부지가 이렇게 작았나. 나는 말없이 그곳에 멍하니 서 있었다. 다쿠야가 항상 드나들던 익숙한 정비소. 그 사고 전에도 엔진 상태를 점검받기 위해 차를 맡겨 둔 작업장. 료의 아버지가 앉아 있던 가파른 바깥 철계단.

이제는 그 모든 게 흔적도 없이 사라졌다.

이곳이 다른 사람에게 넘어가는 걸 원치 않아 다쿠야는 도움의 손길을 내밀었을까. 하지만 료는 그것을 거절했다. 이렇게 될 줄 알면서도 다쿠야의 제안을 뿌리쳤다.

정비소는 다쿠야에게 차를 다루는 즐거움을 알게 해 준 장소였겠지만, 료에게는 삶의 근간이었다. 생활의 버팀목이자 어머니와 추억이 깃든 장소를 잃는 게 어떤 의미인지 다쿠야는 온전히 이해하지 못했다.

다쿠야가 건네려 한 돈은 료의 아버지에게는 무척이나 간절한 것이었다. 그러나 다쿠야의 집안 형편에서는 그리 큰 돈이 아니었을 것이다. 그런 격차조차 의식하지 못할 만큼 다쿠야는 선량하고 명랑하며 순수했다.

그 뒤로도 그는 계속 친한 친구에게 말했다. "좋겠다, 료는"이라고.

그렇게 다쿠야, 그리고 나 또한 료에게 계속 상처를 주고 있었다.

베가와 소통할 수 있다면 얼마나 좋을까. 지금껏 몇 번인가 그런 생각을 했지만 오늘은 유독 간절했다.

벨루가는 해수면의 95퍼센트가 얼음으로 덮인 해역에서도 얼음 틈새를 찾아 숨을 쉴 수 있다고 한다. 돌고래류가 지닌 반향 정위, 즉 에코로케이션 능력 덕분이라고 전에 히노 씨에게 들었다. 비강 안에서 생성한 음파를 머리에 있는 멜론체에 수렴해 얻는 능력이라고 한다. 벨루가는 다른 돌고래보다 멜론체가 더 발달해서 이마가 불룩하게 튀어나와 있다. 그 뛰어난 능력 덕에 그들은 바닷속을 탐색하며 서로 소통한다.

하지만 수족관에서 홀로 사육 중인 베가는 누구와도 대화할 수 없다. 그렇게 자주 울음소리를 내는데 누구에게도 전해지지 않는다. 그 능력을 잠시라도 내게 빌려줄 수는 없는 걸까.

베가는 수조 유리 앞에 선 내 앞을 빙글빙글 돌며 유연하게 헤엄쳤다. 꼭 모든 걸 아는 듯한 표정으로 내 코끝을 짧은 주둥이로 툭툭 건드리기도 한다. 검은 눈동자에서는 지성이 느껴지고 깊은 통찰력이 담긴 것처럼 보이기도 한다.

"베가, 난 어떡해야 할까."

내 입술 움직임을 주의 깊게 읽으려는 듯이 베가가 나를 돌아봤다. 그리고 목을 두세 번 흔들었다. 내 마음이 전해진 걸까. 벨루가는 고정되지 않은 일곱 개의 경추가 있어서 목을 전후좌우로 자유롭게 움직일 수 있다.

나는 아크릴 유리에 손가락으로 동그라미를 그렸다. 수온이 낮게 유지되기 때문에 유리 표면에 옅게 맺힌 결로 위에 둥근 원 자국이 뚜렷하게 남았다. 베가는 그걸 가만히 바라보더니 입에서 퐁 하고 공기 방울 고리를 뿜었다. 투명한 고리가 물속을 떠돌다 서서히 위로 오르기 시작한다. 베가는 그걸 내게 더 잘 보이게 하려는 듯 주둥이 끝으로 툭툭 건드리며 아래로 끌어내리려고 했다. 무심코 웃음이 터졌다.

"고마워."

정말 말이 통하면 좋을 텐데. 나는 돌아서서 수조 앞을 떠났다. 베가는 물속에 선 자세로 헤엄치며 어리둥절한 듯 고개를 갸웃거리면서 나를 배웅했다.

완만한 경사로를 따라 내려가 작은 숲을 연상케 하는 수초 수조 앞을 지났다. 인공 바위 사이에 심어진 리시아와 히그로필라, 펄그라스가 태양광에 가까운 파장의 조명 아래에서 아름답게 빛나고 있다.

노란 모자를 쓴 초등학생 무리가 눈앞을 지나갔다. 야외 수업의 일환으로 수족관을 찾은 모양이다. 맨 뒤에서 담임 선생님이 따라오고, 맨 앞을 걷는 사람은 히노 씨다. 아이들은 한치와 오징어 수조 앞에 멈춰 섰다.

"자, 얘들아. 모여라!"

히노 씨가 크게 외쳤다.

"여기 있는 건 무슨 생물일까요?"

"오징어!"

"그 정도는 저희도 알아요."

"회로 먹으면 맛있잖아."

아이들이 입을 모아 떠들었다.

"맞아. 이게 오징어고 이건 한치란다. 오징어처럼 몸 표면이 물러서 상처 입기 쉬운 생물들은 키우기도 어렵지. 오늘은 수족관에 있는 수조와 물고기에 대해 알려 주마."

나는 한참 뒤의 어두운 곳에 서서 히노 씨의 강의를 들었다. 히노 씨의 이야기를 듣는 건 오랜만이다. 그는 물고기가 수조 유리에 부딪혀 다치지 않게 수족관에서 어떤 노력을 하는지 설명했다. 듣는 사람을 끌어당기는 그의 화술은 여전히 매력적이었다.

아이들도 열심히 귀를 기울였다. 물고기들은 대체로 피부가 약하지만 어류에는 측선이라는 감각 기관이 있어 그것으로 유리를 인식해 피한다고 한다. 그러나 번식 중인 치어나 오징어류는 수조 유리에 부딪혀 죽는 일이 자주 있다고 히노 씨는 덧붙였다.

"물고기의 몸에는 정말 상처가 잘 생긴단다. 아저씨는 마음에 상처가 잘 생기지만."

그러자 아이들과 선생님이 웃음을 터뜨렸다.

"아무튼 그래서 수족관에서는 수조 안에 부드러운 재질로 된 커튼형 울타리 같은 걸 쳐서 물고기를 보호하기도 해. 모든 수족관이 여러모로 고민하고 있지만 쉬운 일은 아니야."

히노 씨가 손수레 주변으로 아이들을 불러 모았다. 수레 위에는 작은 빈 수조가 있었다.

"그래서 우리 수족관에서는……."

히노 씨는 짐짓 신중하게 플라스틱 용기를 꺼냈다.

"지역 식품 회사와 이런 걸 함께 개발했지."

그는 용기 속에 있는 액체를 붓에 묻혀 수조 안쪽 윗부분에 둥글게 발랐다. 아이들은 눈을 반짝이며 사육사의 행동을 지켜봤다.

"자, 이제 여기에 물을 뿌리면……."

다른 사육사가 물뿌리개로 수조에 물을 뿌렸다. 아이들은 서로 밀치며 수조 안을 들여다봤다.

"안쪽을 만져 보렴."

히노 씨는 앞에 선 남자아이의 손을 잡고 유리면 안쪽을 만지게 했다. 남자아이는 "우와!" 하고 탄성을 질렀다. 덩달아 작은 손들이 우르르 뻗어 와 수조 안에 들어갔다.

"어, 뭐야? 이거."

"뭔가 미끌미끌해."

"아니야. 폭신하고 부드러운걸."

"아까 위에만 바른 약품이 물기를 머금고 내려와 유리면 전체에 얇은 막을 만든 거야."

히노 씨가 연기하듯 헛기침을 하고 말했다.

"이 기술은 도모가하마 수족관에서 개발했단다. 이게 쿠션 역할을 해서 오징어나 어린 물고기들이 부딪혀도 안전해."

"우와."

"그런데 왜 식품 회사랑 같이 만든 거예요?"

처음 수조를 만진 남자아이가 궁금해하며 물었다. 그러자 히노 씨는 "오오!" 하고 크게 놀라는 시늉을 했다.

"좋은 지적이구나. 사실은 말이지. 이거, 성분이 한천이 란다."

"한천요?"

"응. 요리 같은 데 쓰이는 그 한천 말이야. 해조류로 만들 어서 물고기들에게도 무해하거든."

거기까지 말하고 히노 씨는 손으로 입가를 가렸다.

"이런. 더 이상은 말 못 하겠다. 기업 비밀이라."

"아, 알겠다! 아저씨, 특허 같은 걸 내려는 거죠?"

"대박! 도모가하마 수족관, 대박 나겠다!"

장난기 많은 남자아이들이 떠들자 히노 씨는 허둥지둥 손 을 휘저어 부정했다.

"아니야, 아니야. 그런 건 아니야. 아직 시험 단계라 전시 용 수조에는 못 쓰거든. 예비 수조에만 쓸 수 있어. 유리에 막이 생기면 아무래도 투명도가 떨어져서 말이야."

히노 씨는 아이들에게 보여 주려고 미리 준비했는지 가는 막대기 끝에 붙인 누군가의 얼굴 사진을 수조 안에 넣었다.

나는 까치발을 들어 그 광경을 지켜봤다. 수조 안에 들어간 사람의 얼굴이 우는 것처럼 일그러져 보였다.

"정말이네, 잘 안 보여."

"아직 개선할 부분이 많구나."

팔짱을 끼고 어른스럽게 말하는 남자아이를 히노 씨가 쓴 웃음을 지으며 내려다봤다. 문득 수조 안에 있는 얼굴이 마지막으로 봤던 다쿠야의 얼굴과 겹쳐 보였다. 사고가 난 차의 운전석에 있던 피투성이 얼굴. 끈적한 땀이 손바닥에 번졌다.

히노 씨와 다른 사육사는 손수레에 수조를 실어 통로 한쪽에 치우고 아이들과 함께 다른 곳으로 갔다. 아이들이 떠드는 소리가 점점 멀어지자 나는 수조로 다가갔다. 조심스레 손을 수조 안에 넣는다. 유리 안쪽을 덮은 막에 손가락이 닿자 탄력 있는 반투명한 막의 촉감이 전해졌다. 손가락 끝에 힘을 줘서 막을 걷어내자 탱글탱글하게 굳은 한천 조각 같은 것이 손가락에 달라붙었다.

나는 손가락 끝에 붙은 그 덩어리를 가만히 들여다봤다.

그때……

다쿠야가 운전하던 차는 관목 사이를 비집고 인도로 돌진했다. 차체가 크게 튀었지만 속도는 전혀 줄지 않았다. 나는 얼어붙어서 그 광경을 멍하니 지켜볼 수밖에 없었다.

사고 직후, 나는 차 앞 유리를 두드리며 다쿠야를 불렀지만 그는 축 늘어진 채 대답하지 않았다. 유리 바깥쪽에서 반투명하고 미끈거리는 뭔가가 빗물에 씻겨 흘러내렸다. 꼭 유리의 껍질이 한 겹 벗겨지듯 내 손끝을 스치고 지나갔다. 대체 이게 뭘까 하고 필사적으로 떠올렸던 기억이다. 그리고 지금 이 순간, 그때 일이 다시 생생하게 되살아났다. 그 물질은 빗물에 주르륵 쓸려 도로 배수구로 들어갔다.

그것은 한천이었다. 나는 손끝을 바라보며 마침내 그것을 깨달았다.

멀리서 천둥 치는 소리가 났다. 바람이 거세지만 비는 아직 내리지 않는 듯하다. 바람 속에서 희미하게 봄 내음이 풍겼다. 내가 정신을 놓고 있는 동안에도 계절은 변함없이 바뀌고 있다. 언제까지 이렇게 혼자 헤매고 있을 수 없다. 오늘에야말로 모든 걸 명확히 마주하고 과거와 결별하기로 마음먹었다. 아무리 끔찍한 일이어도 외면하지 말고 받아들이자. 그러지 않으면 지금 여기서 나는 단 한 걸음도 나아갈 수 없다.

나는 어두운 해파리 전시실에 있는 대형 수조 뒤에 웅크리고 숨었다. 잠시 후 형식적인 순찰이 이뤄지고 폐관 시간이 됐다. 오늘은 료가 당직인 걸 미리 알아 뒀다. 십여 명의 직원이 교대로 당식을 서며 수조 누수나 펌프 고장 같은 문제에 대비한다. 밤이 깊어지기를 기다렸다가 해파리 전시실에서 나왔다.

높은 곳에 있는 창문에서 하얗게 번쩍이는 번갯불이 보였다. 천둥이 치는 밤에는 긴장을 늦출 수 없다. 정전이 일어날 수 있어서 당직 직원은 한눈팔기 어렵다. 료는 지금 아마 관내를 순찰하고 있을 것이다. 벨루가 수조를 향해 걸어가는 그를 금방 찾을 수 있었다.

"료!"

간절한 마음을 담아 그를 불렀다. 몇 번의 부름 끝에 간신히 료가 발걸음을 멈췄다. 주위를 두리번거리지만 나를 찾지 못하고 다시 벨루가 수조 쪽으로 몸을 돌린다. 베가가 호기심이 생긴 듯 수면 근처에서 스르르 내려왔다. 나는 료 뒤에 섰다. 차가운 수조 유리에 내 모습이 비쳤다. 료가 깜짝 놀라 숨을 삼키는 게 느껴졌다. 어떻게든 료와 대화를 나눠야 했다.

베가는 유리 너머에서 나를 알아보고는 검은 눈동자를 이리저리 굴리고 머리의 멜론체를 꾸물꾸물 움직였다.

베가, 나한테 힘을 빌려줘! 나는 속으로 외쳤다.

료는 아크릴 유리 거울에 비친 나를 보며 몸서리치고 있었다. 얼굴이 백지장처럼 새하얗다. 수조 안 베가의 모습이 유리에 비친 나와 겹쳤다.

"료, 노란 장미 고마워."

베가의 입에서 내 말이 나왔다.

"하지만 그건 받을 수 없어. 왜냐하면……."

목소리가 떨렸다.

"왜냐하면, 넌 다쿠야를 죽이려고 했으니까."

스스로 뱉은 말에 전율이 일었다. 베가는 나를 응원하듯 고개를 흔들었다.

"그 사고가 있었던 날 다쿠야는 혼자 차를 몰고 멀리 나갈 예정이었어. 그래서 전날 너희 정비소에 차를 맡겼지. 장거리 운전 전에 엔진 상태를 점검받으려고 한 거야. 그때 넌 다쿠야 차에 무슨 짓을 했을까?"

료는 눈을 부릅뜨고 베가와 마주 보고 있었다. 움켜쥔 주먹이 부들부들 떨리고 있지만 입을 열지 않는다.

"다쿠야의 차 앞 유리 위쪽에 약품을 발랐지? 이 수족관에서 개발한 한천 성분의 그 약품을. 그건 물에 닿으면 팽창해서 유리 표면에 막을 만드는 탓에 순식간에 시야가 가려져. 그리고 그날에는 갑자기 비가 쏟아질 수도 있다는 예보가 있었어."

거기까지 단숨에 말하니 온몸에서 힘이 쭉 빠졌다. 이런 이야기를 다쿠야와 가장 친했던 친구에게 하게 될 줄은 몰랐다. 하지만 이제는 해야 한다. 다쿠야를 위해 내가 직접 료와 맞서야 한다. 료는 힘없이 무릎을 꿇고 주저앉았다. 물속을 유영하던 베가가 가여운 듯이 바닥에 무릎을 꿇은 남자를 내려다봤다. 그 위에 내 말이 쏟아졌다.

"그렇게 다쿠야가 미웠어?"

"아니. 아니야, 아니라고!"

료는 고개를 격렬히 흔들며 소리쳤다.

알고 있었다. 다쿠야는 그런 말을 하지 말아야 했다. 료의 집이 압류당할 뻔했을 때 아무렇지 않게 빚을 대신 갚아 주겠다는 말을. 전에도 료를 위해 돈으로 문제를 해결한 적이 있었다는 말을. 그때 료의 마음속에서 뭔가가 뚝 끊어진 것이다. 하지만 결코 다쿠야가 미워서는 아니다.

다쿠야는 많은 것을 가진 사람이었다. 부유한 가정, 이해심 깊은 부모, 그리고 재능. 그는 그것들이 가져다주는 혜택을 당연하게 누리며 자유분방하게 살았다. 료는 그런 다쿠야 곁에 줄곧 붙어 있었지만 시기하거나 질투하지 않았다. 두 사람의 관계는 대등했다.

하지만 료와 다쿠야가 모르는 사이 두 사람은 조금씩 멀어지고 있었는지 모른다. 언덕 위 집에서 내려와 정비소에서 차를 만질 때, 료의 아버지의 푸념을 무심하게 흘려들을 때, 피아노 레슨을 받으러 언덕길을 뛰어 올라갈 때 다쿠야는 깊은 생각 없이 이렇게 말하곤 했다.

—정말 좋겠다, 료는.

그 말은 료의 마음을 조금씩 갉아먹었다. 오랜 시간 파도가 바위를 침식하듯.

언젠가 내가 느낀 그 위화감은 료의 가슴속에 박힌 작은 가시였다. 다쿠야가 그의 집 빚을 대신 갚아 주려고 한 건 순수한 선의에 따른 것이었다. 그러나 다쿠야는 몰랐다. 알

도리가 없었다. 그런 게 결국 두 사람의 관계를 무너뜨릴 거라는 걸. 그리고 균형을 이루던 천칭이 마침내 기울어져 버렸다. 료의 마음속에 있던 가시가 튀어나와 다쿠야에게 향했다.

료는 일종의 도박을 했던 게 아닐까. 그 장치가 제대로 작동해도 다쿠야가 사고를 당할 거라고 단정할 수는 없다(그럴 확률은 매우 낮다). 아무 일도 일어나지 않는다면 그걸로도 괜찮다. 오히려 료는 다쿠야가 무사히 운전을 마치고 돌아오기를 바랐고, 단지 그런 시시한 짓을 함으로써 감정을 가라앉히고 싶었을 것이다. 아무도 모르게 숨겨 온 료의 뒤틀린 마음 때문에 일어난 일이었지만, 료의 그 계획은 끔찍한 결과를 초래하고 말았다.

료를 용서할 수 없다. 절대 용서할 수 없다. 나는 이제 두 번 다시 다쿠야를 만나지 못하게 됐으니까.

베가가 내 곁에서 스르르 멀어졌다. 료는 바닥에 엎드린 채로 고개를 들어 수조에 비친 나를 올려다봤다. 내 어깨에 드리워진 머리카락이 정전기에 이끌리듯 살짝 허공에 떴다.

"당신을 증오해. 돌려줘, 날. 다쿠야 곁으로."

주변의 작은 수조들이 덜덜거리며 희미하게 흔들리기 시작했다. 물고기들이 놀란 듯 인조 바위 뒤로 숨는다. 내 머리카락은 천천히 물에 가라앉는 사람처럼 창백한 내 얼굴 주위를 맴돌았다. 료는 조심스레 몸을 일으키더니 두 손을 바지에 문질렀다.

"그런 일이 일어날 줄은 몰랐어⋯⋯. 미안해, 마리."

그 말을 끝으로 료는 경사로를 힘껏 뛰어 내려갔다. 베가가 피리 소리 같은 날카로운 경고음을 냈다. 그 소리는 고요한 수족관 안에 길게 울려 퍼졌다. 내가 마지막으로 본 것은 환한 번갯불 속에서 앞뜰을 가로질러 달려가는 료의 뒷모습이었다.

바다는 잠잠하다. 바람도 부드럽고 따스하다. 수족관을 찾는 이들은 이제 두꺼운 코트를 벗었다. 다쿠야도 그랬다. 버스 정류장에서 천천히 올라오는 다쿠야는 다리를 살짝 절었다. 얇은 하프 코트 깃이 바람에 펄럭였다.

"저런 코트를 언제 샀지⋯⋯."

무심결에 중얼거렸다. 그는 위령탑이 있는 곳으로 걸어가고 있다. 료가 바다에 몸을 던진 그곳으로. 거기서 다쿠야는 말없이 절벽 아래를 내려다봤다. 무슨 생각을 하는지 모를 표정으로 부서지는 파도를 오랫동안 내려다보고 있다. 그때 수족관 뒤편 여과조 쪽에서 누군가가 걸어왔다. 히노 씨다. 두 사람은 나란히 서서 다시 묵묵히 바다를 바라봤다.

료의 시신은 폭풍우가 가라앉은 다음 날 아침, 절벽 아래 바위틈에서 발견됐다. 경찰은 사건성이 없는 것으로 결론지었다. 그가 왜 바람이 거센 밤에 건물을 뛰쳐나가 위험한 절벽까지 갔는지는 아무도 모른다. 그날 밤 벨루가 수조에 비친 내 모습을 떠올렸다. 료를 증오한 나머지 추악하게 일그러진 얼굴. 료를 궁지로 몰아넣은 사람은 바로 나다. 하지만 그 사실을 다쿠야에게 전할 방법은 내게 없다. 나는 소귀나무 옆을 지나 살며시 두 사람에게 다가갔다.

"도쿄에 갈 거라면서?"

히노 씨의 말에 다쿠야는 고개를 끄덕이며 쓸쓸히 미소 지었다. 저 미소가 나에게 향할 일은 이제 없다. 그의 품에 안길 일도. 그의 무심한 농담에 내가 쓴웃음을 지을 일도 두 번 다시 없다.

"무슨 계획이라도 있어?"

"작은 음향 회사에 들어가기로 했어요. 친구가 일자리를 소개해 줬거든요. 음향의 기본에 아주 충실한 곳이래요. 그곳에서 다시 처음부터 배우려고요."

"그렇군. 마리도 분명 기뻐할 거야."

히노 씨는 다쿠야의 어깨를 툭 두드리고 자리를 떠났다. 다쿠야는 다시 바다를 내려다봤다. 잔물결도 없는 바다가 부드럽게 빛을 반사하고 있다. 잠시 후 다쿠야는 몸을 돌려 수족관 쪽을 봤다. 지금 이 순간을 기억에 새기려는 듯 천천히 주위를 둘러본디. 그리고 결국 수족관 안에는 들어가지 않고 처음 왔을 때처럼 다리를 조금씩 절며 비탈길을 내려 갔다.

나는 말없이 그 자리에 서 있었다. 사랑하는 연인의 뒷모습이 완전히 사라질 때까지.

그 후 다시 수족관 로비에 들어갔다. 역시 한산하다. 벨루가 수조 앞에 다섯 살 정도 돼 보이는 남자아이가 귀를 대고 있다. 전에 우리가 그랬던 것처럼. 베가는 아이에게 머나먼 바다 이야기라도 들려주려는 듯 옆으로 헤엄치며 주둥이를 움직였다. 누군가가 통로 저편에서 아이의 이름을 불렀다. 아이는 베가에게 손을 흔들고 뛰어갔다.

아무도 없는 벨루가 수조 앞으로 다가갔다. 베가는 꼬리지느러미를 한 번 저으며 나에게 다가왔다.

"베가, 난 이제 여기 있을 수 없어."

몸길이가 4미터나 되는 벨루가가 슬픈 듯이 끼잉 하고 울었다. 나는 베가를 향해 두 손을 내밀었다. 내 손이 유리를 통과했다. 내 몸이 점차 투명해졌다. 물처럼.

그날, 다쿠야의 차가 갑작스러운 폭우에 와이퍼를 켜기도 전에 시야를 잃고 광고탑에 충돌했을 때 나는 그의 차에 치였다. 튼튼한 독일 차는 내 허리 아래 뼈를 산산조각 내고 살을 으깼다. 보닛 위로 튕겨져 올라가 차 앞 유리로 다쿠야를 마주했다. 쏟아붓는 비는 료가 세운 음모의 증거를 지워 없앴다. 만약 차 자체에 손을 댔다면 사고 후 발각됐을 것이다. 료가 이룬 완전 범죄. 그의 유일한 실수라면 장거리 운전 끝에 홀로 사고로 죽을 예정이던 다쿠야가 살고 대신 내가 죽었다는 점이다.

"난 이만 가 볼게, 베가."

베가는 작은 등지느러미를 보이며 한 바퀴 빙 돌았다.

나는 이 수족관과 바다에서 벗어날 수 없었다. 나도 물의 부름을 받았던 걸까.

내가 내민 두 팔이 조용히 물속에 빨려 들어갔다.

어쩌면 나도 수족일지 모른다.

3
—
에어 플랜트

미야와키 치하루는 꽃집 앞에 서 있었다.

나는 버스 정류장에서 그 모습을 바라봤다. 그녀는 폐기용 나무 상자를 빤히 들여다보고 있다. 가게에서 나오는 불빛이 치하루의 작고 통통한 몸을 비췄다. 해 질 녘의 인도를 사람들이 바쁘게 오갔고, 그 틈에 섞여 가까운 곳에 서 있는데도 치하루는 나를 전혀 알아채지 못했다. 말을 걸고 싶지는 않았다. 촌스러운 사복 차림으로 알 수 있듯 치하루는 여직원이 많은 우리 회사 안에서 늘 겉도는 존재였다.

잠시 후 치하루는 허리를 숙여 뭔가를 들어 올렸다. 그녀가 손끝으로 집어 든 것을 나는 별생각 없이 봤다. 말라비틀어진 잎이 눈에 띄는 구불구불한 식물이다. 어쩌면 관엽 식물의 일부가 떨어져 나간 것일 수도 있다. 아무리 봐도 이미 시들었거나 죽어 가고 있다. 그때 꽃집에서 녹색 앞치마를 두른 직원이 나왔다.

"아, 그건 에어 플랜트예요. 지금은 그렇게 보여도 금방 다시 싱싱해진답니다. 아주 강한 식물이거든요."

에어 플랜트. 그러고 보니 전에 어느 여성지에서 본 적이 있다. 흙에 심을 필요 없이 그냥 두기만 해도 잘 자라서 손이 덜 간다는 식물이다. 공기 중의 수분을 흡수한다고 했나. 꽃집 직원은 집에서 일주일에 두 번 정도 분무기로 물을 뿌려 주고, 가끔 묽게 푼 액체 비료를 섞어서 주면 된다고 설명했다. 치하루가 돈을 내자 직원은 그 말라붙은 식물을 비닐봉지에 담아 그녀에게 건넸다. 치하루는 어린아이처럼 눈을 반짝이며 봉지를 받았다.

속으로 '바보 아니야?'라고 중얼거렸다.

나는 생명 보험사의 보전 부서에서 일하고 있다. 보전 부서는 계약 이후부터 만기까지 고객을 관리하는 부서다. 수익자 명의 변경, 인감 변경 신고, 보험 종류 변경 등을 하며 하루 종일 서류와 문서에 파묻혀 지낸다.

부서를 이끄는 히라카와 과장은 사무 처리의 달인으로 무려 천 가지에 이르는 서류들을 모두 꿰고 있을 뿐 아니라 과거 기록도 줄줄 외우다시피 한다. 그만큼 부하 직원에게도 완벽을 요구하며 작은 실수도 용납하지 않는 고집을 지녔다. 50대 중반의 독신이고 취미가 난초 재배라는 건 사내에도 널리 알려졌다. 국내에 몇 없다는 회귀한 난초를 키우며

애호가 잡지에 사진이 실린 걸 스스로 자랑하기도 했다.

일이 더디고 실수가 잦은 치하루는 언제나 그런 과장의 표적이 됐다. 책상에 펼쳐 놓은 서류를 주먹으로 내려치며 훈계하는 과장 앞에서 치하루는 초점 없는 눈으로 우두커니 서 있곤 했다. 과장의 입에서 '얼간이'니 '짐 덩어리' 같은 단어가 나올 때마다 다른 여직원들은 모니터 뒤에서 웃음을 삼켰다.

나와 치하루는 입사 동기지만 당연한 것처럼 나는 그녀와 거리를 두고 지냈다. 아무리 동료들에게 따돌림을 당하고 과장에게 눈엣가시 취급을 받아도 성격이 둔하고 음침한 치하루는 아무것도 느끼지 못할 거라 생각했다.

존재 가치 없이 무해하던 치하루에게 기이한 행동이 눈에 띄기 시작한 건 꽃집 앞에서 그녀를 본 지 한 달 남짓 지난 장마철이었다. 회사 사람들 모두 치하루가 뭔가 달라진 것을 눈치챘다.

"치하루 씨, 요새 눈빛이 왠지 이상하지 않아?"

누군가 한 말이 딱 맞았다. 늘 멍하고 흐릿하던 치하루가 쉽게 짜증을 내고 초조해하는 모습을 보였다. 뭔가에 쫓기는 것처럼 불안해하며 감정을 억누르지 못하는 듯했다. 그리고 얼마 후 치하루의 변화는 더 구체적인 형태로 나타났다. 그것은 바로 '도둑질'이었다.

처음 그 사실을 지적한 사람은 부서에서 가장 나이가 많은 미혼의 여직원이었다. 그녀가 아끼는 금빛 볼펜을 치하루가 태연하게 쓰고 있었다. 그 여직원은 당연히 화를 내며 치하루를 거칠게 나무랐다. 그러나 치하루는 욕설을 들으면서도 그녀의 손에 든 볼펜만을 뚫어져라 응시했다. 열기를 머금어 촉촉이 젖은 눈은 진심으로 볼펜을 원하는 사람의 눈빛이었다.

그날을 기점으로 치하루의 못된 손버릇이 숨기지 못할 만큼 드러나기 시작했다. 누군가 세면대에 두고 온 머리핀을 자기 머리에 꽂고, 휴게실 탁자에 둔 다른 사람의 책을 멋대로 가져가거나, 다른 직원이 서랍 속 동전통에 모아 둔 잔돈을 훔치기도 했다. 치하루가 손대는 것들은 하나같이 값나가는 게 아닌 보잘것없는 것들이었지만 그녀는 홀린 사람처럼 그런 행동을 반복했다. 꼭 보이지 않는 뭔가에 쫓기며 남의 물건에 손을 대지 않고서는 견딜 수 없는 듯했다.

어느 날 치하루가 퇴근한 후 장난기 많은 젊은 남자 직원이 치하루의 책상 서랍을 모조리 열어 봤다. 펜, 지우개, 계산기, 전자사전, 먹다 남은 약병과 화장품 등. 서랍 안은 다른 직원들의 물건으로 빼곡히 채워져 있었다. 상황이 이쯤 되니 섬뜩해졌다. 치하루는 분명 마음의 병을 앓는 거라고 짐작했다.

우리는 자구책으로 치하루의 손이 닿을 만한 곳에는 최대한 물건을 두지 않기로 했다. 그래도 치하루는 소소한 도둑질을 멈추지 않았다. 꼭 겨울잠에 들기 전 다람쥐가 도토리를 모으듯 초조함과 허기 비슷한 감정에 사로잡혀 있는 듯했다.

그러던 어느 날 치하루가 갑자기 회사에 출근하지 않았다. 무단결근이 일주일간 계속되자 히라카와 과장은 나에게 무슨 일인지 알아보고 오라고 지시했다.

"제가요?"

"그래. 뭐 문제라도 있나?"

우리는 어디까지나 우연히 입사 시기가 같아서 옆자리에 앉았을 뿐이지만 아무리 이유를 설명해도 과장은 장황하게 설교를 늘어놓으며 끝내 자기 뜻을 관철한다는 걸 나는 이곳에서 오랫동안 일하며 깨닫고 있었다. 결국 마지못해 지시를 받아들였다.

치하루가 사는 곳은 그녀의 수수한 성격과 꼭 어울리는 낡은 목조 다세대 주택이었다. 녹슨 외부 계단을 올라가면 나오는 다섯 곳 중 가운데 집이었다. 초인종을 여러 번 눌렀지만 응답이 없고 문도 잠겨 있었다. 그때 옆을 지나친 다른 주민이 옆에 있는 부지에 집주인이 산다고 알려 줬다.

여든 가까운 나이인데도 유난히 혈색이 좋아 보이는 집주인 노인은 치하루가 무단결근했다는 말을 듣자마자 열쇠 꾸러미를 들고 와 외부 계단을 뛰어 올라갔다. 문을 연 순간, 집 안에서 탁한 공기가 흘러나왔다. 그 안에는 희미한 곰팡

내도 섞여 있었다. 싸구려 가구와 소녀 취향의 패브릭, 분홍색 하트 무늬 커튼이 눈길을 사로잡았다.

집주인 노인은 거침없이 집으로 들어갔다. 좁은 현관에 잠시 가만히 서 있던 나는 노인의 부름을 듣고 신발을 벗었다. 집 안은 텅 비어 있었고 어디에도 치하루는 보이지 않았다.

조심스럽게 빛이 바랜 다다미에 올라섰다. 집 가장 안쪽에는 벽장이 딸린 다다미 여섯 장짜리 방이 있었다. 노인이 서슴없이 벽장을 열었고, 나는 앞쪽에 있는 작은 부엌을 들여다봤다. 식기 등이 별로 없어서 깔끔해 보였다. 흐릿하게 빛나는 스테인리스 싱크대 위에 뭔가가 놓여 있었다. 그 기묘한 것을 자세히 보기 위해 가까이 다가갔다. 그것은 양파처럼 겹겹이 포개진 채 잎이 사방으로 뻗은 식물, 그때 치하루가 꽃집에서 산 에어 플랜트였다.

놀라운 건 식물의 성장 상태였다. 말라죽기 일보 직전처럼 보이던 잎이 통통하게 부풀어서 꼭 영양분을 과하게 흡수한 다육 식물을 연상하게 했다. 나는 그걸 살며시 들어 봤다. 차갑고 묵직한 감촉이 느껴져 순간 움찔했다. 노인이 부엌에 들어오는 발소리가 들려 황급히 에어 플랜트를 내 가방에 넣었다.

왜 그런 짓을 했는지는 지금도 이해할 수 없다.

치하루의 행방은 묘연했다. 가족이 실종 신고를 했다고

하지만 아무도 이후 소식을 궁금해하지 않았다. 치하루가 쓰던 책상은 치워지고 사물함에는 다른 직원의 이름이 붙었다. 치하루의 존재를 떠올리게 하는 건 더는 아무것도 남지 않았다. 단 하나, 내 방 책상에 놓인 에어 플랜트를 제외하고는.

나는 잡다한 물건으로 가득한 책상 위에 에어 플랜트를 두고 그대로 방치했다. 물은 고사하고 액체 비료 한 번 주지 않았다. 시들면 버릴 결심이 설 것 같았다.

그러나 실제로는 식물 같은 걸 돌볼 마음의 여유가 전혀 없었다는 게 진짜 이유다. 히라카와 과장은 치하루가 하던 일을 고스란히 나에게 넘겼다. 맡고 나서야 알게 된 거지만, 치하루가 담당하던 서류들은 유독 복잡하고 작성하기 까다로운 것이었다. 이런 번잡한 업무를 왜 치하루에게 맡겼을까. 나는 필사적으로 늘어난 업무를 익혔고, 거기에 원래 하던 업무까지 겹쳐서 온종일 정신이 없었다.

히라카와 과장은 작은 실수를 발견할 때마다 고함을 치며 나를 질책했다. 전에는 치하루에게 쏟아지던, 차마 듣기 힘든 모욕이 나를 향해 날아왔다. 그제야 깨달았다. 치하루를 음습하게 괴롭히는 건 히라카와 과장에게 일종의 스트레스 해소였다. 일부러 치하루가 감당하기 힘든 일을 떠안기고 그녀가 실수하기를 기다린 것이다. 그리고 이제는 그 역할이 나에게 돌아왔다. 과장의 표적이 된 나에게 누구도 도움의 손길을 내밀지 않았다. 전에 내가 치하루에게 그랬던 것처럼.

매일매일 소화하기 벅찬 업무량이 나를 짓눌렀다. 내가 괴로워하고 궁지에 몰리는 걸 과장은 은근히 즐겼다.

얼마 후 몸에 이상 증상이 나타났다. 엄청난 상실감이 밀려와 몸속이 텅 비어 버린 것 같았다. 계속 뭔가를 잃어 가고 있다는 느낌에 안절부절못했다.

집에 가도 마음이 놓이지 않았다. 몸 한가운데에 뻥 뚫린 구멍을 무엇으로든 채워야 한다는 강박이 나를 따라다녔다. 회사에서 돌아오는 길에는 편의점에 들러 음식을 한가득 사들고 왔다. 그리고 그것들을 닥치는 대로 먹어 치웠다. 한밤중 잠에서 깨 냉장고 안에 있는 음식을 죄다 먹어 버린 적도 있다. 그런데도 허기는 가시지 않았다. 판에 박힌 듯한 폭식증이었다. 아무리 먹고 또 먹어도 내 안의 뭔가가 계속 어디론가 사라지는 기분이었다.

회사에서도 줄곧 뭔가를 입에 넣지 않고는 견딜 수 없었다. 음식으로 몸을 채우는 게 지금 나에게 무엇보다 중요한 일이었다. 구내식당에서는 정식에 덮밥과 면류를 곁들여 먹었다. 근무 중 책상 위에 늘 2리터짜리 주스 병과 과자가 있었고, 키보드를 두드리면서도 나는 입으로 항상 뭔가를 우물거렸다.

동료들은 멀찌감치 서서 그런 나를 지켜봤다. 그것은 전에 도둑질을 하는 치하루를 바라보던 시선이었다. 일하면서

끊임없이 뭔가를 먹었다. 그러다 지쳐서 돌아간 집 안은 극도로 어질러져 있었다. 음식 포장지와 용기가 산더미처럼 쌓여 있고 어딘가에서 뭔가가 썩는 냄새가 났다.

그러던 어느 날 밤, 한밤중에 잠에서 깼다. 또다시 그 느낌, 즉 내가 형태를 잃고 입자로 흩어져 어딘지 모를 허공을 떠도는 느낌이 들었다. 그런 상태에서 어딘가에 빨려 들어갈 것 같았다. 내가 사라진다는 극심한 불안감과 의지할 곳 없는 공허함에 몸서리를 치며 정신이 번쩍 들었다. 살며시 몸을 일으켰을 때 내 앞에서 뭔가가 스르륵 움직였다. 나는 침대에서 내려가 바닥에 흐트러진 물건을 피해 방 가운데에 섰다. 방 안에 뭔가가 있었다.

침대 머리맡 스탠드의 주황색 불빛이 작은 방 안을 밝히고 있었다.

스르륵. 소리라기보다 기척에 가까운 그것을 쫓아 바닥에 납죽 엎드렸다. 엎드린 채로 온 신경을 곤두세워 뭔가에 이끌리듯 기어갔다. 책상 뒤를 들여다보고 깜짝 놀랐다. 벽과 책상 사이 좁은 틈에 에어 플랜트가 떨어져 있었다. 까맣게 잊고 있었다. 진즉 말라 죽은 줄 알았다.

내 눈길을 사로잡은 것은 눈꽃 모양의 잎 중심에 핀 청자색 꽃이었다. 원통형 화수가 무심코 넋을 잃고 바라볼 만큼 아름다웠다. 꽃 때문에 에어 플랜트 주변이 환하게 빛나는 듯 보였다. 치하루의 집에서 처음 가져왔을 때보다 크기가 한 뼘은 더 커진 상태였다.

여러 갈래로 나뉜 줄기에서 솟은 긴 잎에는 미세한 털이 나 있어 꼭 가루를 뿌린 것처럼 희끗했다. 말미잘 촉수 같은 잎이 허공을 더듬으며 사각사각 꿈틀거렸다. 나는 깜짝 놀라 한걸음 물러섰다. 대체 무엇이 이 식물을 이토록 자라게 한 걸까. 물이나 비료가 아닌 것만은 분명하다. 나는 지난 두 달간 한 번도 이걸 돌보지 않았다.

이건…… 대체 뭘 먹고 사는 거지?

청자색 꽃을 가만히 보며 떠올렸다. 이 식물을 집에 들여놓은 뒤부터였다. 내가 헤아릴 수 없는 상실감, 허무감에 사로잡히기 시작한 것은. 그 공허감을 메우기 위해 나는 끊임없이 뭔가를 먹어야 했다. 하지만 채우고 채워도 구멍은 점점 더 커졌다. 나라는 존재가 조금씩 사라졌고, 반대로 에어 플랜트는 살이 올랐다. 치하루의 도벽 습관 또한 마찬가지로 공허감을 채우려는 행동 아니었을까. 그녀 역시 이 식물에게 잡아먹히고 있었던 것이다.

손을 뻗어 에어 플랜트를 책상 뒤에서 끌어냈다. 무심코 입에서 신음이 나왔다. 차갑고 축축한 그것을 나는 황급히 비닐봉지에 쑤셔 넣었다.

에어 플랜트를 몰래 히라카와 과장의 서류 가방에 넣었다. 그는 눈치채지 못하고 집에 그걸 가져갔다. 청자색의 희귀한 꽃이 핀 에어 플랜트를 히라카와는 버리지 않고 난과 함께 집 어딘가에 장식해 둘 것이다.

이후 내 식탐은 거짓말처럼 사라졌다. 보다 못한 동료가 회사 건강 상담실에 나를 데려가 줬다. 의사의 권유로 상담을 받는 과정에서 히라카와 과장의 직장 내 괴롭힘이 회사에 알려졌다. 그는 윗선의 시정 지시를 받아들여 내 업무량을 원래대로 돌려놓았다.

나는 차츰 안정을 되찾아 갔다. 결국 나는 히라카와의 집요한 괴롭힘에 지쳐 정신의 균형을 잃었을 뿐이다. 치하루가 쓸모없는 물건들을 계속 훔친 것도 같은 이유 아니었을까. 그녀는 의지할 친구도 없이 끝내 자신이 처한 상황에 적절히 대처하지 못하고 도망쳤다. 치하루의 실종에 얽힌 진실은 바로 그것이다.

하지만 가끔은 이런 생각도 든다. 미처 깨닫지 못하는 사이 우리 안에 있는 어떤 것이 뭔가에 흡수되고 있는 게 아닐까. 인간을 구성하는 요소는 조금만 방심해도 녹아서 허공에 흘러 나간다. 그리고 이를테면 그 불길한 식물의 양분이 된다. 알지 못하는 사이 인간은 공허해진다.

그런 공허감을 메우기 위해 치하루는 뭔가를 훔쳤고, 나는 먹었다. 이 구조를 깨닫고서야 간신히 원래대로 돌아올 수 있었다. 하지만 치하루는 끝내 **그것**의 먹잇감이 되고 말았다.

시시한 망상이라는 건 알고 있다. 하지만 만약 이게 사실이라면, 히라카와도 사라지는 걸까. 치하루처럼. 나는 그걸 시험해 보고 싶었다.

바로 지금, 내 앞에서 히라카와 과장이 번뜩이는 눈으로 나를 바라보고 있다.

4

침하교를 건너자

버스 종점에서 내린 사람은 유지 한 명이었다.

요금함에 운임을 넣고 계단을 내려갈 때 기사가 그를 빤히 바라봤다.

평소 이 노선을 이용하는 승객은 얼마 되지 않으니 기사는 주민들의 얼굴을 전부 기억하고 있을지 모른다. 낯선 중년 남자가 작은 가방을 손에 들고 혼자 내리는 모습이 수상해 보였을까.

버스 정류장에 적힌 글자는 거의 지워져 있었다. 눈을 가늘게 뜨니 겨우 '히사모리'라는 글자를 읽을 수 있었다. 정류장 앞에 있는 가게는 덧문이 내려가 있다. 나무로 된 덧문이 비바람 때문에 여기저기 닳고 손상돼 있다. 판자벽에 걸린 법랑 간판도 곳곳이 녹슬고 휘어졌다. 아마 오래전에 폐업했을 것이다. 어릴 때는 산에서 내려와 이 잡화점에 들러

쇼핑하는 게 큰 즐거움이었다. 10엔으로 뽑기를 할 수 있었는데 할머니는 그걸 꼭 한 번만 뽑게 해 줬다.

버스는 가게 앞 작은 공터에서 어렵게 방향을 틀었다. 기사는 가게 앞에 선 초라한 남자를 힐끗하고 천천히 버스를 다시 출발시켰다. 텅 빈 버스가 왔던 길을 되돌아가는 걸 유시는 한참 지켜보다가 어깨를 움츠리고 발걸음을 뗐다. 큰 강을 따라서 난 길은 종점 너머로도 계속 이어졌다.

쇠락한 히사모리 마을은 금세 지나쳤다. 마을을 빠져나갈 때까지 아무도 마주치지 않았다. 버스가 다니는 걸 보면 아직 몇몇 주민이 살기는 할 것이다. 마당에 경트럭이 주차된 집이 있고 빨래도 널려 있지만 이제는 노인들만 남았을 게 틀림없다. 유지는 길 바로 옆에 있는 산을 올려다봤다. 삼나무가 줄지어 있는 듯한데 어두워서 안쪽까지는 잘 보이지 않는다. 임업이 쇠퇴한 탓에 산도 버려진 걸까.

다른 손으로 가방을 바꿔 들고 힘차게 걸었다. 숲이 발산하는 짙은 풀 향에 강물 냄새가 섞였다. 그리운 냄새다. 강가에 다가가자 강을 건너 부는 바람이 상쾌했다. 싱싱함이 넘치는 신록의 산이 멀리까지 겹겹이 이어져 있다. 군데군데 보랏빛 안개처럼 핀 건 비단등나무나 오동나무 꽃일까. 그 사이에서는 잔물결이 햇빛을 반사해 반짝이는 강이 도도히 흐르고 있다. 강이 굽이치는 곳에서는 길도 함께 굽는다. 평화로운 풍경이었다.

이런 길을 사람을 죽인 남자가 걷고 있다니, 참으로 아이러니한 일이다. 시게타 교지가 죽은 건 당연한 귀결이었다. 그는 결코 용서받을 수 없는 죄를 저질렀으니 후회는 없다. 하지만 그 일과 동시에 유지는 살아갈 목적을 잃어버렸다.

증오한 남자를 죽이자마자 성취감과 함께 맹렬한 허무함이 밀려왔다. 복잡한 감정을 주체할 수 없었다. 그때 머리에 떠오른 풍경이 바로 어린 시절을 보낸 고치의 산골 마을이었다. 왜인지는 알 수 없고 그 마을에 좋은 추억 같은 것도 없지만 자기도 모르게 발걸음이 그곳으로 향했다.

저 멀리 다리가 보였다. 낮은 곳에 걸린 가는 다리. 난간도 없는 허술한 구조다. 그것을 확인하고 유지는 발걸음을 늦췄다.

침하교다.

물이 불으면 수면 아래에 잠기는 다리. 고치현의 강에는 이런 다리가 많다. 태풍의 길목이자 홍수가 잦은 땅이라 다리가 물에 휩쓸려 떠내려가는 일이 허다해서 난간이 없는 낮은 다리를 지었다. 물이 차면 일부러 전체를 물에 잠기게 하는 지혜가 낳은 구조다. 물이 빠진 이후에는 곧 다시 생활 도로로 쓸 수 있다.

유지는 천천히 침하교를 향해 다가갔다.

"아직 그대로 있네."

무심코 혼잣말을 했다.

침하교 중에는 차가 다닐 수 있을 만큼 폭이 넓은 것도 있지만, 사람이 오가는 용도의 좁은 다리가 대부분이다. 이 다리도 그런 종류였다.

콘크리트로 된 침하교에 발을 살짝 올려 봤다. 예전과 같은 견고함이 유지되고 있는 듯하다. 그대로 다리를 건넜다. 지금은 이 나리를 건너는 사람이 있을 것 같지 않다. 침하교는 건너편 산속에 있는 다나에다 마을의 주민들만 이용했다. 한때 유지가 살던 그 마을은 지금은 버려져 아무도 살지 않을 것이다.

그렇다면 이 침하교는 관광 자원으로만 남아 있는 걸까.

다리 한가운데까지 걸어갔다. 수면이 가까워서인지 강물 소리가 상쾌하게 귀에 스며들었다. 문득 어떤 노래가 떠올랐다.

침하교를 건너자
침하교를 건너자
이쪽 편에서 저쪽 편으로
다리 위에서 잠깐 쉬자
차가운 물에 발을 담가 볼까
강물은 졸졸
햇빛은 반짝
침하교를 건너자

초등학교 때 학교에서 배운 노래다. 학교 음악 선생님이 직접 만든 그 곡을 당시 이 근방에 사는 초등학생들은 자주 불렀다.

지금도 흥얼거릴 수 있다는 게 조금 놀라웠다. 문득 침하교에 앉아 강물에 두 발을 담그고 싶은 충동에 휩싸였다. 그러나 금세 그런 자신을 비웃었다. 감상에 젖을 만한 상황이 아니다.

유지는 서둘러 다리를 건넜다. 맞은편이 황량한 걸 보면 역시 사람의 발길은 끊긴 듯하다. 강을 따라 난 길도 아까와 달리 양쪽에 풀이 무성하게 자랐다. 그래도 포장된 흔적은 남아 있고 포장길의 금 간 부분에서는 잡초가 고개를 내밀고 있다. 강 상류를 향해 걷자 넓은 모래강변이 펼쳐지거나 물살이 빠른 여울이 나타나는 등 다채로운 풍경이 나타났다. 이런 걸 가까이서 보던 시절이 떠올랐다. 근처에 특히 수심이 깊은 곳이 있다는 것도 문득 깨달았다. 유지는 강둑에 자란 키 큰 잡초들을 헤치며 강으로 다가갔다.

아래쪽에 고인 짙푸른 물이 보였다. 강이 굽이치는 곳에 있어 바닥에서 소용돌이가 인다고 들은 곳이다. 위험하니 절대 들어가면 안 된다고 어른들이 신신당부했다.

유지는 여행 가방을 열어 안에서 칼을 꺼냈다. 시계타를 찌른 흉기. 그것을 무심하게 강물에 던지자 칼은 첨벙 하는 가벼운 소리를 울리고 그대로 물밑으로 가라앉았다. 던질

때 잠깐 번뜩인 칼날이 꼭 몸을 뒤집는 민물고기의 배처럼
보였다.

칼에 찔렸을 때 시게타의 얼굴이 떠올랐다. 자신이 살해
당하리라고는 꿈에도 생각지 못했을 것이다. 그는 자신에게
무슨 일이 일어났는지 이해 못 한 것처럼 어리둥절한 표정을
지었다. 그 후 눈을 부릅뜨고 신음했다.

"너, 이 자식……."

무슨 말을 하려고 했을까. 그는 말을 잇지 못하고 그대로
바닥에 쓰러졌다. 몸에서 쏟아져 나온 엄청난 피의 웅덩이
한가운데에. 그는 마땅한 대가를 치렀다. 그토록 끔찍한 죄
를 안고 뻔뻔하게 살아가는 건 용납되지 않는다는 걸 알려
주기 위해 유지는 그의 몸에 꽂은 칼을 다시 뽑아 시게타에
게 보여 줬다. 그는 믿을 수 없다는 듯이 눈을 더 크게 떴다.

그 후 유지는 자신을 향해 기어 오는 남자를 칼로 마구 찔
렀다. 이미 숨이 끊어진 걸 알면서도 칼을 계속 휘둘렀다.
칼끝이 뼈에 닿았는지 날이 약간 휘었고 피 묻은 칼을 세면
대에 가져가 깨끗이 씻을 때도 마음은 차분했다. 도로 가져
갈 계획은 없었지만 자연스럽게 칼을 키친타월에 감싸 가방
에 넣었다.

대형 마트에서 칼을 산 건 단지 그를 위협할 목적이었다.
칼을 들이대 아내를 왜 죽였는지 이유를 들으려고 했다. 지
난 21년 동안 답을 얻지 못한 의문에 계속 시달려 왔다.

그러나 시게타의 입을 통해 대답을 들은 순간 자신이 해야 할 일이 분명해졌다. 처음 그에게 덤벼들 때 유지는 놀랍도록 침착했다. 일말의 망설임과 분노도 없이 그의 배에 칼을 깊숙이 찔러 넣었다. 그리고 그제야 깨달았다. 처음부터 이럴 목적으로 칼을 샀다는 것을. 아내는 죽었는데 범인은 살아 있다는 부조리를 바로잡기 위해 이곳에 왔다는 것을. 시게타가 아내의 등을 찌른 것처럼 자신도 똑같이 해야 한다는 것을. 그리고 그게 섭리에 맞는 일이라는 것을. 이건 복수나 원수를 갚는다는 식의 진부한 감정이 아니다. 처음부터 이렇게 될 수밖에 없었다.

모든 걸 마치고 이제는 껍데기만 남은 자신이 이곳에 있다.

어린 시절을 보낸 산골 마을을 향해 가는 자신이.

다나에다 마을로 이어지는 길을 발견했다. 그곳은 강가에 난 길보다 황폐해져 있었다. 전에도 경차 한 대가 겨우 지나갈 정도로 좁았는데 지금은 더 좁아 보인다. 산비탈에 자란 나무들이 가지를 뻗어 길을 덮고 있다.

유지는 강을 등진 채 그 좁은 산길에 발을 내디뎠다.

이 일대 산은 자연 그대로의 활엽수림이다. 상수리나무나 굴참나무, 물참나무 등이 무성하게 우거져 있다. 칠엽수에는 아마 지금쯤 하얀 꽃이 피었을 것이다. 할머니는 그 열매로 떡을 만들어 줬다. 열매의 떫은맛을 제거하는 걸 옆에서 도왔던 기억이 난다. 나무들 사이에서는 휘파람새가 우는 소리가 들렸다.

울창하게 우거진 숲은 깊어서 햇빛이 거의 닿지 않고 바람도 서늘했다. 오랫동안 방치된 길 일부가 계곡 쪽으로 무너져 내렸다. 움푹 팬 부분을 피해서 지나가면 쓰러진 나무가 길을 가로막고 있기도 했다.

사실 이 길은 히사모리 마을에 있는 초등학교에 매일 다니던 통학로였다. 아이 걸음으로 거의 한 시간 가까이 걸렸던 기억이다. 다나에다 마을에서 나가는 길은 이 길뿐이라 어른도 아이들도 자주 오갔다. 전에는 정비가 잘 돼 있었는데 어느새인가 이렇게 황폐해지고 말았다. 자신이 이곳을 떠나 지낸 세월이 얼마나 길었는지를 여실히 보여 줬다. 도시에 살 때는 이런 산속 작은 마을을 떠올린 적이 없었다. 아니, 의식적으로 떠올리지 않으려고 했다.

다나에다 마을은 어머니의 고향이었다. 유지의 어머니 미야코는 이혼 후 고치현에 돌아왔다. 다섯 살인 유지를 부모에게 맡기고 자신은 고치 시내에서 일했다. 어머니가 유지를 만나러 오는 건 두세 달에 한 번꼴이었다. 유지는 다섯 살부터 초등학교를 졸업할 때까지 그 깊은 산골 마을에서 자랐다. 그리고 중학교에 들어갈 때쯤 어머니가 고치로 불러 함께 살게 됐다.

몇 년 사이 조부모가 잇달아 세상을 떠난 뒤부터 이곳에 온 적은 없었다.

완만하게 오르는 길이 구불구불 이어졌다. 물이 흐른 흔적이 있고 절벽에서 떨어진 돌이 여기저기 흩어져 있어 걷기 불편하다. 평소에 이렇게 오래 걷는 일도 없기에 금세 숨이 찼다.

고개를 숙인 채 묵묵히 산길을 걸으며 나쓰에를 떠올렸다. 도시에 나가 일하며 그녀를 만나 결혼했다. 유지가 서른 살 때였다. 그 무렵에는 어머니도 재혼해 모자 사이가 소원해져 있었다. 자신에게 새로운 가족이 생길 거라고는 생각도 못 했다. 유지는 유니폼을 만드는 회사에 다녔고 봉제 공장에서 일하던 나쓰에와 친해졌다.

수수하고 얌전한 성격에 특별히 미인이라고 할 수 없지만 유지에게는 과분한 여자였다. 처음으로 다른 사람을 소중하다고 느꼈다. 그전까지는 자기 자신도 돌보지 못하고 닥치는 대로 살았다. 나쓰에와 함께라면 달라질 수 있을 거라고 진심으로 믿었다.

따로 결혼식을 올리지 않고 혼인신고만 하고 함께 살기 시작했다. 둘이 일해 겨우 먹고사는 수준이었지만 행복했다. 좁고 오래된 다세대 주택 생활에도 불만이 없었다. 아이가 생기면 조금 더 넓은 집으로 이사하자고 했다. 그런 소박한 희망이 삶의 활력소가 됐다.

결혼 1주년 기념일에 퇴근 후 만나기로 했다. 평소에는 사치라고 여길 만한 레스토랑에서 식사를 하기로 약속했다.

백화점 앞에서 기다리고 있자 거리를 걸어오는 나쓰에가 보였다. 나쓰에도 유지를 발견하고 미소 지었다. 해 질 녘이라 인파가 북적거렸다. 그 틈새를 빠른 걸음으로 다가오는 아내를 기다렸다.

그때였다. 군중 뒤에서 누군가의 고함이 울려 퍼졌다. 꼭 스스로를 독려하는 함성처럼 들렸다. 길을 가던 사람들이 무심코 발걸음을 멈췄다. 고개를 돌리는 사람, 일행과 마주 보는 사람. 나쓰에의 얼굴에 떠오른 미소가 스르르 사라지는 게 보였다. 무슨 일이 일어났는지 아무도 이해하지 못했을 것이다. 유지도 그 자리에서 움직이지 못했다.

이번에는 여자들의 비명이 터졌다. 나쓰에의 등 뒤에서였다. 그녀 뒤쪽의 인파가 갑자기 흔들리며 움직이는 듯 보였다. 그리고 다음 순간 누군가가 나쓰에에게 세게 부딪쳤다. 아내가 앞으로 고꾸라지는 모습을 보며 유지는 그제야 발걸음을 뗐다. 붐비는 곳에서 급히 가던 사람에게 떠밀렸을 거라고 짐작했다.

아내도 비슷한 생각을 했는지 뒤를 돌아보려고 했다. 고개를 옆으로 돌린 채 쓰러지는 아내에게 달려갔다. 그러나 아내에게 다다르기 직전 아내 옆을 걷던 중년 여자가 비명을 지르며 도망쳤다. 그 행동은 주변 사람들에게도 전염되듯 퍼져나가 소동이 일어났다.

나쓰에는 인도 위에 내동댕이쳐지듯 쓰러졌다. 그 뒤에는 한 남자가 서 있었다. 그의 손에 들린 서바이벌 나이프가 보였다. 칼끝에서 피가 뚝뚝 떨어졌다. 그런 광경을 보고도 아내가 칼에 찔렸다고는 생각하지 못했다. 그것을 깨달은 건 쓰러진 아내에게 달려가 안아 일으킬 때였다. 아내의 등에 갖다 댄 손이 철철 흐르는 피에 흠뻑 젖었다. 나쓰에가 평소 아끼는 물방울무늬 원피스가 검붉은 얼룩에 덮여 갔다. 그 즈음의 기억은 안개가 낀 것처럼 흐릿하다.

주변 사람들이 썰물 빠지듯 사라졌고 인도에는 의식을 잃은 나쓰에와 유지, 그리고 범인 남자만 남았다. 유지는 움직이지 않는 아내의 몸을 끌어안고 이름을 외치는 것밖에 할 수 있는 일이 없었다. 멀뚱히 서 있던 범인 남자가 칼을 길에 내던졌다. 툭 하는 소리에 범인을 올려다본 것만큼은 또렷이 기억하고 있다.

젊은 남자였고 소년이라고 해도 될 만한 나이였다. 오른쪽 관자놀이에 눈에 띄는 점이 있었다. 그는 무표정한 얼굴로 유지와 나쓰에를 가만히 내려다봤다. 잠시 후 경찰이 뛰어와 길 위에서 그를 제압했지만 그때까지 오랜 시간이 흐른 기분이 들었다.

숨이 끊어지려는 아내의 얼굴과 그녀의 목숨을 앗아 간 남자의 얼굴은 유지의 뇌리에 선명하게 새겨졌다.

나쓰에는 구급차에 실려 병원으로 이송돼 응급 처치를 받았지만 끝내 목숨을 잃었다.

범인은 아무 저항 없이 체포됐다. 열여섯 살 소년이었다. 고등학교 입시에 실패해 우울한 일상을 보내다가 그날 서바이벌 나이프를 들고 거리에 나왔다. 경찰 조사에서 그는 "답답해서 그랬다", "다른 사람을 찔러 보고 싶었다", "상대는 누구든 상관없었다"라고 진술했다. 미성년자라서 이름과 얼굴이 공개되지 않았고 어떤 처벌을 받았는지도 유족에게 알려지지 않았다. 소년원에 들어갔다는 건 알았지만 그 후 일은 비밀에 부쳐졌다.

견딜 수 없었다. 나쓰에가 왜 죽어야 했을까. 그토록 수많은 인파가 있던 번잡한 거리에서 범인은 나쓰에를 겨냥해서 흉기를 휘둘렀다. 왜일까. 왜 하필 나쓰에였을까. "누구든 상관없었다"라는 변명으로는 도저히 납득할 수 없었다.

절망 속에서 21년이 흘렀다. 그리고 유지는 결국 그날의 소년을 찾았다. 어느 경제 잡지의 온라인 기사에 잊으려야 잊을 수 없는 살인자의 얼굴이 있었다. 시게타 교지라는 이름은 낯설지만 녀석이 확실했다. 나쓰에를 칼로 찔러 죽인 소년이 그대로 성장한 모습이었다. 그때 범인의 얼굴을 가장 가까이서 봤으니 틀림없었다. 관자놀이에 있던 특징적인 점도 그대로였다.

게임 제작자로 성공한 시게타는 회사를 창업한 젊은 CEO가 되어 있었다. 기자는 그의 성공담을 소개하며 인생관이나 향후 목표 등을 인터뷰했다. 당연히 그가 과거에 살인을 저지른 사실은 한 줄도 언급되지 않았고 아마 취재한 기자도 몰랐을 것이다. 그날의 진실은 철저히 은폐돼 그의 인생에 어떤 오점도 남기지 않았다. 소년법이 잔혹한 살인자를 지켜 준 셈이었다.

유지가 시게타의 회사를 찾아간 건 진실을 알고 싶기 때문이었다.

왜 하필 나쓰에를 택했는가. 남편인 자신이 납득할 만한 이유를 알고 싶었다. 그는 "누구든 상관없었다"라고 하면서도 그 수많은 사람 중 오직 나쓰에 한 사람을 희생양 삼았다. 거기에는 나름의 이유가 있을 터였다. 설령 제멋대로인 이기적인 이유라도 당사자 입으로 듣고 싶었다. 자신에게는 그럴 권리가 있다고 생각했다.

재택근무가 확대돼 그의 회사에는 직원이 아무도 없었다.

방문 목적을 적당히 둘러대자 시게타는 회의실로 유지를 안내했다. 거기서 유지는 솔직한 자기 이야기를 꺼내며 진실을 알고 싶다고 호소했다. 지난 21년 동안 끈질기게 옥죄던 고통에 종지부를 찍고 싶었다.

그러나 시게타는 유지의 간청을 비웃었다. 자신은 이미 죗값을 치렀다고 주장했다. 소년원에서 5년을 보내며 스스로를 마주했고 갱생을 이뤘다고 했다. 자신은 현재 새 이름과 이력으로 다른 삶을 살고 있고 그것을 방해할 권리는 유지에게 없다고 잘라 말했다. 일견 타당한 주장이었다.

"이제 와서 널 비난하거나 단죄할 생각은 없어."

유지는 그렇게 말했다. 진심이었다. 하지만 어떻게든 진실을 듣기 전까지는 돌아갈 수 없다고 덧붙였다. 굳게 다짐하고 그곳에 갔고, 필요하다면 거친 방법을 써서라도 그의 입에서 진실을 끌어낼 작정이었다. 숄더백에 숨겨 둔 식칼을 떠올렸다.

"당신 아내를 택한 이유?"

시게타는 흥미로운 것처럼 잠시 생각에 잠겼다. 꼭 게임 캐릭터를 어떻게 설정할지 고민하는 듯한 태도였다. 유지가 위협적인 분위기를 전혀 드러내지 않아서 안심했을지도 모른다. 유지는 가만히 그의 말을 기다렸다. 자신이 납득하고, 앞으로 나쓰에의 명복을 빌며 조용히 살아갈 수 있게 해 줄 말을.

마주 앉은 시게타는 턱에 손을 대고 눈을 감았다. 눈꺼풀 속에서 그날의 광경을 떠올리고 있었을까. 수많은 사람이 인도를 오가는 모습, 서바이벌 나이프를 치켜든 자신이 뛰어가는 순간의 장면을 되감아 봤을까.

"아, 맞아."

시게타가 천천히 입을 열었다.

"그때 당신 아내의 등에 말이지. 이상한 그림자가 비치고 있었어."

"이상한 그림자?"

"그래."

그는 히죽 웃었다.

"그 도로변에 전자 제품 매장 건물이 있었지?"

시게타는 어느 전자 제품 매장의 이름을 댔다. 그 건물 옥
상에는 광고탑이 서 있었다. 매장의 심벌마크를 본뜬 탑이
었다. 거기에 뒤쪽에서 석양이 비치며 별 모양의 독특한 심
벌마크 그림자가 인도에 드리워졌다. 그것이 공교롭게도 나
쓰에의 등에 닿아 있었다고 시게타는 말했다.

"생각해 봐. 그거, 별 모양 가운데가 동그랗게 뚫려 있지?"

그러고는 시게타는 피식 웃었다.

"그게 말이지. 꼭 과녁처럼 보였어. 여기를 찌르라고 하늘
이 내게 지시한 거야. 그래서 망설임 없이 그곳을 노렸고."

명쾌한 해답을 떠올린 것처럼 시게타는 기분 좋게 무릎을
탁 쳤다.

"그러니까 말이지. 어쩔 수 없었던 거야. 당신 아내를 고
른 건 내가 아니야."

아연실색했다. 그날의 소년에게 사죄나 참회를 바란 것은
아니다. 그러나 21년간 고대해 온 답이 이런 것이라니. 단지
심벌마크에 이끌려 아내를 죽였다? 그건 너무 부조리하지
않은가. 유지는 가방에 손을 넣었다. 남은 건 이 방법뿐이었
다. 부조리한 현실은 부조리하게 마무리할 수밖에 없다고 생
각했다.

멀리 집들이 보이기 시작했다. 마침내 다나에다 마을에 도착했다.

가장 먼저 눈에 들어온 건 마을 곳곳에 만개한 복사나무들이었다. 분홍, 빨강, 하얀색 겹꽃이 눈부시게 피어 있다. 깊은 산골에 봄이 왔음을 알리는 꽃이다. 누군가가 마당에 심고 그것을 꺾꽂이로 번식시켜 여기저기 늘었다는 이야기를 들은 기억이 났다. 은은하게 퍼지는 달콤한 향기를 유지는 콧속 가득 들이마셨다. 이제는 아무도 살지 않아 보는 사람이 없어도 복사나무는 변함없이 꽃을 피우고 있다. 그 풍경에 가슴이 조금 뭉클해졌다.

그에 반해 인간의 손길이 닿은 것들은 하나같이 무참했다. 가까이 가 보니 어느 집이나 오랜 세월 방치된 탓에 폐허처럼 변해 있었다. 처마가 기울고 창문 유리가 깨져 있다. 산짐승이 헤집고 비바람이 들이쳤는지 들여다본 집 안은 가재도구들이 흩어져 있고 흙투성이였다. 어떤 집은 완전히 내려앉아서 기둥과 들보, 기와가 겹겹이 쌓인 곳도 있었다. 그 위로는 덩굴 식물이 자라 있었다.

원래는 밭이었던 땅, 비탈이 무너져 붉은 흙이 드러난 곳도 어디든 초록빛으로 덮였다. 처음 마을을 일굴 때는 분명 고생하며 산을 개척했을 텐데, 자연이 그것을 원래대로 되돌리는 데는 별다른 수고가 필요 없었다. 자연은 서서히 모든 걸 없던 일로 만들었다. 그런 풍경을 곁눈질하며 유지는 언덕길을 올랐다. 이 마을에는 언덕길에 띄엄띄엄 집이 지어져 있었다. 넓은 평지가 없는 산간 지역에는 흔한 풍경이었다. 조부모의 집은 그 안쪽 깊숙한 곳에 있었다.

형체가 희미한 좁은 길을 따라 비탈을 올랐다. 비탈에도 몇 그루의 복사나무가 고운 꽃을 피우고 있었다. 비탈 위로 양철 지붕이 언뜻 보였다. 오래된 그 집은 초가 위에 양철을 덮어씌운 구조다. 아직 무너지지는 않은 걸까. 비탈을 다 오른 유지는 아연실색했다.

그리운 옛집이 기억 속 모습 그대로 그곳에 남아 있었다.

"말도 안 돼."

조금 전 마을에서 봤던 집들은 하나같이 폐허가 돼 있었다. 그런데 어째서 조부모의 집만 아무 변화도 없이 이렇게 고스란히 남아 있는 걸까. 누군가가 와서 손질이라도 하는 걸까. 하지만 짐작 가는 사람은 없다. 어머니는 3년 전 암으로 세상을 떠났고 그 배우자가 이런 수고를 들였으리라고도 도저히 생각할 수 없다.

집 유리는 깨지지도, 뿌옇게 흐려지지도 않았다. 심지어 현관 앞에 있는 손수레에는 할머니가 쓰던 대나무 바구니와 괭이, 낫이 그대로 들어 있고 어디에도 부식된 흔적이 없었다. 그때 닭 우는 소리가 들려서 깜짝 놀랐다. 흰 닭 서너 마리가 툇마루 앞에서 모래를 쪼고 있었다. 그렇다. 할머니는 이렇게 닭을 앞마당에 풀어 놓고 키웠다. 꼭 이 일대만 수십

년의 세월이 비껴간 듯한 풍경이었다.

유지는 조심스레 집 앞마당의 미닫이문을 당겼다. 기둥에는 '야스모토'라고 쓰인 문패가 여전히 걸려 있다. 미닫이문은 잠기지 않아 쉽게 열렸다. 생각해 보니 이 마을의 집들은 어디든 문단속을 제대로 하지 않았다는 게 떠올랐다. 서늘한 토방에 발을 디뎠다. 넓은 토방에는 산일을 할 때 쓰는 자질구레한 도구가 놓여 있었다. 크고 작은 톱과 도끼, 전기톱과 나무망치. 할아버지가 삼나무를 오를 때 쓰던 줄사다리나 밧줄, 새끼줄에 엮인 볏짚도 있는데 어느 하나 썩은 것이 없다. 꼭 바로 조금 전까지 손질한 것처럼 깎다 만 말뚝과 손도끼도 흙바닥에 그대로 있었다.

할아버지의 장례식 다음 날에도 할머니는 여기서 말뚝을 깎았다. 서둘러 울타리를 짓지 않으면 멧돼지가 들어와 작물을 망칠 거라고 했다. 한결같이 산일을 묵묵히 하던 그 모습이 떠올랐다.

마루 앞 턱에서 신발을 벗었다. 두 평 정도 되는 공간을 지나 장지문을 열었다. 안쪽으로 복도가 곧게 뻗어 있다. 해가 들지 않아 어두웠다. 시험 삼아 벽에 달린 스위치를 눌러 봤다. 그러자 놀랍게도 형광등이 켜졌다. 누가 전기 요금을 내고 있는 걸까.

마음을 굳게 먹고 복도를 걸었다. 한쪽 유리문 너머에 네

평짜리 다다미방이 있었다. 도코노마* 앞에 눈에 익은 목조 부처상이 놓인, 전과 다름없는 풍경이 보였다. 복도 끝에 있는 장지문을 열자 거실이 나왔다. 희미한 형광등 불빛에 비치는 거실도 유지의 기억 속 모습 그대로였다.

가운데에는 좌탁. 한쪽 벽에는 유리문이 달린 진열장이 있고 그 안에는 자질구레한 물건들이 들어 있다. 하카타 인형**이나 유리로 만든 토끼, 종이로 만든 개, 색실 매듭이 달린 송죽매, 한지 인형. 모두 값싼 기념품이나 장식품들이다. 유지는 가방을 그 자리에 두고 마루가 깔린 부엌으로 갔다. 타일 싱크대에서 물이 뚝뚝 떨어지고 있었다. 엎어져 있는 컵을 들고 수도꼭지를 비틀자 물이 나왔다. 한 모금 마셔 봤지만 맛이 이상하지 않았다. 그대로 단숨에 들이켰다.

거실로 돌아오니 문득 피로가 몰려왔다. 좌탁 아래에 있는 방석을 반으로 접어 베개 삼아 베고 드러누웠다. 시간이 멈춘 듯한 이 집은 대체 뭐란 말인가. 거실이든 부엌이든 바로 조금 전까지 누군가 살고 있던 듯한 기색이 느껴진다. 주변의 폐허 집들과 비교하면 그야말로 이해하기 어려운 광경이었다.

하지만 그런 건 아무래도 좋았다. 이해하기 어려워도 무

---

*   방 한쪽에 꽃이나 족자 등을 장식할 수 있게 만들어둔 공간.
**   규슈 지방 하카타의 흙으로 만든 일본의 대표적 전통 인형.

섭거나 불쾌하지는 않았기 때문이다. 왠지 어린 시절로 돌아간 듯한 기분이 들었다. 어머니와 떨어져 지내며 외로움을 타는 유지를 조부모는 극진히 아껴 줬다. 특히 할머니는 유지를 딱하게 여겨 무엇이든 하고 싶은 대로 하게 해 줬다. 학교에 가기 싫다고 하면 대신 밭일을 돕게 했다. 한동안 그러고 나면 다시 기운이 나서 학교에 갈 수 있게 됐다.

지금 생각해 보면 할머니는 그때 이미 알고 있었을지 모른다. 유지가 마을 아이들 무리에 좀처럼 섞이지 못한다는 것을. 당시 다나에다 마을에는 초등학생이 십여 명 정도 있었고, 그중 유지보다 한 살 많은 다와 겐이치라는 아이가 있었다. 덩치가 크고 성격이 난폭하고 영악해 아무도 그에게 맞서지 못했다. 겐이치의 아버지는 지역 산림을 많이 소유했고 마을 이장까지 맡고 있어서 상황이 더 좋지 않았다. 외지인이고 몸집도 왜소한 유지는 쉽게 괴롭힘의 표적이 됐다.

다른 아이들은 겐이치의 말에 복종했다. 그들은 음습하게 뒤에서 유지를 괴롭혔다. 좁은 마을인 데다 적은 인원이 모여 사는 폐쇄성에서 벗어날 수 없었다. 히사모리 초등학교로 향하는 긴 통학로부터 고통이었다. 초등학교 저학년일 때는 자주 혼자 남겨졌고, 급히 따라가려고 하면 어딘가에 숨어 있던 아이들에게 둘러싸여 얻어맞고 발길질을 당했다. 그들은 지네나 뱀을 유지의 책가방에 집어넣거나 난간 없는 침하교에서 몇 번이나 유지를 밀쳐 떨어뜨리기도 했다.

유치하기 짝이 없는 짓들이지만 당시 유지로서는 감당하기 어려웠다. 그들은 통학로뿐 아니라 학교에서도 유지를 괴롭혔다. 누군가의 물건이 사라지면 대부분 유지 탓으로 돌렸다. 그 역시 겐이치가 꾸민 짓이라는 걸 알지만 유지는 변명하지 않았다. 괜히 그러다가 학교 문을 나서는 순간 더 끔찍한 보복이 기다리기 때문이다. 겐이치에 대해 조부모에게 하소연할 수도 없었다. 할아버지가 일용직으로 일하는 곳이 바로 겐이치의 아버지가 소유한 산림이었다.

그렇게 유지는 남의 눈치를 살피는 데 능숙한, 이상하게 달관한 소년이 됐다. 저항하거나 울부짖지 않고 그저 묵묵히 견뎠다. 그게 가장 좋은 방법임을 터득했다. 그리고 그것을 빌미로 겐이치의 괴롭힘은 해가 갈수록 더 심해졌다.

대부분 참았지만 딱 하나만은 용서할 수 없었다. 어머니 미야코에 대한 험담이었다. 초등학교 고학년이 됐을 무렵 일이다.

"야. 너희 엄마, 고치시에 있는 야한 가게에서 일한다며?"

겐이치는 마을 아이들 앞에 서서 그렇게 말했다.

"아니야."

힘없이 부정하자 겐이치는 더 기세등등해졌다.

"거짓말하지 마. 우리 아버지가 고치 시내 가게에서 너희 엄마를 봤다고 했어."

얼굴이 화끈 달아올랐다. 눈에 잘 띄지 않아도 연약한 아름다움을 지닌 어머니는 유지의 은근한 자랑거리였다.

"아니라니까."

평소답지 않게 말대꾸를 하자 겐이치가 유지를 노려봤다.

"우리 엄마는 식당에서 일하셔."

"식당은 무슨 놈의 식당? 아버지는 밤거리의 술 파는 곳에서 너희 엄마를 봤다던데. 거기다 돈만 좀 쥐어 주면 호텔에 가서 좋은 것도 해 준다더라. 너도 다 알지?"

"몰라."

"그래? 몰랐어? 돈만 내면 **엄청** 좋은 걸 해 준대. 네 옷과 그 신발도 전부 고치 남자들한테 뜯어낸 돈으로 사 준 거 아니야?"

무슨 뜻인지도 모르는 어린아이들까지 덩달아 낄낄거리며 웃었다.

매사에 저항하지 않는 유지가 어머니에 대한 이야기에만큼은 민감하게 반응한다는 것을 알고 겐이치는 끊임없이 유지를 조롱했다. 하지만 유지는 그 일에 대해 어머니에게 물을 수도 없었다. 정말 사실일까 봐 두려웠기 때문이다. 가끔 집에 돌아오는 어머니에게는 어딘가 퇴폐적이고 음란한 분위기가 풍겼다. 자신이 아는 어머니의 모습에서 멀어지는 듯한 기분이었다.

최고 학년이 된 겐이치의 거만함은 더 심해졌다. 산림 조합 모임 때문에 고치 시내에서 자주 술을 마시는 아버지에게 들은 이야기에 멋대로 꾸민 내용을 덧붙여 유지를 괴롭혔다. 노골적으로 그런 상황을 즐기는 듯했다. 그가 꾸민 이야기 속에서 유지의 어머니 미야코는 구제할 길 없는 술주정뱅이에 남자를 밝히는 여자였다. 조금만 꼬드기면 누구나 쉽게 따라가는 사람이었다.

"신음 소리도 엄청나게 크대. 대체 그걸 얼마나 좋아하는 거야."

겐이치는 사춘기에 접어들기 직전 아이다운 시건방진 태도로 말했다.

유지는 대꾸하지 않고 긴 등굣길을 묵묵히 걸었다. 속에서 증오와 적개심, 사악한 감정이 검은 덩어리가 되어 굳는 게 느껴졌다. 겐이치의 아버지 역시 인간 말종이었다. 고분고분한 유지의 할아버지를 시도 때도 없이 부려 먹으며 노인이 하기에 너무 위험한 일을 시켰다. 그러면서 변변한 월급도 쥐여 주지 않았다. 조부모의 집은 늘 가난했고 도시에 나가 일하는 딸이 보내는 얼마 안 되는 돈에 의존했다.

"여차하면 내가 미야코를 돈으로 사야겠어. 다른 놈들한테 주는 건 아까우니."

어느 날 겐이치의 아버지는 할아버지를 찾아와 농담처럼 그렇게 말한 적도 있었다. 형편이 어려우니 할아버지가 수당을 조금만 올려 줄 수 없겠냐고 부탁할 때였다. 그런 말을 들어도 할아버지는 잠자코 고개만 숙였다. 오래전 다나에다 마을에서 겐이치의 아버지와 유지의 어머니는 소꿉친구였다고 했다.

이런 듣기 거북한 이야기를 아들인 겐이치 앞에서도 늘 하는 걸까. 유지는 산일과 지나친 음주로 몸이 구릿빛인 그 땅딸막한 남자도 미워서 견딜 수 없었다.

밖에서 노는 것에 싫증 난 겐이치는 가끔 자기 집으로 마을 아이들을 불러 모아 게임을 하거나 만화책을 읽었다. 그곳에 유지도 불려 갔다. 하지만 불러 놓고는 함께 놀아 주지 않았다. 가끔 놀이에 끼워 줘도 그들은 미리 입을 맞춰 반칙을 했다. 그렇게 유지가 지는 모습을 보며 즐거워했다. 만화책도 단 한 권도 빌려주지 않았다. 참기 힘들 정도로 괴로웠지만 오라고 하면 차마 싫다고 할 수 없어서 갔다.

그의 집에는 등이 굽고 두 다리가 휜 겐이치의 할머니도 있었다. 그녀는 지팡이를 짚고 간신히 집 안을 걸어 다녔다. 다리가 불편해서 밖에는 못 나가지만 아이들이 오면 가끔 구경하러 왔다. 그럴 때 유지가 심하게 괴롭힘을 당하는 모습을 보면 손자를 꾸짖었다. 유지가 여전히 혼자 남아 있으면 자기 방에 부르기도 했다.

"겐이치가 괴롭혀서 힘들지? 할미가 미안하다. 참 제멋대로인 아이라······."

그러고는 낡은 깡통을 열어 사탕이나 건과자 같은 군것질거리를 봉지에 담아 줬다.

"어머니가 없으니 외롭겠지. 딱하게도."

그런 말을 들으면 그동안 참고 있던 눈물이 터질 것 같았다. 겐이치의 집에서 돌아오는 길에 할머니에게 받은 과자는 봉투째 산속에 버렸다. 어느새 마음이 비뚤어져 다른 사람의 호의를 순순히 받아들이지 못했다. 겐이치의 가족에게 뭔가를 받기 싫었고, 울음을 터뜨릴 뻔한 자신이 한심스러웠다.

그해 초가을이었다. 대형 태풍이 고치에 상륙했다. 그대로 시코쿠 산지를 가로질러 북상할 거라는 예보가 나왔다. 산간 지역의 비바람은 아직 그리 심하지 않았지만, 태풍의 진로를 보면 다음 날 산간부를 강타하는 게 확실했다. 학교는 휴교했고 사람들은 태풍 대비로 정신이 없었다. 할머니는 닭장에 닭들을 몰아넣고 양철판을 덮었다. 할아버지도 유리문 바깥에 열심히 널빤지를 붙였다.

겐이치의 집은 깎아지른 듯한 절벽 바로 앞에 있었다. 과거 산사태 피해를 당한 적이 있어서 빗발이 더 거세지면 차가 다닐 수 있을 때 구스모리 마을 집회소로 대피할 계획이라고 했다.

유지는 슬그머니 집을 빠져나와 겐이치의 집으로 향했다. 집 앞에 아무도 없는 걸 확인하고 살며시 현관을 열었다. 그 집의 차 열쇠가 현관 신발장 위에 있다는 걸 알고 있었다. 겐이치에게 자주 불려 다니며 드나든 덕에 자연스럽게 집의 구조를 알게 됐다. 덜렁대는 성격의 아버지가 차 스페어 키를 잃어버렸다는 것도 이미 들었다. 승용차와 경트럭 열쇠가 고리 하나에 묶여 작은 바구니에 들어 있었다. 유지는 황급히 그걸 집어서 주머니에 넣었다.

아무에게도 들키지 않았다. 숨이 차오를 만큼 부리나케 달려 신사에 갔다. 산신님을 모신다는 신사였다. 정식 이름이 따로 있겠지만 마을 사람들은 '산신님 신사'라고 불렀다. 사당 옆에 쌓인 돌 하나를 옮겨 그 안에 열쇠를 숨겼다. 이렇게 하면 겐이치네 가족은 어디로도 대피할 수 없을 것이다. 다리가 불편한 할머니와 함께 걸어갈 수 없으니 결국 차를 타기 위해 열쇠를 찾겠지만, 절대 나오지 않아 결국 집에 남을 수밖에 없을 거라 예상했다.

당시만 해도 대수롭지 않은 장난 정도로 여겼다. 괴롭힘에 대한 작은 앙갚음이라고 생각했다. 심술궂은 겐이치와 그 교활한 아버지를 향한 복수. 태풍이 지나가면 다시 열쇠를 꺼내 그 집 근처에 던져 놓으면 된다. 아버지가 실수로 떨어뜨린 것으로 마무리될 것이다.

신사를 떠나기 전 유지는 무심코 사당으로 향했다. 겐이치네 집 뒤 절벽이 무너지게 해 달라고, 그 사람들에게 벌을 내려 달라고 두 손 모아 기도했다. 그런 걸 기도하는 자신이 우스웠다. 하지만 마음에 쌓인 울분이 사라지고 기분이 후련해졌다. 정면으로 맞설 수 없는 겐이치 부자에게 한 방 먹여 준 것 같았다. 아무도 모르는 혼자만의 복수였다.

그것으로 끝날 줄 알았다.

저녁 무렵부터 비가 점점 거세졌다. 꼭 양동이로 들이붓는 듯한 폭우였다. 그리고 다음 날 새벽에 산사태가 일어나 겐이치의 집이 흔적도 없이 쓸려 갔다. 소방관과 경찰, 마을 어른들이 모두 나와 흙더미를 파헤쳤지만 겐이치와 그의 부모, 다리가 불편한 할머니까지 누구 하나 살아남지 못했다. 사람들은 "위험을 예측할 수 있었을 텐데 왜 대피소로 대피하지 않았을까?"라고 수군거렸다. 그 답은 유지만 알았다. 그들은 대피하지 않은 것이 아니다. 대피할 수 없었다. 저녁쯤 비바람이 거세졌을 때 겐이치의 아버지는 차 열쇠를 찾아 헤맸을 것이다. 그러나 결국 찾지 못해 대피하는 것을 포기했다.

차마 진실을 고백할 수 없었다. 모든 게 우연이었다. 태풍이 정통으로 마을을 덮친 것, 그리고 겐이치의 집이 산사태에 휩쓸린 것. 산신님이 소원을 들어줬다고는 도저히 믿을 수 없었다. 유지는 마음 한구석에서 죄책감을 느끼면서도 끝내 입을 다물었다. 그리고 마을을 떠났다.

이 집에 오기 전에 본 초록으로 덮인 절벽 아래 평지. 바로 그곳이 겐이치의 집이 있던 자리다. 이제는 그런 비극이 일어난 곳이라고는 상상할 수 없다. 그날의 기억을 가진 이들도 모두 떠났다. 자연이 모든 것을 감싸 덮어 주며 아무 일도 없었던 게 됐다. 그렇다. 이제 잊어버리자. 산이 포근하게 감싸 주는 느낌을 만끽하며 여기 계속 있자. 그럼 시게타를 죽인 일도 없었던 일이 될지 모른다.

까무룩 잠이 들 뻔했을 때 집 밖에서 왁자지껄한 소리가 들렸다.

문득 정신이 들어 눈을 떴다. 귀를 기울였다. 몇 명의 노파가 두런두런 대화를 나누는 듯했다. 역시 마을에는 주기적으로 마을을 순찰하는 이들이 있는 것이다. 이 집이 순찰 거점으로 쓰이는 걸까. 몸을 반쯤 일으켰을 때 현관 미닫이문이 덜컥 열리고 누군가가 들어오는 기척이 느껴졌다. 그는 그대로 쿵쿵 복도를 걸어왔다.

잠시 후 거실 장지문이 열렸다. 팔꿈치를 대고 바닥에 몸을 받친 유지는 문간에 나타난 사람을 똑바로 쳐다봤다.

할머니였다. 초등학생인 자신을 돌봐주던 그때 모습 그대로다. 눈에 익은 회색 체크무늬 앞치마를 입은 채 눈앞에 서 있었다.

"유지냐?"

"할머니……"

이름이 불리자 나도 모르게 대답이 튀어나왔다.

"돌아왔구나."

"네."

이미 세상을 떠났을 할머니가 거실에 들어왔다. 그리고 그대로 부엌으로 향했다.

"배고프지?"

"네."

압도된 나머지 그저 어린아이처럼 대답할 수밖에 없다.

"기다리려무나. 지금 밥해 줄게."

할머니는 싱크대 앞으로 가서 분주하게 움직이기 시작했다. 도마 위에서 뭔가를 써는 소리. 물을 트는 소리. 싱크대 아래에서 냄비를 꺼내는 소리. 유지는 할머니의 뒷모습을 넋을 잃고 바라봤다.

"할머니, 어디 갔다 오셨어요?"

정신을 차리고 조심스레 물었다. 할머니는 돌아선 채로 대답했다.

"곧 산신제라 신사 청소 다녀왔지. 나카오 우메 씨랑 사카모토 교코 씨, 교코 씨네 집 며느리랑."

할머니의 입에서 나온 이름은 전부 이미 오래전 죽은 사람들이었다. 그들의 집이 폐가가 된 모습을 여기 오기 전에 봤다. 그런데도 할머니에게 들으니 아무렇지 않게 고개가 끄덕여졌다. 신사에서는 봄과 가을에 산신제가 열렸다. 산에서 일하는 사람들의 안전과 풍작, 건강과 장수 등을 기원하는 행사였던 것으로 기억한다. 제례를 마친 후 마을 사람들이 모두 모여 음식을 먹고 마시는 것이 이 산골 마을의 몇 안 되는 즐거움 중 하나였다.

폐허가 된 마을에서 유일하게 멀쩡하게 남은 집에 발을 들였다. 그리고 그곳에 죽은 사람이 찾아왔다. 있을 수 없는 일이지만 두렵거나 도망치고 싶지는 않았다.

유지는 좌탁 앞에 그저 멍하니 앉아 있었다. 꿈을 꾸고 있는 걸까. 그래도 좋다. 조금 더 이 꿈속에 머물고 싶었다. 할머니 앞에서 나는 어린아이다. 여리고 무방비하며 소심하기만 했던 그 시절로 돌아가고 싶었다. 아내를 잃고 범인을 직접 처단한 뒤 도망쳐 온 중년 남자 따위는 없다. 그렇게 모든 걸 없었던 일로 할 수만 있다면 얼마나 좋을까.

"자, 다 됐다."

할머니가 냄비째로 끓인 음식을 가져왔다. 좌탁 옆 나무판에 냄비를 내려놓는다. 이 집에서는 늘 이렇게 밥을 먹었다. 할머니는 부엌 찬장에서 낡은 식기를 꺼내 와 알루미늄 국자로 음식을 푸짐하게 담아 줬다. 무와 우엉, 산나물에 고기가 조금 들어간 잡탕 볶음이다. 삐 하고 밥솥에서 소리가 났다.

"아, 밥도 다 됐네."

정겨운 무늬의 밥그릇에 하얀 쌀밥을 한가득 담아 준다. 잡탕 볶음과 밥, 절임 반찬뿐인 소박한 식사였다.

"많이 먹으렴."

밥그릇을 받아 든 순간, 할머니의 얼굴이 눈물 때문에 번져 보였다. 설마 여기서 죽은 할머니와 마주 앉아 점심을 먹게 될 줄은 몰랐다. 예전 그대로의 할머니의 손맛이 느껴졌다. 목구멍까지 차오르는 뜨거운 감정과 함께 음식을 씹어 삼켰다. 순간 목이 메어 기침이 났다. 그런 유지를 보며 할머니도 기쁜 것처럼 젓가락을 움직였다. 할머니의 눈에 지금 나는 어떻게 비치고 있을까.

초라한 오십 줄의 남자가 아닌 뺨이 발그레한 어린아이로 보일까. 할머니는 밥을 먹으며 밭일과 마을 사람들 이야기를 늘어놓았다. 유지는 그 한마디 한마디에 고개를 끄덕였다. 모든 게 비현실적이지만 이상하리만치 자연스럽게 받아들여졌다. 밥을 한 그릇 더 먹고 나니 배가 불렀다.

할머니는 부엌에 가서 설거지를 시작했다.

"유지, 너도 가서 산신님께 인사드리고 오너라."

물소리에 섞여 할머니의 목소리가 들렸다.

"네?"

"돌아왔다고 산신님께 말씀드리고 오는 거야."

대답하지 않자 할머니는 앞치마에 손을 문지르며 거실에 왔다.

"유지, 고생 많았다. 힘들었지?"

무겁게 내려앉아 있던 할머니의 눈꺼풀이 크게 뜨였다. 이 사람은 아마 다 알 것이다. 산골 마을을 떠난 이후 손자가 어떤 삶을 살았는지, 그리고 왜 도망치듯 이곳에 돌아왔는지.

"할머니……."

응석을 부리고 싶었다. 외진 산골 마을에 살며 힘들다거나 편히 살고 싶다고 푸념하지 않고, 가난과 멸시 속에서도 불평 한 번 하지 않은 이 강인한 사람 앞에서.

"이제 괜찮다, 유지."

그렇다. 이런 말을 듣고 싶었다. 모든 게 허무했다. 오랜 세월 동안 찾아 헤맨 의문. 아내는 왜 그 잔혹한 범인의 희생양이 되었는가. 결국 그 답에는 다다를 수 없었다. 기만과 거짓을 늘어놓던 시게타를 죽였지만 마음은 채워지지 않았다. 감정을 어떻게 추슬러야 할지 알 수 없었다.

그리운 이 집에서 할머니가 건넨 말이 가장 마음에 와닿았다.

"산신님께 가서 기도드리고 와라."

그러더니 할머니는 쌀쌀맞게 등을 돌렸다. 다시 싱크대에서 설거지를 시작한다. 유지는 순순히 몸을 일으켜 현관으로 향했다. 신발을 신었다. 낡은 신발에 들러붙은 진흙은 어느새 말라 있었다.

앞마당에 나가자 비탈에 복사꽃이 꿈결처럼 흐드러지게 피어 있었다. 유지는 한동안 그 풍경을 말없이 바라봤다.

신사가 어디 있는지는 알았다. 마을에서 가장 높은 언덕에 있다. 좁은 오솔길은 깨끗하게 풀이 손질돼 있어 걷기 편했다. 정말로 관리하는 듯하다. 할머니와 나카오 우메 씨, 그리고 사카모토 교코 씨와 그 며느리들이. 그들은 이따금 이곳에 돌아와 살아 있을 때와 마찬가지로 즐겁게 지낼 것이다.

낯익은 삼나무가 우뚝 서 있고 그 너머에 통나무로 만든 소박한 기둥문이 보였다. 기둥문 안쪽에는 스무 개쯤 되는 돌계단이 이어져 있다. 찬 공기와 습기, 그리고 정적. 유지는 기둥문 아래에서 고개 숙여 인사하고 천천히 돌계단을 올랐다. 사당도 기억 속 모습 그대로였다.

마을 집들에 비하면 기둥과 지붕도 튼튼하다. 주변과 내부가 깨끗이 청소돼 있고, 정말 제례가 열리는 것처럼 처마 밑에는 하얀 천막까지 걸려 있다. 유지가 손뼉을 부딪치는 소리가 주변 어두운 숲속에 울려 퍼졌다.

참배를 마치고 무심코 사당 옆으로 돌아갔다. 기억이 점점 되살아났다. 산비탈에는 둥근 돌이 쌓여 있다. 이끼로 덮인 그 돌 하나하나를 눈으로 더듬다가 한 개에 손을 올렸다. 틀림없다. 바로 이 돌이다. 이곳만 헐거워서 쉽게 움직였다. 두 손을 대고 살며시 당기자 역시나 둥근 돌은 쉽게 빠졌다.

침을 꿀걱 삼키고 조심스레 구멍에 손을 넣었다. 그리 깊지는 않을 것이다. 손끝에 축축한 흙과 썩은 낙엽이 닿았다. 손가락으로 살살 헤집자 찰캉하는 소리가 났다. 금속의 느낌. 등골이 서늘해졌다. 유지는 조심스럽게 그것을 집어 꺼냈다.

손끝에 있는 것을 믿을 수 없다는 듯 바라봤다.

차 열쇠였다. 녹슨 열쇠 두 개가 열쇠고리에 달려 있다. 열쇠고리는 타원형으로 자른 가죽에 리벳을 박은 것이다. 전에는 영어 글자가 있었던 것 같은데 지금은 가죽이 삭아 알아볼 수 없다.

열쇠는 오랜 세월 동안 이곳에 있었다. 내가 직접 가지러 오기를 기다린 걸까. 어린 시절 느낀 증오와 사악한 마음이 응축된 열쇠를 유지는 꼼짝 않고 바라봤다. 이것을 숨긴 탓에 겐이치 일가는 목숨을 잃었다. 유지를 안쓰럽게 여긴 겐이치의 할머니까지.

녹슨 두 열쇠를 유지는 꼭 움켜쥐었다. 차가운 금속 느낌이 그 시절 자신의 냉혹함을 닮았다. 또다시 몸이 부르르 떨렸다. 열쇠를 바지 주머니에 넣고 그대로 발길을 돌려 사당 앞에 섰다. 거기서 다시 한번 사당을 마주 봤다. 나무에 둘러싸인 어둠 속에서 하얀 천막이 유독 선명하게 보였다. 천막에는 사당의 문양이 옅게 비쳤다. 그 문양을 자세히 보고 유지는 몸이 굳어 버렸다.

제례가 있을 때마다 늘 봤던 산신 사당의 문양. 까맣게 잊고 있었다. 그것은 별 한가운데에 둥근 구멍이 뚫린 문양이었다.

—그때 당신 아내의 등에 말이지. 이상한 그림자가 비치

고 있었어.

―그게 말이지. 꼭 과녁처럼 보였어. 여기를 찌르라고 하
늘이 내게 지시한 거야.

"아아…….."

왜 지금껏 깨닫지 못했을까. 내 운명은 여기 있을 때부터
이미 정해져 있었다. 차 열쇠를 숨겨 겐이치의 가족을 위험
에 빠뜨린 비열한 짓을 저지른 그 순간부터. 유지는 주머니
속 열쇠를 꽉 움켜쥐었다.

숲속 어딘가에서 이름 모를 새가 날카롭게 울었다.

그 일은 우연이 아니었다. 유지는 열쇠를 숨기고 산신님
께 빌었다. 산사태가 일어나게 해 달라고. 그리고 토속신은
궁지에 처한 아이의 소원을 들어줬다. 하지만 그걸로 끝나
지 않았다. 산신은 대가를 요구했다. 그래서 20년 후 유지
가 가장 사랑하는 아내의 등에 산신의 사당 문양을 보이며
흉악한 소년을 불러들였다. 모든 것을 **없었던** 일로 만들 수
는 없었다.

자신이 지금 이곳에 돌아온 데도 명확한 이유가 있는 걸
까. 모든 게 시작된 곳으로 자연스럽게 이끌린 걸까. '원인'
은 돌고 돌아 '결과'를 낳았다. 이것은 세상의 이치요, 천명
이었다. 오랫동안 찾아 헤매던 걸 이제야 손에 넣은 기분이
들었다.

현관 미닫이문을 열고 집 안에 들어갔다. 할머니는 거실

좌탁 앞에 앉아 있었다. 유지는 그 맞은편에 힘없이 주저앉
았다.

"마음이 좀 편해졌니? 유지."

"네."

그대로 다다미에 드러누웠다. 주머니 속에서 열쇠가 찰캉
거렸다. 유지는 눈을 감았다. 이제 아무것도 떠올리지 않아
도 된다. 이곳에 있으면. 이곳에만 있으면.

이따금 찾아오는 죽은 이들과 조용히 어울리면서.

침하교를 건너자
침하교를 건너자
이쪽 편에서 저쪽 편으로

아이들의 노랫소리가 들린다.

난 침하교를 건너 저편에 다다랐구나. 유지는 평온한 잠
에 빠져들었다.

2021년 9월 20일

도사 신문

　19일 오전 11시경 ○○군 △△마치 구스모리 산간부에 있는 다나에다 마을을 순찰하러 온 사이토 가즈오(64)씨가 폐가에서 신원 불명의 시신을 발견했다. 다나에다 마을에는 현재 주민이 살지 않는다. △△경찰서에 따르면 시신은 40대에서 60대 남성으로 체크 셔츠에 회색 상의, 남색 바지를 입고 있었다. 시신 일부가 백골화돼 사망한 지 수개월이 지난 것으로 추정되며 근처에는 가방이 있었으나 신원을 확인할 만한 건 나오지 않았다. 시신의 바지 주머니에서는 녹슨 열쇠 두 개가 나왔다. 시신에 눈에 띄는 외상은 없었으며, 경찰은 신원 확인을 서두르는 한편 자살과 사건 양쪽에 가능성을 두고 수사 중임을 밝혔다.

5
—
사랑은
구분할 수 없다

○ 가나모리 마치코

오늘은 사사모토 부부 댁에 다녀왔어요. 쇼마가 걱정돼서요.

쇼마는 제 얼굴을 보자마자 "할머니" 하고 웃더라고요. 그 기특한 모습에 가슴이 먹먹해져서 하마터면 눈물이 나올 뻔했죠.

눈앞에서 엄마가 죽었으니 얼마나 힘들었을까요. 그 애는 이제 겨우 열두 살이에요. 아마 자신을 탓하고 있지 않을까요. 내가 엄마를 어떻게든 살릴 수 있었던 게 아닐까 하고요. 하지만 마오 씨가 죽은 건 천식 발작 때문이잖아요. 어쩔 수 없는 일이죠. 그 이야기를 몇 번이나 쇼마에게도 해 줬지만.

저도 마오 씨가 천식 발작을 일으키는 걸 한 번 본 적이 있어요. 정말 심각해 보이더군요. 숨이 막힐 때까지 기침을 하다가 얼굴이 새파랗게 질린 채 털썩 쓰러졌어요. 저도 어쩔 줄 몰라 허둥지둥할 뿐이었는데 고작 초등학생인 쇼마가 뭘 할 수 있었을까요.

어릴 때부터 천식을 앓아 온 마오 씨는 발작에 대비해 기관지를 넓히는 약을 늘 곁에 두고 있었어요. 흡입기로 단시간 작용성 자극제를 들이마시면 증상이 가라앉는다고 하더라고요. 그런데 하필 그날은 흡입기가 보이지 않았다고 해요. 마오 씨도 가방을 마구 헤집으며 찾았던 것 같은데 그 안에도 없었죠. 분명 어딘가에 깜빡하고 두고 왔을 거예요. 그런 일, 가끔 있잖아요?

저도 중요한 걸 어디 두고 아무리 찾아도 못 찾을 때가 간혹 있어요. 그러다 포기하면 언제 그랬냐는 듯이 불쑥 다시 나타나곤 하죠.

그래도 구급차를 부르는 등 쇼마는 나름대로 최선을 다해 대처했어요. 워낙 영리한 아이이니 뭔가 더 할 수 있는 일이 있지 않을까 온갖 궁리를 했을 거예요. 생각해 보세요. 천식 발작 때문에 엄마가 고통스러워하는 모습을 바로 눈앞에서 봤고, 그 엄마는 결국 세상을 떠나고 말았어요. 연락을 받고 제가 달려갔을 때 쇼마는 병원 복도에서 망연자실하게 서 있더라고요. 의사 선생님에게 엄마가 죽었다는 말을 들어도 이해가 안 된다는 듯이 고개를 살짝 갸웃거릴 뿐, 울지도 않았고요. 감정을 완전히 차단한 것처럼 보였달까요.

아버지인 히사요시가 다가와 말을 걸어도, 누나인 에리가 눈앞에서 울음을 터뜨려도 쇼마는 그냥 멍하니 있었어요. 히사요시는 무척 걱정하더라고요. 쇼마가 평소에 엄마를 워낙 잘 따랐으니 당연히 충격도 클 거라고요. 저도 그럴 거라 생각했죠.

하지만 이후 빈소 준비며 장례식 때문에 그 아이를 돌봐줄 새가 없었어요. 사돈댁인 사사모토 씨 부부가 달려온 뒤에는 한바탕 소동도 있었고요. 소중한 딸이 갑자기 세상을 떠났으니 충격과 슬픔이 엄청날 테고, 그건 저도 이해해요. 하지만 그런 자리에서 군이 히사요시를 탓할 필요는 없잖아요. 몇 번이고 말하지만 마오 씨는 지병 때문에 사망한 거예요.

물론 사사모토 부부는 처음부터 히사요시와의 결혼을 반대했다고 해요. 근데 아무리 그래도 히사요시와 결혼했기 때문에 자기 딸이 죽은 것처럼 말하는 건 너무하잖아요. 그것도 장례업자와 우리 가족까지 다 있는 곳에서요. 그때는 저도 정말 화가 나서 결국 한마디 했어요.

"따님 몸만 더 건강했다면 이런 일은 없었겠죠"라고.

그러자 사사모토 씨가 화를 버럭 내더라고요.

"결혼하고 나서 딸의 천식이 더 악화됐습니다. 사는 게 얼마나 엉망이었으면 그랬을까요."

그런 말도 안 되는 소리가 어딨나요? 그때는 정말 기가 막혀서 더 대꾸하기도 싫더라고요.

그분들은 오래전부터 우리 집안을 깔보고 있었어요. 제가 이혼하고 혼자 히사요시를 키운 것과 저희 형편이 넉넉지 않았기 때문이죠. 그래도 필사적으로 노력해 히사요시를 대학까지 보냈어요. 그런데 대학을 간신히 졸업하고 취직한 곳이 지역에 있는 작은 포장재 도매상이었고 영업에 배달, 때로는 공장 작업까지 하는 일이라 못마땅했을 거예요.

무엇보다 사사모토 씨는 현청에서 근무하는 부장님이고 부인은 꼿꼿이 선생님이잖아요. 그런 집안의 외동딸이니 격이 맞지 않는 결혼이라는 말도 들었어요. 그때는 억울했지만 아들을 위해 별말 하지 않았어요. 무엇보다 마오 씨가 히사요시와 꼭 결혼하고 싶다고 고집하며 부모의 반대를 무릅썼으니까요.

그런데 지금에 와서 생각해 보면 그때 저도 반대해야 했던 것 같아요. 결혼하기 전까지는 괜찮았겠지만, 애초에 출세와 거리가 멀고 월급이 적은 데다 매일 회사에 남아 야근하는 히사요시를 보며 마오 씨의 마음이 점점 식어 갔을 테니까요. 안 봐도 눈에 훤해요. 결국 마오 씨는 부잣집 영애 같은 기질을 끝까지 버리지 못했던 거예요. 죽은 사람을 굳이 나쁘게 말하고 싶지는 않지만요.

그래서 어떻게 됐냐면, 자식들에게 희망을 걸게 된 거죠. 그녀는 큰딸인 에리에게는 피아노와 발레를 시키고, 이들인 쇼마에게는 공부를 강요했어요. 나중에 커서 아빠처럼 되지 말라고 하면서요. 히사요시는 군말 없이 아내가 원하는 대로 하게 해 준 것 같아요. 아마 학원비나 레슨비는 친정에서 보태 주지 않았을까요? 히사요시의 월급으로는 그 정도 교육비를 감당할 수 없었을 테니까요.

저도 깊이 캐묻지는 않았어요. 저 역시 이 나이 되도록 여전히 일하며 입에 풀칠하는 수준이니 아들 내외를 도와줄 형편이 아니었으니까요. 일부러 끼지 않은 거예요.

결국 히사요시는 집 안에서 점점 설 자리를 잃고 야근 수당이 안 나오는데도 일에 더 매진하게 됐죠. 그런 모습이 어쩌면 마오 씨 눈에는 가족을 돌보지 않는 것처럼 비쳤을지 몰라요. 그래서 더 자녀 교육에 열을 올렸을 거고요.

그런데 어느 날 마오 씨에게 예상치 못한 일이 일어났어요. 사립 명문 여고에 진학한 에리가 어머니의 강요에 맞서 학교를 자퇴한 거예요.

"난 엄마의 인형이 아니야. 앞으로는 내가 하고 싶은 대로 하며 살래."

그렇게 선언하고는 어느 브레이크 댄스팀에 들어갔다고 해요. 집을 나가 몇몇 친구들과 함께 어울려 살며 밤에는 선술집에서 아르바이트를 하고 춤 실력을 갈고닦고 있대요. 저도 자세한 건 모르지만 댄스 팀끼리 경쟁해서 연예계에서 메이저로 데뷔할 길도 있다고 하더라고요. 아마 그런 걸 꿈꾸는 것 같아요.

히사요시와 마오 씨가 딸을 데려오려고 여러 번 시도했지만 끝까지 말을 듣지 않았다고 해요. 그러자 결국 히사요시도 체념하고 "하고 싶은 대로 하게 두자"라고 했고, 마오 씨는 충격이 워낙 컸는지 한동안 식음을 전폐할 정도로 괴로워했어요. 사사모토 부부는 그런 상황을 보고 '에리가 가나모리 집안의 피를 물려받은 탓에 변변한 인간이 못됐다'라는 식으로 말했다고 하고요.

하지만 말이죠. 에리는 오히려 생기가 넘쳐 보였어요. 걔는 워낙 야무진 아이라 분명 꿈을 이룰 수 있을 거예요.

안타까운 건 쇼마예요. 딸을 포기한 이후 마오 씨의 시선이 오로지 아들 쇼마에게 쏠리게 됐으니까요. 공부 잘하는 쇼마를 좋은 대학에 보내서 변호사나 의사로 만드는 게 그녀의 삶의 목표가 된 거예요. 정말 살벌할 정도였어요. 중학교 입시가 다가온 최근에는 특히 더 심했고요. 쇼마는 하루 종일 학교와 학원만 오갔고, 집에 와서도 밤늦게까지 공부하는 걸 마오 씨가 옆에서 내내 지켜봤다고 해요.

가끔 제가 말리기는 했어요. 아이를 너무 몰아붙이면 안 된다고요. 그럼 마오 씨는 "쇼마는 스스로 원해서 공부하는 거예요. 신경 쓰지 마세요"라고 단호하게 말하더군요. 네, 실제로 쇼마는 엄마의 기대에 부응하려고 필사적이었어요. 두 사람은 이상할 정도의 끈끈한 유대로 묶여 있었죠. 힐머니인 저는 물론 아버지인 히사요시도 끼어들 수 없는 관계였어요.

저러다 입시에 실패라도 하면 어떻게 될지 걱정돼 쇼마에게 몰래 진짜 속내를 물어본 적도 있어요. 그때 그 아이는 이러더군요.

"걱정하지 마세요, 할머니. 엄마는 절 사랑해 주시니 저도 엄마가 시키는 대로 할 거예요."

그 아이도 엄마를 사랑해서 엄마가 시키는 대로 하는 걸 좋아한다는 건 알고 있었어요. 하지만 말이죠. 그때는 정확히 왜인지 몰라도 조금 소름이 돋더라고요. 두 사람 사이에는 그 누구도 끼어들 수 없는 견고한 유대가 있었어요. 아름다운 모자애라고 할 수도 있을까요? 그래도 역시 뭔가 심상치 않은 기운 같은 게 느껴졌어요.

마오 씨가 천식 발작을 일으킨 것도 결국 정신적으로 너무 무리한 탓이 아닐까 싶어요. 예민하고 조심성 많은 그 사람이 흡입기를 둔 곳을 깜빡하다니요. 쇼마한테 너무 몰두한 나머지 다른 게 눈에 들어오지 않게 된 거죠. 그 끈끈한 모자애가 초래한 비극이라고 할 수 있을 거예요.

지금은 쇼마도 긴장이 조금은 풀린 것 같아요. 뭔가 차분해진 걸 보면 지금껏 씌어 있던 뭔가가 떨어진 것 같다고 해야 할까요. 마오 씨에게는 안됐지만, 그래도 외가에서 아이를 맡아서 키우기로 했으니 저세상에서 조금은 안심하고 있을 거예요.

우리 집에 데려올까 생각도 했지만 저는 하는 일이 있고 히사요시도 여전히 회사에서 고생 중이잖아요. 오늘 가 보기를 잘한 게, 외가에서 귀여움을 듬뿍 받고 있더라고요. 그야 그렇겠죠. 손주는 누구라도 귀여운 법이니까요. 딸이 남기고 간 아이라면 더더욱.

"안녕히 가세요, 할머니. 다음에 또 오세요."

집을 나설 때 쇼마는 그렇게 인사하며 제게 손을 흔들어 줬어요.

목소리가 밝더군요. 그 애도 분명 에리처럼 자신만의 삶을 잘 찾아갈 거라고 믿어요.

○ 나가키 유미에

혹시 『주간 스픽스』, 읽어 보셨나요?

그런 질 떨어지는 잡지가 또 있을까요? 사실이 아닌 이야기를 어쩜 그렇게 뻔뻔하게 쓸 수 있는지, 정말 기가 차던데요. 레이토에게는 절대 보여 줄 수 없어요.

물론 그 애는 지금 뭔가를 읽을 수 있는 상태가 아니기는 하지만.

우리 레이토는 엄연한 피해자예요. 그런데 그 기사는 레이토가 꼭 가해자인 것처럼 썼더라고요. 사건 이후 방송된 시사 정보 프로그램 같은 것도 마찬가지예요. 정말이지, 언론이라는 건 믿을 수 없다고 뼈저리게 느꼈어요. 보도 자체에 악의가 느껴진다고 할까요. 그도 그럴 게, 방송에 나온 사람들이 죄다 저쪽 관계자들뿐이잖아요? 레이토에 대해 멋대로 지껄이며 재단하는 게 얼마나 화가 나던지요.

뭐, 레이토가 조금 고집 센 면이 있기는 했어요. 하지만 그것도 다 가도타 호노카를 그만큼 사랑했다는 증거예요. 두 사람이 처음 사귀기 시작한 것도 호노카 쪽에서 적극적으로 다가왔기 때문이라고 들었어요. 네, 맞아요. 고등학교 시절, 레이토가 3학년이고 호노카가 1학년이었을 거예요.

엄마인 제가 이런 말 하기 뭐하지만, 레이토는 원래 여자아이들에게 인기가 많았어요. 잘생기고 공부를 잘하고 운동도 만능이었으니까요. 어릴 때부터 쭉 테니스를 했는데, 고등학교 때 현 대회에서 준우승할 정도의 실력이었죠.

그러니 고등학교에서는 모든 여학생들의 선망의 대상이었어요. 중학생 때부터 걸핏하면 고백을 받았다고 해요. 테니스 시합이 열릴 때는 다른 학교 여학생들까지 응원하러 오기도 했고요. 그런데 그렇다고 해서 평소에도 여자들을 가볍게 만나고 다녔다는 건 아니잖아요. 기사를 그렇게 쓰는 게 어딨어요? 불쾌하게.

대학에 들어가 테니스를 그만둔 건 운동 외에도 여러 가지를 해 보고 싶었기 때문일 거예요. 『주간 스픽스』에 나온 것처럼 1지망 대학에 떨어져서 좌절하거나 했던 건 아니에요. 그 무렵부터 성격이 변했다니, 대체 어디서 그런 헛소문을 듣고 취재했는지 모르겠어요. 고등학교 3학년이 된 호노카와도 헤어지지 않고 잘 사귀었고요.

호노카의 친구들이 평소 레이토가 호노카를 지나치게 구속했다던데, 아까도 말했듯 그건 그 아이 나름의 애정 표현이에요. 연인을 독차지하고 싶은 마음을 두고 가스라이팅이라니, 그게 말이나 돼요? 그걸 넘어 오히려 호노카가 그 아이에게 전적으로 의지했던 거 아닌가요? 생각해 보세요. 레이토는 머리가 똑똑하고 판단력과 통찰력이 뛰어났어요. 그래서 호노카도 걔한테 점점 의존하게 된 거죠. 그리고 애초에 싫었다면 헤어지면 될 일이잖아요. 대학생이 된 레이토에게 호노카가 더 달라붙었다고 해요. 그래서 레이토도 그 아이를 지켜 줘야겠다고 생각했을 거고요.

그러는 게 여자한테도 더 좋잖아요. 사실 우리 남편도 말이죠, 성격이 독단적이라 뭐든 혼자 결정해 버리는 타입이에요. 하지만 그렇다고 일이 잘못된 적은 한 번도 없어요. 그래서 저도 안심하고 그에게 모든 걸 맡기고 있고요. 남자가 주도권을 잡고 제대로 끌고 가기만 하면 문제없는 거 아닌가요? 레이토도 집에서 그런 저희를 보며 자라서 똑같이 했을 뿐이에요. 대체 뭐가 잘못된 건가요?

호노카는 저도 두어 번 만난 적이 있어요. 참 예쁜 아가씨더라고요. 레이토가 만날 여자로 딱 어울린다고 생각했죠.

레이토가 호노카를 집에 데려온 적도 있고, 대학 축제에도 함께 갔다고 들었어요. 그 인터뷰에도 나온 친구랑 함께요.

그런데 호노카는 성격이 조금 제멋대로에다 지나치게 자유분방했던 것 같아요. 거칠고 난폭한 구석도 있었고요. 그러지 않았다면 왜 칼 같은 것을 가지고 있었겠어요? 심지어 그걸로 사귀는 사람을 찌르다니요.

처음 연락을 받았을 때는 온몸의 피가 식는 느낌이었어요. 혼자서는 감당할 수 없을 것 같아서 남편에게 전화하고 병원에 달려갔죠. 그날을 떠올리면 아직도 온몸이 떨려요. 아들이 응급실에서 치료받는 동안 복도에 주저앉아 펑펑 울었답니다. 남편이 없었다면 아마 더 큰일 났을지 몰라요.

응급실에서 들것에 실려 나온 레이토는 의식이 없었고 낯빛도 안 좋았어요. 그걸 보고 전 하마터면 까무러칠 뻔했죠. 그래서 그때 의사 선생님이 하신 설명이 하나도 기억이 안 나요. 남편이 침착하게 듣고 나중에 알려 주기는 했는데, 설명을 같이 들었는데도 제 머릿속에는 아무것도 들어오지 않더라고요.

오른쪽 옆구리에 10센티미터 정도였대요. 칼에 찔린 깊이가요. 끔찍하죠? 한 치의 망설임 없이 힘줘서 찌르지 않는 한 칼이 그렇게 깊이 박히겠어요? 호노카에게는 살의가 있었던 게 분명해요. 다행히 중요한 장기를 비껴가서 목숨은 건질 수 있었지만요.

하지만 더 끔찍한 건 그다음이었어요. 칼에 찔린 충격 때문에 레이토는 그대로 뒤로 넘어지고 말았어요. 그런데 하필 그때 있던 장소가 공원 돌계단 위였던 터라, 계단에 굴러 떨어져 머리를 세게 부딪히고 만 거죠……. 병원에 실려 왔을 때는 두개골 안에 혈종이 생겨 뇌를 압박하고 있었대요. 다행히 혈종은 잘 제거됐지만 그 후 닷새 동안이나 혼수상태였죠. 그때 제가 어떤 심정이었을지 짐작이 되세요? 엿새째에 그 아이가 눈을 떴을 때는 정말 하늘이 절 도운 기분이었답니다. 하지만 말이죠. 그때부터가 또 고생이었어요. 레이토가 기억을 잃은 거예요. 남편과 절 알아보지도 못하고 멍한 얼굴로 우두커니 쳐다보기만 했어요.

의사 선생님은 일시적인 현상일 거라셨지만 확실한 건 아니에요. 지금도 이런저런 검사를 받고 있어요. 어쩌면 고차 뇌 기능 장애일 수도 있다고 해요.

아, 죄송해요. 그날을 떠올리면 자꾸 눈물이 나서……. 그렇게 운동도 잘하고 활발하던 레이토가 말도 제대로 못 하게 되다니요. 불쌍한 우리 아들. 아마 정신적 충격도 엄청났을 거예요. 당연하지 않겠어요? 애인에게 살해당할 뻔했으니.

경찰이 상황을 들으러 왔지만 의사 선생님이 제지하셨어요. 경찰은 당사자의 진술을 들어야 한다며 난색을 보이더라고요. 너무 무신경하지 않아요? 도저히 그럴 상황이 아닌데.

그래서 제가 따져 물었어요. 제 아들이 왜 이런 끔찍한 일을 당해야 했냐고요. 엄마로서 당연한 질문 아니에요? 경찰은 그 부분은 현재 수사 중이라며 얼버무리며 자리를 피했지만, 전 남편한테도 경찰서를 찾아가 항의하라고 했어요.

그렇게 큰 산 하나를 넘었나 했는데, 이번에는 또 언론이 나서서 사실도 아닌 이야기를 마음대로 지껄여 대더라고요. 레이토가 호노카에게 다른 남자와 말도 섞지 말라고 했다느니, 옷차림이나 머리 모양까지 간섭했다느니, 말을 안 들으면 벌을 줬다느니. 심지어는 레이토가 호노카에게 폭력을 휘둘렀다고까지 했어요. 그 착한 아이가 다른 사람한테 손찌검을 한다는 게 말이나 돼요?

아무튼 언론이 이번 사건을 워낙 선정적으로 다루는 바람에 저희 가족은 무책임한 사람들의 좋은 구경거리가 됐어요. 심지어 이제 호노카는 궁지에 몰린 나머지 범행을 저질렀다며 동정까지 받는 지경이에요. 그에 반해 전 동네도 마음대로 못 돌아다니고요. 얼마 전 어떤 시사 프로그램 패널은 저를 두고 "그 아들에 그 엄마"라는 막말까지 퍼붓더라고요. 정말 경악했어요. 살면서 그런 비난은 한 번도 못 들어 봤는데.

SNS에 별의별 헛소문이 돌아다닌다는 것도 알아요. 보고 싶지도 않아요.

남편은 지금 변호사와 상의 중이에요. 호노카는 미성년자이니 혹시라도 정상 참작 같은 걸 받으면 저는 정말 억울

해서 못 살 것 같아요. 몇 번이나 말하지만 우리 레이토에게는 아무 잘못도 없어요. 호노카가 엄벌을 받기를 기원해요. 『주간 스픽스』도 명예훼손으로 고소할 생각이에요. 레이토를 비롯한 저희 가족은 앞으로 계속 살아가야 하니까요.

아아, 하필 아들은 왜 그런 여자랑 엮였을까요. 불행하게도. 엄마로서 정말 가슴이 무너질 것 같아요. 레이토가 언제 퇴원할 수 있을지는 아직 몰라요. 치료가 오래 걸릴 거예요.

그래도 아들이 다시 일어설 때까지 전 온 힘을 다해 아들을 지켜 줄 거예요. 그게 엄마로서의 도리 아니겠어요?

○ 후타가미 유토

쇼마가 멀리 이사 가 버려서 너무 허전해.

엄마가 돌아가시고 나서 외할아버지 댁에 맡겨졌대. 학교도 결국 전학했어. 그래도 학원에서 다시 만날 줄 알았는데, 학원까지 그만두고 앞으로 시소 학교에 가지 않겠다고 해서 얼마나 놀랐는지 알아?

원래 우리 목표는 시소 학교 중등부에 들어가는 거였어. 그래서 쇼마랑 함께 열심히 입시를 준비했는데, 허탈하더라. 엄마가 죽고 나서 마음이 바뀌었을까. 천식 발작이라고 들었는데, 아무튼 정말 안타깝고 불쌍해.

그래도 얼마 전 통화했을 때는 잘 지내는 것 같아 안심하긴

했어.

나한테 아무렇지 않게 "유토, 넌 공부 열심히 해"라고 하더라고.

할아버지랑 할머니가 무리해서 좋은 학교에 가지 않아도 된다고 하셨대. 어차피 할아버지 댁에서 시소 학교까지는 너무 멀어서 다닐 수 없으니 그곳에 있는 공립 중학교에 들어가기로 했다는 거야. 그렇게 된 게 잘된 일일지 모른다고 생각했어. 쇼마, 생각보다 목소리가 밝았거든.

우리 반에서 시소 학교를 목표로 한 사람은 쇼마랑 나 둘뿐이라 우리는 특히 친했어. 학원도 같은 학원에 다녔고.

같은 반에 있는 머리 나쁜 아이들이 '범생 콤비'라고 놀려도 전혀 신경 쓰지 않았어.

쇼마네 엄마는 오래전부터 아들을 시소 학교에 보내는 걸 목표로 삼았다고 해. 쇼마도 정말 열심히 공부했어. 늘 1등을 놓치지 않는데도 계속 노력했지. 학원으로 향하는 전철 안에서 우리는 이런저런 이야기를 했어. 쇼마는 학교에서 늘 얌전했지만, 전철에서는 나한테 비밀 이야기도 들려줬어.

쇼마네 누나는 쇼마랑 마찬가지로 엄마의 기대를 한 몸에 받으며 피아노랑 발레를 배웠대. 이름은 에리라고 했는데, 그 누나가 고등학생이 되고 얼마 안 돼 학원을 전부 그만두고 학교도 자퇴했다는 거야. 뭐랬더라. 브레이크 댄스에 빠졌댔나? 그걸 더 제대로 배워 보고 싶다고 했대.

"와! 엄청난 결단이네!"

내가 그렇게 감탄하자 쇼마는 힘없이 웃었어.

"근데 엄마는 엄청 화냈어."

그건 뭐, 당연하겠지.

"화내고, 실망하고, 울었어."

응, 알아, 이해해. 원래 어른들은 모든 게 다 아이를 위해서라고 하잖아. 결국 자기만족에 불과하면서. 아무튼 그때 난 우리 부모님도 똑같이 체면이나 자존심 때문에 자식들을 닦달한다며 맞장구를 쳤는데, 쇼마는 나와 달리 자기가 누나 몫까지 더 열심히 해야 한다고 느낀 것 같아. 걔는 엄마를 정말 좋아했으니까.

"엄마한테는 이제 나밖에 없어. 내가 시소 학교에 합격하면 분명 행복해하실 거야."

그게 꼭 정답은 아닐 거라고 생각했지만 입 밖에 내지는 않았어. 그 무렵부터 쇼마가 정말 비장하게 공부에 더 매달렸거든. 꼭 무슨 병에라도 걸린 사람처럼 창백한 얼굴로 학교에 와서는 초점 없는 눈으로 칠판을 뚫어지게 보더라고. 사실 초등학교 수업은 우리한테 너무 쉬웠어. 입시 공부에서는 훨씬 더 어려운 문제들을 풀었으니까.

학원을 오가는 전철 안에서 쇼마는 어두운 표정으로 말이 없을 때가 많아졌어. 학교에 떨어지면 엄마를 더 슬프게 할 수 있다고 걱정했을지도 몰라. 그야말로 벼랑 끝에 몰린 느낌이었다고 할까. 엄마가 진심을 다해서 쏟는 사랑에 보답해야 한다며 필사적이었던 거야. 난 그 모습이 너무 이상했고, 어떨 때는 조금 위험한 게 아닐까 싶기도 했어.

전철 좌석에 앉아 있다가 갑자기 눈물을 뚝뚝 흘리거나, 학원이 있는 역이 아닌 곳에 내리는 바람에 결국 학원을 빠진 날도 있었거든. 아마 극도의 긴장감을 견디지 못해서 그랬던 것 같아.

그 무렵이었어. 전철 옆자리에 앉은 고등학생 누나가 쇼마에게 "괜찮니?" 하고 말을 걸어 준 게. 우리는 여느 때처럼 학원에 가는 길이었고, 그 누나는 학교를 마치고 집에 가는 길이었을 거야. 우리는 눈치채지 못했지만 그동안 같은 전철을 여러 번 타며 쇼마가 왠지 이상해 보인다고 느끼지 않았을까? 쇼마는 깜짝 놀라 그 누나를 올려다봤어. 키가 크고 날씬하고 예쁜 누나였어.

그 뒤로도 가끔 전철에서 만나면서 쇼마는 그 누나와 이런저런 이야기를 나누게 된 것 같아. 내 느낌이지만 두 사람은 왠지 비슷한 분위기를 풍겼어. 뭐가 비슷하냐고 하면 정확히 설명은 안 되는데, 둘 다 뭔가를 꾹 참고 견디는 사람들 같았다고 할까.

한번은 쇼마가 학원을 빼먹고 어느 공원에 멍하니 앉아 있을 때 그 누나를 만났다고 해. 그때 쇼마는 그 누나한테 자기 이야기를 털어놨대. 엄마와 자신에 대한 이야기. 서로

통하는 게 있었는지 그 뒤로 두 사람은 더 친해진 듯 보였어. 그리고 그 누나도 그 무렵부터 상태가 좀 이상해졌고. 말도 없이 뭔가를 골똘히 생각하는 모습이 자주 보이더라고. 난 왠지 무서웠어. 뭔가 안 좋은 일이 일어날 것 같아서.

쇼마가 또 뭔가 달라진 듯했던 것도 그 누나에게 무슨 말을 들었기 때문일 거야. 난 건너편 좌석에 앉아 그 모습을 지켜봤어. 누나는 전철에 타자마자 바로 쇼마 옆에 앉았어. 두 사람은 꼭 어두운 불꽃 속에 휩싸여 있는 것 같더라. 그때 그 누나는 몸을 살짝 기울여서 쇼마에게 뭔가를 속삭였어. 단 한마디를.

순간 쇼마는 몸을 움찔하더니 아랫입술을 꼭 깨물었어. 그 후 그 누나는 아무 말 없이 전철에 몸을 맡기고 있다가 자기가 내릴 역에서 내렸어. 그때 쇼마가 무슨 말을 들었는지는 나도 몰라. 쇼마는 별말 하지 않았고 나도 묻지 않았으니까.

그리고 그 직후 쇼마네 엄마가 천식 발작으로 돌아가셨고, 쇼마는 입시를 포기했어. 이 일련의 사건이 그 누나와의 일과 뭔가 관련이 있을까? 아니, 아마 없을 거야. 그냥 내가 생각이 많은 것일 뿐. 그나저나 그 누나, 요새는 전철에 타지 않아. 무슨 일인 걸까.

─유토, 넌 공부 열심히 해.

어제 전화할 때도 쇼마는 나한테 그랬어. 목소리가 아주 밝더라. 아마 어머니가 돌아가시고 나서 자유로워진 게 아닐까 싶어.

○ 야쓰즈카 게이

레이토의 병문안을 갔다 왔어.

완전히 다른 사람 같더라. 내가 누군지 알아보기는 한 걸까. 표정이 흐릿하고 대답도 애매모호했거든. 침대에 누워서 "응"이나 "어" 같은 반응만 했어. 머리를 다쳐 뇌에 손상을 입었다고 들었는데, 과연 나을 수 있을까 싶어. 학교에 돌아올 수는 있을까? 그런 상태로는 아마 수업을 따라갈 수도 없을 것 같은데 말이야.

호노카의 칼에 찔린 건 엄청난 충격이었을 거야. 그럴 만해. 사랑하는 애인의 손에 살해당할 뻔할 거라고는 누가 상상이나 했겠어? 게다가 호노카는 평소에 워낙 순종적이었고 레이토에게 푹 빠져 있었잖아. 그런 호노카가 왜 대뜸 레이토를 죽이려고 한 걸까.

레이토한테 바람기가 있다는 건 호노카도 알았을 거야. 그런 걸 다 알면서도 레이토를 좋아했어. 아무리 차갑게 대해도 레이토가 하는 말이라면 무조건 따랐으니까. 레이토를 아주 많이 좋아했던 것만은 분명해.

뭐, 그걸 빌미로 레이토도 너무 막 나간 감은 있어. 난 레이토와 대학에서 처음 만났어. 어떤 마이너한 동아리에 같이 들어갔거든. 딱히 활동을 열심히 한 건 아니야. 주로 다른 대학에 다니는 여학생들에게 말을 걸어 단체 미팅 같은 걸 주선하는, 소위 '올라운드 서클'이라 불리는 동아리의 전형이었어.

레이토는 잘생겼고 고등학생 때까지 운동을 해서 몸이 적당히 탄탄한 데다가 말도 잘해서 여자들한테 인기가 많았어. 단체 미팅을 하면 늘 레이토가 중심에 섰지. 동아리원 중에는 레이토가 나오면 자기는 안 간다고 하는 녀석도 있었을 정도야.

그러니 레이토 주변에 여자가 없을 리 있겠어? 걔가 말을 걸면 대부분 따라왔다고 하니 하룻밤만으로 끝난 관계도 많았을걸. 그런데 늘 뒤처리를 잘해서 크게 껄끄러운 일은 없었던 것 같아. 그리고 그렇게 놀고 다녀도 레이토에게는 늘 호노카라는 공식 여자 친구가 있었고.

고등학교에서도 레이토는 여학생들에게 선망의 대상이었다고 하더라. 고백하는 여자애가 많았다는 것도 이해가 돼. 레이토보다 두 살 어린 호노카도 그중 한 명이었어. 수많은 여자들 사이에서 레이토에게 선택받았으니 얼마나 행복했을까. 그냥 레이토 곁에 있는 것만으로 만족하는 느낌이었달까.

가냘프고 온순한 느낌의 호노카는 레이토가 충동적으로

만나고 다니는 화려한 여자들과 분위기가 조금 달랐어. 그래서 나 역시 레이토가 진짜 마음에 두고 있는 사람은 호노카 한 명뿐일 거라고 짐작했고. 호노카도 기분이 좋지는 않았겠지만 레이토의 바람기를 묵묵히 참아내더라. 미움받고 싶지 않았겠지. 그리고 아무리 딴짓을 해도 결국에는 자기한테 돌아올 거라고 한결같이 믿고 있었을 테고.

그렇게 자신은 방탕하게 놀면서도 레이토는 호노카를 옭아매고 멋대로 조종했어. 가끔은 마치 시험하는 것처럼 호노카를 곤란하게 만드는 게 옆에서 보기에도 안쓰럽더라.

예를 들어 후배 남자애한테 고백하게 해서 호노카의 반응을 살피거나, 잃어버리지도 않은 물건을 잃어버렸다고 하고 끝없이 찾게 하거나. 레이토는 호노카가 당황하거나 곤란해하는 모습을 보며 즐거워했어. 참 못됐지? 나도 너무 심한 짓은 하지 말라고 타일러 봤지만 귓등으로도 안 듣더라고.

"괜찮아. 어차피 호노카는 날 위해 뭔가를 하는 걸 기뻐해. 무엇보다 걔는 나한테 푹 빠져 있잖아."

대수롭지 않은 것처럼 그렇게 말하기도 했어.

그런데 더 심한 건, 그러고 난 뒤에는 늘 호노카에게 찰싹 달라붙어서 "난 너밖에 없어" 같은 말을 하며 다정하게 군다는 거야. 잔인함과 다정함 사이를 교묘하게 오가는 거지. 호노카는 그런 레이토를 보며 우왕좌왕하면서도 연인에게 계속 사랑받으려고 필사적이었어. 옆에서 그런 걸 지켜보는 나 같은 사람은 답답해서 미칠 지경이었고.

레이토는 그렇게 호노카를 가지고 노는 주제에 또 질투는 많아서 호노카가 다른 남자와 조금이라도 친하게 지내면 화를 냈어. 아, 그러고 보니 이런 일도 있었네. 레이토와 만나기로 약속한 장소에서 호노카가 우연히 중학교 동창을 만난 거야. 그리고 레이토는 호노카가 그 남자와 대화하는 걸 보고 기분이 상했던 것 같아.

그날 밤, 레이토는 갑자기 호노카에게 벌을 주겠다며 귀신이 출몰한다는 곳에 억지로 호노카를 데려갔어. 나한테도 같이 가자고 해서 재미 삼아 따라갔는데, 역시 괜히 갔던 것 같아. 레이토는 귀신이 나온다고 소문난 적막한 그 터널을 호노카 혼자 지나가게 했어. 그때 호노카는 정말 뼛속까지 겁에 질린 것 같았지만, 레이토는 그런 모습을 보며 낄낄대며 웃더라. 새삼 못된 자식이라고 느꼈다니까.

혹시 알아? 그 터널, 꽤 유명한데. 아마 터널 출구 쪽 비탈에서 몇 년 전 어떤 여자가 목을 맸을 거야. 뉴스에도 나왔을걸? 반신불수가 된 남편을 헌신적으로 보살피던 아내가 어느 날 갑자기 남편을 때려죽이고 자신은 자살한 그 사건 말이야.

터널 안에 그 여자의 원혼이 떠돈다는, 어찌 보면 흔하디흔한 심령 스폿이기는 했어. 레이토는 한밤중에 호노카를 그곳에 데려갔는데 차 안에서 내내 그 이야기를 늘어놓으며 계속 겁을 줬지. 그 후 터널 입구에서 호노카를 혼자 내리게 하고 "저쪽 끝까지 갔다가 돌아오면 오늘 일은 용서해 줄게"라고 했어.

호노카도 말이지. 싫다고 하면 될 텐데 억지로 태연한 척 터널을 향해 걸어가더라고. 그 뒷모습을 보며 난 "이건 좀 너무하는 거 아니야?" 하고 레이토를 다그쳤지만 녀석은 역시나 전혀 듣지 않았어. 자기 말에 순종하는 여자가 있는 게 자랑스러웠을까. 참 웃기는 착각이지.

그렇게 호노카는 차 한 대도 지나지 않는 어두운 터널로 들어갔어. 그런데 그 뒤로 호노카가 좀처럼 돌아오지 않자 레이토도 역시 신경 쓰였는지 나랑 같이 어떤 상황인지 확인하러 가자는 거야. 안에 들어가니 터널 한가운데쯤에 혼자 가만히 서 있는 호노카의 모습이 보이더라. 호노카는 레이토가 다가가 말을 거는데도 아무 대답도 안 하고 있다가 갑자기 고개를 확 돌리더니 무표정한 얼굴로 레이토한테 말했어.

"그래······. 왜 이제야 알았을까"라고.

순간 난 온몸이 얼어붙는 것 같았어. 그래서 이만 가자며 두 사람을 억지로 차에 태우고 돌아갔지. 차 안에서도 호노카는 이상하리만치 침착했어. 오히려 레이토 쪽이 들떠서 계속 떠드는데 호노카는 단 한마디도 대꾸하지 않았고.

그날 이후 호노카는 확실히 사람이 변했어. 배짱이 두둑해

졌다고 해야 할까, 각성했다고 해야 할까. 뭐라고 설명해야
할지 모르겠네. 그리고 그 직후에 그 사건이 일어났어. 호노
카는 체포되어 경찰서에 끌려갈 때도 아주 담담했다고 해.

있지, 대체 무슨 일이 있었을까? 그 터널 안에서.

○ 가나모리 에리

우리 집의 불행은 내가 만든 것이다. 지금껏 그렇게 생각
했어. 어릴 때부터 엄마는 날 유독 아꼈고 피아노와 발레도
엄마가 시켜서 배웠지만, 둘 다 정말 좋아했어.

외할아버지가 사 주신 피아노 앞에서 매일매일 몇 시간을
연습했어. 우리처럼 작은 집에 그렇게 큰 악기를 들이는 게
쉽지 않았지만 아빠도 결국 허락해 줬어. 그 뒤로 실력은 나
날이 늘어서 콩쿠르에서 상을 받은 적도 있어. 발레도 잘했
고, 무엇보다 자신 있었어. 원래부터 몸을 움직이는 걸 좋아
했으니까.

그렇게 내 일상은 피아노와 발레를 중심으로 돌아갔어.
점점 실력이 늘자 엄마도 정말 행복해하는 게 눈에 보였지.
그래서 난 그 두 가지에 더 몰두하게 됐어. 콩쿠르나 발표회
때는 늘 엄마와 쇼마, 외할아버지와 할머니가 와 줬지만 아
빠는 일이 바빠서 거의 못 왔어. 아빠 앞에서도 보여 주고
싶었는데.

아빠가 오지 않는 걸 가족들은 전혀 신경 쓰지 않았어. 새벽부터 밤늦게까지 일하는 아빠를 자주 보지 못해서 외로웠지만 엄마는 마치 그게 당연하다는 듯한 표정이었어. 그렇게 열심히 일해도 월급이 적어서 학원비도 제대로 내기 어려웠을 거야. 그런 건 신경 쓰지 말고 연습이나 열심히 하라고 엄마한테 잔소리를 들었지만.

그리고 그때 처음으로 외할아버지가 내 학원비를 대신 내주신다는 걸 알게 됐어. 순간 마음이 왠지 싸늘하게 식더라. 아빠가 불쌍해서. 그렇게 열심히 일하는데도 엄마한테 철저히 무시당하잖아. 하지만 피아노와 발레가 없는 삶은 상상할 수 없기에 그 뒤로도 난 계속 열심히 노력했어.

전환점이 찾아온 건 고등학교에 막 들어갔을 때야. 고등학교도 엄마가 시키는 대로 여고에 갔어. 뭔가 잘 안 맞는다고는 느꼈지만 그냥 습관처럼 학교에 다녔던 것 같아. 발레 콩쿠르에는 모던 댄스의 일종인 컨템퍼러리 댄스라는 부문이 있는데, 고전적인 발레와는 전혀 다른 방식으로 춤을 춰야 했어.

그래서 리듬감을 익히라는 선생님의 권유에 따라 난 브레이크 댄스 레슨을 받았어. 그리고 '바로 이거야!'라고 생각했지. 브레이크 댄스에 푹 빠져 버린 거야. 기본만 중시하는 발레가 점점 갑갑하다고 느끼기 시작한 시기이기도 해. 난 브레이크 댄스를 더 잘 추고 싶었고, 혼자 추는 건 재미없으니 팀에도 들어가고 싶었어. 그러다 보니 결국 적성에 안 맞는 학교에 다니는 시간도 아까워져 내 멋대로 학교를 그만 둬 버렸어. 날 받아 주겠다는 팀이 생겨서 거기에 들어가기로 한 거야.

지금 생각하면 엄마를 향한 반항심도 한몫했던 것 같아. 딸을 자기 뜻대로 키우려는 엄마가 정말 지긋지긋해졌거든. 그 무렵 난 내 미래는 스스로 정하는 거라고 철석같이 믿었어. 댄스팀 사람들에게 영향을 받았을지도 모르지만 어쨌든 엄마에게서 벗어나고 싶었어. 자식을 자기 소유물처럼 다루는 엄마에게서.

엄마는 그런 나를 보며 크게 낙담했어. 변변찮은 남편에게 등을 돌리고 자식이 자신이 직접 그린 인생을 걸었으면 했는데 그 계획이 틀어져 버렸으니까. 하지만 난 속으로 쌤통이라고 생각했어. 그때는 진짜 고소하더라.

물론 엄마는 쉽게 주저앉지 않았어. 나 다음으로 아들인 쇼마에게 희망을 건 거야. 걔는 원래 성적이 좋았으니 계속 공부를 시켜서 언젠가 남들이 부러워할 만한 직업을 갖게 하려고 하지 않았을까? 무서울 정도로 거기에 집착하는 엄마를 가족 그 누구도 말릴 수 없었어.

쇼마를 꽁꽁 옭아매 자기 의지로는 한 치도 움직이지 못하게 통제했다고 해. 쇼마의 일상은 엄마의 계획표대로 분 단위로 맞춰서 돌아갔어. 쇼마도 엄마의 그런 기대에 부응하려고 열심히 노력했고. 그 무렵 가끔 집에 가면 핏기 없는 얼굴로 신경이 바짝 곤두서서 책상 앞에 앉은 쇼마의 모습이 보이곤 했어.

친할머니는 걱정됐는지 쇼마한테 말했어.

"너무 무리하지 마렴. 그 정도면 충분하잖니. 엄마한테는 할머니가 잘 말해 볼게."

그러자 쇼마는 말도 안 된다는 듯이 고개를 흔들었어.

"아뇨, 전 엄마가 시키는 대로 할 거예요. 엄마에게는 제가 가장 소중하니까요."

걔 심정은 나도 이해가 됐어. 한때는 나도 그렇게 생각했으니까. 엄마가 너무 좋았고, 엄마 역시 날 사랑해 준다고 믿었지.

하지만 멀리 떨어져서 보니 모든 게 선명하게 보였어. 엄마는 자기 인생을 실패라고 여겼어. 그러니 딸에게 자신의 모습을 겹쳐 보며 인생을 되돌려 보고자 한 거야. 하지만 나를 통해 시도한 계획은 결국 실패로 끝났어. 그러니 엄마한테는 이제 쇼마밖에 안 남은 거지. 나보다 훨씬 착하고 고분고분한 쇼마를 전적으로 지배하는 상황이 엄마의 우월감을 채워 주기도 했고.

'교육 학대'라는 말, 들어 봤어? 아이에게 과도하게 공부를 강요하며 고통을 주는 걸 뜻해. 하지만 엄마는 그것과도 조금 달랐어. 사실 엄마는 나에게서 자기 모습을 겹쳐 본 것처럼, 쇼마에게는 남편의 모습을 겹쳐 보고 있었거든. 자신을 행복하게 해 주지 못한 남편을 미워했고 그 분노와 증오, 원망, 비난을 온통 쇼마에게 쏟아부으며 자기 마음을 달래고 있었던 거야.

그러다가 상황이 점점 심각해져서 엄마와 쇼마가 조금씩 이상해지는 게 눈에 보이기 시작했어. 엄마는 더 가혹하게 쇼마를 몰아붙였고, 쇼마는 자기 능력 이상의 것을 해내려고 필사적이었지. 옆에서 보고 있자니 정말 조마조마하더라. 머지않아 쇼마의 마음이 뚝 부러져 버리는 게 아닐까 싶어서.

더는 그대로 내버려둘 수 없었어. 우리 가족은 내가 도망치는 바람에 점점 불행해지고 있었으니까. 그래서 엄마에게 사랑받는다고 순수하게 믿는 쇼마에게 미안한 일이지만, 진실을 알려 주려고 한 거야.

엄마는 이제 자기 자신도 제대로 돌보지 못하고 있어. 엄마는 널 절대 사랑하는 게 아니야. 그저 계획대로 풀리지 않은 자기 인생을 한탄하고, 그 원인이 된 아빠를 증오하는 거야. 어둡고 추한 감정을 아들인 네게 쏟아붓고 있을 뿐이야. 넌 아빠의 축소판이 아니야. 더 이상 엄마 말에 휘둘리지 말고 네 인생을 살아. 그렇게 말하려고 했어.

하지만…… 하지만 말이지. 왜인지 모르겠지만 쇼마는 이미 그걸 알고 있었어 엄마의 진신을. 사랑이라는 허울 뒤에 감춰진 진득한 감정을. 어떻게 알았을까? 그렇게 엄마 말을 잘 따르고, 가혹한 과제들을 얌전히 해내고, 성적이 떨어져 욕을 얻어먹어도 참고 견디던 아이가 말이야.

쇼마의 눈동자에서는 차가운 불꽃이 이글거리는 게 보였어. 정말이야. 걔는 그렇게 싸늘하게 식은 눈으로 엄마를 보고 있었어. 꼭 세상의 진실을 깨달은 사람처럼. 쇼마의 그 눈을 봤을 때 아마 난 곧 무슨 일이 일어날 것을 직감했을지도 몰라.

엄마가 죽었다는 말을 들은 응급실 복도에서도 쇼마는 똑같은 눈빛을 하고 있었어. 아빠와 할머니는 눈치 못 챘겠지만, 난 다 알아.

쇼마는 지금 외할아버지 댁에서 지내고 있고 시소 학교에 들어가는 것도 포기했다고 해. 걔한테는 잘된 일이야. 엄마가 죽었으니 쇼마도 자기 인생을 되찾은 거겠지.

엄마가 죽었다는 소식을 들었을 때도 별 반응이 없었던 쇼마를 내가 집에 데려갔어. 집에 도착하자마자 쇼마는 자기 방에 올라가서 금세 잠들어 버리더라. 거실 바닥에는 엄마가 쓰던 가방이 그대로 떨어져 있었고, 안에 있던 물건이 여기저기 흩어져 있었어. 아마 천식 발작이 왔을 때 흡입기를 찾으려고 가방을 마구 뒤졌겠지. 천식을 앓는 엄마는 늘 흡입기를 가지고 다녔거든. 그걸 가방에 넣는 걸 깜빡했다는 걸 도저히 못 믿겠더라. 신중한 엄마는 예비 흡입기도 집 안에 뒀는데, 평소 그걸 보관하던 캐비닛 서랍이 열려 있었어. 엄마는 거기도 뒤진 거야. 그런데도 결국 흡입기를 찾지 못해 목숨을 잃은 거고.

난 고요한 집 안에서 엄마의 흡입기를 찾아 헤맸어. 그리고 마침내 찾았지. 쇼마의 학원 가방 안에 나란히 든 흡입기 두 개를. 난 거실 소파에 있는 그 가방을 응시하며 한참을 꼼짝 못 하고 서 있었어.

이게 대체 무슨 의미일까. 쇼마는 일부러 엄마의 흡입기를 숨긴 걸까. 고통 때문에 발버둥 치는 엄마를 보면서도 말없이 소파에 앉아 있었던 걸까. 쇼마는 어떻게 엄마의 진심을 알게 됐을까. 그런 것들을 아무리 궁리해도 알 수 없었어.

난 가방에서 흡입기 두 개를 꺼내 서랍에 넣었어. 그리고 원래대로 서랍을 닫았어.

쇼마는 점점 아이다운 밝은 모습을 찾아가는 중이야. 난 이것으로 모든 게 잘된 일이라고 생각하기로 했어. 더 깊이 파고들지 않으려고 해. 내 생각이 과한 걸 수도 있으니까. 언젠가 우리 가족이 다시 함께 살게 되면 제일 좋을 텐데, 분명 그렇게 될 거라고 믿어.

○ 이케하타 루나

호노카와 나 중학교 때부터 딘쩍 친구였어. 고등학교도 같은 곳에 갔고 서로 집도 가까워서 등하교할 때도 항상 붙어 다녔지. 그래서 호노카의 짝사랑도 응원했어. 그 애가 좋아하는 사람은 레이토라는 선배였는데, 테니스부 에이스에 머리도 좋고 얼굴도 꼭 아이돌처럼 잘생긴 사람이었어.

하지만 그만큼 경쟁자도 많았어. 3학년인 레이토 선배를 아마 우리 학교 여학생 중 절반은 좋아했을걸. 고백한 아이도 꽤 있었을 거고. 그래서 호노카는 망설였는데, 그 등을 밀어준 사람이 나야. 호노카도 예쁘고 몸매가 좋아서 중학교 때부터 만만찮게 인기가 많았으니까. 그리고 내 예상대로 레이토 선배는 호노카를 선택했어.

필사의 각오로 한 고백이 성공하자 호노카는 꼭 세상을 다 얻은 사람처럼 보였어. 선배의 승낙을 받은 그날 밤에는 잠도 안 온다며 나한테 전화를 걸어서 호들갑을 부렸지. 우리는 밤새 수다를 떨었어.

두 사람은 정말 잘 어울렸어. 학교 안에서도 늘 화제가 되는 커플이라 나도 뿌듯했고. 고백하라고 응원하며 고민을 들어준 보람이 있다고 생각했다니까. 그때 내가 만약 레이토 선배의 본모습을 알았다면 절대 그러지 말라고 말렸을 텐데. 호노카도 그렇게 되지 않았을 거고. 지금은 정말 후회해.

레이토 선배는 다른 사람에게 상처를 주고 괴롭히는 걸 즐기는 사람이었어. 아니, 그걸로는 부족하겠다. 인간으로서의 마음이 결여된 사람이었어. 아마 호노카와 사귀기 시작한 것도 호노카가 자기한테 푹 빠진 듯 보이고 순진하니 조종하기 쉽겠다고 판단해서였겠지. 그런 의미에서 호노카는 안성맞춤이었을지도 몰라.

호노카는 요새 보기 드물 정도로 얌전하고 순종적인 데다 좋아하는 사람에게 끝까지 헌신하는 타입이었으니까. 레이토 선배가 오른쪽을 보라고 하면 계속 오른쪽으로 고개를 돌리고 있을 아이였어. 그래도 두 사람이 고등학생일 때까지는 괜찮았어. 늘 붙어 다니며 모두의 부러움을 사는 행복한 커플 같았지. 그때는 레이토 선배도 호노카를 아꼈다고 생각해. 조금 거칠게 굴기는 해도 그것도 다 호노카를 사랑해서 그런 줄로만 알았어.

그런데 레이토 선배가 대학에 들어간 뒤부터 분위기가 조금씩 달라지기 시작했어. 대학 생활의 자유로움에 빠졌는지 여러 여자들을 만나고 다니며 놀기 시작한 거야. 심지어 거리에서 다른 여학생과 함께 걸어가는 선배를 본 적도 있어. 당연히 크게 상처받은 호노카는 자기가 곧 버림받을까 봐 몹시 두려워했지. 하지만 내가 레이토 선배를 비난하면 끝까지 그를 감싸더라.

레이토 선배도 "내가 좋아하는 사람은 너뿐이야. 다른 여자들은 신경 쓰지 마"라며 호노카를 구슬렸다고 해. 그때마다 호노카는 안도하며 기뻐했지만 그래도 불안은 늘 따라다녔을 거야.

선배가 야쓰즈카 게이라는 대학 친구를 데려와 나를 포함

해 넷이서 더블데이트를 한 적도 몇 번 있어. 호노카는 선배 눈치를 보며 그가 시키는 대로 움직였어. 옆에서 보기 안쓰러울 정도로. 그래도 호노카가 선배를 좋아하니 어쩔 수 없다고 체념했고, 저러다 조만간 질리면 자연스럽게 헤어질 거라고 생각했지. 그때 그렇게 외면하지 말고 얼른 헤어지라고 재촉할 걸 그랬어.

자기는 다른 여자들과 놀아나는 주제에 레이토 선배는 질투가 심했어. 대학과 고등학교로 떨어져 지내다 보니 아마 호노카의 일거수일투족이 신경 쓰였던 것 같아. 호노카에게 언제 어디서 뭘 하는지 일일이 보고하게 했고, 갑자기 기분 내킬 때 불쑥 부르기도 하는 등 구속이 정말 심하더라고.

결국 난 보다 못해 호노카한테 말했어. 아무리 그래도 너무 심한 것 같다고. 이런 건 사귀는 사이가 아니라 네가 그냥 선배에게 맹목적으로 복종하는 것 같다고.

"오빠는 내가 너무 걱정된대. 다른 남자들이 나한테 접근할까 봐. 그래서 자기에게서 멀어질까 봐. 자꾸 그런 생각이 들어서 불안하다는 거야."

예상은 했지만 호노카는 그렇게 변명했어. 그때 난 이미 호노카가 선배에게 완전히 조종당한다는 걸 깨달았고. 더 이상 정상적인 판단조차 할 수 없게 된 거야. 위험하기 짝이 없었지. 선배는 그저 호노카를 마음대로 조종하고 속박하며 즐길 뿐인데, 호노카는 그런 걸 눈치채지 못하고 여전히 자신이 사랑받는다고 믿고 있었으니까. 둘 중 진정 사랑하는 사람은 호노카뿐이고, 선배의 마음은 진즉 식었는데도.

하지만 지금 생각하면 어쩌면 호노카의 마음도 조금씩 변하고 있었던 게 아닐까 싶어. 입으로는 계속 그 사람을 사랑한다고 하면서도 속에서 차오르는 불안과 의심, 분노를 애써 억누르고 있었던 거야. 그렇게 자기 마음을 속이면서 괴로워했겠지.

레이토 선배는 그런 호노카의 진심도 모르고 계속 잔인한 짓을 이어 갔어. 자기가 아닌 다른 남자와 말을 섞었다는 이유로 벌을 주겠다며 호노카를 귀신이 나오는 것으로 유명한 장소에 데려간 거야. 믿어져? 어떻게 자기 여자 친구한테 그런 짓을 할 수 있어?

얼마나 무서웠을까. 호노카는 그날 이후 완전히 딴사람이 돼 버렸어. 어떻게 달라졌다고 딱 잘라 말하기는 어렵지만, 뭔가 마음속에 단단하게 얼어붙은 응어리 같은 게 생긴 느낌이랄까. 더는 선배의 비위를 맞추려고 하지 않더라. 그건 분명 환영할 만한 변화였지만, 그 안에는 단짝인 나조차 가까이 다가가기 힘든 분위기도 느껴졌어. 왠지 무섭더라고. 이유가 뭐였을까?

난 야쓰즈카 게이를 만나 호노카를 대체 어디에 데려갔는지 물었어. 그 사람도 함께 갔다고 했으니까. 어떤 산속의 외진 터널이라고 해서 곧장 인터넷으로 찾아보니 그곳은 반신불수인 남편을 간병하다 지친 아내가 충동적으로 남편을 살해하고 목을 맸다는 곳이었어. 그날 이후 그곳에는 그녀의 원혼이 남아서 떠돈다고 해.

당시 뉴스 기사들도 찾아봤어. 여자의 이웃들은 "아내는 정말 최선을 다했어요. 남편을 진심으로 사랑했죠. 참 사이 좋은 부부였는데"라거나 "아마 몸을 못 움직이게 된 남편이 처지를 비관해 자기를 죽여 달라고 부탁했을 거예요. 그 여자는 절대 살인 같은 걸 저지를 사람이 아니었어요"라고 증언했다고 해.

어쨌든 그날 이후 호노카는 선배가 불러도 가지 않았어. 선배도 많이 당황했을 거야. 어느 날 깜짝 놀라서 찾아와 뒤늦게 호노카의 마음을 달래려는 모습이 얼마나 우습던지. 호노카는 선배가 무슨 말을 해도 담담했고, 감정을 전혀 내비치지 않았어. 그전까지와 정말 다른 사람이 돼 버린 거야.

아, 그러고 보니 이런 일도 있었다. 아까도 말했지만 우리 둘은 등하교 때 함께 다녔는데, 학교를 마치고 집에 가는 전철에서 자주 마주치는 초등학생 남자아이가 있었어. 학원에 가는 것 같았는데 아직 어린데도 늘 피로에 찌든 얼굴로 전철에 몸을 맡기고 있더라고. 그러던 어느 날 아무 전조도 없이 그 아이가 울음을 터뜨렸는데, 착한 호노카는 바로 그 아이에게 다가가 말을 걸었어. "괜찮니?"라고.

이후 두 사람은 전철에서 종종 이야기를 나눴어. 옆에서 난 그런 모습을 지켜봤고. 그 아이는 중학교 입시를 앞두고 긴장한 나머지 마음이 무너지기 일보 직전이었다고 해. 부모가 아이의 능력 이상의 것을 강요한 거야. 뭐, 난 그런 일을 겪어 본 적이 없어서 잘 모르겠지만.

호노카는 그 뒤로도 아이가 계속 마음에 걸렸는지 어느 날 학원을 빠진 아이를 마주쳐 고민을 들어줬대. 가만 생각해 보면 호노카와 그 아이가 처한 상황은 조금 비슷한 면이 있었어. 호노카는 레이토 선배에게 정신을 지배당하며 얽매여 있었고, 그 아이도 부모에게 꽁꽁 묶여 옴짝달싹 못 하고 공부에 매진하고 있었으니까. 두 사람은 서로 공감하는 게 있지 않았을까.

호노카가 심령 스폿에 다녀온 이후에도 전철에서 그 아이와 마주쳤어. 그때 우리는 아이 앞에 서 있었는데, 호노카가 그 애 옆에 아무렇지 않게 쓱 앉더라. 그리고 아이 쪽으로 몸을 기울이는가 싶더니 아이의 귀에 대고 뭔가를 조용히 속삭인 순간, 아이의 표정이 달라졌어. 호노카랑 완전 똑같았다니까. 지금껏 보지 못한 뭔가를 보기라도 한 사람처럼 천천히 허리를 세워서 꼿꼿이 앉더라고. 꼭 그 아이 안에도 뭔가 차가운 심지 같은 게 생긴 느낌이었다고 할까.

전철에서 내린 이후 호노카에게 물었어. 아이한테 뭐라고 했냐고. 호노카는 고개를 빌군 채 싸늘하게 미소 지었어. 그리고 중얼거렸어.

"사랑은 구분할 수 없어"라고.

그때는 그게 무슨 뜻인지 알 수 없었지만 나도 모르게 몸이 부르르 떨렸어.

그 일이 예고였을까. 그때 이미 호노카는 레이토 선배를 죽이려고 결심한 게 아닐까. 호노카는 결국 깨닫고 만 거야. 레이토 선배라는 사람의 본성을. 그리고 자신이 뭘 해야 할지를. 그런데 지금까지도 이해가 안 되는 건, 대체 뭐가 호노카를 그렇게 만들었냐는 거야.

그날 그 터널 안에서는 대체 무슨 일이 있었을까.

○ 쓰쓰이 다에코

바람이 몰아치고 있다.

오동나무 가지가 흔들리자 작은 갈색 열매들이 도로에 후드득 떨어진다. 끝부분이 두 갈래로 갈라진 달걀 모양의 열매를 나는 말없이 바라봤다.

오동나무는 남편인 히데노리가 입원한 병원 정원에도 한 그루 있었다. 초여름에는 보랏빛 꽃을 피우고, 가을에는 이렇게 열매를 맺곤 했다. 나는 남편이 있는 병실 창문으로 나무에 꽃이 피고 열매가 맺히는 걸 봤다. 재활 치료까지 포함한 긴 입원이었다.

남편이 직장에서 쓰러져 구급차로 실려 간 게 벌써 수십

년 전이다. 지금은 너무 오래돼 기억이 희미하지만, 그때 우리는 둘 다 아직 40대였다. 연락을 받은 나는 곧장 병원으로 달려갔다. 진단은 뇌경색이었다. 남편은 식품 가공 공장에서 품질 관리 일을 하다가 창고에서 쓰러졌는데 몇 시간 동안 아무도 남편을 발견하지 못하는 바람에 몸에 후유증이 남았다.

긴급 수술을 받았지만 몸 오른쪽 절반이 마비됐다. 한 달가량 그 병원에서 치료를 받고 재활 전문 병원으로 옮겼다. 그곳이 바로 오동나무가 있던 병원이다. 공장에 다시 복귀하는 건 불가능해 결국 일을 그만둘 수밖에 없었다. 우리 부부는 그전까지 전혀 예상하지도 못한 삶을 살게 됐다.

아이가 없기에 나는 매일 병원에 다녔다. 병원을 옮기기 전 남편은 이미 자기 몸 상태를 받아들인 듯 보였지만 재활은 그에게 끝없는 고통이었다. 고된 치료보다 뜻대로 움직여 주지 않는 몸에 더 좌절했고, 옆에서 그 모습을 지켜보는 나 역시 괴로웠다.

남편은 회사에 들어간 뒤부터 시작한 등산에 푹 빠져 있었다. 둘 사이에 아이가 없는 만큼 나도 자유롭게 함께 등산을 즐겼다. 둘, 또는 친구들과 함께 일본의 여러 산을 올랐다. 난타이산, 하루나산, 쓰쿠바산, 우쓰쿠시가하라 고원, 이부키산 등. 헤아리자면 끝이 없다.

하지만 이제는 그런 즐거움도 사라져 버렸다. 오동나무꽃이 필 무렵에 입원해 오동나무에서 열매가 다 떨어졌을 때 퇴원했다. 집에 돌아온 남편이 가장 먼저 한 일은 등산 장비를 전부 버리는 것이었다. 휠체어에 앉은 그의 지시에 따라 내가 버렸다. 서글픈 작업이었다. 그는 장비를 들고 나가는 내 모습을 말없이 지켜봤다.

재활 치료를 열심히 하면 지팡이를 짚고 걸을 수 있을 거라고 믿은 만큼 남편의 절망은 깊었다. 그 마음을 나도 충분히 이해했다. 집은 휠체어 생활에 맞춰 리모델링했다. 단차를 없애고 문을 전부 미닫이로 바꿨다.

그럼에도 일상생활에는 늘 보조가 필요했다. 남편이 심리적으로 위축되지 않게 나는 최대한 자연스럽게 도우려고 했다. 기분 전환이 될까 싶어 휠체어를 밀며 동네를 산책하기도 했다. 남편도 집 생활에 적응하려 애썼다. 워낙 사교적인 사람이라 다치기 전에도 친구들을 집에 자주 초대했으니 가끔 그런 자리도 마련했다. 등산을 함께하던 친구들은 스스럼없이 집에 모여 줬다.

그들 중에는 남편을 돌보는 나를 격려하고 때로는 돌봄을 대신 맡아 주겠다는 사람도 있었다. 덕분에 나는 카페에 가서 차를 마시거나 좋아하는 미술 전시를 보러 다니며 잠시나마 숨을 돌릴 수 있게 됐다. 하지만 그런 여유도 2년 남짓이었다.

남편은 갈수록 집에 틀어박히는 시간이 많아졌고, 휠체어를 타고 산책하는 것도 싫어하게 됐다.

"보기 흉하잖아."

내가 바람 쐬고 오자고 거듭 설득했을 때 남편은 그렇게 말했다.

"뭐가 보기 흉해?"

애써 침착하게 물었지만 남편은 답답한 것처럼 왼손 주먹으로 다리를 내리쳤다.

"이 몸뚱이 말이야. 당신은 모르겠어?"

한때는 단단한 근육이 붙어 있던 두 다리가 쓰지 않아 가늘게 위축돼 있었다.

"혼자 화장실에도 못 가고 밥 먹을 때조차 다른 사람이 도와줘야 해. 이런 한심한 몸뚱이만큼 보기 흉한 게 어딨어?"

내가 아무리 다정하게 위로를 건네도 남편의 신경을 거스를 뿐이었다.

남편은 점차 등산 친구들도 멀리했다. 한 달에 몇 번 병원에서 재활 치료를 받을 때마다 그를 집 밖에 데리고 나가는 건 여간 힘든 일이 아니었다. 남편은 아이처럼 걸핏하면 화를 내고 억지를 썼다. 장애인 전용 택시가 집 앞에 와서 기다려도 좀처럼 타려 하지 않았고, 보다 못해 도와주려는 기사에게 고함을 치기도 했다.

가끔은 나도 마음이 꺾일 것 같았지만, 몸이 불편한 남편의 괴로움이 더 클 거라 생각하며 스스로를 다독였다.

남편과는 내가 일하던 치과 의원에서 처음 만났다. 나는 접수 데스크에 앉아 있었고, 남편은 환자로 찾아왔다. 그리고 3개월 정도 걸린 치료 마지막 날에 그가 식사를 제안했다.

정말 다정한 사람이었고 나를 소중히 대해 줬다. 그때 이미 등산을 즐기던 그는 산에 대한 이야기를 자주 했다. 산 정상에서 바라보는 아침놀의 아름다움이나, 등산길 옆에 핀 작은 꽃들의 사랑스러움, 싱그러운 바람의 청량함. 함께 산에 가면 얼마나 즐거울지 설레던 당시 내 마음을 지금도 기억한다. 그때 나는 이미 이 사람과 함께 인생을 걷는 꿈을 꾸고 있었다.

그날의 마음을 잊지 않으려고 여러 번 다짐했다. 분노와 짜증으로 인상을 쓰는 것도 한때다. 이 사람의 본질은 처음 만났을 때의 그 다정함이라며 되뇌었다. 무엇보다 나는 남편을 사랑했다.

그렇게 어느덧 십여 년이 흘렀다.

남편은 점점 더 까다롭게 변했고 감정을 주체할 수 없게 됐다. 재활 치료도 가지 않았다. 집에는 아무도 찾아오지 않았다. 스물네 시간 나와 남편뿐. 그래서 그의 분노의 화살은 늘 나에게 향했다. 나는 남편의 심기를 건드리지 않으려고 안절부절못했다.

숟가락으로 먹인 수프가 뜨겁다, 옷을 갈아입히는 게 서툴다, 불렀는데 바로 오지 않았다, 신문 기사를 읽어 주는 순서가 틀렸다. 집 앞에서 다른 남자와 서서 대화하며 웃었다 등. 남편은 그런 사소한 이유로 분노를 터뜨렸다.

게다가 한번 흥분하면 감당할 수 없었다. 움직일 수 있는 왼팔을 휘둘러 나를 때렸다. 애써 차린 음식을 뒤엎거나, 화장실에서 보조를 할 때 일부러 실수를 했다. 욕실에서 나에게 찬물을 끼얹기도 했지만, 나는 꾹 참고 버텼다. 지금 이 사람에게는 나뿐이다. 그래서 남편은 나에게 의지하는 거라고 믿으려 했다. 아무리 모질게 굴어도 내 사랑만은 변치 않을 거라고 굳게 다짐했다.

그러나 내가 유일하게 의지한 그를 향한 사랑, 그 이면에 다른 뭔가가 자라고 있다는 걸 깨닫지 못했다. 아니, 못 본 척했다. 나는 그것을 똑바로 주시해야 했다. 스스로를 냉정하게 바라봐야 했다. 그랬다면 기습처럼 그것에 휘말리지도 않았을 것이다. 이제 와서는 너무 늦었지만.

어느 날, 남편에게 밥을 먹이려고 부엌으로 휠체어를 밀고 갔다. 바닥에 뭔가가 떨어져 있었고, 그 위를 휠체어의 바퀴 한쪽이 밟고 지나가 휠체어가 덜컹하고 흔들렸다. 바닥을 보니 볼펜 한 자루가 떨어져 있었다. 허리를 숙여 그것을 주우려던 내 머리 위로 남편의 욕설이 쏟아졌다.

"야, 이 멍청한 년아! 뭐 하는 거야! 내가 바닥에 물건 두지 말라고 했어, 안 했어!"

"죄송해요."

부랴부랴 사과했지만 그의 분노는 가라앉지 않았다.

"정신 좀 차리고 살아! 휠체어가 기우는 게 얼마나 위험한지 아직도 몰라?"

남편은 느닷없이 주먹을 들어 내 얼굴을 때렸다. 나는 그대로 뒤로 나동그라졌다.

"맨날 정신줄을 놓고 사니 이러지! 쓸모라고는 없는 미련한 년!"

천천히 몸을 일으켰다. 바닥에 부딪힌 허리가 쑤셨다. 눈앞에 있는 선반 위에 종유석 장식이 보였다. 어느 산에 갔다가 돌아오는 길에 기념품 가게에서 사 온 것이다. 나는 나무 받침에서 종유석을 들었다. 그리고 뒤를 돌아봤다. 남편은 여전히 침을 튀기며 뭔가 고래고래 소리치고 있지만 귀에 들어오지 않았다. 그 가늘고 긴 종유석을 높이 치켜들었다.

그것이 남편의 머리에 박히는 순간, 그는 마침내 내가 무엇을 하려는지 깨달은 듯이 눈을 부릅떴다. 추억이 담긴 종유석이 남편의 두개골을 부쉈고, 그는 휠체어에 탄 채로 옆으로 넘어졌다. 그때까지는 아직 숨이 붙어 있었을 것이다. 내가 한 번 더 돌을 내리치기 전까지는.

새빨간 피가 사방에 튀었다. 남편이 결혼 전 들려준 이야기 속 아침놀보다 더 붉은색이다. 한 번 더 내리쳤다. 길가에 핀 가련한 꽃들이 무참히 짓밟혔다. 다음 일격 때는 싱그러운 바람이 귓가에 매섭게 불어왔다. 모든 게 산산조각 났다.

그리고 깨달았다. 한때 남편을 사랑했지만 지금은 그렇지 않다는 것을. 사람은 누구나 올바르고 아름다운 것을 보려고 한다. 하지만 그런 것일수록 쉽게 변하기 마련이다. 찬란한 것의 이면에는 언제나 질긴 어둠이 숨어 있다.

남편의 시신을 집에 남겨 두고 나는 차에 올랐다. 어디를 어떻게 달렸는지는 모른다. 정신을 차려 보니 어느 산속 터널 앞에 와 있었다. 차에서 내려 터널에 다가갔다. 입구 옆 비탈에 있는 오동나무에 보랏빛 꽃이 피어 있었다. 한동안 그 아름다운 꽃을 올려다봤다.

그리고 가져온 밧줄을 나무의 가지에 걸고, 거기서 목을 맸다.

그 이후 나는 이곳에 머물러 있다. 터널 안에서 둥글게 잘린 풍경을 보고 있다. 오동나무는 몇 번이나 꽃을 피우고 열매를 맺었다. 이제 시간이 얼마나 흘렀는지도 알 수 없다. 차들이 터널을 지나간다. 밤에는 사람이 걸어서 터널 안에 들어올 때도 있다. 나는 그저 우두커니 서 있을 뿐이다. 죽은 내가 왜 여기 남아 있는지는 모르겠다. 확실한 건 여기서 벗어날 수 없다는 사실이다.

누가 오든 아무것도 하지 않고 그저 가만히 바라본다.

그러나 얼마 전 밤에 터널을 찾은 한 아이를 본 순간 이미 싸늘하게 굳었을 내 마음이 움직였다. 고등학생쯤 돼 보이는 그 여자아이는 터널 입구에 멈춘 차에서 내렸다. 차 안에는 남자가 두 명 있었지만 내린 건 그 아이뿐이었다. 차 안에서 거만하게 지시하는 남자 목소리가 들렸다. 여자는 겁에 질린 얼굴로 터널에 발을 디뎠다. 그리고 천천히 걸어와 내 앞에 섰다. 순간 나는 깨달았다. 이 아이도 나와 똑같다는 것을.

자신의 진심을 깨닫지 못하고 있다. 아니, 허구를 진심이라고 믿으려 애쓰고 있다. 인정하면 편할 텐데. 진정 자유로워질 수 있을 텐데.

나도 모르게 그 아이에게 다가갔다. 그리고 귀에 대고 속삭였다.

"증오와 사랑은 구분할 수 없단다."

아이는 화들짝 놀란 것처럼 고개를 들고 몸이 굳었다. 내 목소리가 들렸을 것이다. 왜냐하면 우리는 같은 부류니까. 그것만은 단번에 알 수 있었다.

가만히 서 있던 여자아이는 이내 터널에 들어온 다른 남자에게 이끌려 차에 탔다. 그 아이는 어떻게 됐을까. 나처럼 진심을 따르기로 했을까. 어두운 마음은 전해진다. 죽은 자에게서 산 자에게, 그리고 사람에게서 사람에게. 파장이 맞는 인간의 마음을 조금씩 잠식해 간다.

아아, 또 오동나무 열매가 떨어졌다. 터진 열매에서 하얀 씨앗이 튀어나왔다.

가을이 깊어 간다.

6

난태생

에어 펌프와 여과기가 작동하는 소리가 집 안을 가득 채우고 있다.

데쓰로는 수조로 옮긴 지 얼마 안 된 물해파리를 가만히 바라보고 있었다. 물해파리는 폴립 상태일 때 구해 와 밀폐 용기에 담아 관리했다. 온도를 낮추고 지켜보니 분열을 거쳐 변태해 성체 해파리가 됐다. 그것을 어제 수조로 옮겼다. 변태 과정을 지켜보는 것도 흥미로웠지만 성체 해파리를 보고 있으면 역시 질리지 않는다. 무엇보다 내 손으로 직접 길러낸 생명체라고 생각하니 감회가 남달랐다.

성체라고 해도 아직 크기가 매우 작아서 펌프에 빨려 들어가지 않게 흡입구에 촘촘한 망을 씌우고 샤워 파이프로 일으키는 물살 세기도 조절했다. 물살을 타고 둥둥 떠다니는 해파리를 보고 있으면 데쓰로의 얼굴에 저절로 미소가 번졌다. 시중에 해파리 사육 키트 같은 것도 팔고 있지만 데쓰로는 늘 직접 채집해서 기르는 걸 고집했다.

옆 수조에서는 문어해파리가 헤엄치고 있다. 해파리뿐만이 아니다. 범돔, 청베도라치, 태평줄새우, 미역치. 큰눈볼락과 실전갱이는 평소 알고 지내는 어부에게 받은 것이다. 데쓰로의 집에서 차로 20분쯤 달리면 바다가 나오는데, 뜰채와 양동이를 들고 방파제나 바위, 항구를 돌아다니다 보니 자연스럽게 어부들과 말을 섞게 됐다. 그러는 동안 어느새 바다 생물을 좋아하는 오타쿠 청년으로 알려져 상품 가치가 없는 물고기가 잡히면 얻을 수 있게 된 것이다.

다다미 여덟 장 정도 되는 원룸은 수조로 가득 차 있었다. 벽장과 부엌도 수조와 사육 도구들로 빼곡하다. 생활공간은 겨우 이불을 펴고 누울 자리뿐이다. 수조에 둘러싸인 이런 삶을 벌써 6년이나 이어 오고 있다. 직장에는 친한 동료가 없고 사귀는 여자도 없다. 그래도 데쓰로는 행복했다.

일은 어디까지나 이런 삶을 유지하기 위한 비용을 버는 수단이라고 생각했다. 물류 창고 관리 일은 그런 의미에서 최적이었다. 들어오는 것과 나가는 것을 확인만 하면 된다. 트럭에서 내린 짐을 전표와 대조하고 가끔 지게차를 운전해 창고에 넣는다. 그리고 주문이 들어오면 물건을 트럭에 실어 보냈다.

상사나 동료, 트럭 기사들과도 최소한의 대화만 했다. 점심도 구내식당 구석에서 조용히 먹는다. 좁은 식당이고 직원이 그리 많지 않아 데쓰로의 그런 모습은 유독 눈에 띄었다. 누구와도 친하게 지내지 않는 탓에 직장 안에서 늘 겉돌았다. 뒤에서 자신이 '괴짜'나 '음침한 놈'이라고 불린다는 걸 알았지만 데쓰로는 신경 쓰지 않았다.

그의 삶은 사육 중인 해수어를 중심으로 돌아갔다. 일이 끝나면 한달음에 집에 가 수조를 들여다보고 먹이를 주고 물을 갈았다. 쉬는 날에는 바닷가에 나가 새로운 생물을 찾기도 한다. 그런 시간이 데쓰로에게는 더없이 행복했다. 입사 초기에는 식사나 술자리 권유를 받기도 했지만 한 번도 참석하지 않은 탓에 이제는 아무도 부르지 않는다.

현재 그가 가장 바라는 것은 사육 중인 물고기들을 수조 안에서 번식시키는 일이다. 해파리 폴립을 키우는 것만으로는 만족할 수 없었다. 그러나 해수어 번식은 결코 쉽지 않았다. 우선 알을 낳게 하는 것부터 큰 난관이라 암수 한 쌍을 구해 와도 좀처럼 산란에 이르지 못했다. 그래서 배에 알이 있는 것처럼 보이는 암컷을 채집해 기르기로 했다.

수온과 물살에 각별히 신경을 써서 겨우 산란시키고 부화까지 성공했다. 하지만 산 넘어 산이라고 부화한 치어를 키우는 게 또 극히 까다로웠다. 담수어라면 배합 사료를 잘 먹지만 해수어는 그렇지 않았다. 특히 치어는 입이 워낙 작아서 살아 있는 동물성 플랑크톤을 먹여야 하는데, 그런 먹이는 쉽게 구할 수 없어서 애써 태어난 치어들이 전부 죽어 버렸다.

이렇듯 수많은 장벽 때문에 해수어를 개인이 번식시키는 건 매우 어려웠다. 한번은 수족관에 가서 방법을 배워 보려 했지만 직원은 단호히 고개를 저었다. 해수어를 치어부터 키우려면 그만한 설비와 기술이 필요하다고 했다.

"그래도 꼭 하시겠다면 흰동가리부터 키워 보세요. 그거면 개인도 번식시킬 수 있을 겁니다. 열대어 가게에서 쉽게 구할 수도 있고요."

그 말을 듣고 실망했다. 열대어 가게에서 구하는 관상어 따위에는 흥미가 없었다. 실망한 티가 나는 데쓰로를 보며 직원은 겸연쩍은 표정을 지었다.

"그럼 난태생* 물고기를 키워 보는 것도 괜찮겠네요. 망상어나 볼락 같은……. 배가 불룩한 암컷을 잡으시면 됩니다."

그러고는 나직이 덧붙였다.

"하지만 문제는 역시 먹이입니다. 난태생으로 태어난 치어들도 동물성 플랑크톤만 먹으니까요."

그렇게 데쓰로의 소박한 바람은 지금껏 실현되지 못했다.

그래도 바닷가에 가면 늘 뜰채를 들고 난태생 물고기들을 찾아다녔다. 배가 부른 녀석을 찾으려고 해도 눈에 잘 띄지

---

* 몸속에서 알이 부화해 새끼 상태로 자식을 낳는 번식 방식.

않았고, 안면 있는 어부에게 부탁도 해 봤지만 성과가 없었다. 결국 시간이 걸려도 꾸준히 찾는 수밖에 없는 듯했다.

그렇게 물고기 생각만 하며 사는 데쓰로는 직장 내에서 점점 더 외톨이가 되어 갔다. 사무실 여직원들은 기분 나쁘다며 그에게 다가오지 않았고, 동료들에게 비웃음 섞인 조롱을 들었다. 맡은 일을 성실하게 하는데도 동료들과 어울리지 못한다는 이유로 부당한 취급을 받았다. 상사들의 평가도 좋지 않아 승진도 못 했다. 함께 입사한 동료들이 관리 주임이나 방화 책임자 같은 직함을 달아도 데쓰로에게는 아무 소식이 없었다.

그러던 어느 날 여느 때처럼 해안가 도로를 걷고 있을 때였다. 데쓰로 옆으로 차 한 대가 조용히 다가와 멈췄다. 창문이 내려가더니 운전석에 앉은 사람이 얼굴을 내밀었다.

"어이, 데쓰로."

바다를 내려다보던 데쓰로는 그 소리에 고개를 들었다. 직장 동료인 데시마 후미토였다.

"거기서 뭐 해?"

그렇게 묻기에 뜰채와 양동이를 가리키며 물고기를 잡고 있다고 했다. 데쓰로와 달리 성격이 밝고 쾌활한 데시마와는 직장 내에서 말을 섞은 적이 거의 없었다.

"오!"

비웃을 줄 알았는데 데시마는 오히려 감탄한 듯했다.

"물고기라니. 잡아서 뭐 하게?"

집에서 키울 거라고 조용히 중얼거리듯 대답했다.

"그렇구나. 가끔 여길 지날 때 네가 보여서 한번 물어보려고 했거든. 이야, 물고기를 잡아서 집에서 키우는구나. 멋지네."

데시마는 대수롭지 않게 말했다.

"평소에 여길 자주 지나다녀?"

"응. 난 이거."

그는 SUV의 지붕을 가리켰다.

"아⋯⋯."

차 위에 커다란 서프보드가 묶여 있었다. 이 앞바다는 서핑하기 좋아서 서퍼들이 많이 몰려들지만 데쓰로는 관심이 없어서 그쪽에는 가 본 적이 없었다. 그러고 보니 데시마는 피부가 보기 좋게 그을려 있었고 머리카락도 바닷바람을 맞아 상했는지 푸석푸석했다.

"그럼."

데시마는 가볍게 손을 흔들고 가 버렸다.

그날을 계기로 데시마는 데쓰로에게 자주 말을 걸어 왔다. 바다를 좋아한다는 공통점 때문일지도 모른다. 데쓰로도 조금씩 마음을 열어 그에게 자신의 취미에 대해 이야기했다. 대부분 싫어하는 해양 생물 이야기도 데시마는 귀찮은 내색 없이 귀 기울여 줬다. 데쓰로를 괴짜로 단정 짓지도 않았다. 집에서 키우는 해수어 이야기를 열심히 하고 있을 때 느닷없이 "한번 구경하러 가도 돼?"라고 물어서 데쓰로는 깜짝 놀랐다. 지금껏 다른 사람을 자기 집에 들인 적도, 들여야겠다고 생각해 본 적도 없었다.

"응, 좋아."

그래도 그렇게 대답했다. 딱히 거절할 이유가 떠오르지 않았다.

다음 휴일에 데시마는 의기양양하게 데쓰로의 집에 찾아왔다. 집 안에 들어서자마자 그는 수많은 수조에 시선을 빼앗겼다.

"이야! 대단하다. 전부 네가 바다에서 잡아 온 거야? 돌보는 것도 혼자 다 하고?"

그렇게 감탄해 주니 기분이 나쁘지 않았다. 수조 안에서 헤엄치는 물고기에 대해 하나하나 설명했다. 채집할 때 고생한 일, 사육에 필요한 요령, 번식을 시도하지만 잘되지 않는다는 이야기까지. 데시마는 눈을 반짝이며 이야기를 들어 줬다.

"역시 바다가 최고야. 무한한 에너지가 느껴진다고 할까, 생명력이 넘친다고 할까."

데시마는 기분 좋은 듯이 웃었다.

답례로 데시마의 집에도 초대받았다. 지금껏 모르고 있었지만 그 역시 바다에 오가기 편한 가까운 곳에 살고 있었다.

데시마는 서프보드를 보관하는 게 가장 큰 고민이라며 보드로 가득 찬 방을 보여 줬다. 그 방에서 보드 손질도 한다고 했다. 바다와 관련된 취미에 빠져 있다는 점에서 두 사람은 닮아 있었다. 다만 데시마는 성격이 밝고 사교적이라 친하게 지내는 직장 동료나 서핑 친구가 많았다. 그래도 그는 해수어를 기르는 데쓰로에게 편견 없이 다가와 줬다.

직장 안에서 데시마가 스스럼없이 데쓰로에게 다가가 말을 거는 모습을 보고 데쓰로를 멀리하던 직장 동료들도 조금 놀란 듯했다. 사교적인 데시마가 데쓰로와 친하게 지낼 줄은 누구도 예상 못 한 것이다. 데쓰로를 보는 시선도 조금 달라진 듯했다. 데시마와 함께 있는 데쓰로를 곁눈질하며 미소 짓거나, 사무실 여직원이 다가와 말을 걸어 주기도 했다. 외톨이 생활에 익숙했던 데쓰로는 묘한 기분이 들었다.

적어도 친구가 한 명 생겼다는 것만은 분명했다.

그 일과 관련은 없겠지만 상황도 점점 좋게 흘러갔다.

"어이!"

어느 날 어항에 가자 평소 알고 지내는 어부가 데쓰로를 불렀다.

"기다리고 있었어. 좋은 걸 구했거든."

데쓰로는 그가 내민 플라스틱 양동이를 들여다봤다.

그 안에서는 검고 긴 생물이 꿈틀거리고 있었다. 붕장어나

뱀장어인가 싶었지만, 아니었다.

"이거, 혹시 바다뱀인가요?"

데쓰로가 놀란 듯이 묻자 그를 둘러싼 어부 몇 명이 기다렸다는 듯이 웃음을 터뜨렸다.

"이놈은 말이지. 검은등바다뱀이야. 닷새 전 그물에 걸렸어."

"너 주려고 일부러 남겨 놓은 거라고."

"네가 난태생 물고기를 갖고 싶다고 했잖아."

어부들이 저마다 입을 열어 말했다. 데쓰로는 바다뱀을 가만히 관찰했다. 윤기 나는 등이 이름 그대로 까맣고 매끈했다. 꼬리 부분에는 갈색 반점이 보였다. 길이는 약 60센티미터. 바다뱀은 작은 머리를 살짝 치켜들고 양동이 가장자리를 따라 꿈틀꿈틀 움직이고 있었다.

어부 한 명이 가는 막대로 바다뱀을 뒤집었다. 노란색 배가 확연히 부풀어 있다.

"앗!"

데쓰로는 조용히 외쳤다.

"이건 혹시⋯⋯."

"그래. 암컷이야. 지금 배에 알을 품고 있어. 이놈은 뱃속에서 알을 부화시켜. 그렇게 새끼뱀이 태어나지."

말문이 막혔다. 해수어에만 정신이 팔려 있어 바다뱀은 지금껏 생각도 못 했다.

가장 젊은 어부가 인터넷에서 직접 검은등바다뱀에 대해 찾아봤다며 정보를 알려 줬다. 검은등바다뱀은 난태생이라 바다에서 새끼를 낳는다. 육지에 올라오지 않는 완전 외양성 뱀이다. 새끼는 약 20센티미터까지 자라서 태어난다고 했다.

"그러니까 네가 걱정한 것처럼 먹이 문제로 고생할 일은 없을 거야. 태어난 새끼뱀한테는 작은 물고기를 줘 봐. 분명 잘 먹을걸."

"맞아. 바다뱀들은 원래 식성이 좋아서 뭐든 잘 먹거든."

"생명력도 끈질겨서 먹이가 없어도 한두 달은 거뜬히 산다더라."

"어때? 좋지? 가져가서 키워 봐. 곧 새끼를 낳는 걸 볼 수 있을 거야."

"그런데 조심해. 젠이 알아봤는데 이 뱀한테는 신경독이 있대. 물리면 큰일 나."

"죽을 수도 있다고 인터넷에 나와 있더라. 그렇지, 젠?"

데쓰로는 어부들이 하는 말을 절반도 알아듣지 못했다.

아름다운 뱀이었다. 철색 광택을 띤 등에 난 비늘이 놀라울 정도로 고르게 빛나고 있다. 꼭 진짜 강철로 만들어진 듯했다. 몸은 조금 납작하고 작은 머리 양옆에 붙은 까만 눈역시 균형감이 훌륭하다. 노처럼 벼린 꼬리는 바닷속을 헤엄쳐 다니는 힘을 보여 주는 듯했다. 바다뱀 중에서 그렇게 큰 편은 아닐 테지만 어디를 봐도 흠잡을 데 없이 완벽한 조형처럼 보였다.

그리고 무엇보다 이 불룩하게 부풀어 오른 배. 이 안에 알이 들어 있을까. 아니, 벌써 알에서 깨어난 몇 마리가 자라고 있을까. 그렇게 상상하자 온몸에 전율이 일었다. 새끼를 배에 품은 뱀이 마치 모성을 온몸으로 과시하는 듯 보였다.

어서 집에 돌아가 수조 안에서 헤엄치게 하고 싶다. 그 우아한 모습을 상상하니 더는 참을 수 없어서 데쓰로는 부랴부랴 어부들에게 인사하고 양동이째 검은등바다뱀을 받아 집으로 향했다.

그날부터 데쓰로의 머릿속은 검은등바다뱀에게 점령당했다. 그녀…… 그렇다. 배에 새끼를 품은 뱀은 '그녀'라고 표현하는 게 역시 가장 자연스럽다. 그녀를 위해 큰 수조를 새로 장만했다. 쾌적한 환경에서 새끼를 낳게 해 주고 싶었다. 그 수조를 놓으려고 다른 수조 몇 개를 처분했다. 다른 해수어들에게는 더 이상 예전 같은 애정을 느낄 수 없었다.

데쓰로는 배가 불룩한 검은등바다뱀에게 모든 열정을 쏟았다. 그녀를 위해 부지런히 바다에서 작은 물고기를 잡아왔다. 다행히 검은등바다뱀은 그가 주는 건 뭐든 잘 먹었고 그런 모습이 더 사랑스러웠다. 데쓰로 자신은 끼니를 제대로 챙겨 먹지도 않고 곧 어미가 될 바다뱀을 보살피는 데 몰두했다.

"데쓰로. 너 요새 살이 좀 빠진 것 같은데, 어디 안 좋은 거 아니야?"

데시마가 걱정했지만 데쓰로는 "괜찮아" 하고 꿈꾸는 듯한 기분으로 대답했다.

"정말이야?"

진심으로 걱정해 주는 데시마 앞에서 데쓰로는 무심결에 검은등바다뱀 이야기를 하고 말았다.

"오. 난태생이네."

데시마가 살짝 뒷걸음질 치는 게 느껴졌다. 데쓰로가 바다뱀을 '그녀'라고 부른 탓이다.

"정말 그 녀석한테 푹 빠졌구나. 그래도 밥은 잘 챙겨 먹어."

"응. 고마워."

"새끼가 태어나면 나한테도 보여 줘."

"알았어."

그 후 서핑하러 가는 데시마와 해변가에서 만나지도 못했다. 데쓰로가 더 이상 해수어를 잡으러 가지 않았기 때문이다. 다른 생물에게 흥미가 사라져 기르던 해수어들도 전부 바다로 돌려보냈다. 검은등바다뱀만 있으면 일상이 행복했다. 데쓰로는 집 불을 끄고 수족관 조명이 비치는 검은등바다뱀 수조를 마주 보고 앉았다. 그러면 그녀는 수조 안을 헤엄쳐 와 검은 눈으로 데쓰로를 물끄러미 바라봤다.

어부가 말했듯 검은등바다뱀에게는 강력한 신경독이 있다.

독니는 눈에 보이지 않지만 물리면 목숨이 위태로울 수 있다. 애초에 코브라과이기도 하다. 그러나 아무리 봐도 이 뱀은 자신에게 해를 가할 것 같지 않았다. 주인에게 마음을 여는 게 확실히 느껴졌다. 그런 점도 데쓰로의 마음을 편하게 해 줬다.

하지만 그렇게 달콤한 나날은 그리 오래가지 못했다.

어느 날 평소처럼 집에 뛰어오니 수조가 비어 있었다. 놀람과 충격으로 순간 숨이 멎었다. 집 안을 샅샅이 뒤졌지만 어디에도 검은등바다뱀은 없었다. 바닥이 물에 젖어 있는 것도 아니었다. 애초에 수조에는 뚜껑을 덮어 뒀다. 배가 불러 몸이 무거운 바다뱀이 대체 어떻게 수조에서 빠져나간 걸까. 데쓰로는 텅 빈 수조 앞에 망연자실하게 서 있었다. 수조 안에서 물을 헤치며 곁에 다가오던 검은등바다뱀은 이제 없다. 부드럽게 몸을 비틀며 사랑스럽게 꿈틀거리던 검은 바다뱀. 터질 듯이 부푼 배에서 태어날 예정이던 새끼들.

그들과 앞으로 함께할 거라는 행복한 기대가 데쓰로의 가슴에서 스르르 빠져나갔다. 그야말로 연기처럼 사라져 버렸다. 너무도 충격적인 현실에 그는 휑한 방 한가운데에 주저앉았다. 그대로 몇 시간을 앉아 있었다.

직장에서 데시마에게 그 이야기를 꺼낸 건 바다뱀이 사라진 지 사흘이 지났을 때였다.

"사라졌다고?"

그 사실을 어떻게 이해해야 할지 몰라 데시마는 당황하는 듯했다.

"수조에서 뱀이 어떻게 나갔다는 거야?"

"바다로 돌아간 거야."

사흘간 깊은 고민 끝에 내린 결론을 데쓰로는 입에 담았다. 혼란과 동요의 사흘이 지나고서야 간신히 스스로를 납득시킬 이유를 찾은 것이다.

"바다로?"

"그래. 그녀는 바다에서 새끼를 낳기로 결심했어."

"하지만, 어떻게?"

데쓰로가 사는 아파트에서 바다까지는 거리가 꽤 멀다. 데시마가 아닌 누구라도 들으면 고개를 갸웃거릴 이야기였다.

"그녀는 역시 바다에서만 살 수 있었던 거야. 그래서 그 비좁은 수조를 빠져나갔어. 새끼들에게 자유로운 환경이 필요할 테니까. 그건 나도 동감이야."

"데쓰로……."

침을 꿀꺽 삼키는 데시마를 향해 데쓰로는 웃어 보였다.

"하지만 언젠가 다시 돌아올 거라고 믿어. 그녀가, 새끼들을 보여 주러."

"저기……."

"줄곧 생각했어. 사실 그 검은등바다뱀 뱃속에 있는 건 내 아이가 아닐까, 하고."

"데쓰로, 너……."

"그러니 난 그녀가 분명 아빠에게 아이들을 보여 주러 올 거라고 생각해."

그러자 데시마의 얼굴에 뚜렷한 불쾌감이 떠올랐다.

"데쓰로, 너 괜찮아?"

"그날을 기다리고 있어."

데시마는 바짝 마른 입술을 핥고 뭔가 말하려고 했지만 결국 말없이 자리를 떴다.

얼마 후 데시마가 데쓰로에게 같이 밥을 먹자고 했다. 의기소침한 데쓰로를 위로하고 싶었을까. 누군가와 마주 앉아 밥을 먹는 게 썩 내키지 않지만 데쓰로는 권유를 받아들였다. 집에 돌아가 텅 빈 수조를 마주하고 있으면 깊은 공허감이 밀려왔기 때문이다. 검은등바다뱀이 다시 돌아올 날을 대비해 바닷물을 채운 수조는 그대로 뒀다.

"그래" 하고 고개를 끄덕이는 데쓰로를 보며 데시마는 안도하는 듯했다.

데시마가 데려간 곳은 아담한 요릿집이었다. 신선한 해산물을 맛볼 수 있는 곳이라고 했다. 주문은 데시마에게 맡겼다. 데쓰로는 평소에 술을 거의 마시지 않지만 그날은 데시마가 따라 준 사케 잔을 받았다. 데운 사케의 뜨거운 기운이 목을 타고 몸속에 스며들었다.

"이제 곧 11월이네."

모둠회에 젓가락을 대며 데쓰로가 입을 열었다.

"곧 검은등바다뱀이 새끼를 낳을 거야."

데시마의 젓가락이 멈칫했다.

"앞으로 점점 차가워질 바다에서 그 새끼들이 무사히 자랄 수 있을까."

"아……."

데시마가 당혹스러워하는 게 느껴졌다.

"근데 전에 네가 말했잖아. 그 바다뱀은 돌아올 거라고."

"응."

데시마가 사케를 한 잔 더 따라 주려고 하자 데쓰로는 손사래를 쳤다.

"바닷물이 차가워지니 너희 집 수조로 돌아올지도 모르겠네."

데시마는 일부러 데쓰로에게 장단을 맞추고 있었다. 기이한 이야기를 늘어놓는 데쓰로를 보며 다른 사람들처럼 단호하게 부정하거나 거리를 둘 법도 한데, 그런 마음을 애써 억누르고 있는 게 느껴졌다.

"그래도 말이지. 너무 집착하는 건 좋지 않아."

"응, 고마워."

그때 가게 미닫이문이 열리더니 한 여자가 들어왔다. 다른 빈자리도 있는데 그녀는 굳이 데쓰로와 데시마 옆에 다가와서 앉았다. 자리에 앉기 전 그녀를 힐끗 본 데쓰로는 눈을 부릅떴다. 그녀의 배가 불룩하게 부풀어 있었기 때문이다. 출산이 임박한 배였다. 여자가 나직한 목소리로 주문하는 걸 옆에서 들으며 데쓰로는 안절부절못하기 시작했다.

왜일까. 왜 하필 지금 내 옆에 만삭에 가까운 여자가 앉은 걸까. 무심코 곁눈질로 그녀를 보게 됐다. 여자는 검은 머리카락을 묶지도 않고 등 뒤로 길게 늘어뜨렸다. 햇볕에 그을린 갈색 피부는 서핑 삼매경에 빠진 데시마보다 색이 더 짙다. 임산부답지 않은 피부색이고, 심지어 바다에서 나온 지 얼마 안 된 것처럼 촉촉하게 젖어 있는 것 같기도 하다. 손톱에 칠한 매니큐어도 검은색이었다.

이후에는 데시마의 말이 귀에 들어오지 않았다.

여자가 회를 입에 넣는 모습은 꼭 검은등바다뱀이 작은 물고기를 통째로 삼키는 광경을 떠올리게 했다. 넋을 놓고 여자의 옆모습을 바라보는 데쓰로를 데시마는 어색하게 힐끔거리다가 잠시 후 헛기침을 한 번 했다.

"이제 슬슬 나갈까?"

데시마가 말했다.

"아니……."

데쓰로는 이곳을 떠나고 싶지 않았다. 여자가 너무 신경 쓰여 견딜 수 없었다. 혹시 수조에서 사라진 그 검은등바다뱀이 다른 모습으로 둔갑해 돌아온 게 아닐까. 그런 생각에 사로잡혀 몸을 움직일 수 없었다.

"내일 해야 할 일도 있고, 난 좀 취했어."

데시마는 먼저 자리에서 일어서려고 했다.

"데시마."

데시마는 엉거주춤한 자세로 데쓰로를 내려다봤다.

"난 여기 좀 더 있을게."

"그래. 그럼 지금까지 먹은 건 내가 계산하고 갈게."

데시마는 더 이상 말리지 않았다. 데쓰로가 또다시 기이한 감정에 사로잡혔다는 걸 짐작했지만, 더는 상대해 줄 수 없다고 판단했는지 담담히 자리에서 일어나 계산을 하고 식당을 나갔다.

데시마가 나가기를 기다린 것처럼 여자는 고개를 돌려 데쓰로 쪽을 봤다. 촉촉이 젖은 검은 눈동자가 그대로 그를 꿰뚫었다. 데쓰로는 앉은 자리에서 굳어 버렸다. 틀림없이 익숙한 그 눈이다. 수조 안을 헤엄쳐 와 자신을 똑바로 응시하던 검은등바다뱀의 눈…….

"저, 임신했어요."

마야라고 이름을 밝힌 여자가 말했다.

데쓰로의 집 안. 그곳에서 두 사람은 몇 마디를 주고받았다. 조심스럽게 집에 초대한 데쓰로의 뒤를 마야는 망설임 없이 따라왔다. 그리고 지금 방 안에서 서로 마주 보고 있다. 텅 빈 수조 앞에서.

"여기에는……."

마야는 자기 배를 살며시 쓸어내렸다.

"알이 들어 있었어."

"아……."

데쓰로는 탄식했다.

"넌 검은등바다뱀의 화신이구나."

그러자 마야가 고개를 크게 끄덕였다.

"이제는 알에서 부화해 새끼가 됐어. 귀여운 세 마리의 아이들이야. 건강하게 움직이고 있어."

마야는 임부복 앞섶을 풀어 헤쳤다. 검은 피부가 역시 촉촉하게 젖어 있고 팽팽하게 부푼 배가 드러났다. 데쓰로는 그 위에 손을 뻗었다. 부드럽게 몸을 꿈틀거리는 새끼들의 움직임이 손끝에 전해졌다.

"바다로 돌아간 줄로만 알았어."

"응. 하지만 역시 여기서 낳기로 했어. 당신 곁에서."

"그래. 내 아이들이니까."

두 사람은 나란히 바닥에 누웠다. 데쓰로는 마야의 배 위에 손을 올린 채 미소 지었다.

*

데시마 후미히토는 조용히 회심의 미소를 지었다.

성공했다. 사와다 데쓰로에게 마야를 떠넘기는 데 성공했다. 그 해양 생물 오타쿠와 친하게 지낸 보람이 있었다.

애초에 괴짜에다가 음침한 데쓰로와 친하게 지내는 것 자체가 일종의 벌칙이었다. 물류 창고에서 일하는 동료들 사이에서 데쓰로는 완전히 겉돌고 있었다. 누구와도 말을 섞지 않고, 홀로 점심을 먹고, 맡은 일만 묵묵히 하고 집에 돌아가는 남자와 아무도 친해지려 하지 않았다.

"저 자식은 대체 무슨 재미로 살까."

동료들의 평가는 한결같았다. 그쪽에서 먼저 다가오지 않으니 이쪽도 거들떠보지 않는다는 식이었다. 다만 근처 바다에서 서핑을 하던 데시마는 그에 대한 답을 조금은 알고 있었다. 해변에서 간혹 데쓰로를 목격했을 때 그는 포획용 뜰채와 양동이를 손에 들고 바다를 내려다보고 있었다. 그래서 그의 취미가 해수어를 잡는 것이라고 짐작했다. 그렇다고 그 이야기를 다른 사람에게 한 적은 없었다. 데시마 역시 데쓰로에게 관심이 없었기 때문이다.

서핑을 즐기는 데시마는 데쓰로와 달리 주변에 친구가 많은 편이었다. 늘 누군가와 어울려 놀거나 술을 마시고 다녔다. 회사 동료들 중 유독 친한 친구들과는 함께 온라인 게임을 하며 놀았다. 그럴 때 단지 승패만 가리는 건 재미없다고 해서 벌칙을 만들기도 했는데, 어느 날 정한 벌칙이 바로 '데쓰로와 친해시기'였다.

그리고 데시마가 결국 그 게임에 져서 벌칙을 떠맡게 됐다. 다른 친구들은 어떻게 될지를 궁금해하며 데시마를 흥미진진하게 지켜봤다. 어쩔 수 없이 서핑하러 갈 때 마주친 데쓰로에게 먼저 다가가 말을 걸었다. 덕분에 그가 직접 채집한 해수어들을 집에서 키운다는 걸 알게 됐다. 친한 친구가 없고 여자에게도 관심이 없으며 오로지 물고기에만 빠져 있는 모습은 전형적인 오타쿠 그 자체였다.

하지만 게임 친구들은 그것만으로 만족하지 않았다. 그들이 부추긴 탓에 데시마는 어쩔 수 없이 데쓰로의 집에 갔다. 그의 집은 온통 수조로 가득했다. 그곳에서 키우는 물고기를 일일이 설명하는 그를 보며 넌더리가 났다. 이래서 사람들과 잘 어울리지 못하는 거라고 생각했다. 어쩌다 보니 데쓰로를 자기 집에도 초대하게 됐지만, 따분하기 그지없는 그와 더 깊이 친해질 생각은 없었다. 그 자리에서만 적당히 듣기 좋은 말만 몇 마디 하고 끝낼 계획이었다. 그런 얄팍한 인간관계를 맺는 것도 데시마의 특기였다.

하지만 데쓰로는 데시마에게 친근감을 느꼈는지 그 뒤에도 이따금 말을 걸어 오기 시작했다. 내막을 아는 동료들과 사무실 여직원들은 재미있어하며 그런 모습을 지켜봤다. 조금 밝아진 듯한 데쓰로를 조롱하는 눈빛으로 봤다. 지금껏 아무도 신경 쓰지 않은 그가 종종 화제에 오르기 시작했다.

데시마는 데쓰로와 더 깊이 얽이는 건 사절이었다. 그 무렵, 그는 꽤 심각한 다른 문제도 안고 있었다. 평소 서핑을 즐기며 가볍게 놀아 온 탓에 데시마는 여자관계가 복잡했다. 해변에는 헌팅당하는 걸 목적으로 찾아오는 젊은 여자가 많았다. 외모가 그럭저럭 괜찮고 서핑도 잘하는 데시마는 그런 의미에서 여자 걱정이 없었다. 하룻밤 관계로 끝나는 상대가 많았다.

최근 알게 된 마야도 그중 한 명이었다. 해변에 홀로 서 있던 마야를 데시마가 먼저 발견했다. 나중에 후회하게 될 만남이었지만, 그때는 별생각 없이 말을 걸었다. 왠지 모르게 남자들의 시선을 끄는 여자였다. 갈색보다 더 짙은 피부, 검고 긴 머리카락, 촉촉한 눈동자, 무엇보다 풍만한 몸. 마야는 어깨가 드러난 긴 원피스를 입고 데시마의 이야기를 들으며 수줍게 미소 지었다. 그런 모습도 마음이 끌렸다.

서퍼를 노려 해변에 오는 다른 여자들과 겉보기에는 비슷하지만, 어딘가 근본적으로 다른 느낌이었다. 말수가 적고 순종적이면서 대체 무슨 생각을 하는지 종잡을 수 없는 면이 있었다. 가벼운 여자들에게 질려 있던 데시마에게 그런 점들이 신선하게 다가왔다. 그날은 서핑을 일찍 마치고 마야를 차에 태웠다. 그녀는 자신에 대해 아무것도 설명하지 않았지만 그 역시 신경 쓰이지 않았다. 어차피 하룻밤 관계로 끝낼 생각이었다.

국도변 레스토랑에서 함께 밥을 먹고 곧장 집으로 갔다. 자연스러운 흐름으로 몸을 섞었다. 그때도 그녀는 순종적이었다. 데시마는 그녀의 몸에 깊숙이 빠져들었다. 마야에게서는 바다 냄새가 났다. 격렬하게 그 몸을 탐하는 동안 왠지 파도에 흔들리는 듯한 기분도 들었다. 여자치고는 몸집이 큰 마야는 그야말로 넓은 바다와 같은 포근함으로 데시마를 감싸 줬다.

헤어질 수 없게 됐다. 마야는 그대로 데시마의 집에 눌러앉았다. 데시마가 일을 마치고 돌아오기를 얌전히 기다렸다. 욕망에 눈이 먼 데시마는 집에 오면 곧장 마야를 품에 안았다. 서핑하러 바다에 나가는 것보다 마야와 함께 있는 시간이 더 좋았다.

마야의 몸 안에서 끝없이 쾌락을 길어 올렸다. 밀착한 마야의 몸은 언제나 차가웠다. 아무리 뜨겁게 달아올라도 꼭 바닷속에 있는 듯한 냉기가 느껴졌다. 그런 몸으로 끈적끈적하게 달라붙어 왔다. 데시마의 살결을 더듬는 마야의 손끝과 혀도 차가웠다. 몸이 부르르 떨릴 정도로 전율하며 데시마는 무궁무진한 쾌락을 맛봤다.

"나, 임신했어."

그런 나날이 이어지던 어느 날, 마야가 고백했다. 자세히 보니 배가 불러 있었다. 데시마는 당황했다. 원래 체구가 크고 살집이 있어서 배가 부풀고 있다는 걸 눈치채지 못했다. 하지만 아무리 계산해도 임신 시기가 맞지 않았다.

"당신 아이야."

"말도 안 돼. 만난 지 얼마 되지도 않았는데."

그제야 마야의 속셈을 알아차렸다. 이 여자는 다른 남자의 아이를 임신한 것이다. 불장난을 하다가 버림받았을까. 그리고 적당한 남자를 물색하고 있었다. 뱃속 아이의 아버지가 되어 줄 어수룩한 남자를. 그때 바보같이 자신이 먼저 말을 걸고 만 것이다. 상황을 깨달은 데시마는 혀를 찼다.

"아니. 이 아이는 당신 아이가 맞아. 틀림없어. 이 아이도 아빠를 만나고 싶어 해. 제발 나와 함께 이 아이를 키워 줘."

그렇게 애원하는 마야의 눈에서 번뜩이는 심상치 않은 광기를 보며 데시마는 등골이 서늘해졌다. 어떻게든 궁지에서 벗어나야 했다. 어디 사는 누군지도 모를 남자의 아이를 떠맡는 건 사양이었다. 하지만 마야는 뱃속의 아이가 데시마의 아이라고 완강히 주장하며 진심으로 그렇게 믿고 있는 듯했다. 망상에 사로잡힌 여자가 두려웠다. 생각해 보니 처음부터 이 여자는 어딘가 이상했다. 해변에서 엉겁결에 말을 건 자신이 한심스러웠다.

데시마는 필사적으로 머리를 굴렸다.

—하지만 언젠가 다시 돌아올 거라고 믿어. 그녀가, 새끼들을 보여 주러.

—사실 그 검은등바다뱀 뱃속에 있는 건 내 아이가 아닐까.

순간 네쓰로의 말이 떠올랐다.

키우던 바다뱀이 사라지자 그도 점점 이상해지고 있었다.

그렇다면 이걸 이용하는 수밖에 없다. 데시마는 자신의 기발한 발상에 무릎을 탁 쳤다.

시간이 없었다. 마야의 배는 나날이 불러 왔다. 그 속도도 그야말로 비현실적이었다. 데시마는 마야에게 차분히 설명했다. 이제 곧 너를 만날 남자가 뱃속 아이의 아버지가 돼 줄 거라고. 상냥한 남자니 아무 걱정할 필요 없다고. 그와 단둘이 있을 때 이렇게 말하라고도 일렀다. 뱃속에는 원래 알이 있었지만 지금은 부화해 태아가 됐다. 그렇게 말하면 그는 기뻐하며 기꺼이 아버지가 돼 줄 거라고 했다.

마야는 고개를 끄덕이며 만족스럽게 미소 지었다. 이유는 알 수 없지만 순순히 납득한 것 같았다.

곧장 실행에 옮겼다. 데쓰로와 함께 밥을 먹으러 간 식당에서 우연히 마야를 만나게 했다. 마야가 데쓰로 옆에 앉았을 때 데쓰로가 눈길을 떼지 못하는 것을 보고 데시마는 속으로 '됐다'라고 생각했다. 두 사람을 식당에 두고 먼저 나왔을 때는 안도한 나머지 온몸의 힘이 풀렸다.

그다음 날에도 데쓰로는 아무 일 없는 것처럼 회사에 출근했다. 마야와 어떻게 됐는지 궁금해 미칠 지경이었지만 데시마는 애써 태연한 척했다. 데쓰로는 늘 그러듯 누구와도 말을 섞지 않고 묵묵히 맡은 일을 마치고 돌아갔다. 그가 돌아갈 집에는 마야가 기다리고 있을까. 전에 나를 기다렸던 것처럼. 사흘이 지나자 마침내 데시마는 참지 못하고 데쓰로에게 다가가 입을 열었다.

"데쓰로."

골판지 상자가 잔뜩 쌓인 앵글 선반 앞에서 데쓰로가 멈춰 섰다. 창고에는 두 사람 외에 아무도 없었다.

"그, 저번에 내가 그 식당에서 먼저 자리를 떴잖아. 그때 네 옆에 앉았던……."

"아, 마야?"

데쓰로는 아무렇지 않은 듯 말했다.

"이름이 마야였구나, 그 여자."

데시마는 당연히 모르는 척했다.

"아무튼 그날 네가 그 여자를 신경 쓰는 것 같더라고. 네가 여자한테 관심을 보이는 건 처음 봤어."

"응. 그날 마야는 우리 집에 왔어."

"그랬구나."

예상보다 일이 훨씬 잘 풀린 것 같아 하마터면 웃음을 터뜨릴 뻔했다.

"그래서? 어떻게 됐어?"

무심코 더 깊이 캐물었다.

"지금은 없어, 그 여자."

"응?"

데쓰로는 앵글 선반을 올려다보며 상자 개수를 확인하고

담담히 말했다.

"마야는 떠났어. 바다에서 아이를 낳고 다시 돌아오겠다는 말을 남기고."

데쓰로는 손에 든 단말기에 숫자를 입력하고 데시마를 향해 고개를 돌렸다.

"하지만 돌아올 곳은 우리 집이 아니야. 진짜 아버지에게 아이를 보여 줄 거라고 했어."

"잠깐만, 그게 무슨 소리야?"

"마야는 내가 키우던 검은등바다뱀이야. 그런데 뱃속 아이의 아버지는 내가 아니야. 그녀가 그렇게 똑똑히 말했으니 틀림없어."

"음……."

"데시마."

당혹스러워하는 데시마를 데쓰로는 빤히 쳐다봤다. 그의 흔들림 없는 눈빛을 보며 등골이 서늘해졌다.

"수조를 사 두는 게 좋을 거야. 아이들이 올 때를 대비해서."

"대체 무슨 소리를 하는지 모르겠어."

이마에 식은땀이 맺혔다. 데쓰로는 흥 하고 코웃음 쳤다. 이런 데쓰로의 모습을 보는 건 처음이었다.

"너잖아? 아이 아버지."

"뭐? 말도 안 돼."

"아무튼 기대해도 좋을 거야. 검은등바다뱀 마야와 세 마리

아이들이 돌아올 날을."

데쓰로는 몸을 휙 돌려 그대로 창고 안쪽으로 사라졌다.

데쓰로의 말은 도저히 제정신인 사람의 이야기로 들리지 않았다.

검은등바다뱀을 잃어버린 데쓰로와 예기치 못한 임신을 한 마야의 망상이 한데 뒤섞여 더 황당무계한 이야기를 만들었다고밖에 생각할 수 없었다. 마야는 대체 어디 간 걸까. 아니, 애초에 마야가 떠났다는 말이 사실이기는 할까. 그렇게나 신신당부한 약속을 마야가 저버렸을 리 없다. 데쓰로 옆에 붙어 있으면 앞으로 태어날 아이를 자기 아이로 여기고 잘 키워 줄 거라고 했다. 그런데 이제 와서 나한테 다시 돌아올 거라고?

그날 이후 데시마는 데쓰로를 여러 번 떠봤다. 초조해하는 데시마와 달리 데쓰로는 늘 침착했다.

"걱정할 필요 없어. 기다리다 보면 마야가 돌아올 거야. 아이들도 곧 만날 수 있을 거고."

"아니, 그게 아니라, 마야는 대체 어디로 간 거야?"

"그러니까 바다에 갔다니까."

허무한 대화가 이어졌다.

바다. 생각해 보면 마야에게서는 바다 냄새가 났다. 안으면 안을수록 그 냄새는 더 짙어졌다. 데시마는 꼭 바닷속에 가라앉는 듯한 기분으로 그녀와 몸을 섞었다. 정말일까. 마야가 검은등바다뱀의 화신이라는 게. 그 여자가 난태생이었다는 말인가. 설마. 점점 자신도 미쳐 가는 듯했다.

식욕이 전혀 없었다. 서핑도 갈 수 없었다. 바다 근처에 가는 게 두려웠다.

그런 데시마를 데쓰로는 더 집요하게 몰아붙였다.

"좋겠다, 데시마. 곧 아이들을 만날 수 있을 테니. 얼마나 귀여울까."

"수조는 준비했어?"

"벌써 근처에 왔을지도 몰라. 얼른 준비해야 할 거야."

이제는 반박할 기운도 없었다. 동료들은 점점 초췌해지는 데시마와 그에게 속삭이는 데쓰로를 멀리서 지켜봤다.

그런 어리석은 짓을 하는 게 아니었다고 데시마는 후회했다. 마야를 데쓰로에게 떠넘기려 하다니. 밤에도 제대로 잠들 수 없었다. 작은 소음에도 눈이 떠졌다. 마야의 차가운 피부가 스치는 듯한 기분이 들어 벌떡 일어나기도 했다.

"그녀와 아이들이 돌아오면 나도 보러 가도 될까?"

태연하게 묻는 데쓰로를 데시마는 수면 부족 때문에 충혈된 눈으로 봤다. 전에 자신도 똑같이 말했다. "새끼가 태어나면 나한테도 보여 줘"라고. 그건 어디까지나 검은등바다뱀을 키우는 데쓰로에게 한 말이었다.

"하지만 조심해야 해. 검은등바다뱀은 독성이 강하니까.

그 여자, 얌전한 듯하면서도 사나운 구석이 있어."

데쓰로는 목구멍 깊은 곳에서 웃음을 큭큭 터뜨렸다.

어느 날 출근하려고 집을 나서자 문 앞에 물이 고여 있는 게 보였다. 물은 계단에서부터 문까지 점점이 이어졌고 콘크리트 복도에는 뭔가가 기어간 듯한 자국도 남아 있었다. 데시마는 소스라치게 놀라 집 안으로 줄행랑을 쳤다. 결국 그날은 회사에 출근하지 못했다.

또 다른 날에는 일을 마치고 집에 돌아오니 문에 무수히 많은 손자국이 찍혀 있었다. 자신의 몸을 쓸어내리던 싸늘한 마야의 손이 떠올라 데시마는 비명을 질렀다.

"대체 마야가 어떻게 날 찾아올 수 있지?"

그는 결국 데쓰로의 망상에 휩쓸려 스스로 자문했다.

"그 여자는 우리 집 주소도 모를 텐데."

차에 태워 데려오고 나서 그대로 집에 눌러앉은 마야가 집 주소를 외우고 있으리라고는 생각되지 않았다. 데시마는 오직 그 한 줄기 희망에 매달렸다. 마지막 기운을 짜내 데쓰로에게 반박하고 싶기도 했다.

"뭐야. 그게 궁금했던 거야?"

데쓰로는 환하게 웃으며 말했다.

"그녀는 알 수 있어. 너희 집은 바다와 연결된 물건들로 가득하잖아. 그 냄새로 알아내는 거야. 아이 아빠가 있는 곳을. 집 안에 그런 게 하나라도 있으면 쉽게 들어올 수 있어.

그들은 뱀이니까."

그 말을 듣고 집에 달려가 집 안에 있는 서프보드를 모조리 차에 실어 재활용 센터에 처분했다. 그리고 다시 한번 집 안을 꼼꼼히 확인했다. 잠수복, 비치 샌들, 수건, 자외선 차단제, 선글라스, 프로 서퍼 포스터, 오키나와에서 산 산호 장식, 상어 뼈로 만든 팔찌, 건조 미역이 든 컵 된장국까지 바다를 떠올리게 하는 건 전부 버렸다. 바다 냄새를 없애기 위해 집 안에 소독약도 마구 뿌렸다.

정신이 점점 무너져 가고 있음을 자각했다. 그래도 그러지 않을 수 없었다. 밤이 되면 집 밖에서 물이 철벅거리는 소리가 들렸다. 문밖에 마야가 서 있는 것 같았다. 그녀의 발치에 엉겨 붙은 새끼 검은등바다뱀 세 마리가 시도 때도 없이 데시마의 머릿속에 떠올랐다. 그는 방 한구석에서 몸을 웅크린 채 부들부들 떨며 아침이 오기를 기다렸다.

"도와줘, 데쓰로. 난……."

"아무것도 걱정할 필요 없어. 넌 그냥 기다리면 돼."

데시마는 한때 비웃으며 조롱한 남자 앞에 주저앉아 울었다. 그런 두 사람을 회사 동료들이 기분 나쁜 듯이 쳐다봤다. 이제 그 누구도 데시마에게 말을 걸어 오지 않았다.

결국 회사를 무단결근하고 집에 틀어박혔다. 밖에 나가기가 두려웠다. 더 이상 집 안에 바다와 연결된 건 없다. 설령 문밖에 온다고 해도 집 안까지 들어오지는 않을 것이다. 밤이 됐다. 데시마는 며칠째 잠을 제대로 못 잔 탓에 비몽사몽이었다.

철퍽……

소스라치게 놀라 눈을 떴다. 또 물소리다. 바닷물 냄새다. 문밖에 고여 있던 물에서는 짠내가 났다. 바닷물에 흠뻑 젖은 마야가 지금 문밖에 서 있는 걸까. 아이들을 데리고 바다에서 올라온 걸까.

톡……

희미하게 문을 두드리는 소리가 났다. 환청일까.

"그만해! 돌아가! 난 네 아이의 아빠가 아니야!"

그렇게 소리지자마자 입을 틀어막았다. 그렇다. 이 안에는 더는 바다를 떠올릴 만한 게 없다. 그 기괴한 모자를 끌어들일 만한 건. 이대로 쥐 죽은 듯 있으면 그들은 들어오지 못할 것이다. 포기하고 바다에 돌아갈 때까지 버텨야 한다.

그런 심정으로 문손잡이를 가만히 지켜보고 있을 때 손잡이가 빙글 돌아갔다.

"히익!"

문이 살짝 열렸다. 이럴 리 없다. 단단히 잠갔을 텐데. 그러나 매정하게도 문이 조금씩 바깥으로 당겨졌다. 데시마는 좁은 틈새 너머의 어둠을 뚫어지게 응시했다. 아무것도 보이지 않는다. 아직은. 하지만 조금씩 틈새가 커졌다. 전율한 데시마는 등을 벽에 문지르며 일어섰다.

―쉽게 들어올 수 있어. 그들은 뱀이니까.

어떻게 이럴 수가. 바다와 관련된 건 전부 없앴을 텐데.

또다시 문이 살짝 열렸다. 아직 10센티미터도 안 되는 틈이지만, 저 틈으로 몸을 구부린 새끼 검은등바다뱀들이 기어들어 올 것이다. 데시마는 유리문을 열어 발코니로 달아났다. 유리 너머로 집 문이 천천히 열리는 게 보였다. 데시마는 발코니에서 아래를 내려다봤다. 5층이다. 여기서 뛰어내릴 수는 없다.

그때 자신이 입은 폴로셔츠의 단추가 눈에 들어왔다. 순간 목구멍에서 신음이 새어 나왔다.

셔츠 단추는 조개껍데기를 가공해 만든 것이었다. 다시 문이 열렸다.

"으악!"

데시마는 셔츠를 벗으려고 몸부림쳤다. 얼른 이걸 벗어서 아래로 던져 버려야 한다. 그뿐이다. 살 수 있는 길은. 벗을 때 셔츠에 가려져 앞이 보이지 않았다. 그래도 필사적으로 버둥거렸다. 뭔가에 걸려서 몸이 휘청거렸다.

덜컥!

문이 활짝 열리는 소리와 데시마의 비명이 겹쳤다.

데시마가 사는 아파트 앞에서 사람들이 웅성거리고 있다.

데쓰로는 그들 사이에 섞여 데시마의 시신을 실은 들것이 옮겨지는 모습을 지켜봤다. 무단결근이 사흘째 이어지자 상사가 어떤 상황인지 확인하고 오라고 했다. 상사는 "자네들은 집도 가깝고 사이가 좋았잖아"라고 했다. 데쓰로는 '그렇게 친했던 건 아닌데' 하고 속으로 중얼거렸지만 순순히 지시에 따랐다.

이제 회사에서는 데시마를 상대해 주는 동료가 없었다. 그렇게나 인간관계가 넓고 사교성 좋은 사람이었는데. 최근에 보여 온 비정상적인 상태를 보면 누구든 가까이하고 싶지 않았을 것이다. 근무 중에도 계속 뭔가를 중얼거리는 데시마와는 제대로 된 대화조차 불가능했다. 무심코 말을 걸었다가 축축하고 흐리멍덩한 그 눈빛을 마주하면 소름이 돋을 테니까.

겉모습도 완전히 딴사람처럼 변해 버렸다. 덥수룩한 수염과 짙은 다크서클. 살이 빠져 헐렁해진 작업복은 빨지 않아 늘 더러웠다. 전에는 데쓰로가 야윈 걸 보며 그가 걱정해 줬는데 이제는 그 자신이 더 처참한 몰골이 되었다.

데시마가 사는 아파트 앞에 와서야 그가 죽은 걸 알게 됐다. 같은 아파트 주민들끼리 이야기하는 걸 들었다. 데시마는 아침에 발코니 난간에 매달린 채 발견됐다고 한다. 기겁한 이웃 주민이 소방서와 경찰서에 신고했다.

하지만 이미 늦었다. 데시마는 한밤중에 숨진 상태였다. 입고 있던 폴로셔츠를 벗다 말고 발코니 난간을 넘으려 했던 것 같다. 그러다가 머리를 덮은 셔츠가 발코니 난간에 걸리는 바람에 목이 졸려 질식사했다는 것이 경찰의 판단이었다. 기이한 최후였지만 누군가에게 떠밀려 떨어졌을 가능성은 작은 듯했다.

들것이 데쓰로 앞을 지나갔다. 사람 형태로 부푼 비닐 시트 아래에 데시마의 팔이 축 늘어져 있었다. 손등에는 작은 붉은 점 두 개가 가지런히 찍혀 있는 게 보인다. 검은등바다뱀에게 물린 자국? 그 녀석은 신경독 때문에 죽은 건가.

설마. 데쓰로는 어이없는 추측을 웃어넘겼다.

망상은 한 번 심어지는 순간 공포로 변해 인간을 죽음으로 내몬다. 데시마처럼. 그래도 설마 정말 죽을 줄은 몰랐다. 구경꾼들 사이에서 한발 물러서며 데쓰로는 결국 참지 못하고 씩 미소 지었다.

자신이 해수어 오타쿠라며 직장에서 따돌림당한다는 건 알고 있었다. 딱히 상관없었지만 데시마가 그런 자신에게 말을 걸어 왔다. 그걸 계기로 그와 친해졌다. 서핑이 취미인 그와는 바다라는 공통점 때문에 마음이 잘 통했다. 서로의 집에 놀러 가기도 했다. 처음 만든 친구는 나쁘지 않았다.

데쓰로는 데시마에게 마음을 열었다.

자신의 편집증적인 해수어 사랑도 이해해 주는 사람이라고 믿었다. 그런 사람은 귀한 법이다. 그래서 난태생인 검은 등바다뱀을 얻은 과정과 그 뱀이 사라진 일도 전부 이야기했다. 데시마는 진심으로 걱정해 줬다. 그런 것 같았다.

하지만 아니었다. 창고 안에서 동료들의 이야기를 엿들으며 그걸 알게 됐다. 앵글 선반 너머에서 그들은 웃으며 데쓰로 이야기를 하면서 떠들고 있었다. 데시마가 데쓰로에게 먼저 말을 걸어 온 건 단순한 장난이었다. 그것이 벌칙이었다는 것을 알게 되자 머리끝까지 화가 치밀었다. 모든 게 꾸며진 일이었다.

데시마가 직접 이야기하는 것도 들었다. 점심시간 2층 창고 외부 계단 아래에서. 데쓰로가 옆에 있는 줄도 모르고 그는 우습다는 듯이 떠들었다.

"그 녀석, 정말 제정신이 아니야. 바다뱀 뱃속에 있는 게 자기 아이일지도 모른다고 하더라고."

주변에서 웃음이 터졌다.

"그런데 어느 날 갑자기 얼굴이 하얗게 질려서는 뱀이 수조에서 사라졌대. 하지만 그 뱀이 바다에 돌아가 새끼를 낳으면 아이 아빠인 자신을 다시 만나러 돌아올 거래."

"정말 정신이 나갔네. 무슨 수로 바다뱀이 돌아온다는 거야?"

"재밌다! 계속 데리고 놀면서 우리한테 알려 줘, 데시마."

누군가가 금속 계단에서 발을 굴리며 낄낄 웃었다. 데시마가 뭐라고 대답했는지는 웃음소리에 묻혀 들리지 않았다. 그때 데쓰로의 머리에 한 가지 의문이 떠올랐다. 수조에서 검은등바다뱀을 가져간 사람이 혹시 데시마 아닐까. 그런 의심이 머리를 스치자 더는 다른 가능성이 떠오르지 않았다.

그렇다. 틀림없다. 그는 자신의 집에 온 유일한 인물이다. 잠겨 있던 집에 어떻게든 몰래 들어와 검은등바다뱀을 훔쳐 간 것이다. 데쓰로가 당황하며 더 깊은 혼란에 빠지는 모습을 보고 즐기기 위해.

믿었던 친구에게 잔인하게 배신당했다. 그런 사실이 데쓰로를 낙담시키고 지치게 했다. 난태생 뱀에 대한 애정을 농락당했다. 진심으로 마음을 열고 그에게 모든 걸 털어놓았는데. 데시마를 바다라는 공통점으로 이어진 친구라고 믿으며 들떠 있던 자신이 한심하고 가여웠다. 자연스럽게 그를 향한 복수심이 싹텄다.

그럴 때 마야를 알게 됐다. 데시마가 데려간 작은 식당에서 처음 만났다.

밥을 먹자는 데시마의 제안을 받아들인 건 그의 속셈을 파악하기 위해서였다. 어떻게든 되갚아 주고 싶다는 생각이 머리를 떠나지 않았다. 그 검은등바다뱀과 새끼들을 어디로 데려갔는지 따지고 싶기도 했다.

이런저런 생각을 하고 있을 때 임신해서 배가 부른 마야가 데쓰로 옆에 앉았다. 왠지 차가운 파충류를 연상시키는 분위기의 여자였다. 짙은 색으로 그을린 피부와 요염한 분위기가 그가 사랑한 검은등바다뱀을 꼭 닮아 있었다.

그때 아마 데시마 쪽을 보지 않았다면 정말 그렇게 믿었을 것이다. 마야를 지켜보는 데쓰로의 시야 한구석에 조용히 몸을 일으키는 데시마의 얼굴이 들어왔다. 순간적으로 번뜩인 그의 표정에는 '성공했다'라는 기쁨과 오타쿠 남자에 대한 경멸, 조롱, 혐오 등 갖가지 감정이 담겨 있었다.

마야를 다시 봤다. 이 여자도 데시마와 무슨 관계가 있는 걸까. 혹시 여기 온 것도 전부 그의 계획에 따른 걸까. 그렇다고 해도 이 여자는 어떻게 이렇게 그 아름다운 바다뱀을 연상시키는 걸까. 밀려드는 수많은 의문 때문에 혼란스럽지만 일단 데시마를 돌려보내고 그녀를 집에 데리고 갔다.

집 안에서 마야의 이야기를 듣고 추측이 틀리지 않았음을 확신했다. 그녀는 이렇게 말했다.

—여기에는 알이 들어 있었어.

맞장구를 치자 그녀는 또다시 거짓말을 늘어놓았다.

—이제는 알에서 부화해 새끼가 됐어. 귀여운 세 마리의 아이들이야.

자신이 검은등바다뱀에 푹 빠졌다는 걸 데시마에게 들었을 것이다. 난태생의 그 사랑스러운 뱀이 사라졌을 때 데쓰로는 같은 말을 데시마에게 했다. 그때는 진심으로 그렇게 생각했다. 하지만 데시마는 검은등바다뱀을 향한 자신의 애착을 철저히 농락했다. 어쩌면 처음부터 다 계산해서 바다뱀을 빼돌린 것일지도 모른다.

모든 게 짜여진 시나리오였다. 자신을 웃음거리로 만들기 위한. 그렇다면 이걸 역이용해 그에게 복수할 수 있지 않을까. 순간 그런 발상이 번뜩였다.

마야를 추궁하자 아니나 다를까 그녀는 데시마의 지시로 처음 만난 그 식당에 갔다는 사실을 털어놨다. 말수가 적은 그녀에게서 진실을 전해 듣기까지 시간이 걸렸지만, 그녀를 임신시킨 사람도 데시마라는 걸 알게 됐다. 이 얼마나 악랄한 자식인가. 그동안 꾹 억누르고 있던 분노와 복수심이 다시 활활 타올랐다.

데시마의 속셈은 불 보듯 뻔했다. 그는 임신한 마야를 교묘하게 나에게 떠넘기려 한 것이다. 검은등바다뱀에게 편집증적인 애착을 가진 데쓰로라면 기묘한 망상을 발휘해 그녀를 받아들일 거라고 생각한 셈이다. 하지만 그렇게 호락호락하지 않다.

마야를 곧장 돌려보냈다. 그녀는 말없이 집을 나갔다. 한밤의 어둠 속으로 사라지는 뒷모습을 데쓰로는 가만히 지켜봤다. 조금 안쓰러웠다. 저 여자도 데시마의 또 다른 피해자다. 그에게 잔인하게 농락당해 정신이 망가졌을지 모른다.

아니면 죽기 살기로 연기를 하는 걸까. 어떻게든 아이에게 아버지를 만들어 주려고. 애처로웠다. 그래서 그녀가 원하는 말을 해 줬다. 방바닥에 누웠을 때 부푼 그녀의 배를 쓰다듬으며.

그때 어디선가 짙은 바다 냄새가 풍기는 듯한 기분이 들었다.

그래도 데시마는 어느 정도 양심의 가책을 느끼는 듯했다. 바로 그 점을 이용했다.

이제는 데쓰로가 그를 농락할 차례였다. 마야는 검은등바다뱀이 사람이 되어 온 거라고 여러 번 되풀이해 그에게 주입했다. 그녀가 낳은 새끼들도 아버지를 그리워해 바다에서 올라올 거라고. 곧 마야와 함께 돌아올 거라고.

처음에는 어이없어하거나 부정하던 데시마도 결국 시간이 갈수록 이상해졌다. 정신적으로 점점 궁지에 몰려 이제 조금만 더 나아가면 끝이라고 자신했다. 때로는 밤에 데시마의 집 앞에 가서 문밖에 바닷물을 뿌리거나, 젖은 손으로 문에 자국을 남기기도 했다. 상황을 몰래 지켜보니 그는 꽤나 지쳐 있는 듯했다.

탈진한 나머지 회사에서 일도 제대로 하지 못했다. 기괴한 언행이 두드러지게 늘었다. 진심으로 바다뱀인 마야와 그 새끼들이 자신을 찾아올 거라 믿는 듯했다. 공포에 사로잡히고 데쓰로의 위협에 휘둘려 바다와 관련된 모든 것들을 처분했다.

데쓰로의 복수는 말 그대로 교과서처럼 착착 이뤄지고 있었다.

하지만 설마 죽어 버릴 줄은 몰랐다. 죽기 전날 밤 대체 무슨 일이 있었을까. 겁에 질려 발코니에서 뛰어내릴 만큼 무서운 뭔가가 있었을까. 그날 밤은 데쓰로도 데시마의 집 앞에 가지 않았다. 어쨌든 그는 결국 이렇게 될 운명이었다. 데쓰로는 별로 죄책감을 느끼지 않았다.

회사에 돌아가 상사에게 데시마가 죽었다는 걸 알리자 모두 경악하고 어쩔 줄 몰라 했다. 그런 소동도 데쓰로에게는 남의 일처럼 느껴졌다. 이제 조용한 일상이 되돌아올 거라고 생각하니 오히려 감사했다. 다시 바다에 가서 해수어를 잡자. 삭막해진 집 안을 다시 수조로 가득 채우자. 머리에는 오직 그 생각밖에 없었다.

소란스러운 회사를 뒤로하고 데쓰로는 집으로 향했다.

문에 열쇠를 꽂았을 때 문득 바다 냄새가 풍겼다. 그리운 냄새다. 그 환상 같은 향기를 가슴 가득 들이마시며 집 문을 열었다.

그리고 그 자리에서 굳었다. 눈앞에는 마야가 있었다. 바닥에 단정히 무릎을 꿇은 채 데쓰로를 기다리고 있었다.

"어서 오세요."

그녀는 기쁜 듯이 웃었다. 데쓰로는 아무 말도 할 수 없었다. 앉아 있는 마야 주변에 번진 물을 가만히 내려다봤다. 바닷물이다. 마야는 새까만 두 눈으로 똑바로 데쓰로를 처다봤다. 살갗과 긴 머리카락이 모두 축축이 젖어 있었다.

"드디어 태어났답니다."

마야는 무릎을 꿇은 채로 뒤를 돌아봤다. 그 시선 끝에는 수조가 있었다.

데쓰로의 목에서 끅 하는 신음이 터졌다. 비어 있어야 할 수조에는 검은등바다뱀 새끼 세 마리가 헤엄치고 있었다.

"당신 아이들이에요."

다시 고개를 돌린 마야기 미소 지어 보였다. 입안에서는 작고 뾰족한 이빨 두 개가 빛났다.

7
—

호족

나는 요시타카와 마주 보고 앉았다. 1년에 한 번 우리는 이렇게 만난다. 창밖에서는 간호사의 안내를 받으며 산책하는 환자들의 말소리가 들린다. 초조해진 나는 삭막한 병실을 한 번 둘러보고서야 요시타카에게 말을 걸었다.

"안색이 안 좋네. 밥은 잘 먹고 있어?"

"별로……."

요시타카는 힘없이 웃었다. 서로의 근황을 묻는 형식적인 인사가 끝나면 언제나 같은 이야기가 시작된다. 그 묘한 이야기의 물꼬를 트는 사람은 대체로 요시타카다. 이 정신과 병동의 주치의는 요시타카가 하는 이야기를 묵묵히 들어주라고 나에게 강요한다. 그것도 치료의 일환이라고 했다.

"경문을 필사하기 시작했어."

요시타카는 야위어 핏줄이 불거진 손을 나에게 내밀며 붓을 쥐는 시늉을 했다.

"그렇군."

떨리는 손으로 붓을 쥐고 경문을 베껴 쓰는 요시타카의 모습을 떠올렸다.

"에이지, 자네는 기억하지? 우리가 자란 그 산골 마을을."

드디어 시작됐다. 나는 늘 그러듯 "당연하지. 기억하고말고"라고 대답한다.

긴 이야기의 서막이 되는, 일종의 의식 같은 대화. 요시타카의 입에서 그 말이 나오자마자 내 발은 밤이슬에 젖은 차가운 풀의 감촉을 생생히 느끼고, 귓가에는 숲 깊숙한 곳에서 낮게 울려 퍼지는 소쩍새 울음소리가 들린다. 요시타카는 참을성 있게 내 의식이 고향인 산골 마을로 향하는 것을 기다렸다.

그의 영혼은 지금도 그곳에 사로잡혀 있는 것이다.

나와 요시타카는 동갑내기 사촌지간이다. 요시타카는 여덟 살 때 우리 집에 맡겨졌다. 내 이모였던 요시타카의 어머니는 이혼 후 홀로 아들을 키우다가 전 남편이 떠안긴 빚을 갚기 위해 유흥업에 뛰어들었다.

당시에는 우리 집안도 어머니가 돌아가셨던 터라 나와 요시타카를 키워 준 사람은 거의 조부모님이었다. 과묵한 아버지와 달리 할아버지는 수다쟁이였다. 그 시절 사람들이

대부분 그랬듯 평생 산일과 농사를 하느라 제대로 배우지 못했지만 그는 어머니의 보살핌을 받지 못한 손자들에게 지역 전설이나 옛날이야기를 들려주곤 했다.

우직하게 일만 하는 할아버지와 아버지를 보며 장차 자신들의 미래를 점쳤던 우리는, 산골 마을이라는 닫힌 세계에서 산과 숲, 골짜기와 호수에 얽힌 이야기들을 조용히 귀 기울여 들었다.

특히 마을에서 그리 멀지 않은 곳에 있는 겟킨 호수 바닥에 산다는 '호족' 이야기에 우리는 마음을 빼앗겼다. 할아버지가 소주를 한두 잔 홀짝이며 들려주던 목소리가 지금도 귓가를 맴돈다. 나무문을 때리는 빗소리와 창틀을 흔드는 바람 소리와 함께.

겟킨 호수는 둘레가 3.5킬로미터 정도 되는 그리 크지 않은 호수지만 수심은 꽤 깊었다. 특히 호수 가장자리는 깔때기 모양으로 깊어지고 중앙에는 물이 솟구치는 부분과 빨려 들어가는 곳이 있어 사납게 소용돌이친다고 들었다.

호족은 아주 오래전부터 겟킨 호수의 바닥에 살고 있다고 할아버지는 말했다. 생김새는 인간과 거의 똑같고, 자유롭게 날아다니듯 물속을 헤엄친다. 등은 비늘로 빽빽이 덮여 있고, 몸 양옆에는 작은 갈고리 같은 발톱이 몇 개씩 돋아 있다. 햇빛이 닿지 않는 어두운 물밑에 살기 때문에 피부는 반투명해서 뼈가 보일 정도다. 눈은 심해어처럼 퇴화해 그저 검은 구멍이나 마찬가지라고 했다.

서로 몸을 바짝 붙인 채로 할아버지의 이야기를 듣던 나와 요시타카는, 깊고 어두운 호수 밑바닥에서 물이끼를 헤치며 유유히 헤엄치는 호족을 상상했다. 산일을 도우러 가다가 겟킨 호수 옆을 지날 때는 살며시 고개를 들이밀어 물속을 들여다보기도 했다. 물속에서 하늘거리는 검정말이나 물수세미 같은 수초들이 호족 여인의 긴 머리카락 같았다.

할아버지는 호족이 가끔 사람으로 둔갑해 호수 밖에 나오기도 한다고 했다. 인간을 홀려서 불행하게 만들고 다시 호수로 풍덩 뛰어든다는 것이다. 할아버지는 "그러니 조심해야 해, 호족은" 하고 술 냄새 섞인 숨을 내쉬었다.

"호족을 어떻게 구별하는데요?"

요시타카가 물었다.

할아버지는 "등 비늘과 옆구리에 난 갈고리발톱을 보면 금방 알 수 있지. 그래서 호족들은 절대 맨살을 드러내지 않아"라고 말했다.

"그리고 말이다……."

할아버지는 우리를 향해 몸을 기울였다.

"호족은 몸 깊은 곳에서 비린내가 난단다. 특히 남녀가 그런 일을 할 때는 더……."

그렇게 말하고 울퉁불퉁한 이를 보이며 씩 웃었다.

"아케미를 처음 만났을 때 기억은?"

요시타카의 목소리가 나를 현실로 되돌렸다. 나는 지그시 눈을 감고 귓가에 울리는 빗소리와 머리에 내리꽂히는 빗방울을 느꼈다. 그때 우리는 열아홉 살이었다. 원래도 몇 없던 같은 학교 친구들이 대부분 떠난 마을에서 나와 요시타카는 할아버지, 아버지의 뒤를 이어 산일을 하고 있었다.

그날은 지금도 선명히 기억한다. 가지치기 일을 마치고 둘이 함께 산길을 내려오던 중에 소나기를 만났다. 산이 자욱한 안개에 덮였고 발밑은 질퍽했다. 머리 위 나뭇가지들을 헤집고 쏟아지는 무거운 빗방울은 우리를 금세 물에 빠진 생쥐 꼴로 만들었다.

그때 불현듯 길가의 나뭇가지가 크게 휘어지더니 숲속에서 사람이 뛰어나왔다. 화려하고 큼직한 무늬의 원피스를 입은 여자가 속도를 미처 멈추지 못하고 주저앉는 모습을 우리는 멍하니 바라봤다. 얇은 원피스가 흠뻑 젖어 몸에 달라붙어 있었다.

"읍내로 가려면 어디로 가야 해?"

빗속에서 여자의 목소리를 알아듣기 위해 요시타카는 조심스레 그녀에게 다가갔다. 나는 여자가 나온 숲을 돌아봤다. 그 안에 작은 길이 있고 그 길을 따라가면 겟킨 호수로 이어진다는 걸 깨달았다.

여자가 말한 읍내란 마을의 중심부를 뜻했다. 나라의 산

촌 활성화 정책 덕에 길이 정비되고 공공시설도 몇 군데 생겨 있었다.

아케미라는 이름의 그녀는 새로 생긴 마을의 온천 시설에서 일하기 시작했다. 당시 나이는 아마 서른 안팎이었을 것이다. 갑자기 나타나 마을에 정착한 여자를 두고 사람들은 당연하다는 듯이 수군거렸다. 폭력단원의 옛 연인이라는 소문, 산속에서 남자 친구에게 동반 자살을 강요당했다가 도망쳐 왔다는 소문, 남편과 아이가 있으면서도 마약에 빠져 신세를 망쳤다는 소문.

좋은 이야기라고는 하나도 없었던 건 그녀가 발산하는 왠지 모를 퇴폐적인 분위기 때문이었을 것이다. 그러면서도 근심 어린 눈빛이나 도톰한 입술, 희고 눈부신 풍만한 몸매는 남자들의 시선을 사로잡았다.

"에이지. 그 여자 말인데, 혹시 호족 아닐까? 사람을 홀리러 온."

요시타카의 말을 듣고 나는 웃음을 터뜨렸다.

"아케미는 절대 다른 사람과 함께 목욕을 안 한대. 그것도 등 비늘을 들킬까 봐 그런 거겠지."

요시타카도 자기 말이 우스운지 낄낄 웃었다. 산일을 하며 우락부락한 근육질이 되기는 했어도 나와 요시타카 모두 순진한 시골 청년이었다. 여자에 대해서도 아직 몰랐다.

호족 이야기를 들려준 할아버지는 그보다 한 해 전에 돌아가셨다. 할아버지가 쓰던 방은 내 방이 됐다. 요시타카는 본채 옆 헛간 2층을 솜씨 좋게 개조해 자기 방으로 만들었다. 마을에는 아케미를 차지하고 싶어 하는 남자가 많았고, 아케미 본인도 남자들의 시선을 한 몸에 받고 있다는 걸 알았을 것이다. 하지만 그녀가 누군가와 가까워졌다는 소문은 돌지 않았다. 아케미는 누구에게도 마음을 열지 않았다.

마을에서 처음 만난 사람이 우리여서일까. 아니면 우리가 너무 어리고 순진해서일까. 아케미는 오로지 나와 요시타카에게만 친근하게 말을 걸었다. 뭔가를 두려워하듯 조용히 살아가는 아케미의 부탁도 우리는 기꺼이 들어줬다. 그러다 보니 아버지의 고물차를 번갈아 몰며 그녀를 데리고 마을 아래에 장을 보러 가거나 영화를 보러 가기도 했다.

"온천 누님이 뭐 좋은 거라도 가르쳐 주디?"

입이 거친 마을 사내들의 놀림을 들으면서도 나와 요시타카는 아케미에게 빠져들었다. 아케미는 어린 남자들의 마음을 가지고 노는 것처럼 나와 요시타카를 번갈아 유혹했다.

어느 여름날 밤, 아케미가 내 이불 속에 스르르 들어왔다. 열린 창문으로 들어온 듯했다. 아케미의 몸을 만지자 그녀가 욕정에 차 있음을 알 수 있었다. 피부는 땀으로 끈적하게 젖어 있고, 손끝에 닿은 그녀의 탄력 있는 가슴이 내 손바닥을 거세게 튕겨 냈다. 나는 흠칫 놀라면서도 곧 아케미의 몸을 끌어안았다.

서툴고 거칠기만 한 내 몸짓에 맞춰 그녀는 몸 아래에서 자유자재로 자세를 바꿨다. 꼭 유연한 수생 생물처럼. 그녀의 혀가 내 입술을 가르며 들어올 때는 혀 움직임과 뜨거운 숨결 때문에 숨을 쉴 수 없었다. 나는 마치 익사 직전의 사람처럼 헐떡였고, 서툰 내 애무에 아케미도 거친 숨을 내쉬었다. 나는 풍만한 그녀의 살결을 미친 듯이 탐했다.

그녀의 중심을 파고들 때마다 비린내가 풍겼다.

"그게 아니야, 에이지."

요시타카는 고녀에 찬 표정으로 말했다.

"아케미랑 잔 건 네가 아니잖아. 나야."

캉, 캉, 캉. 문득 귀 안쪽에서 계단을 올라오는 발소리가 되살아났다. 요시타카의 방과 이어진 바깥 계단에서 들리는 소리다. 나는 선잠에 든 몽롱한 상태로 그 소리를 들었다. 그리고 누군가가 요시타카의 방에 찾아왔다고 이해하자마자 벌떡 일어나 맨발로 본채에 가서 기척을 죽이며 바깥 계단을 올랐다. 요시타카의 방에는 불이 환하게 켜져 있었다. 나는 잠기지 않은 창문을 살짝 열고 눈을 갖다 댔다.

순식간에 머릿속이 후끈 달아오르더니 이내 다시 하얘졌다. 알몸의 아케미가 창문 쪽에 등을 돌린 채 요시타카 위에 올라타 있었다. 아케미는 격렬하게 몸을 위아래로 움직이며 허리를 뒤로 젖혔다. 그 등에는 비늘이 빽빽하게 돋아 있었

다. 아케미가 몸부림을 칠 때마다 비늘이 소름 끼치게 꿈틀
거렸다.

나는 눈을 부릅떴다. 그녀의 몸 옆에는 갈고리발톱이 돋아
허공을 할퀴고 있었다. 호족이다. 아케미는 호족이었다. 집
은 남녀의 뜨거운 숨결과 어우러진 비릿한 냄새로 가득했다.
말없이 그 광경을 지켜봤다.

"아케미는 호족 따위가 아니야."

요시타카는 내 마음을 꿰뚫어 본 것처럼 말했다.

"아케미의 등에는 용 문신이 새겨져 있었어. 용의 몸통에
서는 짧은 다리가 뻗었고 그 끝에 긴 발톱이 돋아 있었지.
그게 정확히 아케미의 몸 양옆에 있었던 거야. 넌 그 용의
비늘과 갈고리발톱을 보고 아케미를 호족이라고 착각했어.
그리고……"

"아케미를 겟킨 호수로 돌려보냈지. 그 여자는 호족이니
까."

요시타카는 조용히 신음했다. 언제나 그렇다. 그의 이야
기는 늘 마지막 부분이 내 기억과 맞지 않는다. 아케미와 잠
자리를 한 사람은 나인가, 요시타카인가. 아케미는 호족인
가, 아닌가. 나는 대개 이쯤에서 입을 다물어 버린다. 반면
요시타카는 말을 이어 갔다.

"넌 그날 밤 돌아가는 아케미를 몰래 뒤쫓았어. 그리고
찔러 죽였어. 아케미가 나와 잤기 때문에. 넌……"

요시타카의 목소리가 떨렸다.

"넌 그녀의 시신을 겟킨 호수에 가라앉힌 거야. 무게추를 달아서."

나는 미소 지었다.

"아니, 넌 지금 크게 착각하고 있어. 그 호족 여자는 단지 원래 있던 곳으로 돌아간 것뿐이야."

그러자 요시타카는 어깨를 격렬하게 들썩이기 시작했다.

"에이지, 용서해 줘. 그런 짓을 한 내가 잘못했어. 난 네 눈을 피해 여러 번 아케미를 안았어. 그러다 도저히 억누를 수 없게 됐어. 너에게 우리가 사랑을 나누는 모습을 보여 주고 싶다는 충동을……."

요시타카의 뺨에 굵은 눈물이 흘렀다.

"그날 아케미에게 일부러 발소리를 울리며 바깥 계단을 올라오라고 한 사람이 나야. 널 유인하기 위해. 그리고 불을 켜 둔 채로 아케미를 안았어."

아케미가 음란하고 탐욕스럽게 허리를 움직여 몸 깊숙이 요시타카를 받아들이던 모습. 그건 현실이었을까. 아니면 요시타카가 내게 심으려 한 망상일까.

"아케미는 싫어했어. 나 말고 다른 사람에게 등에 새긴 문신을 보이는 걸. 하지만 내가 간청하는 바람에 결국 허락한 거야. 아케미는 폭력단원의 애인이라 억지로 그걸 몸에 새겨야 했어. 그저 포악한 남자에게서 도망친 가엾은 여자였는데······."

거짓말이다. 그 여자는 호족이다.

"아니, 너도 봤잖아. 아케미가 강을 헤엄쳐 가는 걸. 그건 인간의 수영법이 아니었어. 그리고."

나는 의기양양하게 목소리를 높였다.

"그건 아케미가 호수로 돌아가고 나서 한참이 지나서였어. 아케미는 우리가 보는 앞에서 산 채로 몸을 비틀며 물살에 몸을 맡겨 헤엄쳐 갔지. 그때 그 눈을 봤어? 할아버지가 말씀하신 대로 그 두 눈은 새까만 구멍으로 변해 있었다고. 눈이 퇴화해 버린 거야."

내가 그렇게 말하자 요시타카는 두 손으로 얼굴을 감쌌다. 손가락 사이로 흐느끼는 소리가 들렸다.

"네가 아케미의 눈을 도려냈잖아! 산일을 할 때 쓰는 작은 칼로. 그리고 그 칼이 아케미의 등에 깊숙이 박혀 있었다고!"

요시타카는 고개를 들어 더 믿기 어려운 말을 이어 갔다. 자신과 정을 통한 아케미를 내가 질투하는 바람에 칼로 찔러 죽였다고 했다. 내 방에서 직접 들고 온 작은 칼로. 그녀의 아름다운 얼굴을 훼손하기 위해 두 눈을 도려내고 한밤중에 시신을 겟킨 호수에 던졌다고 했다.

이듬해 장마철, 집중 호우 때문에 겟킨 호수와 이어진 강의 제방을 마을 남자들이 지키고 있었다. 호수가 넘칠 지경이 되어 수문을 활짝 열었다. 바로 그때였다. 마을 남자들의 눈앞에 아케미의 시신이 떠내려간 것은.

"차갑고 어두운 호수 밑바닥에 파묻혀 있던 아케미의 시신은 부패가 진행되지 않아 미라처럼 변해 있었어. 그리고 불어난 강물을 따라 흘러간 몸이 시랍화돼 아직 탄력도 있었어. 온몸의 지방이 마치 희뿌연 비누처럼 변한 상태였지. 할아버지가 말씀하신 반투명한 인어 같은 모습이었던 거야. 시신이 물살에 휩쓸려 떠내려가는 모습은 꼭 가볍게 헤엄치는 것처럼 보이기도 했어. 그래서 넌······."

"됐어. 그만해."

나는 요시타카의 말을 가로막았지만 요시타카의 말은 끝없이 쏟아졌다.

"그 작은 칼이 증거가 돼 넌 체포됐어. 하지만 넌 끝까지 아케미가 호족이었다고 주장했지. 그 후 정신 감정을 거쳐 결국 불기소 처분됐고, 그리고······."

내가 이 정신병원의 폐쇄 병동에서 한 발짝도 나가지 못하고 있다고 요시타카는 말했다. 그의 머리카락은 이제 완전히 은빛으로 변해 버렸다. 우리 위로 지나간 세월의 길이와 무정함이 절실히 느껴졌다.

자신의 죄를 계속 속죄해 온 남자는 잠시 후 자리에서 일어나 나에게 작별 인사를 건넸다. 문 너머에 선 내 주치의가 힘없이 고개를 흔드는 요시타카를 보고 어두운 눈빛으로 나를 봤다. 무거운 철문이 닫히자 그 시선도 사라졌다. 밖에서 들리는 자물쇠가 잠기는 소리.

역시 요시타카의 기이한 이야기를 끝까지 들어주는 건 여간 피곤한 일이 아니다.

호족은 있다. 지금도 그 겟킨 호수 밑바닥에서 헤엄치고 있다. 빛도 소리도 없는 세상에서. 아마 아케미도.

8
—

보내는 순례자

금강장*에 달린 방울이 딸랑딸랑 울리고 있다.

초로의 부부처럼 보이는 두 순례자가 지나가자 길가의 주택에서 비슷한 연배의 여자가 나와 두 사람에게 캔 커피를 건넨다. 순례자는 삿갓을 벗고 합장을 한다. 삿갓에 검게 적힌 '동행이인同行二人'이라는 글자는 '언제나 홍법대사**와 함께 걷는다'라는 시코쿠 순례의 정신을 뜻한다.

나는 나무 그늘에 앉아 그 모습을 지켜봤다. 시코쿠는 다정한 사람들의 고장이다. 이곳에 깊이 뿌리내린 '접대' 풍습은 단지 순례자를 돕는 것에 그치지 않는다. 그 행위를 통해 자신도 공덕을 쌓고 순례자에게 대리 참배를 부탁하는 의미도 있다. 역시 이곳에 돌아오기를 잘했다. 피폐해진 몸과 마음이 치유되는 기분이었다.

얼마 전까지 나는 도쿄에서 바쁘게 일하고 있었다. 대학

* 수도자나 등산객이 쓰는 8각 또는 4각의 흰 나무 지팡이.
** 일본 불교의 종파인 진언종의 창시자.

졸업 후 외식 체인 본부에서 점포 확장을 담당하며 각지의 점포 개업에 관여해 왔다. 입지 조사부터 점포 디자인, 직원 채용과 교육, 독자 메뉴 개발, 개점 이후 사후 관리까지 모두 혼자 도맡아야 하는 일이었다.

그러면서 사생활도 충실한 편이었다. 띠동갑 연상이자 골동품 가구점 주인인 우에하라와 벌써 10년 이상 안정적인 연인 관계를 이어 오고 있다. 그에게는 가정이 있지만 우리는 성숙한 관계를 유지했다. 그의 가정을 무너뜨리고 싶지 않았다.

늘 고급스러운 차림새에 말솜씨도 뛰어난 우에하라와 그에게 선택받은 나는 일반적이지 않은 방식으로 인생을 함께 걷는 동반자라고 생각했다. 각자의 삶과 가치관을 존중하며 서로를 깊이 이해한다고 믿었다.

나는 경험과 인맥이 풍부한 그의 권유로 어느 경영 컨설팅 사무소에 이직해 선술집, 식당 등 외식업 경영을 조언하는 컨설턴트로 성과를 올렸다. 수입도 아마 40대 후반의 또래 직장인들보다 많았을 것이다.

2년 전쯤에 우에하라의 아내가 암으로 세상을 떠났다. 그때도 내가 아내의 빈 자리를 차지하겠다고는 전혀 생각하지 않았다. 지금과 같은 완만한 관계 그대로 우리는 함께 나이를 먹어 갈 것이고, 그것이 조용히 인생을 함께하는 우리의 방식이라고 믿었다. 그리고 우에하라도 같은 마음일 거라

확신했다.

그러나 그의 마음은 나와 미묘하게 달랐다. 우에하라는 소개로 만난 다른 여자를 인생의 반려자로 택했다. "우리 관계는 전과 다르지 않아"라고 하는 그의 말에 나는 아무 대답도 할 수 없었다. 오랜 세월을 함께한 나를 제치고 아내 자리를 차지한 여자에게 격렬한 질투를 느꼈다. 그리고 그 이상으로 그런 어리석은 감정에 사로잡힌 자신에게 당황했다. 우에하라도 내게 비슷한 말을 했다.

"네가 그런 여자일 줄은 몰랐어. 결혼이니 제도 같은 진부한 것에 얽매이고 싶은 거야?"

그 말의 이면에서 나는 그의 교활함을 엿봤다. 결국 나는 놀 만큼 놀아 본 남자의 편리한 불륜 상대에 지나지 않았다. 가끔 만나 식사하고 잠자리를 함께하는 육감적인 여자. 마지막으로 호텔에서 만났을 때 일을 마치고 코를 골며 잠든 우에하라를 보는 내 얼굴은 분명 한냐* 같았을 것이다.

딸랑, 딸랑.

부부 순례자가 금강장을 짚으며 길을 걸어간다. 나는 천천히 고개를 흔들었다. 이제 잊자. 어차피 끝난 일이다. 무엇보다 다정한 사람들이 사는 그리운 고향 시코쿠에 돌아왔으니까.

---

* 질투에 미친 귀신 같은 여자를 가리키는 말.

나는 에히메현 순례길의 52번째 사찰인 다이산지 참배로 옆에 있는 옛 저택에서 태어나 자랐다. 순례자를 위한 숙소를 운영하던 생가를 떠올리면 그 오래전 기묘했던 하루가 함께 떠오른다.

초등학교 2학년 때 일이다.

그날 나는 두 살 터울의 오빠와 함께 집을 지키고 있었다. 부모님과 조부모, 나이 차이가 많이 나는 언니도 어디론가 나가고 없었다. 날씨가 좋지 않았던 기억이다. 대가족이 사는 집에 오빠와 단둘이 남은 게 불안했던 건 그 흐린 날씨 탓도 있었을지 모른다. 집 앞은 완만한 오르막길로 88개 사찰의 순례자들이 끊임없이 지나는 길이었는데 그날따라 이상하게 인적이 드물었다.

"아가, 안에 있느냐?"

넓은 토방에서 누군가가 우리를 불렀다.

마침 심심해하던 오빠가 반가운 듯 뛰쳐나갔다. 목소리만 들어도 사찰 법당에 사는 노인임을 알았다. 그를 측은히 여긴 주지 스님이 허물어져 가는 법당을 거처로 내줬다고 들었다. 하지만 노인은 사찰 일도 거의 하지 않고 언제나 술에 취해 있었다.

그날도 술에 약간 취해 우리 집 앞을 지나가던 참에 오빠를 부른 듯했다. 오빠인 다카히로를 비롯해 동네에 사는 초등학생 남자아이들은 왠지 모르게 이 노인을 잘 따랐다. 그는 재미난 이야기를 들려주며 아이들을 즐겁게 하고, 주머니칼을 능숙하게 다루며 대나무 헬리콥터나 삼나무 장난감 총 같은 남자아이들이 좋아할 법한 장난감을 만들었다. 하지만 할머니는 "그 사람은 **요모다**야"라며 오빠가 법당에 가는 걸 못마땅해했다. '요모다'란 이요 지방의 방언으로 '그럴싸한 이야기로 남을 속이거나 헷갈리게 하는 사람'을 뜻했다.

"아가, 내가 좋은 걸 줄까?"

내가 토방에 나갔을 때 오빠는 노인과 함께 길가에 면한 마루에 앉아 있었다. 노인은 윗주머니에서 아기 주먹만 한 돌을 꺼내 오빠의 손에 쥐여 줬다.

"이게 뭐예요?"

뒤에서 봐도 오빠가 두 눈을 반짝이고 있는 게 느껴졌다.

"이건 말이다, 혜성 조각이란다. 지금 지구에 다가오는 혜성을 아니?"

"알아요, 알아요" 하고 고개를 끄덕이는 오빠를 보며 나는 한숨을 내쉬었다. 또 시시한 거짓말로 아이들의 관심을 끌려고 하는구나. 또래보다 일찍 철이 든 나는 노인의 허튼소리를 금세 알아챘다.

그때 프랑스인과 독일인의 이름이 섞인 긴 이름의 혜성이 지구에 접근하는 건 사실이었다. 뉴스에서 여러 번 나와서 나도 알았다. 그 혜성이 태양을 두 바퀴 돌 때마다(그건 대략 십여 년에 한 번이라고 한다), 혜성의 궤도와 지구의 궤도가 거의 완벽하게 교차한다. 그 밖에도 다른 몇 가지 조건이 갖춰지면 궤도에 뿌려진 먼지가 조금 늦게 지나가는 지구에 부딪혀 멋진 유성우가 된다고 했다.

노인의 이야기는 이랬다. 과거 그 혜성은 유럽과 미국에 유성우를 뿌린 적이 있고, 실제 운석도 몇 개 떨어져 사람들이 주웠다. 모혜성과 지구에 남은 혜성 조각은 서로 거리가 가장 가까워졌을 때 그것을 가진 사람에게 어떤 힘을 미친다. 그 힘이란 '인간의 생각을 전기 신호로 바꾸는 것'이고, 구체적으로는 그 조각을 손에 쥐고 전화를 하면 원하는 상대와 시간과 공간을 넘어 연결될 수 있다는 것이었다.

"예전에 혜성이 다가왔을 때 우리 아버지가 우연히 이걸 손에 넣었지. 그래서 일주일 전 자기 자신한테 전화를 걸었어."

"일주일 전 자기 자신한테요? 전화를? 진짜 받았어요?"

"받았지. 그래서……."

요모다 노인이 목소리를 낮춰서 나는 귀를 기울였다. 노인의 아버지는 과거의 자신에게 전화를 걸어 지방에서 열린 경마의 우승마를 알려 줬다. 그렇게 큰돈을 손에 넣었다고 했다.

"이걸 너한테 주마. 넌 오늘 2시 31분에 딱 한 번 네가 원하는 상대에게 전화를 걸 수 있는 거야."

오빠는 신이 나서 노인에게 그 운석인가 뭔가 하는 것을 받았다. 공부도 잘하는 주제에 왜 이런 이야기는 이토록 쉽게 믿어 버리는 걸까. 나는 또 한 번 한숨을 내쉬었다.

"잘 들어라. 혜성과 이 돌이 서로를 부를 때는 공기 중에 전기가 흐른단다. 이렇게 찌리릿, 하고."

그 말을 끝으로 노인은 다시 비실비실 사라졌다. 오빠는 의기양양한 얼굴로 나를 돌아봤다.

"오빠는 바보야? 거짓말인 게 뻔하잖아."

엄마가 미리 차려 놓고 간 점심을 먹는 동안에도 나는 그 운석이라는 걸 만지작거리는 오빠를 싸늘한 눈으로 바라봤다. 골탕을 먹었는데도 깨닫지 못하고 있다. 그렇게 가난한 노인이 자기 아버지처럼 크게 한몫을 잡을 기회를 그렇게 쉽게 남에게 넘길 리 없다는 걸 왜 모를까. 하지만 오빠는 그야말로 진지하게 말했다.

"미유키, 넌 몰라. 지난번에 그 혜성이 지구에 가장 가까이 다가왔을 때는 정말 신기한 일이 많이 일어났다고."

말인즉슨, 거대한 화물선이 바다 위에서 흔적도 없이 사라지고 철새들이 일제히 엉뚱한 방향으로 날아갔다거나, 해류가 거꾸로 흐르고 미 해군의 통신이 마비돼 이름 없는 작은 섬을 공격할 뻔했다는 그런 이야기였다. 소년용 과학 잡지 등에서 주워들은 듯한 이야기를 오빠는 자랑스럽게 늘어 놓았다.

이 모든 게 혜성의 접근으로 지구의 자기장이 흐트러진 탓이며, 그래서 시간과 공간을 초월해 전화가 어디로든 연결되는 것도 충분히 가능하다는 게 오빠의 주장이었다. 그걸 가능하게 해 주는 혜성 조각을 손에 넣었으니 틀림없다고 우겼다. 나는 푹 익은 감자에 젓가락을 찔러 넣고 고개만 들어 오빠를 흘겨봤다. 내 아랫입술이 살짝 튀어나온 걸 보고 오빠는 더 오기가 생긴 듯했다.

"그럼 한번 시험해 볼래?"

그러고는 다다미방 구석에 있는 검정 전화기의 수화기를 들었다.

"아직 시간도 안 됐는데 지금 해서 뭐 해?"

나도 모르게 오빠에게 말려들어 그렇게 말했다.

"그냥 시험 삼아 해 보는 거지. 이 돌을 들고 있으면 전화가 되는지."

오빠는 귀에 수화기를 대고 거기서 들리는 소리에 온 신경을 집중했다. 어둑하고 서늘한 집 안에서 나도 숨죽인 채 오빠를 봤다. 오빠는 대체 어디에 전화를 걸려는 걸까.

"미유키, 들어봐."

오빠가 내민 수화기와 운석을 나는 순순히 받아들였다. 오빠의 체온이 아직 남은 묵직한 수화기에서는 멀리서 누군가가 대화하는 소리, 음정이 어긋나는 음악 같은 소리, 귀에 거슬리는 치직거리는 소리가 새어 나왔다. 그냥 혼선됐을 뿐이다. 그렇게 알면서도 어째서인지 서늘한 기운이 내 등 줄기를 스치고 지나갔다.

비가 내리기 시작했다. 창문으로 습한 바람이 들어오자 집 안이 한층 더 어두워졌다. 빗줄기는 시간이 갈수록 굵어졌다. 그래서 우리는 우리 집 앞에서 방울을 흔들며 광명진언*을 외는 순례자가 있다는 걸 한동안 알아차리지 못했다.

오빠가 쌀통에서 밥공기로 쌀을 조금 퍼서 보시로 줬다. '보시報謝'라고 불리는 이런 접대는 이곳에 사는 아이들에게는 일상이었다. 그러나 쌀을 받고도 순례자는 집 앞을 떠나지 않았다. 아무래도 오늘 하룻밤 묵고 가기를 청하는 듯했다. 오빠는 오늘 집에 사람이 없어서 묵게 해 드릴 수 없다며 엄마에게 배운 대로 정중히 거절했다.

"그럼 비가 그칠 때까지만이라도 있게 해 주지 않으련?"

비 냄새가 풍기는 순례자가 집 안에 들어오는 기척이 느껴졌다. 나는 서둘러 토방에 나갔다. 오빠에게 눈을 흘겼지만 오빠는 말없이 어깨를 움츠릴 뿐이었다.

야위고 초라해 보이는 여자 순례자였다. 주름투성이 손으로 금강장을 꼭 붙잡은 모습이 몹시 나이 들어 보였다. 나는 이 사람이 평범한 순례자인지 '헨도'인지를 가늠하려고 눈을 크게 떴다. '헨도'란 거의 거지와 다름없는 말로, 직업

---

* 불교의 밀교 종파에서 중요하게 여기는 29자의 진언.

순례자라고 하면 언뜻 그럴싸해 보이지만 순례길을 따라 사람들의 접대를 기대하며 걷는 사람들을 일컫는다. 접대하는 입장에서는 순례자 복장을 한 사람을 함부로 대할 수도 없어서 약간의 돈이나 음식을 쥐여 주고 마을을 떠나게 하는 게 원칙이었다.

이렇게 평생 시코쿠를 돌며 사는 순례자들을 사람들은 '보내는 순례자'라고 부르기도 했다. 자신들이 사는 지역에서 얼른 떠나게 한다, 즉 내보낸다는 뜻이다. 결국 이 사회에서 밀려난 사람들을 뜻하는 말이었다.

여자 순례자가 걸친 순례자용 흰옷은 낡았어도 지저분하지는 않았다. 얼굴에도 주름이 깊게 새겨져 시든 듯 보이지만 피부는 희고 입술도 나이에 비해 도톰했다. 목에 세련된 연보라색 스카프를 두른 걸 보니 겉으로 보이는 것만큼 나이 들지 않았을지도 모른다.

순례자는 오빠에게 양해를 구하고 토방에서 집으로 올라가는 턱에 앉았다. 내가 연하게 우린 차를 찻잔에 따라 건네자 순례자는 여러 번 감사하다고 하며 잔을 받았다. 그때 나는 순례자의 흰옷 자락에서 불길하게 번진 붉은 얼룩을 발견했다.

"아, 아주머니, 거기……."

미처 생각하기도 전에 목소리가 나왔다.

여자 순례자는 그곳에 잠깐 시선을 떨구더니 일단 차로

목을 축였다.

그러고는 "그게, 방금 사람을 죽이고 와서 말이야" 하고 아무렇지 않게 말했다. 나는 현관 마루에 앉은 오빠 옆으로 돌아가 몸을 바짝 갖다 붙였다. 여자는 침착하게 찻잔의 차를 다 마셨다.

"아가씨. 아가씨가 내 이야기 좀 들어줄래?"

어째서인지 여자 순례자는 내 눈을 바라보며 그렇게 물었다. 나는 몸을 움츠리며 오빠 뒤에 숨었다. 잔뜩 겁먹은 두 아이를 아랑곳하지 않고 여자는 뭔가에 홀린 사람처럼 이야기를 시작했다.

내가 죽인 사람은 말이지. 내 동생이란다. 딱 열 살 아래인 내 동생. 방금 산속에서 죽여서 묻고 왔지. 걔가 세상에 태어날 때 어머니의 말을 듣고 아이를 받은 사람도 나였어. 그러니까 걔를 이 세상에 처음 끌어낸 것도, 죽게 한 것도 누나인 나라는 말이 되겠네.

우리는 말이지, 아와노쿠니. 그러니까 여기보다 훨씬 깊은 산골에서 왔단다. 내가 아가씨만 했을 때 우리 아버지가 돌아가셨어. 그래서 살길이 막막해진 어머니는 시댁에 몸을 의탁했지. 마을에서 제일가는 부잣집 저택이었고, 임업이니 목재업 같은 걸 하며 직원도 여럿 거느리고 있었어.

그 집은 마을에서 유일하게 전화기가 있는 곳이기도 했단다. 할머니는 처음부터 아들의 결혼을 반대했다고 하니 우리가 들어온 것도 달가워하지 않았어. 집 안에서 볕도 안 드는 북쪽 방을 우리에게 내줬고, 어머니를 꼭 하녀처럼 부려 먹었지.

그래서 어머니 대신 '오카네 씨'라는, 집에서 허드렛일을 하는 할머니가 날 돌봐줬어. 그분은 재미있는 이야기를 많이 알아서 나한테 들려줬지. 그 지방에 전해져 내려오는 옛날이야기나 민담 같은 거 말이야. 우스운 이야기, 가슴 찡해지는 이야기, 그리고 무서운 이야기도 오카네 할머니가 들려주면 이야기의 내용이 전부 눈앞에 생생하게 그려지는 느낌이었어.

혹시 도련님과 아가씨는 '산인'을 아는지 모르겠네. 산속 깊은 곳에 숨어 사는 사람들 말이야. 오카네 할머니가 말하기를 그들은 인간의 모습을 하고 있지만 인간이 아니라고 했어. 산에서 사냥꾼이 피 한 방울 없이 바싹 마른 짐승의 시체를 발견하면 "이건 산인의 짓이로군"이라고 한대. 산인은 가끔 마을에 내려와 인간 여자에게 아이를 낳게 하고, 아이가 어느 정도 자라면 다시 산으로 데려간다고 했지.

난 오카네 할머니의 그런 이야기를 곧이곧대로 믿었어. 다들 미신이라며 비웃었지만 그런 산골에 살다 보면 정말 그럴 수도 있겠다 싶었거든. 무엇보다 아직 어렸으니까. 그래서 어머니 방에 밤늦게 누군가 드나들기 시작했을 때도 난 그게 당연히 산인이라고 믿었어. 곤히 잠든 나를 어머니가 조용히 깨워서 옆방에 가라고 했고, 그럼 비몽사몽인 나는 옆 이불방으로 가서 차가운 이불 속에 파고들곤 했어.

어머니가 미닫이문을 닫는 순간, 건너편 방의 미닫이가 스르르 열리는 걸 어린 나는 몇 번이나 봤어. 그리고 잠시 후 어머니가 흐느끼는 소리가 들리기 시작하면 불안해져 견딜 수 없었지. 아마 어머니가 산인에게 끔찍한 짓을 당한다고 믿었을 거야. 그때는 아직 남녀의 정사 같은 걸 전혀 몰랐으니까. 이따금 짐승 같은 신음 소리도 들렸거든.

얼마 후 어머니의 배가 점점 불러오기 시작했어. 그런데 그 누군가는 계속 집에 가끔 찾아와 어머니에게 같은 짓을 했어. 결국 누구에게도 숨길 수 없을 정도로 배가 나오자 할머니는 노발대발했지. 배 때문에 어머니가 집안일도 제대로 할 수 없게 돼 '식충이'라느니 '부끄러움도 모르는 년'이라고 화를 내셨어. 그래서 어쩔 수 없이 가족들이 나들이를 갈 때도 나와 어머니 둘이서만 집을 지키게 된 거야.

그때 난 전화를 받을 수 있었어. 이불방 앞 복도 끝에 전화기가 있었거든. 어쨌든 마을에 한 대뿐인 전화기였으니 이웃에게 전화가 걸려 오면 서둘러 뛰어가 소식을 전해 줬어. 대개 급한 용건 때문에 전화가 왔으니까.

어머니가 아기를 낳은 곳도 그 이불방이었어. 피투성이인 갓난아기를 어머니의 다리 사이에서 끌어낸 사람은 겨우 열

살인 나였지. 작디작은 남자아이. 어머니가 아들을 낳았다는 걸 알게 되자 할아버지는 크게 기뻐하며 그 아이를 집안의 후계자로 삼겠다고 선언하셨어.

그리고 그제야 비로소 뒤에서 전해지는 소문을 통해 난 아기의 아버지가 할아버지라는 걸 알게 됐어. 가끔 어머니의 잠자리를 찾았던 사람이 바로 할아버지였다는 거야. 동생은 무심코 넋을 잃고 바라볼 만큼 잘생긴 아이로 무럭무럭 자랐어. 하지만 워낙 응석받이로 자란 탓에 나중에는 도무지 구제할 수 없는 인간이 됐지.

그 아이는 뭐든 갖고 싶어 했어. 과자, 장난감, 자동차, 돈, 여자 등 모든 것을. 그런데 아무도 그런 동생을 말리거나 나무라지 않았어. 그걸 떠나 그 아이가 갖고 싶다고 하면 뭐든 해 줬지. 그만큼 동생한테는 다른 사람을 사로잡는 매력이 있었어. 당사자도 그걸 잘 알고 떼를 쓰니 손쓸 도리가 없다고 할까. 동생은 그만큼 순수하고 귀여우면서도 교활하고 사악한 아이였어.

할아버지가 돌아가시자 동생은 물려받은 재산을 물 쓰듯이 탕진했어. 그래서 얼마 안 돼 집안이 몰락하고 말았지. 할머니는 어머니를 원망했고, 어머니는 그런 현실을 괴로워하다 목을 맸어. 그때도 이불방 안에서. 그걸 발견한 사람도 나였어.

나와 동생은 결국 빚에서 벗어나기 위해 마을을 떠났어.

'헨도' 순례자가 되어 사람들의 시주를 받으며 살아가는 수밖에 없었던 거야. 몇 번이고 몇 번이고 88개 사찰을 순례했어. 거꾸로 돌면 홍법대사를 만날 수 있다고 해서 그렇게도 해 봤지만 자비라곤 얻지 못했지. 이제는 더 이상 구원받을 길이 없다는 걸 깨달았고, 그래서 동생을 죽였어. 왜냐하면……

순례자 여자의 양쪽 눈꼬리가 살짝 올라가는 걸 보고 온몸에 소름이 돋았다. 나는 비명을 지르지 않기 위해 오빠의 어깨에 입을 댔다. 오빠도 몸을 가볍게 떠는 듯했다.

"왜냐하면…… 내 동생은 산인이었으니까."

밖에서 천둥이 쳤다. 나도 모르게 히익 하는 신음이 새어나왔다.

"그건 말이지. 인간이 아니었어. 어머니를 범해 아이를 낳게 한 건 할아버지가 아닌 산인이었던 거야. 다들 잘못 알고 있었던 거지."

여자가 지어낸 이야기다. 그렇게 생각하려고 했다.

"내 나이, 몇 살로 보이니?"

순례자 여인은 도톰한 입술을 일그러뜨리며 웃었다.

"이래 봬도 아직 마흔하나란다."

그러자 오빠가 "앗!" 하고 목소리를 높였다. 순간 번개가 쳐서 어두운 집 안이 환해졌다. 시들어 쪼그라든 것 같은 여자의 얼굴이 허공에 하얗게 비쳤다. 지쳐 보이는 여인은 아무리 봐도 예순은 넘어 보였다.

"동생과 나에게는 누구에게도 말할 수 없는 비밀이 있었어. 걔를 돌본 사람은 나야. 이렇게 등에 업고 흔들며 자장가를 불러 줬지. 어머니는 동생을 낳자마자 다시 일을 해야 했으니까. 동생은 젖을 뗀 뒤에도 입이 심심했는지 틈만 나면 내 목덜미에 이를 대고 쪽쪽 빨았어. 그렇게 같은 곳을 계속 빨리니 상처가 났지. 동생이 빠는 게 내 피라는 걸 깨달았을 때 그 아이는 이미 피 맛을 알고 있었어."

여인은 목에 두른 스카프를 스르르 풀었다. 목덜미에 날카로운 이빨로 여러 번 물린 듯한 오래된 흉터가 보인다. 내 시선이 오빠의 어깨너머로 그곳에 빨려 들어갔다.

"그 아이는 제멋대로 굴면서 어머니를 괴롭히고, 할아버지에게서 돈을 뜯고, 집 안 하인들을 부려 먹고, 마을 젊은 이들과 결탁해 못된 짓을 저지르고 다녔지. 그러다 피곤하면 나한테 와서는 이 작은 상처에서 피를 빨았어. 그야말로 맛있는 사탕을 빠는 것처럼. 어린 동생이 그러는 게 왠지 가 없고 애틋해서 나도 가만히 있게 되더라. 동생이 다 자란 뒤에도 우리의 그런 비밀은 계속됐어. 이후 나도 시집을 갔지만, 동생은 우리 집까지 찾아와서는 나한테 물었어. '누나, 괜찮아?' 하고. 그럼 난 '괜찮아' 하고 목을 내밀었고. 왜 그랬는지는 나도 몰라. 그냥 그러지 않고서는 못 배겼다고 할까. 그러다 사람들의 눈에 띄지 않는 곳에서 둘이 나란히 누워 내 목에서 피를 빠는 걸 남편에게 들켜 오해를 샀고, 결국 난 친정으로 쫓겨나게 됐어."

기세가 오른 것처럼 떠들던 순례자 여인은 나를 보며 망설임 없이 입을 열었다.

"그 뒤로는 이래서는 정말 안 되겠다 싶어서 동생에게 단호하게 그 못된 짓을 그만두라고 했어. 그때는 걔 나이도 이미 스무 살이 넘었으니까. 그랬더니 어떻게 됐을 것 같니?"

오빠가 침을 꿀꺽 삼켰다.

"동생이 좋아해서 몰래 만나던 마을의 젊은 여자가 갑자기 자취를 감추더구나. 그리고 한참 후에 산속에서 시신으로 발견됐지. 목이 뜯긴 채 몸 안의 피가 거의 다 빠져나온 상태로. 누가 저지른 짓인지 결국 끝내 밝혀지지 않았지만 나와 어머니, 그리고 할아버지도 그건 동생이 한 짓이라고 확신했어. 그래도 걔가 산인이라는 걸 아는 사람은 나뿐이었을 거야. 싱싱한 피를 마시지 않으면 살아갈 수 없는 산인이라는 걸."

나와 오빠는 가끔 번갯불이 번쩍이는 현관·마루에서 몸을 바짝 붙인 채 그 기괴하고 섬뜩한 이야기에 귀를 기울였다. 너무 몰입한 탓에 공포 같은 감정도 어디론가 사라져 버린 듯했다.

"산인이 왜 자기 아이를 데리러 오지 않을까 의아했지만, 그때는 이미 오카네 할머니도 세상을 떠나서 누구에게도 물어볼 수 없었어. 그냥 내가 피를 아까워하며 주지 않은 탓에 다른 사람이 대신 죽은 거라 생각했지. 그래서 '헨도' 순례 자가 된 후에도 나는 내 목에서 조금씩 피를 내주며 동생의 마음을 달랬던 거야."

그때까지 나를 꿰뚫어 보듯 응시하던 여인이 시선을 떨구며 힘없이 고개를 저었다.

"보다시피 난 순식간에 이렇게 늙어 버렸어. 그리고 한창 혈기 왕성한 청년이 된 동생은 싱싱한 피를 더 많이 원하게 됐고. 이제 난 너무 지쳐서 동생을 너는 살려 둘 수 없었어. 내가 거부하면 걔는 분명 다른 사람에게서 피를 얻으려 할 테니까. 누가 '자, 드세요' 하고 선뜻 자기 피를 내주겠어. 머지않아 산인인 동생이 또다시 사람을 죽일 건 불 보듯 뻔했던 거야. 그래서 그전에 내가 동생을 죽였어."

여자는 기운이 빠진 것처럼 몸을 앞으로 숙였다.

"동생은 태어나서는 안 될 존재였어. 그 아이는 산에 사는 마물이야. 그 아이를 처음 받았을 때 죽였어야 했어. 아무리 사랑스러운 아이여도 마음을 독하게 먹고. 그랬다면 어머니도 죽지 않았을 거고 나도 더 나은 삶을 살 수 있었을 텐데."

여자는 연보라색 스카프를 눈가에 대고 한참을 울었다. 우리는 우는 여인을 꼼짝하지 않고 빤히 바라봤다.

몇 번째인지 모를 번갯불이 집 안을 스쳤을 때 빛의 입자가 공기 속에 흩어져 이곳저곳에 머물렀다. 공기가 찌릿거리며 대전해 내 머리카락이 허공에 살짝 떴다. 괘종시계가 땡 하고 크게 한 번 울린, 바로 그때였다. 오빠가 마루에서 미끄러져 내려와 순례자 여인에게 달려갔다. 그러더니 대뜸 주머니에서 운석을 꺼내 여자에게 쥐어 주며 말했다.

"아주머니, 전화를 거세요. 그때의 자신에게. 갓난아기를 막 받은, 어린 자신에게요."

나는 깜짝 놀라 시계를 올려다봤다. 오후 2시 30분. 앞으로 몇십 초 후면 혜성이 지구에 가장 가까이 다가온다. 그리고 그 조각을 가진 사람은 단 한 번 시공을 초월해 전화를 걸 수 있다.

오빠가 재촉하자 여인은 영문도 모른 채 거실에 있는 검정 전화기를 집어 들었다. 그리고 전에 그녀가 살았고 지금은 사라진 할아버지 집의 번호로 전화를 걸기 시작했다. 나는 뭔가에 홀린 사람처럼 괘종시계를 응시했다. 긴 바늘이 31분을 가리켰을 때, 전화가 연결됐다.

"죽여야 해."

거실 쪽에서 감정을 억누른 여자 목소리가 들렸다. 낮지만 단호한 목소리.

"너의 그 손으로."

여자는 어린 자신에게 타이르듯 말했다.

"거기 베개가 있을 거야. 그걸 가져와 얼굴에 대고 누르면 돼. 금방 끝날 거야."

천둥소리. 세차게 내리는 비. 검정 전화기에 대고 말하는 여자. 오빠의 뒷모습.

이후 일은 잘 기억나지 않는다. 아마 그 여인은 비를 피하고 조용히 집을 떠났을 것이다. 같은 시간, 일본 반대편에서 밤을 맞은 나라의 관측소에서는 화려한 천체 쇼를 볼 수 있었다고 한다. 그날 이후 오빠와 나는 그날 일을 다시 입에 올리지 않았다. 힘을 잃은 운석도 한동안 오빠의 책상 위에 있었지만 어느샌가 사라졌다.

순례자 여인이 그로 인해 인생을 다시 시작할 수 있었는지는 알 수 없다.

딸랑, 딸랑.

방울 소리를 듣고 정신을 차렸다. 또 한 명의 순례자가 길을 지나간다. 조금 전 여자가 길 건너편에 있는 나를 알아차렸다. 그리고 굳이 길을 건너와 나에게 캔 커피를 내밀어서 흔쾌히 받았다. 두 손을 모아 인사하고 캔 커피를 두타대*에 넣었다.

"그럼 조심하세요."

등 뒤에서 여자의 말을 들으며 나는 금강장을 짚고 걷기

---

* 경문, 보시 등을 넣어서 목에 거는 주머니.

시작했다. 앞서가는 순례자의 하얀 행장에 쓰인 '나무대사 변조금강南無大師遍照金剛' 글자를 가만히 응시하며 천천히 발걸음을 옮긴다. 얼마 지나지 않아 목에 걸친 와게사*를 다듬으려다가 블라우스 단추 옆으로 작게 번진 검은 얼룩을 발견했다. 지금껏 왜 알아차리지 못했을까. 이런 곳이 피로 더럽혀진 걸.

마지막으로 우에하라와 함께 침대에 있을 때, 나는 잠든 그를 내려다보며 가슴에서 타오르는 질투심에 서서히 잠식돼 몸부림치기 일보 직전이었다.

편리한 불륜 상대에 불과한 내가 집착을 드러내자 그가 질려한다는 건 잘 알고 있었다. 어쩌면 뒤탈 없이 헤어질 방법을 속으로 모색하고 있을지 모른다는 것도. 그러나 나는 이 남자를 누구에게도 빼앗기고 싶지 않았다. 나만의 것으로 만들고 싶었다. 그때 사이드테이블 위 전화기가 울렸다. 조심스럽게 수화기를 든 내 귀에 그 목소리가 닿았다.

—죽여야 해.

40년 전에 들은 그 순례자 여인의 목소리를 나는 잊지 않고 있었다.

—너의 그 손으로.

그 말을 끝까지 듣고 베개를 들어 우에하라의 얼굴에 대

---

* 수행자가 목에 거는 보라색 긴 천 조각.

고 힘껏 짓눌렀다. 망설임은 없었다. 사랑하는 남자는 팔다리를 허우적거리며 저항했다. 갓난아기가 아니니 쉽게 질식시킬 수 없어서 전화기 옆에 장식된 청동 장식물로 그의 머리를 여러 번 내려쳤다.

그렇게 나는 십여 년을 함께한 연인을 살해했다. 정신을 차리고 시트 위를 보자 그곳에는 고통에 일그러진 추한 노인의 얼굴이 있었다. 헝클어진 은빛 머리칼과 창백한 팔, 초라한 맨가슴을 묘한 기분으로 내려다봤다. 이 사람이 내가 정말 그토록 원하던 남자였을까. 후회나 실망, 심지어 슬픔도 떠오르지 않았다. 그동안 몸에 씐 것이 떨어져 나간 것처럼 마음이 평온했다.

40년 전 비 오는 날, 혜성이 지구에 가장 가까이 다가온 날, 순례자 여인이 우리 집에서 건 전화의 상대는 어린 시절의 그녀 자신이 아니었다. 그 전화는 과거로 걸리지 않았다. 미래로 연결됐다. 그때 내 눈을 가만히 보며 이야기하던 여자가 모든 걸 꿰뚫어 보고 있었는지, 아니면 단순히 전화가 혼선됐을 뿐인지 모르지만 어쨌든 그 전화는 호텔에서 잠든 연인의 얼굴을 내려다보는 40년 후의 나에게 걸려 왔다.

호텔을 뛰쳐나온 나는 그대로 시코쿠로 향했다. 그때부터 순례자가 되어 시코쿠 영장靈場을 순례하기로 결심했다. 첫 번째 사찰에서 순례 복장을 갖췄다. 수의라 불리는 하얀 옷을 입으니 마음이 한결 놓였다. 그때도 호텔에서 입고 온 옷에 피가 묻어 있는 걸 어처구니없게도 알아차리지 못했다.

앞서 걷던 순례자가 갑자기 뒤를 돌아봤다. 삿갓에 반쯤 가려진 얼굴. 도톰한 입술로 멀리서 웃음을 머금는다. 목에 두른 연보라색 스카프가 바람에 나부끼고 있다. 저 사람, 지금도 그때 그 모습 그대로 시코쿠를 순례하고 있구나. 이 얼마나 업보 깊은 인생이란 말인가.

죄 많은 우리는 아무리 걷고 걸어도 절대 보타락 정토*에 닿을 수 없다. 아니, 그뿐만 아니라 시코쿠의 88개 사찰을 몇 번이고 도는 동안 언젠가 올바른 순례길에서 벗어나게 된다. 그리고 조용히 이계로 보내진다.

우리는 '보내는 순례자'다. 영원히 걷고 걸으며 끝없이 기도할 수밖에 없다. 그래도 용서받지는 못하리라. 시코쿠를 도는 순례길은 거대한 닫힌 고리다. 어디에도 끝은 없다.

* 관세음보살이 산다는 산.

9
—
끝없는 세상의 끝

"그곳 생활은 좀 어때?"

"편해."

"오."

에이지가 캔맥주를 벌컥벌컥 들이켜는 소리가 들렸다.

"여기 온 지 벌써 1년 3개월 됐어. 익숙해지는 게 당연하잖아."

슈타는 탄산수에 희석한 소주를 홀짝였다.

"도쿄는 또 언제 올 거야?"

"음…… 아마 다음 달? 일정이 들쭉날쭉하지만 몇 달에 한 번은 도쿄에서 회사 미팅이 있거든. 그런데 지난번에는 다른 일로 갔지? 2월에. 그 오프라인 매장을 답사하러. 오래된 화과자 가게 사장이 꼭 와 달라고 부탁해서."

그때는 에이지와 일정이 맞지 않아 결국 만나지 못했다.

"너도 지방으로 오는 게 어때? 굳이 도쿄에 매달려 있을 필요 없잖아. 정 갈 곳 없으면 여기로 와도 돼."

"흐음, 글쎄. 뭐, 생각해 볼게."

"맨날 그 소리네."

에이지는 헤헤 하고 웃었다.

"내 일은 직접 몸을 써야 하는데 그런 시골에는 일자리가 없지 않을까? 재택으로 할 일을 찾는 것도 귀찮고, 이사도 번거로워."

에이지는 스포츠 센터에서 강사로 일하고 있다.

"잠깐만" 하고 슈타는 새 맥주를 가지러 갔다. 대학 시절 친구인 에이지와 함께하는 온라인 술자리는 기분 전환용으로 딱 좋았다.

슈타는 디지털 마케팅 회사에 다닌다. 기업이나 사업자의 의뢰를 받아 디지털 기술로 제품, 서비스를 홍보한다. 또 웹 사이트 접속 분석이나 소비자 동향에 관한 자료 수집 및 축적도 중요 업무다. 한마디로 디지털 데이터를 활용해 점차 다양해지는 소비자의 니즈를 파악하고 정확한 마케팅 정보를 고객에게 제공하는 것이다.

인터넷 환경만 갖춰지면 어디서든 할 수 있는 일이라 매일 출근할 필요도 없다. 그래서 지난해 도쿄를 떠났다. 기타간토 지역으로 이주한 건 도쿄와의 접근성, 풍부한 자연, 저렴한 생활비 등이 마음에 들었기 때문이다. 연고라고는 없는 곳이지만 여러 사이트를 검색해 찾아냈다.

슈타가 다니는 회사에서는 비슷한 시기에 많은 직원이 지방 이주를 결정했다. 가끔 온라인으로 만나는, 가족이 있는 동료는 홋카이도로 떠났는데 아내가 좋아하고 아이도 자유롭게 잘 지낸다고 했다.

—왜 그렇게 번잡한 데서 살았을까 싶어, 지금 생각해 보면.

얼마 후 도착한 메일에는 가족과 함께 캠핑하는 사진이 첨부돼 있었다. 도쿄에 있을 때는 일밖에 몰랐는데 사람이 이렇게나 달라질 수 있구나 싶었다. 아이를 생각하면 이주가 올바른 선택이었을 것이다.

재작년부터 작년까지 바이러스성 감염증이 유행했다. 인류가 겪어 보지 못한 미지의 바이러스가 원인이었다. 아시아에서 유행이 시작해 서서히 다른 지역으로 번졌다. 전염력이 강력해 각국이 국경 봉쇄에 나섰지만 결국 전 세계에 퍼지고 말았다. 일본에서도 대도시를 중심으로 감염이 확산했다. 다행히 백신이 개발돼 지금은 점차 수습되고 있다. 도쿄에서도 한때 맹위를 떨쳤지만 감염자 수가 꽤 줄었다고 한다.

그리고 감염병의 유행을 계기로 세상은 완전히 달라졌다.

백신이 나오기 전까지 감염을 막는 가장 좋은 방법은 사람 간 접촉을 줄이는 것이었다. 불필요한 외출을 삼가라는 권고가 떨어져 한때 거리가 텅 비기도 했다. 학교에서는 온라인으로 수업이 진행됐고, 기업도 가능한 한 재택근무를 권장했다. 매일 출근하던 삶이 완전히 달라졌다.

슈타가 하는 일은 재택근무에 적합해 별문제가 없었다. 홋카이도로 떠난 동료도 말했듯 왜 매일 만원 전철을 타고 사무실에 다녔는지 지금 생각하면 의아할 정도다.

감염병의 기세가 가라앉은 뒤에도 새로운 생활 방식은 그대로 정착했다. 기업은 더는 비싼 임대료를 내며 도심에 사무실을 둘 필요성을 느끼지 못했다. 그래서 사무실을 없애고 직원들에게 계속 재택근무를 권했다. 지방으로 이주하는 사람에게는 회사에서 보조금을 주는 제도까지 생겼다.

슈타도 그 제도를 활용해 기타간토로 이사 왔다.

업무는 도쿄에 있을 때와 전혀 달라진 게 없었다. 회의 및 고객과의 미팅을 원격으로 진행해도 불편함이 없다. 심지어 친구들과 이렇게 온라인으로 소통하며 굳이 밖에 나가지 않고도 술자리를 즐길 수 있었다.

"근데 말이지. 너, 여자 친구랑은 어떻게 돼 가?"

에이지가 취기가 꽤 오른 듯이 물었다.

"아……."

연인인 리사코와도 요새는 원격으로만 만난다. 도쿄에서 처음 만나 사귀기 시작한 지 벌써 3년 반이 지났다. 그녀는 친구와 함께 회사를 차렸다. 유기농 재료를 쓴 간편 식품을 파는 회사다. 동업하는 유키라는 친구에게 알레르기가 있어 몸에 좋은 식품을 찾다가 직접 제품을 만들어서 판매하기로 했다.

원래부터 음식에 관심이 많았던 리사코는 유키의 권유에 결국 회사까지 함께 차리게 됐다. 창업자인 두 사람 외에 여직원이 세 명뿐인 작은 회사지만 경영은 순조롭다. 온라인 홍보 및 판매에 대해 조언해 주는 슈타에게 리사코는 고마움을 표했다.

그 직후 감염병의 유행으로 건강에 신경 쓰는 이들이 많아지며 매출이 더 올랐다. 두 사람은 아이디어를 짜내 이유식과 어린이용 간식까지 유기농 제품 라인업을 확장했다. 여성의 시선으로 유연하게 만든 전략이 승승장구의 요인이었다. 그리고 놀랍게도 그들은 유기농 재료를 제공하는 계약 농가가 있는 시코쿠로 회사를 통째로 옮겼다.

따라서 리사코도 회사와 함께 도쿠시마로 이주했다. 슈타가 그 계획을 들은 건 이미 모든 게 결정된 뒤였다. 그 점에 대해서는 지금도 씁쓸한 기분이 남아 있다. 슈타가 먼저 기타간토 지역으로 이주했고 리사코도 동의했기에 앞으로 계속 도쿄를 오가며 관계를 유지할 수 있을 거라 생각했다. 그래서 일부러 간토 지역을 벗어나지도 않았다.

그런 속내를 리사코 앞에서 털어놓지는 않았다. 생활이 조금 더 안정되면 그녀와 여기서 함께 사는 것도 좋겠다고 생각했다. 리사코도 평소 재택근무를 하며 가끔 도쿄에 가는 것으로 충분할 거라고 제멋대로 판단한 것이다. 도쿠시마에서 활기 넘치게 일하는 리사코에게 그런 속마음은 끝내 말할 수 없었다.

"걔는 말이지, 지금 일이 너무 재미있어서 어쩔 줄 모르는 것 같아."

"결혼 계획은 없어?"

에이지가 아픈 곳을 찔렀다.

"나? 난 아직. 좀 더 독신 생활을 즐기고 싶어."

"느긋하네. 그래도 괜찮아? 니, 올해 서른다섯이잖아."

"어차피 피차일반이면서. 너나 얼른 결혼해."

그 후 에이지는 몇몇 대학 친구 이름을 입에 올리며 누구는 작년에 결혼했고, 누구는 벌써 아이가 셋이라고 알려 줬다. 취기가 더 올라 그의 눈꺼풀이 무거워질 때쯤 겨우 자리가 마무리됐다.

시계를 보니 밤 11시가 지나 있었다.

도쿄라면 아직 거리가 한창 붐빌 시간이지만 이 주변은 고요하게 가라앉아 있다. 리사코와 함께 살 것을 염두에 두고 월세 독채를 구했다. 지은 지 22년 된 집이지만 리모델링이 잘 돼 있어 살기 편했다. 작은 정원도 딸렸다.

슈타는 테라스 커튼을 걷었다. 주택가지만 이 시간에 길을 걷는 사람은 아무도 없다. 멀리서 전철 지나가는 소리가 들렸다. 가장 가까운 역까지는 걸어서 12분. 이 정도면 시골치고 교통도 편리한 편이나.

고개를 들어 본 밤하늘에는 별이 반짝이고 있었다.

다음 날 아침, 작은 새들이 지저귀는 소리를 듣고 눈이 떠졌다.

이불을 걷고 일어났다. 어젯밤에는 술이 조금 과했다. 그래도 정신은 맑아서 벌떡 일어나 세면대로 향했다.

여전히 새소리가 들렸다. 이곳에 와서 처음으로 박새를 봤다. 삐릭삐릭 하고 우는 새 이름이 궁금해 스마트폰으로 검색해 봤다. 지금껏 이름만 들어본 박새를 실제로 보니 신기했다. 사진을 찍어 라인 메신저로 리사코에게 보내자 곧장 답장이 왔다. 리사코는 긴꼬리딱새의 사진을 보냈다. 수컷이라고 했다. 물기를 머금은 듯한 자줏빛 몸에 우아하게 뻗은 꼬리. 부리와 눈 주변은 선명한 코발트블루색이었다.

사진 아래에는 '요즘 산에 다니기 시작해서 새들 이름을 많이 알게 됐어'라는 말이 덧붙어 있어 시코쿠에서의 생활을 만끽하고 있다는 기분이 잘 전해졌다. 박새를 발견한 기쁨이 급속도로 가라앉았다.

세수하고 이를 닦으며 마음을 가다듬었다. 러닝웨어로 옷을 갈아입고 검은 모자를 눌러썼다. 그대로 현관을 나가 뛰기 시작했다. 조깅도 여기 와서 처음 시작한 습관이다. 정장을 입고 전철로 출근할 일이 사라진 만큼 삶에 긴장감이 없어져 조금만 방심하면 아침부터 꾸물거리기 일쑤였다. 재택

근무라 회의나 미팅이 없는 날에는 자기 페이스로 일할 수 있다는 장점이 있지만 생활 리듬이 쉽게 무너졌다.

그래서 시작한 게 아침 조깅이었다.

중고등학교 때 테니스부였기 때문에 원래 몸을 움직이는 걸 좋아했다. 막상 해 보니 이제는 조깅 없이는 하루가 시작되지 않는 기분이었다.

신록의 계절인 지금은 특히 뛰기 좋다. 길가 화단에는 철쭉이 분홍빛 꽃을 피우고 있다. 주택가기 끊기면 밭과 농작업을 하는 이들이 보인다. 무인 채소 판매소에는 아스파라거스와 쑥갓 다발이 놓여 있다. 도시에서는 느낄 수 없는 계절의 농도가 온몸에 스며들었다.

계절과 기분에 따라 코스가 달라지지만 도착 지점은 하나로 정해져 있다. '시민 휴식의 숲 공원'이다. 그 뒤편에 펼쳐진 구릉지까지 합치면 아주 넓은 공원으로 체육관과 수영장, 스포츠 센터 같은 운동 시설과 운동장, 여유로운 산책로, 어린이용 놀이기구를 갖춘 공간도 있다.

입구에 들어서면 보이는 화단에서는 장미가 꽃봉오리를 피우고 있었다. 이 장미 농원과 산책로는 하루 종일 개방돼 아침 이슬을 머금은 장미를 보며 걷는 사람도 있다. 슈타는 장미 농원을 뛰어 지나갔다. 하늘을 향해 손을 뻗는 청동 소녀상이 있는 광장에 도착하고서는 스트레칭을 시작했다.

낯익은 몇 사람이 마찬가지로 스트레칭을 하거나 벤치에

앉아 휴식을 취하고 있었다.

"안녕하세요. 오늘도 컨디션이 좋아 보이시네요."

60대 남자가 말을 걸어 왔다.

"안녕하세요."

아사쿠라라는 이름의 그도 도시에서 이주한 사람이다. 아침 루틴이 비슷해 여기서 자주 마주치다 보니 어느새 말을 트게 됐다. 현실에서 대화를 주고받는 몇 안 되는 사람이다. 그는 몸을 이리저리 비틀며 날씨나 시사 이야기를 꺼냈다. 원래부터 수다스러운 성격인 듯하고 이혼 후 홀가분하게 이주를 결심했다고 하지만 헤어진 아내, 딸과 지금도 좋은 관계를 계속 유지하며 자주 왕래한다고 했다. 그는 그런 사적인 이야기를 묻지도 않았는데 슈타에게 술술 털어놓았다. 맞장구를 치며 이야기를 들어주다 보니 그의 눈에 들었는지 언젠가 술 한 잔 함께 하자는 권유도 들었지만 완곡하게 거절했다.

여기까지 와서 깊은 인간관계를 맺는 게 부담스러웠다. 상대도 슈타의 그런 마음을 알아차렸는지 이후부터는 알아서 거리를 두는 듯했다.

매일 출근하던 시절에는 상사나 동료들과 가끔 술자리를 가졌다. 권유를 받으면 웬만해서는 응한 이유는 사내에서의 관계를 해치고 싶지 않은, 일종의 의무감에 따른 것이었다. 자리에 나가도 묵묵히 다른 사람의 말을 듣기만 했고, 딱히 즐겁다고 느끼지 못했다. 고객의 마음에 들어 따로 식사 자리가 마련돼도 슈타에게는 그저 힘든 시간이었다.

이제는 그런 귀찮은 자리에 가거나 얽힐 필요가 없어 홀가분하다. 도쿄를 벗어난 가장 큰 장점이 바로 그것일지 모른다. 슈타는 휴식을 마치고 다시 달리기 시작했다. 기온이 더 오르기 전에 집에 돌아가고 싶었다.

무인 판매소에서 아스파라거스를 한 묶음 샀다. 주머니에서 동전을 꺼내 요금함에 넣었다. 현금을 쓰는 건 이럴 때뿐이다. 싱싱한 아스파라거스는 살짝 데쳐서 소금과 올리브유만 뿌려 먹어도 맛있다. 그 정도 요리는 식은 죽 먹기다.

집에 돌아와 샤워를 하고 커피와 크루아상으로 아침을 해결했다.

그 후 편안한 차림으로 컴퓨터 앞에 앉아 업무를 시작했다. 어느 기업의 이벤트 기획 업무다. 타깃 연령층과 직업, 취향에 대한 제안, 행사 내용과 운영 방안, 참가자 모집 및 원격 참가 방법, 참가자에게 배포할 홍보물, 행사 후 추적 조사법과 항목 등을 정리했다. 그것을 기업의 판촉 부서에 보내고 상사에게도 보고를 올렸다.

이런 행사들도 감염병 유행 시기에는 모조리 중단됐다. 그러다가 다시 열릴 수 있게 되자 슈타가 다니는 회사에도 의뢰가 늘었다. 이런 기획 업무 역시 집에서 할 수 있으니 편하다. 아마 고객사의 담당자도 집에서 편한 차림으로 기획서를 읽을 것이다. 슈타는 자신이 기획해 놓고도 이런 행사에 실제로 찾아오는 이들은 정말 별난 사람들일 거라고 생각했다. 현실 체험의 비중이 점점 줄며 모든 것에서 현실감이 희박해진 느낌이었다.

집중해서 일하다 보니 어느새 오후 2시가 됐다.

현관 앞에서 인기척이 느껴졌다. 창문을 힐끗 보니 택배 기사의 뒷모습이 보였다. 주문한 물건이 도착한 듯하다. 감염병 확산 이후 이렇게 현관 앞에 물건을 두고 가 달라고 하는 게 습관이 됐다. 사람과의 접촉을 최대한 줄이기 위해 다른 사람들도 대부분 이렇게 한다고 들었다. 택배 기사와 마주하기 귀찮은 슈타에게는 안성맞춤인 습관이었다.

현관문을 열어 작은 상자를 집 안에 들였다. 며칠 전 주문한 후드 티셔츠와 운동화다. 그것들을 낮은 소파에 올려놓고 한동안 바라봤다. 인터넷에서 볼 때는 괜찮아 보였는데 막상 실물은 그렇지도 않다. 리사코가 좋아하는 브랜드여서 무심코 주문하고 말았다. 하지만 이걸 입고 그녀와 만날 일이 있을까.

"뭐, 됐어."

슈타는 소리 내어 말하고 후드티를 정성스럽게 개어서 서랍장에 넣었다.

원하는 건 뭐든 이렇게 살 수 있다. 주문하면 대개 이삼일 안에 도착한다. 콧노래를 흥얼거리며 아스파라거스를 데쳤다. 고치현 염전에서 만든 미네랄이 풍부한 소금과 이탈리아산 버진 올리브유도 얼마든 인터넷으로 구할 수 있다.

빵칼로 바게트를 썰고 그 위에 햄과 크림치즈를 올렸다. 아스파라거스와 바게트 접시를 들고 발코니로 나간다. 남향의 넓은 발코니가 있는 것도 이 집이 마음에 든 이유 중 하나다. 집을 리모델링한 업자의 감각이 남다른 듯하다. 발코니에 어울리는 천으로 된 안락의자와 작은 테이블도 인터넷으로 구매했다.

테이블에 접시를 내려놓고 잠시 고민하다가 다시 집 안으로 들어갔다. 냉장고에서 캔맥주를 하나 꺼내 와 안락의자에 앉아서 따개를 땄다. 한 손으로 바게트를 들어 한입 베어 물었다.

"나쁘지 않네."

바게트 맛도, 이런 삶의 방식도. 대낮부터 맥주를 마시다니 도쿄에서 바쁘게 일하는 사람은 꿈도 못 꿀 일이다. 발코니 옆에 있는 산딸나무가 쾌적한 그늘을 만들며 가끔 잎이 스치는 소리를 냈다.

슈타는 부업에 대해 생각했다. 최근 부업 매칭 서비스라는 사이트를 발견해 가끔 들여다보고 있다. 여기에 정보를 등록해 두면 개인은 자신의 지식과 기술을 제공하고, 기업은 특정 분야의 전문가에게 접근할 수 있는 이점이 있다.

자료 수집 및 분석 능력을 활용할 수 있는 일을 찾을 수도 있을 것이다. 회사에서 부업을 장려하는 건 아니지만 명확히 금지하는 것도 아니다. 실제 동료 중에는 부업으로 짬짬이 돈을 버는 사람도 있다. 기업 입장에서도 인력을 고용하지 않고 필요할 때만 잠시 능력을 빌릴 수 있으니 간편하고 경제적이다. 앞으로 성장할 분야라고 생각했다.

그런 것들을 떠올리며 접시 위 음식을 먹고 맥주를 마시며 꾸벅꾸벅 졸고 있을 때 스마트폰이 울렸다. 어머니에게 걸려 온 전화라는 걸 미리 설정해 둔 벨소리로 알 수 있었다. 재택 근무를 하게 됐다고 전한 뒤부터는 평일에도 거리낌 없이 전화를 걸어 온다. 받을지 말지 잠시 고민하다가 통화 버튼을 눌렀다.

―슈타, 잘 지내니?

새된 목소리가 귀를 찔렀다. 슈타는 스마트폰을 귀에서 살짝 뗐다.

"응, 잘 지내지."

―많이 바빠? 집에도 좀 오렴. 이제 가까워졌잖아.

도쿄에 있을 때보다는 호쿠리쿠에 있는 본가에 분명 가까워졌다. 그러나 작년 여름에 다녀온 게 마지막이고 그때도 그저 하룻밤만 묵었을 뿐이다. 결혼한 남동생이 본가 근처에 살고 있고, 작년에 아기가 태어나 부모님은 첫 손자에게 푹 빠져 있다. 아기에게 익숙하지 않은 슈타에게 본가는 점점 불편한 곳이 돼 버렸다.

아니나 다를까 어머니는 한참 동안 손자 이야기를 늘어놓았다. 뭐를 붙잡고 일어섰다느니, 손을 흔들며 인사했다느니, 첫돌에 잉어 깃발을 마당에 세워 줬더니 무척 좋아했다느니. 슈타에게는 아무래도 상관없는 이야기라 대충 맞장구를 쳤다.

—애들은 정말 귀여워.

"그러네."

—한가하게 '그러네'라고 할 때야?

"응?"

—노리토한테 선수 빼앗겼잖아. 너도 올해 벌써 서른다섯이면서.

"아직 서른넷이야."

—어쨌든.

어머니는 단호하게 말했다.

이 대화를 어떻게 끝내야 할까. 낮술 때문에 머리가 잘 돌아가지 않았다.

—사귀는 애가 있다고 했지?

"응."

—그 애하고는 어떻게 돼 가니?

"뭐, 잘돼 가."

—그럼 결혼해. 그런 곳에서 혼자 지내기도 불편하지 않아?

"아니, 꼭 그렇지도 않아. 그쪽도 그쪽 나름의 사정이 있고."

—네가 그렇게 우물쭈물하니 그쪽도 마음을 못 정하는 거야. 몇 살이랬지? 그 애.

"음…… 아마 서른하나?"

—괜찮네. 정말 태평하다니까. 결혼하면 바로 아이가 생기는 것도 아니야. 전에 마에다 씨 댁은…….

이후 무려 15분 동안 남의 집 불임 치료 이야기며 유치원 선택 이야기 같은 걸 들어야 했다. 마지막에는 또다시 손자 이야기를 하고 그제야 후련해졌는지 어머니는 겨우 전화를 끊었다.

—알겠니? 떨어져 있어도 전화나 인터넷으로 다 이어져 있다고 생각하면 안 돼. 직접 만나서 말해야 마음도 전해지는 법이야.

어머니는 마지막으로 신신당부했다. 무심코 올려다본 산딸나무 가지에 낯선 작은 새가 앉아서 부리를 가지에 비비고 있다. '저건 무슨 새일까' 하고 멍하니 생각했다.

그날 저녁 리사코와 영상 통화를 했다.

일주일 전 통화했을 때보다 피부색이 더 짙어진 듯했다. 그 이야기를 꺼내자 리사코는 기쁜 듯이 웃었다.

"오! 역시 넌 눈썰미가 좋다니까."

공동 경영자인 유키와 태평양에 면한 가이요정이라는 곳에 특산품인 톳을 사러 다녀왔다고 했다. 그때 현지 생산자들과 친해져 그들의 권유로 서핑을 즐겼다고 했다.

"서핑은 처음 해 봤는데 엄청 재밌었어. 완전 빠질 것 같아."

서핑 가게 점장이 직접 가르쳐 줬다는 말을 듣고 슈타는 불안해졌다.

"뭐야, 젊은 사람이야?"

그러자 리사코는 손뼉을 치며 웃었다. 뒤로 젖힌 목덜미도 건강하게 그을려 있었다.

"오십 넘은 아저씨야. 뭐야, 슈타. 질투하는 거야?"

그러더니 리사코는 아무렇지 않게 "여기 오면 같이 하자"라고 덧붙였다.

"괜찮아. 서핑 같은 데는 별로 관심 없으니까."

"너, 전에는 테니스도 했으면서 완전히 집돌이가 돼 버렸네. 컴퓨터 앞에만 앉아 있으면 몸이 굳어."

"매일 아침마다 뛰고 있어."

그렇게 대답하며 내가 할 수 있는 건 그 정도가 다라고 생각했다. 그 뒤로는 리사코 혼자 떠들었고 슈타는 가만히 듣기만 했다. 리사코와 유키의 회사가 도쿠시마현에서 지역 생산 우수상을 받았다는 이야기, 그러자 현 밖에서도 문의가 많이 들어왔다는 이야기, 거기에 지역 특산품을 홍보하려는 사람들도 몰려들어 눈코 뜰 새 없이 바빠졌다는 이야기.

"나랑 유키 모두 여기서기 뛰이다니」_리 정신없어. 감염

294

병을 피해 도쿄에서 자숙 생활을 하던 때가 거짓말 같아."

리사코와는 만남 애플리케이션을 통해서 처음 알게 됐다. 아직 감염병이 유행하기 전이었다. 슈타는 실제로 만날 것에 대비해 상대 조건을 간토 지역에 사는 사람으로 한정했다. 그렇게 정해진 상대와 온라인으로 연락을 주고받았다. 마음이 맞았고, 대화도 잘 통했다. 밝고 긍정적이며 다른 사람을 세심하게 배려할 줄 아는 여자였다. 거기에 음식 솜씨도 좋다는 그녀에게 점점 마음이 끌렸다.

그런 마음을 솔직히 전했고, 리사코도 받아 줬다. 사귀는 사이가 된 뒤부터는 가까운 미래에 그녀와 결혼하게 될 날을 상상했고 상대도 같은 마음일 거라고 믿었다.

그런데 바로 그때 바이러스성 감염증이 일본에 침투했다. 치사율은 그리 높지 않았지만 전염력이 무척 강했다. 한번 걸리면 회복되기까지 시간이 오래 걸렸고 중증으로 악화해 후유증에 시달리는 사람도 생겼다. 고속 교통망 때문에 전 세계에 퍼진 바이러스는 곳곳에서 변이를 일으켰다. 치료제나 백신 개발 속도가 따라잡지 못했다. 스스로를 지키기 위해서는 최대한 다른 사람과의 접촉을 피해 집 안에 틀어박힐 수밖에 없었다.

리사코와 데이트도 할 수 없게 됐다. 그때는 누구나 마찬가지였다. 스포츠 시설들도 문을 닫아 취미로 즐기던 테니스를 못 치게 됐다. 그래도 회사 관계자나 친구, 연인과는 온라인으로 연락을 주고받았다. 화면을 통해서지만 서로의 얼굴을 보며 대화하는 게 가능했다. 그리고 그것이 인간관계를 맺는 새로운 표준이 됐다.

2년이 지나 인류는 그 까다로운 감염병을 극복했다. 이제는 병을 두려워하지 않고 누구든 만날 수 있다. 해외에도 자유롭게 갈 수 있고 일과 레저 같은 것도 예전 방식으로 돌아갔다.

하지만 사회는 그전과 미묘하게 변했다. 오랫동안 이어진 집콕 생활은 사람들을 두 가지 유형으로 나눴다. 사람을 만나는 걸 피곤해하며 계속 집에 있고 싶어 하는 사람, 그리고 오랫동안 갇혀 지낸 반동으로 더 활발하게 인간관계를 넓히려는 사람들로.

굳이 따지면 슈타는 전자에 속했고, 리사코는 전형적인 후자였다.

그렇다고 해서 고독을 즐기거나 사회성이 아예 사라진 건 아니었다. 일도 제대로 하고, 다른 사람들과도 무리 없이 지냈다. 단지 자숙 생활로 터득한 조용하고 평온한 삶이 좋을 뿐이다. 나만의 영역을 구축하고 그 안에 들어올 사람을 신중하게 고른다. 모든 걸 계획대로 진행하고, 예기치 못한 일 때문에 흐름이 깨지는 걸 싫어한다.

슈타는 그렇게 바라던 삶을 이주한 곳에 구축했다고 믿었다. 거기에 리사코만 합류하면 모든 게 완벽해질 거라고 생각했다. 그러나 리사코가 시코쿠로 이주하는 예상치 못한 일이 발생했다. 게다가 리사코는 그곳 생활을 마음껏 즐기고 있고 당분간 돌아올 기색이 없다. 아니, 오히려 그곳에 완전히 정착해 버리는 게 아닐까 싶을 정도로 잘 지내고 있다.

리사코가 하는 이야기가 슈타의 머릿속에 절반도 들어오지 않았다.

불현듯 어머니의 말이 떠올랐다.

—직접 만나서 말해야 마음도 전해지는 법이야.

"저기, 내가 거기로 갈까?"

슈타는 리사코의 말을 자르며 물었다.

"뭐? 좋아! 같이 서핑하자. 이제부터 딱 좋은 시즌이야!"

"그게 아니라……."

슈타가 머뭇거리자 리사코의 기세가 조금 가라앉았다.

"진지하게 이야기하고 싶어."

"뭘?"

대략 짐작했을 텐데도 리사코는 시치미를 뗐다.

"우리 앞날에 대해."

"앞날?"

뭐든 내가 먼저 말하게 할 속셈인 걸까. 괜히 신경에 거슬렸다.

"우리, 사귄 지 벌써 3년이 넘었잖아. 전에 함께 온라인 투어에 참가했을 때가 아마……."

"아, 그러고 보니 꽤 됐네. 작년이었나?"

"작년 7월."

"응, 맞아. 자숙 기간에는 온라인 데이트가 당연했으니 생각보다 자주 만난 기분인걸."

"저기……."

만남 앱으로 처음 얼굴을 마주했을 때보다 긴장됐다.

"이제 슬슬 우리 관계를 더 확실히 하는 게 어떨까?"

"확실히 하다니?"

정말 몰라서 되묻는 걸까, 시치미를 떼는 걸까. 리사코의 반응에 슬슬 짜증이 났다.

"이렇게 떨어져 지내는 게 부자연스럽다고 느끼지 않아?"

"그래? 난 딱히 이대로도 괜찮은데."

"이대로, 계속?"

"글쎄, 계속일지는 잘 모르겠지만."

"난 역시 부자연스럽다고 생각해. 우리도 이제 나이가 있고, 질질 끌기만 해서는 아무것도 못 이뤄."

"네 말은 그러니까, 같이 살자는 거야? 결혼이나 뭐 그런 거?"

대수롭지 않게 묻는 바람에 오히려 당황했다. 이런 이야기는 굳게 마음을 먹고 남자인 자신이 먼저 꺼내야 한다고 생각했다.

"음, 그렇기는 한데……."

"슈타, 지금 하는 일이 마음에 드니?"

느닷없는 질문에 또 당황했다.

"응? 글쎄."

"글쎄? 별로 마음에 들지 않나 보네."

"아니, 마음에 들어. 출근 없이 재택으로도 할 수 있는 일이고."

"일하면서 뭔가 일하는 기분은 들어? 그러니까 성취감 같은 거."

"그게 무슨 소리야?"

나도 모르게 퉁명스러운 목소리가 나왔다.

"그냥. 정말 살아 있다는 기분을 느끼고 있나 해서."

"그러니까……."

"슈타가 그런 기분으로 살지 않는다면 나도 함께할 수 없어. 왜냐면 그런 사람 옆에 있어 봐야 즐겁지 않으니까."

이런 지적을 받으리라고는 예상치 못했다. 지금의 생활이 충분히 만족스럽다고 생각했다. 하지만 그건 어디까지나 자신만의 기준이고, 리사코에게는 그렇지 않을 수 있다는 것까지는 생각이 미치지 못했다. 이곳에서의 평온한 삶에 리사코가 더해지면 완벽해질 줄로만 알았다. 하지만 그건 전부 나를 중심에 둔 일방적인 상상이었다.

"난 말이지. 이곳에서 사는 게 정말 즐거워. 농부나 어부, 가공업자들을 알게 돼 싱싱한 재료로 뭘 만들 수 있을지 동료들과 두근거리며 상의하고, 시제품을 만들거나 시식을 하고, 그렇게 일하다 보면 또 계속 새로운 사람들을 만나고, 또 다른 아이디어를 받아서 고민하고."

슈타는 입을 다물었다.

"널 정말 좋아하는 건 맞아. 하지만 뭔가 달라. 넌 주변을 너무 완벽하게 정돈하려고 해. 변화를 싫어한다고 할까? 변화야말로 진정 재미있는 건데. 네 삶에 뛰어들 용기가 지금 나한테는 없는 것 같아."

"그래……."

'무슨 말을 하려는지 알겠어'라고 말하려다가 말았다. 이해는 가지만 그 말에 따르고 싶지 않았다. 더 대화하면 분위기가 어색해질 것 같았다. 리사코도 비슷한 마음인지 일단 이 이야기는 미뤄 두기로 했다. 조금 더 생각해 보자는 쪽으로 대화가 마무리됐다.

"오해는 하지 마. 난 널 정말 좋아하니까."

"나도야."

그렇게 대답하는 슈타의 목소리는 힘이 없었다.

슈타의 회사는 고토구 도요에 있다.

매일 출근하던 시절에는 시오도메에 있었다. 지금 사무실과 달리 바다가 보이는 고층 빌딩에 있는 그 사무실을 더 좋아했다. 슈타는 사원증 겸 카드키를 찍고 사무실에 들어갔다. 분위기가 전과 사뭇 달라진 게 느껴졌다. 열기도, 활기도 없다. 총괄 매니저들이 각자의 공간에서 작업 중이지만 아무도 입을 열지 않아 그야말로 적막했다.

회의실에서 하는 미팅도 늘 그러듯 밋밋하게 진행됐다. 애초에 이렇게 모일 필요부터 없다. 각자 무슨 일을 하는지는 전부 파악하고 있고 상의할 주제도 원격으로 충분히 논의할 수 있다. 상사, 동료와 함께 고객사를 찾아가는 구시대적 업무도 이제는 거의 없다. 그래서 동료 간의 유대 같은 것도 불필요하다. 실제로 지금 사무실에는 슈타가 모르는 사람이 몇 명 보였고, 자기소개도 하지 않으니 누가 누군지 구분되지 않았다.

바로 이런 게 리사코가 말한 '살아 있다는 기분'이 없는 거구나 하고 막연하게 생각했다. 그러는 사이 형식적인 미팅이 끝났다. 마지막으로 다 함께 사장의 훈시 영상을 봤다. 이게 오늘 모임의 진짜 목적이었을까. 이런 건 그냥 각자 PC에 파일로 보내 주면 될 텐데.

서둘러 에이지와 만나기로 한 약속 장소로 향했다. 도쿄에 오래 머물고 싶지 않았고 아무리 늦어도 집에 가고 싶었다. 인파 속을 걷는 게 피곤하고 소음도 거슬렸다. 건물의 대형 스크린에 흐르는 자막이 제대로 눈에 들어오지 않았다. 몸이 이미 지방 생활의 리듬에 익숙해진 것 같았다.

약속 장소인 선술집에는 에이지가 먼저 와서 기다리고 있었다.

"여어."

마주 앉자 에이지의 수척한 모습에 먼저 눈이 갔다.

"뭐야? 많이 피곤해 보이는데."

"일단 건배나 하자."

주문한 생맥주 잔을 가볍게 부딪쳤다. 안주로 시킨 닭꼬치와 튀긴 두부, 모듬회가 차례로 놓였다. 에이지는 안주에 거의 손을 대지 않고 조용히 잔만 입에 가져갔다. 금세 첫 잔이 비워졌다.

"무슨 일 있었어?"

결국 참지 못하고 물었다.

에이지는 두 번째 맥주를 한 모금 마시고 깊게 한숨을 내 쉬었다.

"골치 아파 죽겠어."

"뭐가?"

에이지가 무겁게 입을 열었다. 지금 일하는 스포츠 센터에 다니는 유부녀와 깊은 사이가 됐다는 것이었다.

"뭐? 위험하잖아."

"위험하지. 그래도 가벼운 관계라고 둘 다 선을 긋고 있었어. 안 지도 꽤 오래됐고."

이야기를 들으며 요즘 같은 세상에서는 흔한 일이라는 생각도 들었다. 시간이 남아도는 유부녀가 스포츠 센터에 다니며 그곳의 트레이너에게 반한다. 진심도 없이 그저 가벼운 관계로 시작했을 뿐이지만 자기도 모르게 점점 깊이 빠져 버린다.

"그런데 말이지. 남편한테 들켰어."

에이지는 예상한 말을 내뱉었다.

"그래서 어떻게 됐어?"

"당연히 미친 듯이 화를 냈지."

"남편이?"

"아니, 그 유부녀가."

"왜?"

바지락 버터구이를 한입 먹었을 때 모래가 씹혀 얼굴을 찡그렸다.

"남편이 찾아왔을 때 난 바로 사과했어. 그렇게까지 진지한 관계는 아니었다고. 그리고 이렇게 된 이상 깔끔하게 헤어지겠다고."

"응, 그게 맞지."

"그치? 그랬더니 너무 순순히 물러서는 거 아니냐고 그 여자가 미친 듯이 화를 내는 거야."

"뭐?"

"자기는 남편하고 헤어져도 상관없대. 처음부터 그렇게 각오하고 나를 만난 거래."

"무섭네."

"무섭지."

여자의 나이는 마흔이 조금 넘는다고 했다.

"이렇게 누군가를 좋아한 게 처음이라고 하는데 얼마나 당황스럽던지 원."

에이지가 맥주를 꿀꺽 들이켰다. 기분 탓인지 입술이 떨리는 듯했다.

"괜찮은 여자야?"

농담으로 물었지만 에이지가 똑바로 눈을 마주치는 바람에 움찔했다.

"응, 물론 괜찮은 여자야. 직설적이면서도 사랑스럽고 화려했지. 나도 푹 빠졌던 게 사실이야. 하지만 냉정하게 생각하면 난 감당 못 할 여자였어."

"그렇구나."

"아무튼 그렇게 된 뒤부터 오히려 남편 쪽이 당황하기 시작했어. 남편도 아내를 놓치고 싶지 않았을걸. 그만큼 괜찮은 여자였다는 뜻이야."

에이지는 술 냄새가 풍기는 한숨을 내쉬었다.

"그래서? 결국 어떻게 됐어?"

"헤어졌어. 남편이 질질 끌고 가다시피 데려가서."

"잘됐네."

"진이 다 빠졌다니까, 아주."

스포츠 센터에도 **소동**이 다 알려지는 바람에 이제는 눈치

보여서 그곳에 못 있겠다고 했다.

웃어야 할지, 위로해야 할지 판단이 서지 않았다. 슈타는 말없이 식어 버린 닭꼬치를 베어 물었다.

"사람하고 얽히는 거, 이제는 너무 힘들어. 지긋지긋해."

에이지가 호들갑스럽게 어깨를 축 늘어뜨리는 모습을 보고서야 웃음이 터졌다.

"그러니까 내가 말했잖아? 도쿄처럼 사람 많은 곳에 매달려 있지 말라고."

"그래도 나한테는 도쿄 같은 대도시에서 전전긍긍하며 사는 재주밖에 없어."

에이지는 표정을 조금 누그러뜨리고 세 번째 맥주를 주문했다. 마침내 평소 활기가 되돌아왔다.

"그런데 너도 정말 대단하다. 몸을 사리지 않는 직업 정신이랄까. 연상의 여자한테 그렇게 빠지다니."

놀리는 듯한 말에 에이지가 발끈하며 대답했다.

"이상할 게 있어? 나도 한창나이인데 성욕이 넘치는 게 당연하지. 내가 아니라 네가 이상한 거야. 여자 친구랑 그렇게 오랫동안 떨어져 지내면서 어떻게 참냐? 수도승도 아니고, 영상으로만 만나다니."

"수도승? 그 정도는 아니야."

슈타는 킥킥 웃었다.

"성욕에 충실하다가 네 꼴 나는 것보다는 나은 것 같은데."

"그래, 그건 맞아. 그 일이 터지고 나서 센터 여자들이 전부 날 피하더라. 꼭 발정기가 영원히 끝나지 않은 짐승 보듯이 날 봐."

슈타가 배를 잡고 웃는 모습을 보며 에이지는 다시 어깨를 떨궜다. 이번 일이 그에게 꽤 타격을 준 모양이었다.

"이제는 나도 현실에서 도망치고 싶어. 나도 '하테세카'에 빠져 볼까. 지금까지 그런 거, 유치하다고만 생각했는데."

'하테세카'는 '끝없는 세상*'이라는 게임 애플리케이션을 뜻한다. 몇 년 전 개발됐는데 집콕 수요로 인해 폭발적인 인기를 끌었다. 사람을 직접 만나기 어려워지면서 외로움을 호소하는 이들 사이에서 큰 호응을 얻었다.

그곳에서는 가상 세계에서 원하는 인물을 만들 수 있다. 실사를 기반으로 한 사실적인 비주얼과 풍경이 장점이다. 가상 인물과 마주 앉아서 대화하면 꼭 실제로 존재하는 사람처럼 느껴진다. 특히 뛰어난 건, 게임에 AI가 탑재돼 있어 인물의 성격이나 주변 세계를 AI 스스로 만들어 간다는 점이다. 컴퓨터가 만드는 가상현실이 끝없이 확장된다.

그래서 자신이 만든 인물이 처음에는 예상도 못 한 모습으로 바뀌거나 성장하기도 한다. 상대를 둘러싼 세계도 점점 넓어지는 것이다. 그쪽에서 그쪽 나름의 삶을 살다가 문

---

* 일본어로 하테나이세카이(果てない世界).

득 이쪽으로 넘어오는 듯한 착각에 사로잡히기도 한다. 그런 예측 불가능성이 매력이라 자유롭게 밖을 돌아다닐 수 있게 된 지금도 여전히 이용자가 많다.

'하테세카'에 지나치게 빠진 젊은이들이 현실을 외면하고 살아간다며 경고하는 평론가도 나올 정도다. 글자 그대로 끝없는 세상에 머물며 냉혹한 현실을 마주하려 하지 않는 것이다. 감염병이 바꿔 놓은 사회의 단면일지 모른다.

"에이, 됐어. 역시 넌 현실 세계에서 부딪히며 살아가는 게 어울려."

"뭐야, 그게."

조금씩 기운을 찾아가는 듯한 에이지를 보며 안도했다.

"역시 내 분수에 맞는 여자를 만나서 평범하게 가정을 꾸리고 싶어."

"갑자기 무슨 소리야?"

"아니, 이번 일을 겪으면서 뼈저리게 느꼈어. 평범한 게 제일이라고. 자극적인 삶은 피곤할 뿐이야. 사람과 사람이 접촉하는 건 그 자체로 힐링이야. 진부한 말이지만 그런 게 진짜 소중한 거더라. 야심이나 욕망 같은 건 그다음 문제고."

"그런가."

문득 리사코가 떠올랐다.

그녀의 따스한 피부, 숨결, 향기. 그런 것들을 상상한 적이 있었다. 화면 너머에 있는 리사코에게도 그런 게 있다고. 하지만 도쿄에 있든 도쿠시마에 있든 화면 속 연인은 늘 멀게 느껴졌다.

원격으로 이어지는 관계는 이제 지쳤다. 가상 설정에 맞춰서 대화하는 것도 더는 견디기 힘들다. 한때는 서로 그걸 즐겼지만 이제 한계다. 꼭 에이지에게 자극받아서는 아니지만, 한 발짝이라도 내디뎌 보자고 생각했다.

평범한 가정. 에이지가 입에 담은 말이 머릿속을 떠나지 않았다.

"어쨌든 같이 있자."

리사코는 대답하지 않았다. 개의치 않고 슈타는 말을 이어갔다.

"서로 좋아하는데 멀리 떨어져 지내는 건 이상하잖아."

리사코의 얼굴이 살짝 뒤로 물러나는 게 보였다. 시선이 허공을 맴돈다. 뭐라고 대답할지 고민하는 것이다.

"일단 결혼 문제는 언급 안 할게. 어쨌든 만나서 이야기하고 다음 단계로 나아가자. 난 너와 함께 있고 싶어."

이렇게 솔직하게 말하면 리사코는 어떻게 대답할까. 수도 없이 상상했지만 결론은 나지 않았다. 누군가를 사랑하고 그 마음을 전하는 게 이렇게까지 힘든 일인 줄 몰랐다.

에이지도 말했듯 조금 더 적극적으로 현실을 마주해야 했다. 자기중심적인 세상을 단단히 쌓아 놓으면 상처받지 않을 거라는, 안이하고 이기적인 발상으로 나 자신을 지키려고 했다. 그러나 사람과 사람이 이어지는 건 그런 게 아니다. 지금까지 신중히 쌓아 온 것들을 부숴야 했다.

특히 리사코처럼 소신이 분명한 사람과 연결되려면. 그래서 난 이 여자를 선택한 게 아닌가.

"슈타……."

리사코가 입술을 한 번 핥고 마침내 입을 열었다.

"그건 안 될 것 같아."

"왜?"

"왜냐고 물으면……."

"내가 도쿠시마로 갈게. 사실 여기서 너와 함께 살고 싶었지만, 내 일은 어디서든 할 수 있으니까. 동료 중에 홋카이도로 이주한 사람도 있고……."

"슈타."

리사코가 침착하고 단호하게 말을 끊었다.

"그만해. 처음부터 그런 마음으로 시작한 관계가 아니잖아. 넌 네 일상을 지키고 싶어 했어. 그러면서도 단조로운 삶에 변화를 원했지. 그래서 날 선택한 거 아니야?"

이번에는 슈타가 아무 말도 할 수 없었다. 리사코는 기세를 이어 갔다.

"만날 수 없다는 걸 알기에 우리는 이렇게 이어질 수 있었던 거야. 나도 즐거웠어. 도쿠시마에서는 많은 사람들을 만나고 새로운 일에 도전했지만 너와 이렇게 대화하는 시간이 큰 위안이 됐어. 내가 널 좋아하는 건 우리 관계가 지금과 같기 때문이야. 그걸 무너뜨린다면 우리는 이제 끝이야."

숨을 삼켰다. 설마 리사코가 먼저 이별을 언급할 줄은 몰랐다.

"네 마음은 잘 알겠어."

내 목소리가 내 귀에도 그야말로 싸늘하게 들렸다. 그런 분위기가 리사코에게도 전해진 듯했다. 표정이 굳어 있다.

"슈타. 지금까지도 우리, 좋은 관계로 지내 왔잖아. 앞으로도 이대로 지내자. 궁극의 장거리 연애. 세상의 끝과 끝에서."

"아니, 이제 지긋지긋해. 난 더 못 참겠어."

슈타는 컴퓨터를 끄고 몸을 일으켰다. 울적한 기분 그대로 집을 나섰다.

일요일 오후. 하늘은 맑게 개었고 상쾌한 바람이 뺨을 스쳤다. 바람은 그대로 연둣빛 잎이 무성한 버드나무 가지를 흔들고 갔다. 유모차를 미는 어머니가 옆을 지나갔다. 유모차 안에 탄 아기가 방긋 웃었다. 두 개뿐인 작은 앞니가 하얗게 빛난다.

평화로운 풍경이었다.

그러나 슈타는 분노에 사로잡힌 채 발걸음을 재촉했다. 그렇게 리사코에게 거부당할 줄 몰랐다. 만날 수 없다는 건 처음부터 알았다. 그래도 큰 결심을 하고 세안했으니 기기에 조금은 따라 줄 거라고 기대했다.

애초에 그녀가 도쿠시마로 이주할 때부터 못마땅했다. 내가 먼저 도쿄를 떠났으니 거기에 맞춰 행동한 걸까. 그렇다고 해도 하필 도쿠시마라니, 너무 엉뚱하지 않은가. 언젠가 내가 직접 만나고 싶어 할 것도 충분히 예상했을 텐데. 내가 도쿠시마까지 찾아갈 거라고는 생각 못 한 걸까.

슈타는 버드나무 아래에 멈춰 섰다.

처음 영상 통화를 할 때는 털털하고 재밌는 여자라고 생각했다. 인생에 꿈과 희망을 품고 앞으로 나아가는 이런 여자와 사귀면 분명 즐거울 거라고 여겼다. 그러나 회사를 직접 차리고 멀리 이주해 그곳에서 일과 생활을 만끽하는 건 예상 밖이었다. 꼭 나만 뒤처진 기분이었다. 예측 불가능한 면이 매력이라는 건 알았지만, 그래도 못마땅했다.

그래서 슈타도 예측 불가능한 제안을 했다. 함께 살자고, 도쿠시마에 갈 수도 있다고. 이 제안에 AI가 어떻게 반응할지 궁금했는데 리사코의 반응은 예상보다 심기를 더 거슬리게 했다. 원격으로만 이어지는 관계를 미화하고 급기야 이별까지 입에 올리다니. 슈타에게 훈계하듯 말하던 그 목소리도 마음에 들지 않았다.

이제는 설정을 한 번 초기화하고 처음부터 다시 하는 편이 낫겠다. 오랫동안 즐겨 온 게임이었지만, 시간이 지나면서 변해 버린 연인의 모습이 마음에 들지 않았다.

그동안 함께한 리사코라는 가상의 연인에게 어느 정도 미련은 남지만, 처음부터 다시 새 연인을 만들어 보자. 나이는 조금 더 어려도 괜찮겠다. 열아홉 살쯤. 이번에는 어떤 예상치 못한 성장을 보여 줄까. 거기까지 떠올리자 비로소 마음이 가라앉아 슈타는 천천히 발걸음을 뗐다. 늘어진 버드나무 가지가 스치듯 어깨에 닿았고 상쾌한 초록의 냄새가 코끝을 스쳤다. 그 향기를 가슴 가득 들이마셨다.

조금 전까지 가시처럼 곤두섰던 기분이 조금씩 풀리는 걸 느꼈다.

궁극의 장거리 연애. 참 기막힌 표현이라며 슈타는 씁쓸하게 웃었다.

슈타가 지금껏 몰두한 게임의 이름은 '끝없는 세상'이다. 도쿄에 살던 시절, 자유분방하게 여자를 만나고 다니는 에이지를 곁눈질하며 에이지처럼 가벼운 관계를 맺지 못하는 자신을 자각했다. 그전에 여자와 몇 번 사귄 적은 있지만, 변덕스럽고 감정 기복이 심한 여자들에게 진절머리가 났다. 내 삶이 타인에게 휘둘리는 것도 참을 수 없었다.

그래서 선택한 게 바로 '끝없는 세상'이었다.

게임 속에서라면 여자와 평화로운 관계를 맺을 수 있을 거라 기대했다. 일에 치여 긴 시간을 게임에 쏟을 수 없는 슈타에게는 최소한의 조건만 설정하고 나머지는 AI에게 맡겨 자연스럽게 세계를 넓혀 가는 상대를 지켜보는 게 큰 기뺨이었다. 다른 육성 게임과 달리 내가 모든 걸 통제하지 않으므로 비로소 느낄 수 있는 놀라움과 기쁨이 있었다. 예상치 못한 문제나 변화에 대응하는 모습도 현실감이 느껴져서 흥미로웠다. 그렇게 3년 반 동안 '끝없는 세상'에서 살아가는 리사코와 관계를 이어 왔다.

리사코라는 연인이 실존한다고 가정하고 사는 삶에는 활기가 있었다. 특히 다른 사람과 접촉이 끊긴 자숙 기간에는 더욱 그랬다. 그녀와 나누는 대화가 무미건조한 일상을 지탱해 줬다. 하지만 AI는 점점 리사코를 변화시켰다. 원래 똑똑하고 활발하던 그녀는 더 적극적으로 삶을 마주하게 됐다. 슈타가 알지 못하는 저쪽 세계에서 리사코의 인간관계는 넓어지고 활동 범위도 커졌다.

그것은 어느덧 슈타의 상상력을 넘어섰고 따라갈 수도 없게 됐다. 햇볕에 그을리며 서핑을 즐기는 여자는 그의 취향이 아니었다. 그러나 이 게임 자체는 여전히 마음에 든다. 이번에는 잘되지 않았지만 다음에는 또 어떤 세상이 자신을 기다릴지 궁금했다.

아직 어리고 세상 물정을 모르는 여자를 떠올리며 슈타는 벌써 마음이 들떴다. 이번 실패를 참고해 상대에게 너무 기대하거나 의존하지 않고 그저 조용히 지켜보자. 마음을 느긋이 먹고 저쪽 세상을 받아들이자. AI의 개입과 변화도 너그러이 용인하자. 예상치 못한 세상도 나쁘지 않다. 저편에서는 새로운 세상이 무한히 펼쳐져 있으니까.

"무엇보다 '끝없는 세상'이잖아. 끝이 없는 게 당연해."

무심코 혼잣말이 나왔다.

―아니, '끝없는 세상'에도 끝이 있어.

그때 어디선가 목소리가 들렸다. 꼭 하늘에서 내려온 것처럼 울려 퍼진다. 슈타는 주위를 두리번거렸다. 하지만 맑고 파란 하늘만 끝없이 펼쳐져 있을 뿐 아무도 보이지 않았다.

순간 하늘에 뜬 구름이 기묘한 형태로 일그러졌다. 허물이 떨어지듯 하늘의 껍질이 벗겨졌다.

장막이 내려온 것처럼 순식간에 어둠에 휩싸였다. 블랙아웃이다. 그렇게 생각한 순간, 슈타의 의식이 끊겼다.

"'끝없는 세상'에도 끝이 있어."

리사코는 화면 속 슈타를 보며 말했다. 그가 놀란 듯 고개를 들었지만 곧 화면이 까맣게 변하며 사라졌다.

"뭐야?"

등을 맞대고 앉아 있던 유키가 돌아봤다.

"게임 오버라는 뜻이야."

"어머."

유키는 회전의자를 빙그르 돌려 리사코를 마주 봤다.

그녀 앞에 있는 컴퓨터 화면에는 지금 개발 중인 나루토 긴토키 고구마를 쓴 푸딩 이미지가 떠워져 있다. 제품은 완성됐지만 용기를 뭐로 할지 고민 중이다. 유키는 예쁜 병에 담고 싶어 하지만 그러면 단가가 맞지 않는다. 깨지기 쉬운 유리 용기는 배송도 번거롭다. 고민되는 부분이었다.

"'끝없는 세상'을 결국 끝낸 거야?"

"응."

회사 사무실에서도 한쪽은 일에 몰두하고 다른 한쪽은 게임에 빠져 있다. 이런 느슨함이 두 사람이 세운 회사의 특징이었다. 도쿠시마로 회사를 옮긴 뒤부터는 그런 경향이 더 두드러졌다. 하지만 애초에 이런 여유를 찾아 지방으로 옮겨 온 것이니 모두 문제 삼지 않았다.

조금 떨어진 자리에서 경리 담당인 료코가 고개를 들며 피식 웃었다. 은행원 출신인 그녀를 스카우트한 사람은 유키였다. 료코도 망설임 없이 도쿠시마까지 따라왔다.

"그래도 꽤 오래 만나지 않았어? 슈타하고는."

유키는 블루라이트 차단 안경을 벗고 미간을 문지르며 말했다.

"응, 괜찮은 사람이었는데 말이야. 이야기가 잘 통하고, 조급해하지도 않고."

료코가 건너편에서 다시 웃음을 터뜨렸다.

"그런데 요새 자꾸 같이 살자느니, 결혼하자느니 노래를 불러 대서."

"어머!"

"가능할 리 없잖아. 그쪽은 가상 세계고 여긴 현실인데."

"'끝없는 세상'은 그게 장점이라고 하지 않았어? 꼭 실존하는 사람과 대화하는 것 같다고. 난 잘 이해가 안 됐지만."

"AI가 계속 저쪽의 세계를 넓혀 주거든요."

료코가 끼어들었다.

"뭐? 설마 료코도 있는 건 아니지? 게임 속 연인."

"비밀이에요."

료코는 모니터 뒤로 얼굴을 숨겼다.

"그런데 슈타는 왜 그런 말을 꺼냈을까. 리사코가 싫어한다는 걸 뻔히 알 텐데. AI도 학습이 안 되나."

"아니, 그렇게 예측 불가능한 행동을 하는 게 '끝없는 세상' 속 AI의 특징이래."

"흐음."

"뭐, 어차피 슈타한테 슬슬 질리고 있었으니까. 이번에는 좀 더 사교적이고 활동적인 남자를 만들어 봐야겠어. 그래도 내가 직접 육성하는 게 아니니 또 어떻게 될지 모르지만."

"저기, 리사코."

유키는 의자 등받이에 몸을 기댄 채 다리를 포갰다.

"이제 그런 가상 연애 놀이는 그만하는 게 어때? 현실 세계에서 상대를 찾아보는 거야. 저번에 가이요정에서 알게 된 쇼이치로 씨 어때? 너한테 관심 있는 것 같던데."

"아아."

리사코는 천장을 올려다봤다.

"그 사람, 꿈이 프로 서퍼래. 사람이 좀 가벼운 느낌이기는 한데."

"그런데 톳 가공 공장의 후계자라며? 만약 서퍼 꿈이 무산돼도 안정적인 삶은 보장될걸."

"뭐, 생각해 볼게."

"'하데세카'는 계속하실 거죠?"

료코가 또다시 끼어들어 물었다.

"당연하지! 이것만은 못 끊어."

리사코는 컴퓨터 화면을 봤다. 직접 지은 슈타라는 이름이 마음에 들었는데. 갑자기 조금 서글퍼졌다.

슈타와 도쿄에서 자주 데이트하던 가상의 추억에 잠겼다. 정말 즐거웠다. 하지만 그가 갑자기 기타간토에 독채를 빌려서 이사할 줄은 몰랐다. 자신 역시 유키와 상의해 유기농 재료가 풍부한 도쿠시마로 이주했지만. 아마 그런 것들이 이 가상 연애에 그늘을 드리웠을 것이다.

그렇다면 현실 연애는 훨씬 더 어렵지 않을까. 리사코는 앞으로도 당분간 이걸로 충분하다며 다시 '끝없는 세상'의 첫 화면으로 돌아갔다.

10
—
보름달이 뜬 마을

사야코가 있다는 걸 알아차렸을 때의 가즈마의 얼굴, 그 표정 변화를 사야코도 가만히 지켜보고 있었다.

놀람은 잠시고 곧 체념이 얼굴을 스쳤다. 굳이 말하면 두려워하던 일이 결국 현실이 됐다는 놀람이나 씁쓸함보다 어차피 마주해야 할 운명이라면 일찍 마주하는 게 좋다는 심정이 엿보였다. 다리를 멈추지 않고 습관처럼 두어 걸음 사야코를 향해 다가왔을 때는 안도하는 표정마저 머금고 있었다. 아니, 그렇게 느낀 건 사야코의 착각이었을까.

사야코는 그대로 자연스럽게 가즈마에게 몸을 기대고 익숙하게 팔짱을 꼈다. 그렇게 나란히 걷기 시작했다. 늘 맡아온 가즈마의 남성용 향수 냄새가 저녁 공기 속에서 은은히 풍겼다.

아무것도 변하지 않았어, 이 사람.

사야코는 생각했다. 진심으로 나에게서 도망치려 한 게 아니었어. 오히려 이렇게 내가 찾아 주기를 바라며 자기 흔적을 여기저기 남겨 뒀잖아. 숲속에 끌려간 헨젤과 그레텔이 빵 부스러기를 흘려 흔적을 남긴 것처럼.

이건 운명이야.

우리는 결코 떨어질 수 없어. 동시에 언제나 마지막에 떠오르는 생각이 머리를 스쳤다.

난 그렇게 나쁜 여자가 아니야.

가즈마와 사야코는 서로 몸을 밀착한 채 말없이 걸었다. 아직 낯선 거리를 묵묵히 걸으며 밤의 장막이 내려오기를 기다린다. 그리고 문득 나타난 러브호텔로 들어갔다.

방에 들어간 뒤에도 두 사람은 거의 입을 열지 않았다. 말할 필요도 없다. 샤워를 하는 사람은 사야코뿐. 가즈마가 침대에 걸터앉아 담배를 한 대 피우고 방 불을 껐다. 사야코가 침대에 눕자 가즈마도 곧 옆에 누웠다. 두 사람은 한동안 나란히 천장을 바라봤다. 사야코가 가즈마의 목덜미에 입술을 살짝 대고 차가운 혀로 귓불 아래를 살며시 훑자 그게 신호라도 되는 것처럼 가즈마가 사야코 위에 몸을 포갰다.

이제는 젊었을 때처럼 서로의 몸을 탐닉하지는 않는다. 꼭 엄숙한 의식 같다고 사야코는 생각했다. 예전처럼 이 남자를 아내가 아닌 나에게 더 빠져들게 하고 싶다는 욕망도 사라졌다. 그런 건 이제 중요하지 않다. 섹스도 우리 두 사람을 이어 주는 도구 중 하나일 뿐이다. 가즈마가 사야코의 몸 안에 천천히 들어오자 사야코는 젖은 숨을 내쉬었다. 이 역시 희열과는 거리가 먼, 안도에 가까운 한숨이었다.

가즈마가 불현듯 사야코 앞에서 사라진 건 넉 달 전이었다. 회사를 그만두고 그동안 살던 월셋집도 비우고 나갔다. 이상하게도 당황스럽지는 않았다. 별 근거도 없이 반드시 가즈마를 찾을 수 있을 거라 확신했다.

불륜 관계를 맺은 지 7년. 서른네 살인 사야코에게도 그 것은 새로운 삶을 시작할 좋은 기회였다. 가즈마도 아마 그 걸 바랐을 것이다.

그런데도 사야코가 선택한 길은 자신도 일을 그만두는 것이었다. 처우와 환경이 괜찮은 외국계 상사의 정규직을 아무 미련도 없이 내팽개쳤다. 그리고 가즈마를 찾는 데 몰두했다. 가즈마의 예전 직장 동료나 지인들의 입이 무거운 탓에 결국 우회적인 방법을 써서 가즈마의 본가 주소를 알아내고, 생명 보험 판매원을 가장해 그의 나이 든 어머니에게 다가갔다. 해약 절차에 문제가 있었다는 구실로 어머니에게서 가즈마의 지금 주소를 알아내는 건 의외로 간단했다.

가즈마는 처음부터 사야코가 쫓아올 것을 예상하지 않았을까. 주도면밀하게 몸을 숨겼다기보다 어딘가 투박하고 허술한 구석이 많았다.

사야코는 망설임 없이 가즈마가 있는 산인 지역의 어느

동네로 옮겨 갔다. 전에 도쿄에서 살던 아파트와는 전혀 다른 오래된 목조 다세대 주택에 거처를 마련했다. 그리고 집 근처 슈퍼마켓에서 계산원 아르바이트를 구했다. 그렇게 생활 기반을 마련한 후 가즈마의 삶을 관찰했다.

가즈마의 삶도 크게 달라져 있었다. IT 관련 기업에서 일할 때처럼 말끔한 정장 차림이 아닌, 작업복을 입고 측량 사무소에서 일했다. 바다가 내려다보이는 언덕 중턱 단칸방에서 매일 같은 시간에 집을 나섰다. 평소 감정을 잘 드러내지 않는 아내 히사에가 가끔 배웅을 나왔다.

두 사람은 늘 별말 없이 집 앞에서 헤어졌다. 히사에는 가즈마가 언덕길을 내려가는 모습을 끝까지 보지도 않고 집 안에 들어갔다. 문을 열기 전에는 꼭 길게 한숨을 내쉬었다. 지난 1년간 놀라울 정도로 늙어 버린 히사에의 굽은 등이 그렇게 어두운 집 안으로 빨려 들어갔다.

가즈마가 연고도 없는 이곳에 이주한 건 일종의 시험이었을 것이다. 일단 사야코 앞에서 자취를 감춘다. 그래도 사야코가 끝까지 자신을 쫓아온다면 체념하고 운명을 순순히 받아들이자는, 가즈마 나름의 시험이었던 것이다. 어쩌면 이 불모의 게임에는 히사에도 암묵적으로 참여하고 있었는지 모른다.

어둠 속에서 사야코는 귀를 기울였다.

모래가 조금씩 무너지는 소리가 들린다. 그 소리는 사야코의 몸 깊숙한 곳에서 울리고 있다. 천천히 고개를 들어 가즈마를 본다. 가즈마는 평온하게 숨소리를 내며 잠들어 있다. 이곳에서 다시 만난 뒤 가즈마는 예전처럼 사야코의 집에 정기적으로 드나들게 됐다.

아무것도 달라지지 않았다. 도쿄에 있을 때와 똑같다. 서로의 생활 수준이 조금 낮아졌을 뿐이다. 자기 의지와 상관없이 사야코와는 결코 헤어질 수 없다고 깨달은 가즈마는 마침내 모든 걸 체념하고 안온함을 손에 넣었다.

7년 전 가즈마와의 첫 만남은 그리 특별하지 않았다. 사야코가 다니는 회사의 소프트웨어 개발을 가즈마의 회사가 수주한 게 계기였다. 사야코보다 다섯 살 많은 가즈마는 처음 만났을 때 이미 가정을 꾸리고 있었다. 대학 동기이던 아내 히사에와의 사이에는 에리카라는 딸도 있었다.

몇 번 술자리를 함께한 뒤 두 사람은 단둘이 만나게 됐다. 먼저 적극적으로 연락한 사람은 가즈마였지만, 특별히 속셈이 있어 보이지는 않았다. 식견이 넓고 말솜씨가 좋은 그와 함께 있으면 즐거웠다.

연인이 되기까지 시간이 꽤 걸렸지만, 그 과정도 사야코는 충분히 만족스러웠다. 특히 마지막에는 서로 몸을 섞지 않는 게 부자연스러울 만큼 충만한 기간이었다. 그러나 당연하게도 몸을 통한 뒤부터 상황이 백팔십도 달라졌다. 가즈마는 더는 사야코가 솔깃할 만한 대화를 거의 하지 않았고, 만남의 목적이 그저 사야코의 몸 때문이 아닐까 싶을 때도 있었다. 시시하고 그저 그런 남자처럼 보였지만 사야코는 그런 가즈마 이상으로 자신이 더 시시한 여자가 돼 버렸다고 느꼈다.

이미 가정이 있는 남자를 1분 1초라도 곁에 붙잡아 두고 싶어 하는, 흔해빠진 속물 같은 여자. 이상하게도 아내 히사에보다 어린 딸 에리카에게 더 질투를 느꼈다. 아마 만나기 시작했을 때부터 가즈마가 에리카 이야기를 자주 했기 때문일 것이다. 그는 딸 이야기 정도는 사야코 앞에서 얼마든 해도 괜찮다고 생각했을지 모른다. 자신과 피를 나눈, 딸이라는 여자에게 가즈마는 마음을 빼앗기고 있었다.

사야코의 그런 마음이 전해지기라도 했는지 가즈마는 점점 에리카 이야기를 꺼내지 않게 됐다. 사야코의 집을 드나들 때 되도록 가정의 냄새를 풍기지 않으려고 애쓰는 것 같았다.

어느 휴일 저녁, 가즈마는 드물게 불쑥 사야코의 집에 찾아왔다. 그리고 어스름이 짙어지는 방 안에서 사야코를 안았다. 처음에는 사야코가 예민하게 피임에 집착했다. 하지만 어느새부터인가 그것을 성실하게 완수하는 가즈마가 점점 미워졌다. 결코 에리카 외의 다른 아이(특히 사야코와의 아이)를 원하지 않는다는 부언의 메시지 같았다.

사야코는 침대에서 내려와 옷매무새를 가다듬었다. 바닥에 대충 벗어 둔 가즈마의 옷을 주워 모으려던 그때였다. 말려 올라간 셔츠의 소매 주름 사이로 모래알이 차르르 떨어졌다.

"앗!"

사야코는 나직이 외치며 발치에 떨어진 하얀 모래를 내려다봤다. 가즈마는 그런 사야코를 전혀 눈치채지 못하고 침대에서 몸을 일으켜 담배를 피우고 있었다. 그가 여기 오기 전 에리카와 모래놀이를 했다는 사실이 사야코의 마음을 철저히 무너뜨렸다. 사야코는 가즈마의 옷을 전부 발코니로 들고 나가 퍽퍽 털었다. 주머니와 바지 밑단에서 한없이 모래가 쏟아져 내렸다. 필요 이상으로 옷을 세게 터는 사야코를 보며 가즈마는 "왜 그래?" 하고 태평하게 물었다.

고개를 돌릴 수 없었다. 분명 자신은 야차 같은 얼굴을 하고 있었을 테니까.

슈퍼에서 일을 마치고 돌아가는 길에 사야코는 쇼윈도에 비친 자기 모습을 보고 깜짝 놀랐다. 윤기 없는 푸석푸석한 머리를 대충 하나로 묶고 화장도 하는 둥 마는 둥 한 얼굴로 장바구니를 든 자신이 처량하고 늙어 보였다. 어린 시절 가난이 싫어 더 나은 삶을 위해 오로지 위만 보며 달려왔는데.

친구를 사귀거나 다른 여자아이들처럼 놀지도 않고 오로

지 공부에만 매달렸다. 비참하고 괴로운 삶에서 벗어나고 싶어 장학금을 받아 대학에 진학했다. 이후 취직한 시중 은행에서 한동안 일하며 돈을 모은 후 커리어를 더 쌓기 위해 미국의 커뮤니티 칼리지에 유학을 갔다. 만약 가즈마를 만나지 않았다면 그 노력에 걸맞은 보상을 지금도 누리고 있었을 터였다.

이것은 운명이다.

사야코의 발치에 벚꽃잎 한 장이 흩날려 떨어졌다. 주위를 둘러보니 근처 초등학교 운동장에 멋들어진 벚나무가 여러 그루 서 있다. 학교 담장을 따라 심어진 십여 그루의 나무가 담장 밖 오솔길에 분홍 터널을 만들어 터널 안을 걷는 느낌을 들게 했다. 사야코는 그 초등학교의 교문 앞으로 걸어가 학교 이름을 확인했다.

요쓰노헤 초등학교.

이 특이한 학교 이름을 본 순간 이곳이 전에 살던 동네임을 깨달았다. 가즈마를 쫓아 이곳에 온 이래 묘한 기시감을 느끼고 있었다. 사업에 실패한 아버지는 채권자를 피해 전국을 떠돌았고, 그때마다 사야코도 전학을 다녔다. 이제는 살았던 곳을 일일이 기억할 수 없을 정도다.

하지만 이 요쓰노헤 초등학교의 이름만은 또렷이 기억하고 있었다. 그렇다. 나는 분명 이 학교에 입학했다. 그래서 인상에 깊이 남은 것이다. 그래도 3학년이 되기 전 이곳을 떠났다. 가즈마가 선택한 동네가 하필 내가 에리카 나이였을 때 시절을 보낸 곳이라니.

역시 운명이다.

바람에 떠밀리듯 강물에 흘러가듯 세상은 보이지 않는 어떤 거대한 힘에 의해 움직인다. 거기에 맞서 봐야 무의미하다. 쏟아지는 벚꽃의 눈보라 속에서 사야코는 몸을 부르르 떨었다.

1년 전 벚꽃이 흩날리는 계절에 도쿄 사립 초등학교에 다니던 에리카는 어느새 2학년이 됐다.

일요일 오후 늦게 사야코는 근처 편의점에 다녀왔다. 몸이 나른했다. 회사의 새 회계연도가 시작되면 항상 일이 바빠 컨디션이 무너졌다. 그때도 감기에 걸렸는지 미열이 있었다. 아무것도 할 기운이 없어 집에서 시간을 허비하다가 다음 날부터 시작될 고된 일주일에 대비해 뭐라도 먹으려고 억지로 장을 보러 나갔다. 집에 돌아와 카디건을 벗었을 때 꽃잎 몇 장이 바닥에 떨어졌다. 꽃잎은 머리에도 붙어 있었다. 편의점 옆 공원에서 만개가 지난 벚나무가 한창 꽃잎을 흩날렸다. 사야코는 짜증스럽게 머리와 옷에 붙은 꽃잎을 털어냈다. 어째서인지 벚꽃이 싫었다. 아니, '싫다'라기보다는 '무섭다'에 가까운 감정이었다.

그 후 식탁에 올려놓은 편의점 도시락을 봤다. 자기 자신이 한없이 초라하고 보잘것없이 느껴졌다. 이곳저곳을 떠돌아다니며 두려움에 떨던 어린 시절과 달라진 게 아무것도 없다. 그렇게 필사적으로 거기서 벗어나려고 애썼는데.

사야코는 뭔가에 매달리듯 휴대폰을 손에 쥐었다.

—지금은 무리야.

수화기 너머에서 가즈마는 목소리를 낮춰 말했다.

—내일 밤에 들를게.

"아니, 지금이 아니면 안 돼."

사야코는 단호하게 말했다.

"지금 당장 와 줘. 보고 싶어."

—안 돼. 에리카를 수영 교실에 데려다 줘야 해.

가즈마가 입에 담은 그 말이 사야코를 더 격분하게 했다.

"지금 당장 와 주지 않으면…… 죽을 거야."

애인의 한심하고도 상투적인 협박. 이런 말을 일삼는 여자가 되기는 정말 싫었는데. 수화기 너머에서 가즈마가 한숨 쉬는 소리가 들렸다.

40분 후 가즈마는 사야코가 사는 아파트에 찾아왔다. 현관문이 닫히자마자 사야코는 달려들어 그를 껴안았다. 가즈마가 몸을 휘청여도 그의 입술에 달아오른 자신의 입술을 겹쳤다. 뒤엉킨 혀도 뜨거웠다.

이게 다 벚꽃 때문이야. 벚꽃이 날 미치게 해.

두 사람은 옷을 벗을 겨를도 없이 현관 바닥에서 몸을 포겠다. 속옷이 벗겨지고 한쪽 다리가 높이 들어 올려진 채 그곳에 혀가 닿자 사야코는 가는 신음을 토했다. 감은 눈꺼풀 안쪽에서는 벚꽃잎이 흩날리고 있었다.

현관 바닥에서, 침대 위에서 두 사람은 몇 번이고 서로를 탐했다.

그 무렵 홀로 수영 교실로 향하던 에리카는 교차로에서 우회전한 대형 트럭에 치여 죽었다.

산인 지역에 있는 이 마을이 전에 살았던 곳임을 깨달은 뒤부터 사야코는 틈만 나면 거리를 어슬렁거렸다. 어린 시절 기억이 희미한 데다 25년이라는 세월 동안 변해 버린 마을에 익숙한 풍경이라고는 거의 없었다. 자신이 살던 집도 결국 찾지 못했다. 그래도 초등학교, 중학교, 항구, 버스 정류장, 우체국, 파출소, 상점가 등은 여전히 같은 자리에 남아 있어 그것들을 이정표 삼아 여기저기를 돌아다니며 넘치는 시간을 보냈다.

가즈마와의 관계가 다시 부활했다고 해서 전처럼 그에게 열정적으로 매달리지는 않았다. 가즈마를 만나 때로 몸을 섞는 건 잠을 자거나 일하거나 마을을 거니는 일과 비슷한 의미였다.

에리카를 잃은 후 가즈마의 마음은 죽어 버렸다. 그는 그때 억지로 자신을 부른 사야코를 탓하지도 않았다. 그런 말을 할 기운조차 남아 있지 않은 듯했다. 마음은 이미 죽었는데 살아 있는 몸만큼은 주체하지 못하는 모습이었다.

두 사람은 마치 죽은 물고기처럼 차가운 몸을 겹쳤다. 그것은 서로의 냉기를 다시금 확인할 뿐인 행위였다. 섹스하기 전 침대 위에 누워 천장을 올려다보는 가즈마의 머릿속에는 뭐가 떠오르고 있었을까. 분명 그의 영혼은 사야코의 손이 절대 닿지 않는 높은 곳에 있었을 것이다. 그러니 그 영혼을 되찾고 싶어 사야코는 그의 목덜미에 혀를 갖다 댔다. 당신이 그렇게 자신을 벌하며 사는 동안 난 이렇게 곁에 있어 줄게. 아무리 시간이 흘러도 어디서도 용서는 찾을 수 없겠지만. 그렇게 귀에 속삭였다고 믿지만 그 목소리는 물론 가즈마에게 닿지 않았을 것이다.

그 무렵부터 사야코 안에서는 모래 소리가 들리기 시작했다.

차르르, 차르르……. 이렇게 나는 원래 모습을 잃어 간다. 마치 모래 언덕이 무너져 내리듯.

지난해 초겨울 무렵 갑자기 가즈마가 사라진 건 히사에 때문일지 모른다. 에리카가 죽고 나서 부부 사이에 어떤 이야기가 오갔는지는 알 수 없고, 알고 싶지도 않다. 단지 외동딸과의 추억이 많은 도쿄를 떠나고 싶었던 게 아닐까. 가즈마는 사라졌고, 사야코는 또다시 그를 찾아냈다. 이 마을에 온 뒤부터는 사야코가 먼서 그를 부르지 않고 그저 다가

오는 그를 받아들였다. 몸 안의 모래는 여전히 무너지며 흘러내렸다.

거리를 누비는 시간이 길어질수록 어린 시절 기억이 조금씩 되살아났다. 아이였던 시절 바라보던 바닷가 마을은 상점가를 중심으로 끝없이 넓어 보였지만 지금은 한없이 작아 보인다. 내가 어른이 된 탓일까, 아니면 거리 자체가 쇠락한 탓일까.

이곳에서 중학교는 다니지 않았는데 주변 풍경이 익숙한 건 아마 이 근처에 살았기 때문일 것이다. 중학교 앞에는 아직도 문구 용품과 과자를 파는 작은 가게가 있었다. 가게 모습이 어딘가 낯익었다. 중학교 옆에는 거대한 아파트가 있는데 전에는 시멘트 공장이 있었던 자리다. 그때도 이미 폐공장이었지만.

그 밖에도 작은 공원이 있었다. 놀이기구들은 새것으로 바뀌었지만 이곳에서 놀았던 기억이 아련하게 남아 있다. 조금 더 걸어가자 작은 가옥이 빼곡히 늘어선 주택가가 나왔다. 무성한 신사 숲 옆으로 성냥갑처럼 작고 아담한 목조 단층 주택이 세 채 나란히 서 있다. 콘크리트 기와가 부서지고 벽의 모르타르도 벗겨져 있다. 세 집 모두 사람이 사는 기색은 없고 철거가 예정됐는지 집을 에워싼 노란색과 검은색 로프와 함께 '출입 금지' 팻말이 걸려 있었다.

사야코는 그 앞에 멈춰 섰다.

이 마을에 살던 시절 이곳에 유일하게 친하게 지낸 친구가 살았다는 걸 문득 떠올린 것이다. 당시도 이미 이 집들은 허름했다. 자신이 살던 집은 어딘지 잊어버렸는데 이곳만은 이렇게 선명하게 기억하는 건, 아마 그 아이와 그만큼 친했기 때문일 것이다.

엣짱.

그렇다. 그 아이를 엣짱이라고 불렀다. 에쓰코였는지 에미였는지 원래 이름은 기억나지 않는다. 별명을 떠올린 순간 그 아이와 관련된 여러 일들이 한꺼번에 되살아났다. 키가 작고 하얀 피부를 가진, 얌전한 아이였다.

초등학교에 입학했을 때 아이들은 모두 새 가방을 메고 있는데 엣짱과 사야코만은 누군가에게 물려받은 낡고 납작한 빨간 책가방을 멨다. 엣짱은 이 셋집에서 시각장애인인 어머니와 단둘이 살았다. 어머니 대신 장을 보러 가거나 빨래를 널고 걷는 일을 도맡기도 했다.

"저 집은 나라에서 생계 급여를 받고 있어."

사야코의 어머니는 그렇게 말했다. 빚쟁이에게 쫓겨 다니는 우리 가족이 생계 급여를 받는 한부모 가정보다는 우월하다는 듯한 말투였다. 그러나 그런 어른들의 사정은 아이들의 세계에 아무런 영향을 미치지 못했다. 엣짱의 어머니는 흰색 지팡이를 짚고 다녔다. 사야코가 길 건너편에서 다가와 옆을 지나가려 하면 "사야코구나?" 하고 말을 걸었다.

"앗, 아줌마. 어떻게 아셨어요?"

'눈이 보이지 않는데'라는 말은 집어삼켰다.

"발소리로 알 수 있단다."

엣짱의 어머니는 온화하게 웃으며 말했다. 그녀도 엣짱처럼 피부가 하얗고 이목구비가 단정했다. 몸짓과 말투에서 기품이 느껴졌다. 새벽부터 밤늦게까지 일하느라 늘 지쳐 있고, 입만 열면 팍팍한 집안 살림과 사업에 실패한 남편을 원망하는 말만 늘어놓는 사야코의 어머니와 전혀 달랐다.

사야코는 아무도 없는 집에 가기 싫어 엣짱의 집에 들러서 함께 숙제를 하고 근처 공원에서 놀았다.

"곧 아빠가 데리러 올 거야."

엣짱은 가끔 그렇게 말했다.

그 이야기를 집에 가서 엄마에게 하자 엄마는 흥 하고 코웃음을 쳤다.

"걔 엄마는 지금 남자한테 빌붙어 살고 있어. 세컨드로 말이야. 눈이 나빠지며 원래 남편한테 버림받았다더라. 그런 남편이 왜 아이를 데리러 오겠니?"

집에 돌아온 아빠에게 사야코가 "세컨드가 뭐야?"라고 묻자 아빠는 "애한테 자꾸 쓸데없는 거 가르치지 마" 하고 아내를 힐난했다.

그럼 엄마가 또 맞받아치며 늘 그렇듯 거친 욕설이 오가는 싸움이 시작됐다.

사야코는 돌아서서 로프에 둘러싸인 집 앞을 떠났다.

"하지만……."

비쩍 마른 개가 눈앞을 지나는 모습을 보며 사야코는 중얼 거렸다.

"하지만, 엣짱은 사라져 버렸어."

엣짱은 어느 날 문득 자취를 감췄다.

그날도 엣짱과 함께 놀다가 집에 온 사야코에게 전화가 왔다. 그날따라 어머니의 귀가가 늦어서 사야코는 먼저 이 불에 들어가 꾸벅꾸벅 졸고 있었다. 그런 사야코를 어머니 가 흔들어 깨웠다.

그렇다. 그때도 봄이었다. 3학년에 올라갔을 때인지, 아 니면 3학년이 되기 전 봄방학이었는지는 확실하지 않다. 다 만 어머니의 손에 이끌려 엣짱의 집에 가는 길에 벚꽃이 핀 걸 본 기억이 있다. 엣짱의 집 앞에는 사람들이 모여 있었 다. 경찰관, 소방대원, 학교 선생님과 이웃 주민. 엣짱의 어 머니는 실성한 사람처럼 울부짖고 있었다. 보이지 않는 두 눈에서 눈물이 끊임없이 흘러내렸다.

사야코는 어른들 앞에서 엣짱과 공원에서 헤어졌을 때의 상황을 더듬더듬 설명했다. 수상한 사람을 보지 못 했냐고 물어서 황급히 고개를 흔들었다.

"근데 있잖아요. 혹시 엣짱, 그 남편이 데려간 거 아니에요?"

사야코의 어머니가 물었다.

"우리 애한테 엣짱이 가끔 그런 이야기를 했대요."

그때는 정작 남편이 어떻게 엣짱을 데리러 오겠냐고 비웃은 주제에 어머니는 사야코를 보며 "그렇지?" 하고 물었다. 어쩔 수 없이 사야코는 조심스럽게 설명했다.

"그건 아닌 것 같아요."

엣짱의 어머니는 단호하게 고개를 흔들었다.

"하지만……."

고운 얼굴이 일그러졌다.

"사실 그 애는 아빠 얼굴을 몰라요. 낯선 사람이 와서 아빠라고 하면 따라갔을지도요."

그 가능성에 매달리고 싶은 듯한 말투였다.

수많은 사람들이 며칠이고 온 동네를 찾아다녔지만 엣짱은 끝내 발견되지 않았다. 정말 모르는 사람을 아빠로 믿고 따라갔는지도 모른다. 그 이후 일은 사야코도 알지 못한다. 얼마 지나지 않아 사야코네 가족이 급히 다시 이사를 떠났기 때문이다. 채권자들에게 거처를 들켰거나, 곧 들킬 것 같아서 학교까지 갑자기 옮겨야 했다.

어쨌든 좋지 않은 기억이다.

가즈마는 왜 하필 이런 곳으로 이사를 왔을까. 거리를 걸으며 사야코는 생각했다. 다시 만난 지 얼마 안 됐을 때 가즈마는 어쩔 수 없는 운명에 이끌리듯, 혹은 자신을 벌하는 수도승처럼 사야코를 자주 찾아왔다. 그러나 시간이 흐르며 거리가 멀어졌다. 어쩌면 이대로 헤어질지도 모른다고 생각했다. 서로 헤어지자고 확실히 이야기하지 않아도 자연스럽게 만나는 횟수가 줄고, 그러면서도 같은 마을에서는 계속 사는 것이다.

우리의 이별 방식으로는 그게 어울릴지도 모른다. 이 묘한 기억이 남아 있는 마을에서.

어느 날 별생각 없이 지나치던 길모퉁이에서 사야코는 또다시 낯익은 풍경을 발견했다. 오래돼 색이 바랜 건물 두 채가 나란히 서 있었다. 1층에 이미 문을 닫은 듯한 메밀국숫집 간판도 눈에 익었다. 옆 건물은 임대용 공동주택 같은데 입주자가 거의 없는지 썰렁했다. 사야코는 그 앞을 한 번 지나쳤다가 다시 돌아왔다. 그리고 두 건물 사이에 얼굴을 들이밀어 꼼꼼히 확인했다.

"어?"

무심코 소리가 나왔다. 이 건물 사이에 있는 골목을 어렸을 때 엣짱과 오가던 기억이 난다. 그런데 지금 보니 아무리 어린아이여도 빠져나갈 수 없을 만큼 좁다. 내가 잘못 기억하는 걸까. 다시 한번 메밀국수집 간판을 올려다보고 건물 뒤편에도 돌아가 봤다. 틀림없다. 이 건물 너머에 엣짱의 집과 초등학교, 중학교, 시멘트 공장이 있었다. 지름길이라 분명 자주 다녔는데. 사야코는 고개를 갸웃거리면서도 일단 그곳을 떠났다.

그 무렵 사야코는 마트 계산원 일을 그만두고 항구의 페리 선착장 매표소에서 일했다. 가즈마에게는 알리지 않았다. 가즈마는 잊을 만하면 가끔 사야코를 찾아왔다. 두 사람 사이에서 대화는 거의 사라졌다. 사야코와 가즈마는 의식적으로 섹스를 했고, 사야코는 자신 안에서 들리는 모래 소리에 귀를 기울였다.

선착장에서 표 파는 일은 근무 시간이 일정하지 않았다. 새벽이나 밤늦게 일할 때도 있었다. 사야코는 중고 자전거를 사서 아파트와 항구 사이를 오갔다. 그 출퇴근길에도 두 건물이 있었다.

어느 날 밤늦게 일을 마치고 돌아가는 길에 그 건물 앞을 지났다. 습관적으로 건물 사이 틈새를 힐끗 본 사야코는 급히 브레이크를 잡았다. 그리고 천천히 자전거에서 내렸다. 메밀국숫집의 녹슨 셔터에 자전거를 기대어 세우고 두 건물 사이를 들여다봤다.

틈새가 벌어져 있었다.

지금의 사야코도 어렵지 않게 통과할 수 있을 정도로. 사야코는 그 앞에서 멍하니 서 있었다. 그리고 침을 꿀꺽 삼키고 틈새에 발을 들여놓았다.

보름달이 뜬 밤이었다. 벌어진 틈새에서도 달빛이 비쳤다. 발밑은 콘크리트 바닥이고, 갈라진 곳에서 자란 짧은 잡초들이 잘 보였다. 회색 빌딩 옆 벽에는 검게 금이 가 있다. 안쪽 깊숙한 곳에서는 낙서도 발견했다.

튤립꽃, 줄넘기하는 여자아이, 강아지와 작은 새. 소녀가 그린 듯한 그림이 달빛에 비쳐 보였다. 마지막 그림에는 글씨도 섞여 있었다. 삐뚤빼뚤한 글자로 '사야코', '엣쯔코'라고 적혀 있는 걸 읽고 사야코는 깜짝 놀라 숨을 삼켰다. 글자에서 눈길을 뗄 수 없었다. 손가락으로 글자를 짚어 봤다. 손에 분필 가루가 묻었다. 쓴 지 얼마 안 된 듯하다. 25년도 더 전에 쓴 것이라고는 도저히 믿을 수 없었다.

사야코는 조심스레 발걸음을 옮겼다. 건물 사이를 빠져나가자 그곳에는 보름달이 비치는 거리가 한눈에 펼쳐졌다.

가장 먼저 깨달은 건 원래 있어야 할 편의점이 사라졌다는 사실이다. 10층짜리 아파트, 멋들어진 주택가도 보이지 않고 월정액 주차장도 없다. 그 대신 높은 굴뚝이 있는 목욕탕, 두부 가게, 가족이 운영하는 작은 슈퍼마켓이 있다. 단층 목조 주택 사이에는 밭도 드문드문 보였다.

이곳은 사야코와 엣쨩이 뛰어놀던, 그리운 옛 마을이었다.

밤 11시가 넘었는데도 집 안에서 나오는 환한 불빛이 거리를 밝혔다. 하지만 아무리 오래 걸어도 사람은 단 한 명도 마주치지 못했다. 두부 가게 앞에는 저녁에 뿌린 듯한 물 자국이 남아 있고, 어느 집 창문으로 보이는 식탁에는 식사를 마치고 치우지 않은 그릇들이 그대로 어질러져 있다. 그런데도 인기척은 어디에도 없었다.

사야코는 우연히 들어오게 된 과거 마을을 누볐다. 엣짱의 집에도 불이 켜져 있었다. 집을 둘러싼 로프는 사라졌고 현관 앞에는 화분이며 세발자전거, 대나무 빗자루 같은 것이 어수선하게 놓여 있다. 사야코는 엣짱의 집 현관문을 소리 내어 열었다. 신발장 위에 크고 작은 나무 달마 인형이 있는 것도 낯익었다.

"엣짱."

사야코는 조용히 불렀다. 대답이 없다.

"아줌마."

꼭 초등학생으로 돌아간 기분이었다. 신발을 벗고 집 안에 들어섰다. 벽에는 엣짱이 미술 시간에 그린 그림이 압정으로 붙어 있다. 몇 개 없는 방을 다 살폈지만 엣짱과 엣짱의 어머니도 보이지 않았다.

뭔가에 홀린 사람처럼 사야코는 계속 마을을 헤매고 다녔다. 그리고 결국 기운을 소진하고 다시 그 건물 사이 틈을 지나 밖으로 나갔다.

다음 날 길 앞을 지날 때는 건물 사이가 좁게 닫혀 있었다.

사야코는 매일같이 그 건물 앞을 지났다. 낮일 때도, 밤일 때도 건물과 건물 사이에는 아무도 통과할 수 없는 좁은 공간뿐이었다.

다시 그 틈을 발견한 건 보름달이 뜬 밤이었다. 건물 사이가 열려 과거 마을에 갈 수 있는 건 오직 보름달이 뜬 밤뿐이라는 걸 알게 됐다.

환한 달빛 아래에서 희미한 잿빛 그림자를 늘어뜨리며 사야코는 텅 빈 마을을 돌아다녔다. 이런 기묘한 현상이 나타나는 이유에 대해서는 더는 생각하지 않기로 했다.

거리의 모든 것이 꿀색 달빛에 반짝이고 있었다.

어느 집 현관 앞에는 개가 따분한 얼굴로 엎드려 있고, 중학교 운동장에는 조명등이 켜져 있다. 조금 전까지 가지고 논 것 같은 축구공이 여기저기 흩어져 있지만 역시 사람은 없다. 중학교 옆에는 조명과 달빛에 비치는 시멘트 공장이 있었다. 부지 안에는 거대한 모래 산이 쌓여 있고, 그 꼭대기에서 폐허가 된 공장을 향해 긴 벨트 컨베이어가 뻗어 있었다.

사야코는 '출입 금지' 팻말이 걸린 문을 열고 안에 들어갔다. 폐공장 안은 불빛이 없어 발밑이 캄캄했다. 텅 빈 내부를 지나 컨베이어로 올라가는 나선 계단 밑에 섰다. 전에는 이곳에 자주 온 것 같았다. 엣짱과 이 안에서 놀았을지도 모른다.

나선 계단은 녹슬고 부식돼 군데군데 구멍이 나 있고 용접이 떨어진 부분이 있는지 삐걱대는 소리를 울렸다. 꼭대기에 올라서자 달빛이 닿은 벨트 컨베이어가 선명하게 보였다. 사야코는 그 위에 발을 올렸다. 계단과 다르게 벨트 컨베이어는 견고했다.

천천히 그 위를 걸었다. 공장 건물에서 뻗은 벨트 컨베이어는 완만하게 기울어지며 모래 산 꼭대기를 향해 있었다. 허공에 떠 있어 높이가 상당하지만 무섭지는 않았다. 반드시 끝까지 가야 한다는 생각 때문에 조급해졌다.

벨트 컨베이어 끝에 다다라 아래를 내려다봤다. 모래 산 너머에 모래를 퍼서 벨트 컨베이어에 싣는 녹슨 버킷이 검은 그림자를 드리우고 있다. 모래 산 정상은 분화구처럼 움푹 파여 있다. 사야코는 그 개미지옥 같은 구멍을 지그시 내려다봤다.

그때, 구멍 가장 깊은 곳에서 뭔가가 팔랑거리면서 움직이는 게 보였다. 사야코는 허리를 숙이고 눈을 부릅떴다. 그것이 어린아이가 내민 손바닥이라는 걸 알아챈 순간 온몸의 피가 얼어붙는 것 같았다. 몸을 뒤로 젖히자 벨트 컨베이어가 끼익, 삐걱 소리를 울리더니 덜컹하고 한 칸 내려앉았다.

벨트 컨베이어가 불안하게 흔들리기 시작했다. 사야코는 그 위에 엎드려 매달렸다. 그리고 무너지기 전 몸을 웅크려 허겁지겁 공장 쪽으로 기어갔다. 나선 계단을 미끄러지듯 내려갈 때는 심장이 미친 듯이 뛰었다. 공장을 빠져나온 뒤에는 보름달이 비치는 거리를 무작정 달렸다. 인기척 없는 고요한 대로, 초등학교 옆을 숨을 헐떡이며 뛰었다.

건물 틈새를 빠져나가 다시 자전거에 올라타고 온 힘을 다해 페달을 밟았다. 집에 도착할 무렵에는 숨이 거칠게 차오르고 끈적한 땀 때문에 살갗에 속옷이 달라붙어 있었다. 떨리는 손으로 집 문을 잠그자 구역질이 치밀어 올랐다. 화장실에 달려가 속에 든 것을 게워냈다. 더는 나올 게 없어 헛구역질만 하다가 고통 때문에 눈물이 주르륵 흘렀다. 사야코는 손으로 입을 틀어막고 몸을 덜덜 떨었다. 한기가 몸을 파고들어 도저히 일어설 수 없었다.

벨트 컨베이어 끝에서 25년 전 기억이 봇물 터지듯 되살아났다. 그것은 거센 파도처럼 밀려와 사야코를 집어삼켰다.

엣짱은 거기서 떨어졌다. 모래 산 꼭대기의 개미지옥 같은 그 웅덩이로. 당시 출입 금지였던 폐공장 안에서 놀던 사야코와 엣짱은 벨트 컨베이어 위를 함께 걸었다. 엣짱이 앞에 서서 모래 산 꼭대기를 내려다보고 있을 때, 부서진 벨트 컨베이어가 덜컹 흔들렸다. 흔들림 때문에 발을 헛디딘 엣짱은 그대로 모래 구덩이에 떨어지고 말았다.

아차 했을 때는 이미 엣짱의 다리가 모래 속에 잠겨 있었다. 벨트 컨베이어 끝에 매달린 사야코를 엣짱이 올려다봤을 때는 가슴까지 모래에 파묻혀 있었다. 그때 내가 뭘 할 수 있었을까. 나 역시 떨어지지 않으려고 간신히 매달려 있을 뿐이었다.

엣짱도 자신에게 무슨 일이 일어났고, 일어나고 있는지를 정확히 이해하지 못했던 것 같다. 사야코를 올려다볼 때는 멋쩍은 미소까지 머금고 있었다. 불길하게 삐걱거리는 벨트 컨베이어의 아래쪽을 힐끗 한 번 보고, 다시 모래 더미를 내려다봤을 때 엣짱은 모습은 사라지고 없었다. 힘없이 팔랑이던 엣짱의 손바닥이 모래 속으로 사라지자 주변이 쥐 죽은 듯 고요해졌다.

"엣짱!"

그제야 사야코는 엣짱의 이름을 불렀다. 모래 위로 들어가 모래 아래로 빠져나온다. 그런 우스꽝스러운 상상이 머리를 스쳤다. 벨트 컨베이어를 급히 되돌아가 나선 계단을 내려갔다. 공장을 가로질러 모래 더미 아래에 도착했다. 엣짱은 보이지 않았지만 사야코는 한동안 그곳에서 기다렸을 것이다.

그리고 천천히 뒷걸음질 쳐 이내 달리기 시작했다. 바로 옆에 엣짱의 집이 있지만 어쨌든 자기 집으로 돌아가야 한다는 압박감에 사로잡혀 뛰었다. 가는 도중 초등학교의 긴 담장 옆을 지났다. 담장에서 벗나무 가지가 뻗어 생긴 분홍빛 터널 아래를 달렸다. 벚꽃잎이 떨어졌다. 쏟아지는 꽃잎 때문에 앞이 보이지 않을 정도였다.

무서웠다. 그 분홍빛 홍수와 뒤에 두고 온 엣짱의 모습이 겹쳤다. 팔랑팔랑 흩날리는 꽃잎. 팔랑거리던 엣짱의 손바닥. 너무 무서워 한시라도 빨리 그곳에서 도망치고 싶었다. 그런데도 벚꽃 터널에서는 좀처럼 빠져나가지 못했다. 쏟아지는 벚꽃잎 속에 사야코는 그 무서운 기억을 깊숙이 묻어버렸다.

그때도 집에 돌아가 토했다. 화장실에서 토하고 나자 의식이 몽롱해져 왜 토했는지도 알 수 없었다. 그대로 깔린 이불 속에 파고들어 한없이 잠들었다. 그때부터였다. 화장실 바닥에 웅크린 채로 사야코는 떠올렸다.

차르륵, 차르륵……. 내 안의 모래 소리는 아주 오래전부터 시작된 것이었다.

그 뒤로는 보름달이 뜬 마을에 가지 않았다.

항구에 가는 경로를 바꿔 그 건물 앞을 지나지 않으려 했다. 시멘트 공장이 철거됐을 때 왜 엣짱이 시신이 발견되지 않았을까. 그런 의문이 들었지만 곧 떨쳐냈다. 그런 걸 떠올리기 시작하면 왜 갑자기 25년 전의 마을이 눈앞에 나타났는지부터 따져야 하니까.

흐르는 계절 속에서 담담히 일상을 보냈다. 가즈마는 한 달 내내 오지 않을 때도, 며칠을 연달아 올 때도 있었다. 그해가 저물고 새해가 밝았다.

어느 해 질 무렵에 누군가가 집 문을 조심스럽게 두드렸다. 가즈마가 아니라는 건 알 수 있었다. 사야코는 깊이 생각하지 않고 문을 열었다. 가즈마의 아내 히사에가 서 있었다. 두 사람은 무표정한 얼굴로 한동안 마주 보고 있었다.

"남편과 헤어져 주세요."

히사에가 말했다.

"저희, 도쿄에 다시 돌아가기로 했어요."

사야코는 아무 말도 하지 않았다.

"이제 더 이상 쫓아오지 마세요."

히사에는 마치 써 온 글을 읽는 것처럼 감정이 담기지 않은 목소리로 말했다.

정말이지 판에 박힌 듯한 상황이라고 사야코는 생각했다. 본처가 남편의 애인에게 하는 말로 이렇게 완벽하게 전형적인 대사도 없을 것이다. 이 사람은 이제야 자신이 해야 할 말을 깨달은 것이다. 조금 더 일찍 나를 찾아와서 이렇게 말해야 했다.

히사에는 다시 한번 확인하듯 사야코를 가만히 바라보고는 돌아갔다.

차르륵, 차르륵……. 또다시 모래가 흐르기 시작했다.

그렇다면. 사야코는 몸속에 있는 모든 게 흘러 나가는 듯한 기분으로 생각했다.

그렇다면, 나도 애인으로서 내가 해야 할 일을 해야겠지.

다음 보름달이 뜬 밤, 드물게 사야코가 먼저 가즈마를 불렀다. 가즈마는 순순히 부름에 응했다. 히사에가 사야코를 찾아간 사실을 아는지는 알 수 없다. 하지만 그런 건 상관없었다.

사야코와 가즈마는 날이 저문 시간에 상점가 외곽에서 만나기로 했다. 처음 다시 만났을 때처럼 두 사람은 나란히 서서 걸었다.

이건 운명이야.

사야코는 속으로 중얼거렸다.

그 건물 두 채 앞에 다다랐다. 틈새는 열려 있었다. 가즈마의 팔을 살며시 끌어 건물 사이를 지났다. 가즈마는 그런 사야코에게 '왜?'라거나 '어디로 가는 거야?'라고 묻지 않았다.

인기척 없는 보름달 마을에 들어서서도 가즈마는 입을 열지 않았다. 그는 넋이 나간 듯한 얼굴로 아름다운 보름달을 올려다봤다. 두 사람은 천천히 80년대풍의 거리를 걸었다. 시멘트 공장의 철문은 지난번 사야코가 도망쳐 나왔을 때처럼 활짝 열려 있었다. 사야코의 손에 이끌려 가즈마는 나선 계단을 올랐다. 벨트 컨베이어 앞에 서서 그 끝에 있는 것을 바라보며 입을 열었다.

"이야, 모래 산이네."

가즈마는 싱긋 웃었다. 그리고 사야코가 재촉하지도 않았는데 벨트 컨베이어의 고무벨트 위를 척척 걸어갔다. 잠시 후 사야코도 그 뒤를 따랐다. 끝에 도착한 가즈마가 온몸으로 달빛을 받으며 사야코를 돌아봤다. 여전히 웃고 있다. 더없이 다정한 미소다. 사야코가 그 곁에 다가갔을 때는 이미 모래 산 위의 분화구를 내려다보고 있었다.

"안녕, 가즈마."

사야코는 그의 등을 살며시 밀었다. 가즈마는 다리부터 모래 산 위로 떨어졌다. 사야코를 올려다보는 가즈마의 얼굴에는 진심으로 안도하는 듯한 표정이 떠올랐다.

가즈마가 서서히 모래에 삼켜지는 모습을 사야코는 말없이 지켜봤다. 그의 머리가 모래 속으로 사라졌을 때 나지막이 중얼거렸다.

"난 그렇게 나쁜 여자가 아니야."

사야코는 이제 달리지 않았다. 보름달이 뜬 거리를 천천히 걸었다. 모든 것이 고요에 잠겨 있었다.

두 건물 앞에 다다랐을 때 사야코는 다시 뒤를 돌아봤다. 이제 두 번 다시 이곳에 올 일은 없을 것이다. 보름달이 환하게 비치는 거리의 풍경을 머릿속에 새겼다.

그때.

건물과 건물 사이 어둠에서 탁, 탁, 탁 하는 뭔가 단단한 소리가 울렸다. 사야코는 화들짝 놀라 몸이 굳었다. 이 마을에서는 처음 듣는 소리. 건물 사이에서 누군가 다가오고 있었다.

처음 보인 것은 하얀 지팡이였다. 그리고 잠시 후 원피스에 수수한 카디건을 걸친 중년 여자가 보였다. 그녀는 지팡이로 앞을 조심스레 더듬으며 건물 사이에서 나왔다. 굳이 눈을 크게 뜨지 않아도 그 사람이 누군지는 알았다. 사야코는 작게 신음하며 몇 걸음 물러섰다. 엣짱의 어머니는 귀로 인기척을 느낀 것처럼 사야코에게 다가왔다.

"사야코구나?"

말문이 막혔다. 엣짱의 어머니는 사야코에게 얼굴을 쑥 들이밀더니 감은 두 눈을 활짝 떴다. 뿌옇게 흐려진 눈동자가 초점을 잡지 못하고 이리저리 흔들렸다.

"에쓰코는 어딨니?"

사야코는 결국 참지 못하고 히익 하고 비명을 질렀다.

"엣짱이 아빠한테 끌려간 게 아니냐고 네가 그랬지?"

무릎이 덜덜 떨려서 가만히 서 있을 수 없었다. 길 위에 주저앉은 사야코를 향해 엣짱의 어머니가 다그쳤다.

"누가 데려간 거야? 어서 말해. 네가 봤잖아?"

"몰라요, 전 몰라요……."

사야코는 어린아이처럼 고개를 흔들었다.

거리에서 아이들의 웃음소리가 들렸다. 사야코는 깜짝 놀라 뒤돌아봤다. 엣짱의 어머니도 보이지 않는 눈을 그쪽으로 향했다.

길 건너편에서 남자와 여자아이가 손을 맞잡고 걸어오는 모습이 보였다. 가까워지니 두 사람이 가즈마와 엣짱이라는 걸 알아볼 수 있었다. 두 사람은 즐겁게 대화를 주고받으며 걸어오더니 사야코와 엣짱 어머니 앞에 멈춰 섰다. 둘 다 온몸이 모래투성이다. 방금 그 모래 산의 개미지옥에서 빠져나온 것처럼. 그걸 깨달은 순간 사야코의 목에서 마른 비명이 터져 나왔다.

"사야코!"

엣짱이 기쁜 듯이 외쳤다.

"아빠가 데리러 와 줬어! 내가 그랬지? 언젠가 꼭 아빠가 올 거라고."

"아니, 그 사람은 네 아빠가 아니야! 에쓰코."

엣짱의 어머니가 외쳤다.

"아니야, 엄마. 이 사람, 아빠 맞아."

엣짱이 깔깔 웃음을 터뜨렸다.

"아니야. 모르는 사람이야, 에쓰코. 네 아빠가 아니야."

엣짱의 어머니는 지팡이를 던지고 딸을 붙잡기 위해 허공에서 두 손을 휘저었다. 그러나 정확한 방향을 잡지 못하고 엉뚱한 쪽으로 발걸음을 옮긴다.

"이 아이는 제 딸입니다."

가즈마는 엣짱의 몸에 묻은 모래를 털어 주며 차분히 말했다. 엣짱의 몸에서 떨어진 모래가 사야코에게도 흩날렸다.

"에쓰코, 에쓰코……."

엣짱의 어머니는 필사적으로 딸을 부르며 다가가려고 했다.

가즈마가 이번에는 자기 몸에 묻은 모래를 털었다. 머리카락, 걷어붙인 셔츠 소매, 바지 밑단에서 엄청난 모래가 우수수 쏟아져 수북이 쌓였다.

"제 딸이라니까요."

가즈마는 조금 기분이 상한 것처럼 거듭 말했다. 그럴 때도 몸에서는 계속 모래가 쏟아져 나와 사야코의 발이 모래에 묻혔다.

"조금 전까지 모래놀이 했어."

엣짱이 '그렇지?'라고 묻는 것처럼 가즈마를 향해 웃어 보였다.

"거짓말하지 마. 돌려줘. 내 아이를……."

엣짱 어머니의 목소리는 거의 비명에 가까웠다.

가즈마는 대답하지 않고 엣짱에게 손을 내밀었다.

"자, 가자. 에리카, 엣짱."

그렇다. 가즈마는 에리카를 엣짱이라고 불렀다.

그렇게 생각했을 때 사야코는 또다시 몸속에서 모래가 흐르는 소리를 들었다. 난 이렇게 무너져 사라지겠구나. 가즈마의 몸에서 떨어진 모래 속에서 자신의 다리가 점점 형체를 잃어 가는 게 보였다.

차르륵, 차르륵…….

무릎에서 허리까지 자신의 몸이 모래가 되어 허물어져 가는 모습을 사야코는 그저 말없이 지켜봤다.

엣짱은 가즈마의 손 위에 살포시 손을 얹었다. 두 사람은 다시 웃으며 골목길을 돌아 멀어졌다. 달빛이 그 덧없는 부녀를 부드럽게 비췄다. 엣짱의 어머니는 울며 그 자리에 주저앉았다.

울음소리를 들으며 사야코는 보름달 아래에서 모래가 되어 갔다.

11

어머니의 자화상

복도의 불이 꺼졌다.

밤 9시 30분. 소등 시간이다. 면회 시간은 이미 7시에 끝났기에 복도는 쥐 죽은 듯 고요했다. 간혹 호출에 응하는 간호사의 발소리가 들린다. 어디선가 병실 문이 여닫히는 소리와 소곤거리는 소리가 들리기도 한다. 하지만 그것들도 이내 사라지고 다시 정적에 휩싸였다.

환자들에게는 긴 밤의 시작이다.

"불 켤까요?"

침대 머리맡 스위치에 손을 뻗은 가쓰야를 향해 아버지는 천천히 고개를 흔들었다.

"됐어. 그건 너무 눈부셔."

"네."

가쓰야는 개인실 안 자기 침대에 앉았다. 낮에는 소파로 쓰는 간이침대다. 문 위에 있는 반투명 유리에서 스며드는 희미한 복도 불빛과 바이털 데이터를 표시하는 모니터의 푸르스름한 빛. 그 두 가지만으로도 방 안이 훤하다. 베개에 머리를 얹은 아버지의 야윈 얼굴, 침대 머리맡에 붙은 '소화기과 후세 도시오'라는 진료과와 아버지의 이름도 또렷이 읽혔다.

여든아홉 살의 아버지는 말기 직장암이다. 앞으로 몇 달 안 남았다는 시한부 선고를 받고 시간이 꽤 지났다. 이번 입원이 마지막이라는 걸 가쓰야뿐만 아니라 본인도 잘 알고 있다.

아버지의 병세가 악화돼 더는 손쓸 도리가 없다는 말을 들었을 때 가쓰야는 정년을 1년 앞당겨 회사를 그만뒀다. 아버지는 그렇게까지 할 필요는 없다며 완강히 만류했지만 가쓰야는 듣지 않았다. 일에는 아무 미련도 없었다.

어머니인 가나에는 13년 전인 일흔한 살에 뇌출혈로 허무하게 세상을 떠났다.

"결국 너도 끝내 혼자구나."

아버지가 중얼거렸다. 딱히 나무라는 투는 아니다. 환갑을 앞둔 아들의 결혼 같은 건 이미 오래전 포기한 줄 알았지만 이렇게 병실에 함께 머무르게 된 뒤부터 몇 번인가 그 이야기를 꺼냈다. 그제야 아버지의 마음 한구석에 아직 미련이 남아 있다는 걸 깨달았다.

만약 아들이 결혼했다면 며느리가 자신을 간병하고 아들은 회사를 그만두지 않아도 됐을 거라 생각하는 걸까. 그뿐만 아니라 손자나 증손자의 얼굴을 볼 수도 있었을 거라 기대한 걸까. 외아들인 자신이 끝내 독신으로 남은 탓에 아버지의 인생도 뜻대로 되지 않았다. 이제 와서 후회하지는 않지만 효도하지 못했다는 생각은 어쩔 수 없이 머리를 스쳤다.

그걸 만회하려는 뜻까지는 아니지만 어쨌든 지금 가쓰야는 이렇게 임종이 가까워 온 아버지의 곁을 지키고 있다. 어머니가 떠난 이후 남자 둘이 살아오며 좀처럼 가지지 못한 농밀한 시간을 보내는 중이다.

"뭐 그렇죠. 면목이 없네요."

그렇게 대답하자 아버지는 이가 빠진 입을 살짝 벌려 웃었다.

"면목이 없다고 느끼긴 하나 보네."

이런 상황이 아니었다면 이렇게 솔직한 마음을 털어놓는 일도 없었을 것이다. 가쓰야는 회사를 그만두기를 잘했다고 새삼 느꼈다.

"나까지 죽으면 넌 이제 정말 혼자야."

담담히 말하는 아버지는 이미 자신의 죽음을 받아들이고 있었다.

"네. 그러겠죠."

설마 나이 든 아들이 마음에 걸려 편히 눈을 못 감을 것 같다고 하지는 않겠지. 그 자신도 이제 인생의 황혼기에 접어든 가쓰야는 어정쩡하게 미소 지었다.

"저세상에 가서 네가 결혼도 못 하고 정년을 맞았다고 가나에한테 말하면 그 여자는 뭐라고 할까."

"'그렇구나. 뭐 그것도 괜찮죠'라고 할걸요."

그것만은 곧장 대답이 나왔다. 아버지는 다시 입을 벌려 미소 지었다. 그러고는 어디가 아픈지 얼굴을 살짝 찌푸렸다. 통증은 모르핀으로 가라앉히고 있을 텐데 약효가 충분하지 않은 걸까. 참을성 강한 아버지는 그런 걸 말로 표현하지 않았다.

"그래. 그 여자라면 분명 그러겠지."

어머니가 세상을 떠났을 때 가쓰야는 40대 중반이었다. 그전까지 어머니는 한 번도 가쓰야에게 결혼을 재촉하지 않았다. 친척 중 오지랖 넓은 사람들이 이런저런 참견을 해도 묵묵히 듣기만 하다가 완곡하게 거절했다. 가쓰야가 하고 싶은 대로 하게 내버려뒀다.

어머니는 세상의 상식이나 체면 따위에 얽매이지 않는 사람이었다. 자기주장을 강하게 펼치지는 않지만 강단 있는 사람으로, 다른 사람의 말에 쉽게 휘둘리지 않았다. 그래서 친척들 사이에서는 조금 별난 사람 같았을지 모른다.

"가나에가 저런 식이니 너도 계속 혼자인 거야."

그렇게 쓴소리하던 이모들도 이제는 거의 세상을 떠났다.

"결혼도 나쁘지는 않은데 말이야."

아버지가 중얼거린 그 말에서는 묘한 무게감이 느껴졌다. 그러고는 눈을 감기에 잠든 줄 알았는데 잠시 후 아버지는 다시 나지막이 말했다.

"아주 오래전 네 엄마가 일주일쯤 집을 나간 적이 있지? 기억하니?"

"언제요?"

"가나에가 쉰일곱 살 때였으니 벌써 27년 전인가……."

"그럼 제가 서른두 살 때네요. 그때는 나고야에 있었어요."

생각을 정리하며 대답했다. 가쓰야는 건축 자재를 판매하는 회사에서 영업직으로 근무하며 여러 지점을 전전했다. 30대 초반에는 나고야 지사에서 근무했다. 회사에서 중견이라 불리는 시기에 접어들어 공사와 건축 현장을 분주히 오가던 시절이다. 영업 실적이 좋아서 거래처 사람이나 동료들과 술자리가 많았다.

"내가 전화했었지? 엄마가 어디 갔는지 혹시 짚이는 데 없냐고."

"아……."

듣고 보니 기억이 났다. 평소답지 않게 아버지는 다급하게 전화를 걸어 왔다.

—네 엄마가 사라졌다.

첫마디는 그것이었다.

"뭐라고요?"

그렇게 되물었던 것 같다. 근무 시간에 아버지에게 전화가 온 적은 그전까지 한 번도 없었다. 휴대폰이 흔치 않았던 시절이다. 가쓰야는 사무실 자기 자리에 앉아 아버지의 이야기를 들었다.

낮이었으니 아버지도 일하는 중이었을 것이다. 법무사인 그는 개인 사무소를 운영하고 있었다. 늘 침착하고 냉정한 아버지가 이렇게 당황하는 모습을 보는 건 처음이었다. 그제야 상황이 심각하다는 걸 깨달았다. 전업주부인 어머니가 갑자기 행방이 묘연해지다니, 사건 혹은 사고에 휘말린 게 아닐까 걱정했다. 기억이 점점 또렷해졌다.

그러나 그게 아니었다. 어머니는 분명히 쪽지를 남기고 떠났다. 일주일 정도만 집을 비우겠다는 짧은 쪽지를. 하지만 그것만으로 납득할 리 없었다. 그래서 아버지는 아내가 갔을 만한 곳에 대해 짐작 가는 게 없느냐고 아들에게 물으러 전화한 것이다.

"그래도 어머니는 돌아왔잖아요?"

"그래. 정확히 일주일 뒤에 돌아왔지."

아무 일 없었던 것처럼. 아버지는 그때도 전화를 걸어 그렇게 말했다.

아마 아는 사람이 죽어서 급히 그곳을 찾았다고 했던 것 같다. 그렇다고 해도 너무 무책임하고 갑작스러웠다. 적어도 남편에게는 행선지를 제대로 알리고 떠나야 하지 않느냐고 아버지는 화를 냈다.

그 뒤로는 일에 쫓겨 도쿄에 있는 본가를 찾을 기회가 없었다. 두 사람이 어떻게 화해하고 수습했는지는 알 수 없지만, 그해 연말에 집에 갔을 때는 두 분 다 평소와 똑같았다. 그 일에 대한 이야기가 나온 적도 없어서 가쓰야도 굳이 이야기를 꺼내지 않았다.

아버지가 그렇게까지 소란 피울 일은 아니었던 것 같다고 멋대로 결론 내리고 이후에는 완전히 잊고 지냈다. 그래서 지금 아버지가 그 일을 다시 언급하는 이유를 알 수 없었다.

"그때는 말이지……."

아버지가 가래 섞인 기침을 했다.

"네 엄마의 옛 연인이 죽은 거였어."

"그래요?"

어머니에게 결혼 전 연인이 있었다는 이야기는 들은 적이 없었다. 하지만 이제 와서는 아무렇지도 않다. 이미 지나간 일이다. 어머니는 세상을 떠났고, 아버지도 오래 사시지 못할 것이다.

"그럼 그때 어머니는 장례식에 다녀온 건가요?"

"아니, 장례식은 이미 끝났다고 하더라."

그럼 왜 일주일이나 걸렸을까. 죽은 옛 연인을 기리고 싶었을까. 그만큼 소중한 사람이었을까. 그런 생각이 머리를 스쳤지만 입에 담지 않았다.

아버지도 침묵했다. 눈을 감지는 않고 천장을 가만히 올려다봤다.

"그 연인이라는 사람의 이름은 이쿠시마 요시토라고 해. 나도 알던 사람이지."

"그렇군요."

그렇게 맞장구칠 수밖에 없었다. 부모님이 연애결혼을 했다는 건 들었지만 구체적으로 어디서 어떻게 만났는지는 듣지 못했다.

"그 사람도 미대생이었지."

그 말을 듣고서야 떠올랐다. 어머니인 가나에도 미대에 다녔다. 또래 여성으로서는 보기 드문 이력이었다. 유화과였다고 들었는데 정작 가쓰야는 어머니가 그림을 그리는 모습은 한 번도 보지 못했다.

그렇지만 어머니의 통찰력 있는 시선이나, 고독한 영혼이 깃든 듯한 삶의 태도는 어쩌면 미술을 배운 경험에서 비롯된 게 아닐까 하고 생각한 적은 있었다.

"난 이쿠시마에게서 네 엄마를 빼앗아 결혼했어."

상념에 잠겨 있던 탓에 하마터면 아버지의 말을 놓칠 뻔했다.

"정말인가요?"

어리둥절해서 한 박자 늦게 물었다.

"그래."

아버지는 대수롭지 않다는 듯이 말했다.

"난 네 엄마를 만나기 전부터 이쿠시마와 알던 사이였고."

그때 창밖에서 구급차의 사이렌 소리가 들렸다. 소리는 병원 앞 도로를 지나 멀어졌다. 오늘은 이 병원이 응급실 당번이 아닌 듯했다.

소등 시간이 지나도 아버지는 좀처럼 잠들지 못했다.

이렇게 잠 못 이루는 밤은 전에도 자주 있었다. 아버지는 그런 날이면 몸을 뒤척이며 한숨을 쉬었고, 곁을 지키는 가쓰야도 함께 잠을 설쳤다. 하지만 오늘은 몸 상태가 좋은지 오래 이야기해도 피곤해 보이지 않았다. 가쓰야는 묵묵히 아버지의 말에 귀를 기울였다.

"난 그때 대형 법무사 사무소에서 일하고 있었어. 신입이었으니 하루라도 빨리 일을 배우고 싶어 진이 빠질 정도로 일했지. 술도 많이 마셨어. 젊었으니."

사무소 소장이 쾌활하고 사교적인 사람이라 직원들과 자주 술자리를 가졌다고 한다. 특히 그는 부지런하게 일하던 아버지를 마음에 들어 했다.

"그러다 보니 밤거리에도 제법 익숙해졌지. 소장이 데려가 주는 가게들 외에 내 취향에 맞는 가게도 찾았고."

아버지가 혼자 가던 곳은 접대부 없이 조용히 술을 마실 수 있는 가게였다.

"'퍼플'이라는 가게였어. 어둡고 한산한 가게 내부에 '파두'라고 하는 포르투갈의 서글픈 민요가 흐르는, 그런 곳이었지."

회사 사람들과 떠들썩하게 술을 마신 후 그곳에 들러 희석 위스키를 한두 잔 더 마시고 집에 가는 게 아버지의 습관이 됐다. 가게 주인은 별로 의욕이 없고 손님에게 말도 잘 걸지 않는 무뚝뚝한 중년 남자였다. 술을 내놓고 카운터 안에서 무심하게 담배를 피우곤 했는데, 바로 그런 점이 편했다고 아버지는 말했다.

"아무튼 그렇게 손님이 별로 없는 곳인데도 그곳은 아르바이트 바텐더를 두고 있었는데……."

그가 바로 인근 미대에 다니는 이쿠시마였다. 학교 생활에 성실한 학생은 아니었는지 몇 해를 연달아 유급했다. 이쿠시마도 말수가 많은 편은 아니었지만 비슷한 또래라 카운터에 앉은 아버지와 말을 트게 됐다.

"참 재밌는 녀석이었어. 뭔가 세상 물정을 모른다고 할까, 현실 감각이 없다고 할까. 늘 꿈같은 이야기만 늘어놓았지. 진심으로 그렇게 믿었는지는 잘 모르겠지만."

이쿠시마는 자신은 그림에 재능이 없다고 했다. 그나마 잘하는 건 모사模寫라며 그 재능을 살려 위작 작가가 되어 한

몫 잡아 보겠다고 하거나, 정 먹고살 길이 막히면 친척 중 후계자 없이 큰 사찰을 운영하는 사람이 있으니 승려 수행을 거쳐 그 일을 이을 수도 있다고 했다. 이쿠시마는 "사기꾼과 종교가는 한 끗 차이야"라고 빈정거리듯 말했다.

고도 경제 성장기라 모두 악착같이 일하던 시대였다. 열심히 일해서 돈을 벌고, 조금이라도 나은 생활을 하는 게 삶의 목표처럼 여겨지던 시절이었다.

"도쿄 타워가 생기고 도쿄에서 올림픽 개최가 결정되며 다들 전후 부흥을 벗어나 일본에 더 밝은 미래가 펼쳐질 거라고 믿었지. 하지만 안보 투쟁이 시작되려고 꿈틀거리던 시기이기도 했어. 그렇게 세상은 희망과 불안이 뒤섞인 채 술렁이고 있었어."

기이한 열기에 휩싸인 세상 분위기에 거의 떠밀리듯 일만 하던 아버지는 '퍼플'에서 이쿠시마의 허풍을 듣는 게 일상의 위안이 됐다. 이쿠시마는 늘 냉정한 눈으로 세상을 바라봤다. 한창 고조되던 학생 운동에도 관심을 두지 않았다. 돈벌이 이야기를 하면서도 정작 돈에 무관심했고, 입을 옷과 먹을 것에 궁했지만 아무렇지 않아 보였다.

또 그렇게 제멋대로 사는 주제에 연인도 있었다.

"그 사람이 어머니예요?"

무심코 묻자 아버지는 더없이 기쁜 것처럼 끄덕였다.

부모의 만남에 이런 흥미진진한 일화가 숨겨져 있었다니.

이제 누구도 상처받지 않을 시시콜콜한 이야기지만, 그걸 아들에게 들려주는 아버지의 모습도 즐거워 보인다. 몸의 통증, 죽음의 공포도 잠시 잊은 듯했다.

"가나에는 가끔 '퍼플'에 왔어. 근데 가게에 와서 이쿠시마와 붙어 있거나 사랑을 속삭이는 것도 아니었지. 그저 멍하니 카운터석에 앉아 소다수에 탄 위스키를 홀짝이거나 테이블석에서 카드 점을 보곤 했어."

미대생 커플은 평범한 샐러리맨이던 아버지에게 이해하기 어려운 존재였다고 한다.

"가나에가 오면 이쿠시마도 어색하게 말이 없어져서 난 가나에가 차라리 오지 않는 게 좋다고 생각할 정도였어. 이쿠시마는 가나에가 오지 않는 날에 오히려 더 생기 있어 보였지. 대체 이 둘은 어떤 관계일까 추측해 봤지만, 아무리 생각해도 답이 나오지 않았어."

그래도 이쿠시마와 가나에가 가끔 나누는 대화나, 마스터가 던진 몇 마디 덕에 두 사람의 관계가 어렴풋이 보이기 시작했다. 이쿠시마는 유급을 거듭한 끝에 당시 대학교 3학년인 가나에와 같은 학년이 돼 버린 듯했다.

―다음 과제를 제출하지 않으면 당신은 또 유급이야.

가나에가 충고해도 이쿠시마는 흥 하고 코웃음을 칠 뿐이었다.

―대학 따위 그냥 그만둬. 우리 가게에서 써 줄 테니.

마스터가 옆에서 그렇게 말할 때는 가나에의 얼굴빛도 변했다.

─안 돼요. 저 사람한테 유화를 빼앗으면 아무것도 안 남아요.

그러고는 머리를 감싸 쥐었다.

─그렇게 멋진 그림을 그리는 사람이 왜 이런 데서 허송세월을 하고 있는지 도저히 이해가 안 된다니까요.

가게를 깎아내리는 말을 해도 마스터는 기분 나빠 하는 기색 없이 어깨를 으쓱였다.

아버지가 말하기를, 어머니는 이쿠시마라는 사람 자체보다 그의 그림에 매료돼 있었던 듯했다. 이쿠시마가 얼마나 뛰어난 재능을 지녔는지는 모르지만, 그림에 몰두하지 않고 자포자기하듯 살아가는 모습이 어머니는 답답해서 견딜 수 없었던 것 같다고 했다.

"그럼 어머니와 어떻게 친해지게 된 거예요?"

가쓰야가 묻자 아버지는 "잠깐 기다려 봐" 하고 아들을 제지했다.

목이 마르다고 해서 흡인기를 이용해 따뜻한 물을 마시게 했다. 아버지의 야윈 목이 위아래로 움직이며 천천히 물을 삼키는 모습을 가만히 지켜봤다.

"어느 날 밤에 이쿠시마가 쉬는 날인 줄도 모르고 가나에가 '퍼플'에 온 적이 있었어. 그 무렵 이쿠시마는 '퍼플' 아르바이트에도 의욕을 보이지 않았지. 그가 오지 않아도 마스터는 별로 곤란하지도 않았을 거야. 어차피 장사가 안되는 가게였으니까."

이쿠시마는 학교뿐만 아니라 인생에서도 곧 낙오해 버릴 것만 같은 상태였다.

―이쿠시마는 언제 와요?

가나에의 질문에 마스터는 "글쎄" 하고 고개를 갸웃거렸다. 그렇게 게으른 이쿠시마를 고용할 정도로 '퍼플'도 느긋하기 짝이 없는 가게였다. 가나에는 그날 높은 스툴 의자에 앉자마자 눈물을 뚝뚝 흘렸다고 하는데, 그때 마스터가 아버지를 향해 눈짓했다. 자기는 감당 못 할 것 같으니 네가 어떻게든 해 보라는 신호였다.

그날 손님은 카운터석에 앉은 네 명뿐이었다. 어쩔 수 없이 아버지는 조용히 가나에 옆으로 자리를 옮겼다. 마스터는 말없이 위스키 잔을 그녀 앞에 놓았다. 그리고 곧 자리를 비켜 다른 두 손님을 응대하기 시작했다.

―바보 같아, 그 사람.

가나에는 잔 속 얼음을 노려보며 말했다.

―재능을 그렇게 쉽게 내팽개치다니.

―그 사람이 그렇게 그림을 잘 그려?

그림에 대해서 아무것도 모르는 아버지는 그런 어리석은 질문밖에 할 수 없었다. 가나에가 "응" 하고 고개를 들어 쳐다보자 아버지는 주춤했다.

　—그 사람은 누구도 그릴 수 없는 걸 그려.

　그전에도 이쿠시마를 사이에 두고 가나에와 몇 번 말을 섞은 적이 있지만, 둘이서만 이야기한 건 그때가 처음이었다. 가나에는 기세등등하게 이쿠시마가 그린 그림의 장점을 설명하기 시작했다. 그가 그리는 건 추상화라고 했다.

　—영혼을 뒤흔드는 듯한 그림이야.

　가나에는 그의 그림을 그렇게 표현했다.

　—그런데 그 사람은 자기 그림을 '어디에나 있을 법한 흔한 그림'이라고 해. 헌데 속으로는 그렇게 생각하지 않을걸. 더 깊이 파고들려다가 길을 잃어버린 거야, 그 사람은.

　높은 이상을 추구한 끝에 스스로를 괴롭히듯 그림을 그리던 시기가 있었고, 그래도 원하는 결과가 나오지 않자 이쿠시마는 완전히 좌절했다. 그래서 '퍼플'에 틀어박혀 살다가 결국 아르바이트까지 하며 자신을 놓아 버린 거라고 했다.

　예술에 문외한인 아버지에게는 어려운 이야기였다. 그래도 연인 때문에 괴로워하는 가나에를 보며 흥미가 생겼다. 이 여자는 왜 이토록 이쿠시마를 감싸려는 걸까. 재능은 있을지 몰라도 파멸적이고 염세적이며 방탕한 사람이다. 아버지 같은 사람 눈에는 그저 조금 흥미롭고 기이한 사람으로 보일 뿐, 결코 가까이하고 싶지는 않은 남자였다.

　가나에는 그의 재능에 현혹돼 매력을 느끼는 듯 보였다.

보통 사람들이 보기에는 그저 제멋대로인 남자에게 휘둘리고 있을 뿐인데. 두 사람은 가게가 문을 닫는 시간까지 이야기를 나눴고, 아버지는 자연스럽게 이쿠시마의 그림을 보러 그들이 다니는 대학에 가기로 약속했다.

며칠 후 아버지는 가나에와 학교 정문 앞에서 만났다. 아버지는 그때 처음 미대라는 곳에 발을 들였다. 일요일이라 학생은 그리 많지 않았다. 테레빈유와 물감 냄새. 이젤과 석고상. 어머니에게 이끌려 어두운 복도를 걷는 젊은 아버지를 떠올리며 가쓰야는 미소 지었다. 탄탄한 근육질 몸에 한껏 멋을 부리고 활기차게 떠드는 아버지의 모습.

지금 모니터의 푸르스름한 빛에 비친 아버지는 침대에서 몸을 일으키는 것조차 힘들어하고 있다. 아버지 위에 켜켜이 쌓인 세월의 깊이는 육체를 쇠약하게 하고 마음을 꺾었다. 잔혹하다고도 할 수 있는 삶의 이치였다.

"그래서 그 사람의 그림을 봤어요?"

가쓰야는 북받치는 감정을 억누르며 물었다.

"그래, 봤지."

"어떻던가요?"

"모르겠더라. 도무지 이해할 수 없는 그림이었어."

가쓰야는 웃음을 풋 터뜨렸다. 아버지도 웃었다. 웃는 것처럼 보였다. 벌어진 입에서 가늘고 긴 숨이 새어 나왔다.

"시공이 뒤틀린 듯해서 계속 보고 있으면 현기증이 날 것 같은 그림이었지."

그림의 제목은 '유토피아'라고 가나에가 알려 줬다. 유토피아라는 이름의 섬이라고 했다.

"그 사람의 마음속 풍경이려나?" 하고 아버지가 묻자 가나에는 쓸쓸하게 미소 지으며 "정말 있는 곳이에요"라고 답했다.

그 후 아버지는 조금 더 과감하게 나섰다.

"가나에 씨는 어떤 그림을 그려? 가나에 씨 그림도 보여줄 수 있어?"

가나에는 잠시 망설였지만 교실 벽에 세워 놓은 캔버스를 뒤져 자신이 그린 유화를 꺼내 왔다.

"멋진 그림이었어. 솔직하고 밝은 게 네 엄마다운 그림이었지."

"그러고 보면 전 본 적이 없네요. 어머니가 그린 그림을. 단 한 장도."

"그래. 가나에는 자기 그림을 별것 아니라고 치부했거든. 그래서 결혼할 때 전부 처분했어."

그때부터 아버지는 어머니와 단둘이 만나게 됐다. 어머니는 이쿠시마와의 연애에 지쳐 있었다. 그렇게 따로 만나게 되면서 아버지는 점점 '퍼플'에 가지 않게 됐고 그만큼 어머니에게 마음이 기울었다. 어머니도 아버지와 만나서 대화하는 시간을 편안하게 느끼게 됐다.

이후 이쿠시마는 학교에 아예 나오지 않았다. 그저 습관처럼 '퍼플'의 아르바이트 일만 이어 가는 듯했다. 그 무렵 어머니는 이쿠시마에게 이별을 고했다. 후세 씨와 사귄다는 것, 머지않아 결혼하고 싶다고 솔직하게 말했다고 한다. 어떤 일에도 집착하지 않는 이쿠시마는 담담히 상황을 받아들일 거라고 예상했다. 자신에게 매달리는 어머니를 귀찮아하는 기색도 있었으니까.

하지만 아니었다. 그는 헤어지지 않겠다고 버텼다. 아버지가 나서서 함께 담판을 시도했고, '퍼플'의 마스터에게도 도움을 요청했다. 마스터는 '이쿠시마 같은 남자를 계속 따라다니느니 후세 씨처럼 자기 앞가림을 하는 사람(마스터는 실제로 그렇게 말했다고 한다)을 만나는 게 낫다'라는, 지극히 상식적인 생각을 하는 사람이었다.

"정말이지, 떼쓰는 아이 같았어."

"그래요? 그래도 결국 잘 해결된 거잖아요? 어머니는 아버지와 결혼했으니."

"그래. 결국 이쿠시마도 포기했지."

나중에 듣기로는 어머니는 자화상을 그려 이쿠시마에게 줬다고 한다. 이쿠시마가 내건 조건이었다.

"그럼 난 이것과 함께 살게."

보자기에 싸인 캔버스를 끌어안고 이쿠시마는 기분 좋은 듯이 그렇게 말했다고 한다. 예상보다 선뜻 포기하는 그를 보며 안도하는 동시에 왠지 모를 석연치 않은 기분도 들었다고 아버지는 말했다.

"그 녀석이라면 가능할 것도 같더라고. 유화 속 여자와 함께 산다는 게."

그래도 그때 아버지는 그 말을 버림받은 것에 대한 허세 섞인 넋두리 정도로 이해한 듯했다. 그날 이후 이쿠시마는 대학을 그만두고 홀연히 자취를 감췄다.

아버지와 어머니는 결혼했다.

아버지는 잠시 침묵했다. 아내를 처음 만났을 때를 회상하는 것 같기도, 그저 지쳐서 숨을 고르는 것 같기도 했다.

"그럼 나머지 이야기는 내일 다시……."

"아니."

아버지는 단호하게 아들의 말을 막았다.

"아직 가장 중요한 이야기를 안 했어. 이쿠시마가 죽고 네 엄마가 그곳을 찾아갔을 때의 이야기."

"그곳? 이쿠시마가 살던 곳이요?"

"그래. 이쿠시마가 만든 이상향, 즉 유토피아."

일주일 동안 사라졌다가 돌아온 어머니는 전에 그에게 준 자화상을 들고 왔다. 그리고 남편에게 이쿠시마가 죽었다고 알렸다. 어머니는 대학 시절 친구를 통해 이쿠시마가 사는 곳을 알고 있었지만, 그전까지 연락을 주고받은 적은 한 번도 없었다.

이쿠시마가 죽었다는 소식도 친구에게 전해 들은 것이었다.

"죽은 이후 그 자화상을 다시 가지러 간 거지. 그런데 왜 일주일이나 걸렸냐고 난 물었어."

당연한 일이다. 아내가 아무 말도 없이 옛 연인의 집에 다녀왔다는 걸 알고 기분 좋을 남자는 없을 것이다. 설령 그 상대가 죽었다고 해도. 하지만 아버지는 그야말로 즐거운 것처럼 이야기를 이어 갔다. 활기 넘치던 시절의 아내가 비로 눈앞에 있기라도 한 것처럼.

"가나에는 그랬어. '저쪽 세상을 정리하고 왔어'라고."

"저쪽 세상이요?"

이해할 수 없었다.

"담담하게 설명했지. 이쿠시마가 만든 이상향에 대해. 듣고 있자니 자연히 나도 떠올랐어. '퍼플'에서 그가 했던 말이."

그것은 '인생의 선택'에 대한 이야기였다. 인간은 살아가며 많은 것을 선택한다. 사소한 것부터 중대한 일까지, 자신이 모르는 사이에도 늘 뭔가 하나를 고르며 사는 것이다.

─어느 학교에 갈지, 어디에 취직할지, 누구와 사귈지, 무엇을 살지, 오늘 뭘 입고 갈지, 뭘 먹을지. 교차로에 섰을 때 오른쪽으로 갈지, 왼쪽으로 갈지. 매일 수없는 선택지가 주어지고 온갖 것을 스스로 선택하며 살아가지.

흥미로운 이야기였다. 아버지는 술잔을 손에 들고 이쿠시마의 이야기를 들었다.

—하지만 혹시 이런 생각 해 본 적 없나? 내가 선택하지 않은 또 다른 세상이 있다고.

　그 말을 듣고 아버지는 어리둥절하게 고개를 갸웃거렸다. 이쿠시마는 평소에도 사람들을 당황하게 하며 즐거워하는 버릇이 있었다.

　—내가 선택하지 않은 세상이 엄연히 존재하고, 그 나름의 방식으로 돌아가고 있다면?

　이쿠시마는 말문이 막힌 아버지에게 미소 지어 보였다.

　—인간은 때로 어리석은 선택을 하는 법이야. 자신이 선택해 놓고는 후회하지. 그리고 생각해. 그때 분명 저쪽을 선택했다면 잘 됐을 거라고.

　—그런가.

　—그렇다니까!

　이쿠시마는 카운터 안쪽 선반에 몸을 기댄 채 아버지를 내려다봤다.

　—예를 들어 오늘 밤 네가 이 가게에 온 것도 하나의 선택이야. 바로 집에 돌아갈 수도 있었잖아. 집에 바로 돌아간 너라면 결코 겪을 수 없었을 일이 지금부터 일어날지도 모르지.

　"그리고 그때 가게 문이 세차게 열렸어."

　아버지는 베개에 머리를 대고 행복하게 미소 지었다.

　"문을 열고 들어온 사람은 가나에였어. 네 엄마를 처음 만난 게 바로 그때였던 거야."

"그럼 그날 밤 아버지의 선택은 옳았던 거네요. 그곳에 가지 않았다면 저도 지금 여기 없었을 테니."

인생에서 이뤄지는 수많은 선택에 대해 가쓰야도 생각했다. 별것 아닌 선택이 한 인간의 인생을 송두리째 바꿀 수도 있다.

"이쿠시마는, 자신이 선택하지 않은 또 다른 세상이 이상향이라고 했어."

"비뚤어진 사람이었군요."

"맞아. 그 말이 정확해."

그때 간호사 몇 명이 복도를 바삐 지나가는 소리가 들렸다. 누군가 저쪽에서 문을 열고 간호사를 부르고 있다. 입원환자의 상태가 급격히 악화한 걸까. 가쓰야는 아버지와 한동안 복도에서 들리는 소리에 귀를 기울였다. 잠시 후 복도가 다시 조용해졌다.

"그런데 말이야."

아버지가 입을 열었다. 밤 시간에 이렇게 오래 대화하는 건 처음이다. 아버지는 아들에게 대체 뭘 전하려는 걸까.

"그 녀석은 가나에의 자화상과 저쪽 세상에서 쭉 함께 살았어. 즉……."

아버지는 움푹 팬 눈으로 가쓰야를 올려다봤다. 가쓰야는 등줄기가 서늘해지는 걸 느꼈다.

"네 엄마가 나를 선택하지 않은 세상에서."

침을 꿀꺽 삼켰다. 이런 분위기가 아니었다면 아마 웃어 넘겼을 이야기다. 하지만 어째서인지 가쓰야는 무심코 이쿠시마가 만든 그 세상이 부럽다고 느꼈다. 선택받지 못한 남자가 눌러앉은 이상향이.

"그런데 결국 그 녀석이 죽고 모든 게 끝났지. 네 엄마는 그 뒷정리를 하면서 자화상을 들고 돌아온 거고."

"또 다른 세상의 뒷정리를요?"

문득 묻고 말았다. 아버지는 진지한 얼굴로 고개를 끄덕였다.

"네 엄마는 이렇게 말하기도 했어. 그곳에는 아직 잔상이 남아 있을지도 모른다고."

그때 복도가 다시 부산해졌고 이후 아버지는 입을 다물었다. 잠시 후 고른 숨소리가 들렸다. 가쓰야도 간이침대에 누웠지만 좀처럼 잠들 수 없었다.

선택하지 않은 또 다른 세상에 대해 상상했다.

아버지는 그로부터 한 달 뒤 세상을 떠났다. 고통 없이 잠든 사람처럼 숨을 거뒀다. 정말 평온한 얼굴이라고 가쓰야는 생각했다. 아내와의 만남, 일주일간의 실종, 아내의 기묘했던 옛 연인에 대해 아들에게 전부 털어놓은 게 마음의 짐을 덜어 준 것일지도 모른다.

장례식과 발인도 무사히 마쳤다. 가쓰야는 아버지와 함께 살던 집에 홀로 돌아왔다.

지은 지 30여 년이 지난 낡은 집은 그리 넓지 않았다. 익숙한 집도 아버지가 떠나고 나니 문득 쓸쓸하고 황량해 보였다. 가쓰야는 2층 다락방에 올라가 미닫이문을 열었다. 몇 년 동안 한 번도 들어가지 않은 곳이다. 어머니가 돌아가신 이후에는 정리할 사람도 없어 그대로 방치됐다. 먼지가 앉은 온갖 잡동사니가 가득했다.

가쓰야가 다락방을 찾은 건, 아버지가 이곳에 어머니의 자화상이 있다고 했기 때문이었다. 살아생전 어머니는 그런 이야기를 한마디도 하지 않았다. 전에 미술을 공부했다는 내색도 한 적이 없다.

고장 난 가전제품과 둘둘 말린 카펫, 옷이 든 상자, 아버지의 업무 서류 등을 헤치고서야 벽에 세워진 캔버스를 찾았다. 한 시간 넘게 잡동사니들과 씨름한 결과였다. 백화점 포장지에 싸인 채 십자 형태로 끈이 묶여 있다. 가쓰야는 그 캔버스를 밝은 복도 창가로 가져가 포장을 풀었다.

그림 속에서는 젊은 시절의 어머니가 가쓰야를 똑바로 응시하고 있었다. 곧게 뻗은 콧대와 가는 눈, 불균형할 정도로 가냘픈 목 등은 가쓰야가 기억하는 말년의 어머니와 닮았다. 하지만 굳게 다문 입술만큼은 젊은 시절의 **무모함**이나 완고함을 담고 있는 듯했다.

가쓰야는 이런 어머니가 '퍼플' 문을 열고 아버지 앞에 나타났을 당시를 상상해 봤다. 스툴에 앉아 고개를 돌린 아버지와, 카운터 너머에서 비스듬히 서 있는 이쿠시마도. 가게에 흘렀다는 포르투갈 민요 선율까지 귓가에 맴도는 듯했다.

젊은 어머니는 이후 인생의 중대한 선택을 했다. 문득 포르투갈 민요인 '파두'라는 이름에 '운명' 또는 '숙명'이라는 의미가 있다는 게 떠올랐다.

어머니의 자화상은 소박한 나무 액자에 담겨 있었다. 어쩌면 이쿠시마가 손수 만든 것일지 모른다. 가쓰야는 자화상을 뒤집어 봤다. 액자 뒤편은 밋밋한 합판이고 아무것도 적혀 있지 않았다. 테두리에는 먼지가 쌓여 있다. 조심스럽게 액자에서 그림을 떼어내자 먼지가 바닥에 흩어졌다. 뒤판을 분리하니 작은 쪽지 하나가 나풀거리며 바닥으로 떨어졌다.

주워서 읽어 보니 어머니의 글씨체로 어떤 주소가 적혀 있었다. 세토내해에 있는 섬의 주소인 듯했다. 가쓰야는 누렇게 바랜 종이를 가만히 내려다봤다.

유토피아라는 섬. 어머니가 정말 존재한다고 했던 곳.

어머니에게 선택받지 못한 이쿠시마는 그녀의 자화상과 함께 그곳에서 자신만의 세계를 만들어 살았다. 가쓰야는 그곳에 한번 가 보고 싶었다.

서쪽으로 향하는 신칸센 안에서 가쓰야는 조금 후회했다. 아버지가 돌아가시기 전 들려준 이야기에 휘둘려 어머니의 발자취를 따라가겠다니, 엉뚱한 생각에 사로잡혔구나 생각했다. 하지만 지금 가쓰야 곁에는 그런 걸 어리석다며 말려 줄 사람이 없었다. 충분히 고민하지 않고 무작정 여행길에 나섰다.

차창 밖 풍경을 멍하니 바라보는 동안 문득 '이 여행은 사실 내 인생을 더듬어 보는 여정이 아닐까' 하는 생각이 들었다. 나에게도 선택하지 않은 또 다른 인생이 있지 않았을까. 아주 사소한 엇갈림 하나가 인생을 크게 뒤흔들기도 한다.

그것도 선택의 하나였다면.

가쓰야에게도 대학 시절 사귀던 연인이 있었다. 스나가와 미사토라는 여자였다. 가쓰야가 속한 농구부의 매니저였고 가쓰야보다 한 살 어렸다. 밝고 적극적인 성격이라 미사토 쪽에서 먼저 고백해 사귀게 됐다.

미사토와의 연애는 즐거웠다. 중학생 때부터 농구만 해 온 가쓰야의 세계를 넓혀 줬다. 함께 영화를 자주 보러 다니고 여기저기 맛집을 찾아다녔다. 독서를 좋아해 재미있게 읽은 책을 빌려주기도 했다. 다 읽고 나면 서로 감상을 나눴다.

음악도 좋아해서 다양한 장르의 음악을 즐겨 들었다. 미사토를 통해 알게 된 가수나 밴드가 많았다. 그녀는 6월 홋카이도의 후라노에서 2년에 한 번씩 열리는 야외 음악 페스티벌에 가고 싶어 했다. 록부터 재즈, 팝, 클래식까지 자신이 좋아하는 아티스트가 총출동한다고 했다.

그녀는 한 번도 가 본 적이 없으면서 "분위기도 정말 좋대" 하고 눈을 반짝이며 이야기했다.

"가족끼리 오는 사람도 많아. 각자 원하는 자리에 돗자리를 깔고 앉아 음악을 듣는 거야. 아기를 달래며 음악을 즐기는 엄마들도 있고, 수십 년째 다니는 부부들도 있대. 처음 만난 사람과도 금세 친해져서 스물네 시간 내내 음악에 흠뻑 빠진다고 해. 멋지지?"

'후라노 드림 나이트 페스티벌'이라는 축제를 찍은 비디오테이프 영상도 여러 번 봤다. 관객들은 페스티벌 로고 마크가 그려진 티셔츠를 입고 수건을 흔들며 열광했다. 가족 단위로 온 관객들도 눈에 띄었다.

"어때. 정말 멋지지? 실은 나, 이 페스티벌에 아이를 데려가는 게 꿈이야."

가쓰야가 건축 자재 회사에 들어간 지 2년째 되던 해, 미사토가 학교를 졸업하고 얼마 안 돼 임신 사실을 알게 되었다. 그녀는 회사에 막 취직한 신입이었지만 두 사람 다 망설임은 없었다. 아이와 함께 음악 페스티벌에 가자고 약속했을 정도이니 결혼은 당연하고 그 시기가 조금 앞당겨졌을 뿐이라고 여겼다. 미사토도 아이가 생긴 걸 기뻐했다.

"아들일 거야, 분명."

미사토는 아직 부르지 않은 배를 손으로 쓸며 행복한 듯
말했다.

"이름도 벌써 지었어."

"뭐? 내 의견도 안 듣고?"

"응. 다카히코로 할 거야."

자신이 열광하는 록 밴드의 보컬 이름이라고 했다.

"괜찮지? 이미 정했어. 다음에 딸이 태어나면 딸 이름은
당신이 지어도 돼."

"뭐, 일단 알겠어."

"일단이 아니야. 무조건이야."

그런 행복한 대화를 나눴다.

결혼을 앞두고 서둘러 양가 부모에게 알리고 준비를 시작
해야 했다. 하지만 그때 가쓰야는 일 때문에 눈코 뜰 새 없
이 바빴다. 새로운 건축 자재를 홍보하는 프로젝트 팀에 투
입된 것이다. 그런데도 어떻게든 시간을 내어 미사토를 만
나 앞으로의 계획을 논의할 생각이었다.

어느 날 회사를 막 나서려는 순간, 시공 업체에서 연락이
왔다. 가쓰야가 얼마 전 거래를 튼 곳이었는데 새 건축 자재
의 샘플을 받아 보고 싶다고 했다. 공장을 지으려는 시공주
와 논의 중인데 그가 관심을 보였다고 했다. 인심 좋은 업체
사장은 "내일 아침도 괜찮습니다. 그분께 시간을 내 달라고
하겠습니다"라고 했다.

벽시계를 힐끗 올려다보니 미사토와의 약속 시간이 얼마 남지 않았음을 알 수 있었다.

"아닙니다. 지금 바로 가져다드리겠습니다."

가쓰야는 순간적으로 결단했다.

시공 업체는 가까운 곳에 있었다. 미사토에게 한 시간만 기다려 달라고 하면 될 거라 생각했다. 새 건축 자재는 벽에도 쓸 수 있는 부재이기에 거래가 성사되면 대형 계약으로 이어질 터였다.

약속 장소인 찻집에 전화해 미사토를 바꿔 달라고 했다.

—알겠어. 그럼 레스토랑 근처에 가 있을게. 신세이도 서점에서 책이나 보고 있어야겠다.

미사토가 대답했다.

가쓰야는 건축 자재 샘플을 들고 서둘러 시공 업체에 갔다. 시공주도 함께하는 자리에서 간략하게 설명을 했다. 상대의 반응은 좋았다. 업체와 협의를 거친 끝에 견적서를 작성해 가져다주기로 이야기를 마무리했다.

레스토랑 예약 시간까지 아직 여유가 있었다. 미사토는 서점에서 책을 보고 있을 거라 생각해 택시를 타고 서둘렀다. 그러나 가쓰야의 예상은 크게 빗나갔다. 미사토는 서점에 가는 도중 횡단보도에서 빨간 신호를 무시하고 돌진한 차에 치였다. 목격자 말로는 십여 미터를 튕겨 나갔다고 했다.

병원에 이송돼 급히 응급 수술을 받았지만 끝내 목숨을

구하지 못했다. 가쓰야가 미사토를 마주한 곳은 병원 영안실이었다. 머리가 붕대에 칭칭 감겨 있었지만 얼굴은 깨끗했다. 가쓰야는 망연자실하게 선 채로 그 모습을 봤다.

너무도 큰 충격에 눈물도 나오지 않았다. 병원에 달려온 미사토의 부모가 오열하며 주저앉아도 가만히 바라볼 수밖에 없었다. 현실감이 없었고 감정이 마비돼 마치 꿈을 꾸는 듯했다. 심지어 미사토의 아버지에게 괜찮냐는 말을 들을 정도였다.

미사토의 장례식에는 당연히 참석했지만 그 무렵 기억은 희미하다. 눈앞에 닥친 일을 기계적으로 처리하는 데 벅찼다. 일이 바쁜 게 차라리 다행이었다. 자신을 학대하는 것처럼 일에 빠져들었다. 조금이라도 손을 멈추면 밀려오는 온갖 잡념에 짓눌릴 것 같았다.

그날 나는 왜 바로 업체에 샘플을 갖다주겠다고 했을까. 미사토에게 연락했을 때 왜 그대로 찻집에서 기다리라고 하지 않았을까. 아니면 약속을 아예 취소해도 됐을 텐데.

세상에 태어나지 못한 아이는 아들이었을까, 딸이었을까. 미사토가 아이를 임신한 사실은 그녀의 부모도 모르고 있었다. 아직 알리지 않은 듯했다. 죽은 이후 그런 이야기를 나눠봐야 서로 고통스럽기만 할 것 같아 가쓰야도 끝내 아무 말 하지 않았다. 미사토의 뱃속에서 자란 그 작은 생명에 대해.

같은 이유로 자신의 부모님에게도 이야기하지 않았다. 당시 지친 아들을 보며 그저 일이 너무 바빠 힘들어한다고만 생각했을 것이다.

가쓰야는 그 후 결혼하지 않았다. 도무지 그럴 마음이 들지 않았다.

아버지는 법무사로 왕성하게 활동하던 탓에 아들에게 그런 일이 있었던 것도 모른다. 어머니가 돌아가시고 두 남자가 함께 살게 된 뒤에도 이야기가 오간 적은 없었다.

하지만 아버지가 세상을 떠나기 전 들려준 이야기가 가쓰야의 머리에서 떠나지 않았다. 이제는 다 털어냈다고 여긴 미사토와의 슬픈 이별이 되살아났다. 후회, 슬픔, 참기 어려운 고통. 그때의 감정이 거친 칼날처럼 가슴을 찔렀다.

그때 나는 선택을 했다. 미사토와의 약속을 미루고 일을 우선하는 선택을. 창밖에 펼쳐진 바다를 보며 가쓰야는 떠올렸다. 그것이 인생을 크게 뒤바꿀 선택일 줄은 꿈에도 상상하지 못했다.

—인간은 자신도 모르는 사이에 늘 뭔가 하나를 고르며 살아간다.

—이쿠시마는 자신이 선택하지 않은 또 다른 세상이 이상향이라고 했어.

어두운 병실에서 아버지가 한 말이 머리에 떠올랐다가 이내 다시 사라졌다.

가나에와 결혼하지 못한 이쿠시마가 그녀의 자화상과 함께 살던 곳을 보고 싶었다. 그곳에 있는 또 하나의 세계, 그가 만든 이상향을.

어리석다고 느꼈지만 어리석은 짓을 해 보고 싶었다.

오카야마에서 재래선으로 갈아탔다. 작은 역에 내려서 물어보니 섬까지는 다리로 이어져 있다고 했다. 역무원이 알려 준 정류장에서 버스를 기다렸다. 바다가 가까워서인지 짠내가 물씬 풍겼다. 바다직박구리가 열심히 지저귀는 소리가 들렸다.

승객이 둘뿐인 버스가 도착했다. 탄 지 얼마 되지 않아 기사의 안내로 버스에서 내렸다. 바다 건너에 섬이 보였고 튼튼한 다리 위에서 사람들이 인도를 건너고 있었다. 걸어가면 20분 정도 걸린다고 했다.

가쓰야는 섬까지 천천히 걸었다. 다리 끝에 식료품과 생필품을 파는 가게가 있어 그곳 사람에게 주소가 적힌 종이를 보이며 길을 물었다. 허리가 굽은 노파가 안쪽을 향해 누군가를 부르자 중년 여자가 나와 친절하게 알려 줬다. 그 단층집은 작은 산의 언덕 중턱에 있다고 했다.

"다마이 씨라는 분이 지은 집인데 낡아서 곧 철거한다고 들은 것 같아요. 지은 지 60년 정도 됐다고 했어요. 아마 벌써 공사가 시작됐을지도 몰라요."

바닷가를 따라 방파제가 이어졌고 그 방파제를 따라가다 보면 산에 오르는 길이 나온다고 했다. 지장 보살상이 있으니 금세 알 수 있을 거라고 여자는 덧붙였다. 가쓰야는 인사하고 가게를 나서 다시 걷기 시작했다. 세토내해는 조용하고 잔잔했다. 둥근 검정 부표들이 일정하게 늘어선 걸 보니 뭔가를 양식하는 듯했다. 평화로운 풍경이었다. 이쿠시마는 이런 곳에서 어떤 삶을 살았을까. 사랑하는 여자가 그린 자화상을 벽에 걸고 때때로 그것을 바라보며 마음의 위안을 얻었을까.

길을 따라 걷다 보니 오른쪽에 지장 보살상이 보였다. 차 한 대가 간신히 지날 만한 좁은 샛길도 눈에 띄었다. 가쓰야는 갈림길 앞에서 멈춰 섰다. 여기까지 오니 불현듯 의욕이 사그라졌다. 이쿠시마가 살던 집을 본다고 뭐가 달라지겠는가. 곧 철거될 거라고 하니 사람이 살지 않을 건 분명하다. 그런 폐가 앞에 우두커니 선 자신을 상상하니 한심하고 우스꽝스러웠다. 괜한 감상에 젖어 이런 곳까지 오고 만 것을 후회했다.

지장 보살상 앞 방파제에는 남자아이가 앉아서 낚싯대를 드리우고 있었다.

마음이 싱숭생숭한 상태로 남자아이에게 다가갔다.

"뭐가 잡히니?"

아이는 가쓰야를 힐끗 올려다보고 다시 바다를 마주했다. 진지한 눈으로 찌를 주시하고 있다. 초등학교 1학년 정도 됐을까.

"젠고."

아이는 중얼거리듯 대답했다.

젠고란 작은 전갱이를 뜻한다고 했다. 곁에 있는 플라스틱 양동이에는 실제로 작은 전갱이 한 마리가 헤엄치고 있었다. 가쓰야는 방파제에 몸을 기대고 바다를 바라봤다. 아이의 찌는 꿈쩍도 하지 않았다.

"물이 안 좋은 걸까."

산길을 다시 올라갈 결심이 서지 않아 아이에게 말을 걸었다. 아이는 낚싯대를 들어 미끼를 확인했다. 낚싯줄 끝에 달린 작은 바구니에는 분홍색 크릴이 가득 들어 있었다. 그것으로 물고기를 유인하는 듯했다. 아이는 방파제에 놓인 비닐봉지에서 작은 국자 같은 걸 꺼내 바다를 향해 크릴을 뿌렸다. 순간 물속에서 짙은 그림자가 보였다. 아이는 재빨리 다시 낚싯바늘을 던졌다.

"오."

지금껏 낚시를 해 본 적 없는 가쓰야도 흥미롭게 그 모습을 지켜봤다. 잠시 후 아이는 전갱이 한 마리를 낚아 올렸다. 가쓰야는 감탄하며 낚싯바늘에서 물고기를 떼는 아이를 봤다. 아이는 조금 뿌듯한 표정으로 전갱이를 양동이에 툭 넣었다.

"솜씨가 좋네."

가쓰야의 말에 아이가 마침내 고개를 돌려 가쓰야를 제

대로 마주 봤다. 검은 모자챙을 잡아 옆으로 살짝 기울인다. 모자 앞에는 날개를 펼친 흰머리독수리가 그려져 있었다.

"아저씨는 어디서 왔어요?"

낯선 남자에게 조금은 관심이 생겼는지 아이가 물었다.

"도쿄."

"흐음."

"낚시, 재미있어?"

"그럭저럭요."

아이의 대답에 웃음이 터졌다.

"아저씨는 여기 뭐 하러 왔어요?"

"나? 어떤 사람을 만나러 왔어."

"누구요?"

"근데 그 사람은 이제 여기 안 사는 것 같아."

"이상해요. 살지도 않는 사람을 만나러 왔다고요?"

"그러게 말이다."

아이가 다시 낚싯대를 휘둘렀다. 바닷물이 워낙 맑아서 낚싯줄 주위를 빙빙 도는 물고기들이 보였다. 한동안 가만히 서서 그 모습을 지켜봤지만 전갱이는 더는 달려들지 않았다.

"아저씨는 이만 갈게."

방파제에서 한 걸음 물러섰다.

"네."

아이는 찌를 응시하며 고개를 돌리지 않았다.

여기서 꾸물거려 봐야 소용없다. 그제야 마음이 다시 산길로 향했다. 지장 보살상 옆을 지나 완만한 언덕길을 올랐다. 돌아보니 조금 전의 그 남자아이가 구부정하게 방파제에 앉아 있는 모습이 보였다. 길이 굽자 바다도 이제 보이지 않았다. 길 아래에 집 몇 채가 보이고 경트럭이 올라오고 있었다. 가쓰야는 길가에 비켜서서 트럭을 보냈다.

십여 분쯤 더 걸으니 탁 트인 곳에 도착했다. 그곳에 단층집이 있었다. 앞마당에 조금 전에 본 경트럭이 세워져 있다. 짐칸 옆에는 '요코테 토건'이라고 적혀 있다. 예상보다 넓은 앞마당에서는 바다가 훤히 내려다보였다. 다리는 보이지 않는 걸 보니 집이 본토를 등지고 바다 쪽으로 지어졌다는 걸 알 수 있다. 먼바다를 어선 한 척이 물살을 가르며 나아갔다.

돌아서서 집을 봤다. 섬에 있는 집치고 꽤 모던한 건물이다. 판자벽에는 전에 하얀 페인트가 칠해져 있었다는 걸 알 수 있었다. 지금은 비바람에 씻겨 거의 벗겨졌다. 창틀도 나무로 돼 있고, 창문 하나에는 전에 차양이 달려 있었던 것 같은데 천이 삭았고 지지대도 녹슬어 움직일 것 같지 않다. 이쿠시마를 만나 보지도 못했는데 왠지 그가 살았을 법한 집이라는 느낌이 들었다.

그때 집 현관문이 열리더니 노인이 나왔다. 백발의 노인은 앞마당에 선 가쓰야를 보고 깜짝 놀란 듯이 손잡이에 손을 얹은 채 몸이 굳었다. 뒤따라 나온 작업복 차림의 남자도 멈춰 섰다.

"누구시오?"

노인이 마음을 가다듬은 듯이 물었다. 오랫동안 빈집이었던 곳을 찾아온 남자를 수상하게 여기는 듯했다.

"저, 전에 여기 살았던 분과 아는 사이라⋯⋯."

그런 변명 같은 말밖에 할 수 없었다.

"여기 살았다면 꽤 오래전일 텐데. 여기는 벌써 8년 정도 아무도 들어오지 않았으니. 살겠다는 사람도 없었고."

아무래도 이 노인이 집주인인 다마이인 것 같다고 가쓰야는 짐작했다. 작업복 차림의 중년 남자는 조금 전 경트럭을 타고 올라온 업자일 것이다. 집 철거를 맡은 듯했다.

"물론 전에는 이 집을 무척 마음에 들어 해서 오래 살았던 사람도 있었지."

다마이는 그렇게 말하더니 문득 놀란 눈빛으로 가쓰야를 봤다.

"혹시 이쿠시마 씨를 찾아온 건가?"

"그렇습니다."

"아아, 역시 그 사람이군. 여기가 좋다면서 30년이나 살았어."

"그런데 그 사람은 이미 오래전 죽지 않았나?"

요코테 토건의 업자가 옆에서 끼어들었다. 이런 섬에 들어와 오래 산 사람이 드물 테니 기억에 남아 있는 듯했다. 아버지 이야기만 들으면 괴팍하고 별난 사람 같은데, 이 섬에서는 나름대로 잘 녹아들어서 살았던 모양이다.

"돌아가신 건 저도 알고 있습니다. 저희 어머니께서 이쿠시마 씨와 아는 사이여서."

"그런가."

'그럼 왜 여기 왔지?' 하고 의아해하는 표정이 두 사람의 얼굴에 드러났다. 이쿠시마가 세상을 떠난 지 27년이 흘렀으니 그럴 만했다.

"유화를……."

"응?"

"어머니가 이쿠시마 씨에게 유화를 빌려주셨는데……."

그걸 빌려줬다고 할 수 있을까. 뭐라고 설명해도 부자연스럽게 들릴 것 같았다. 식은땀이 솟았다.

"어머니의 자화상이었습니다. 그게 어떤 곳에 걸려 있었을지 궁금해서요. 어머니도 이제 돌아가셨고……."

다마이와 요코테가 서로를 슬쩍 마주 봤다. 도무지 종잡을 수 없는 이야기를 한다는 듯한 눈빛이다. 가쓰야는 부랴부랴 스마트폰을 꺼냈다.

"혹시 보신 적 없으신가요? 이런 그림인데."

자화상 사진을 두 사람 앞에 내밀었다. 나마이는 가슴 주머니에서 돋보기를 꺼내 쓰고는 가쓰야에게 스마트폰을 받아 한참을 들여다봤다. 잠시 후 다마이의 얼굴에 환한 미소가 떠올랐다.

"뭐야, 이쿠시마 씨의 처잖아."

"네?"

이번에는 가쓰야가 목소리를 높였다.

"그렇지? 맞지? 이쿠시마 씨네 처 맞지?"

"응, 그러네. 틀림없어."

요코테도 고개를 끄덕였다.

"이쿠시마 씨는 조금 가까이하기 어려운 사람이었지만 이 아내는 성격이 밝아서 섬사람들과 금방 친해졌지."

"맞아. 참 좋은 사람이었는데 말이야. 부부가 둘이 섬 안을 자주 돌아다녔잖아. 어? 잠깐. 그 사람이 어머니라면 자네가 이쿠시마 씨의 아들이라는 건가?"

가쓰야는 도무지 상황을 이해할 수 없어 말문이 막혔다. 스마트폰을 받아 다시 주머니에 넣었다.

"그러고 보니 맞아, 아들이 한 명 있었지. 그 아들도 섬을 떠난 이후 가끔 찾아왔는데 그게 자네였구먼. 빙빙 돌려 말하니 몰라봤잖나."

"맞아, 맞아. 똑똑해서 고등학생 때 본토로 나갔다고 했어."

요코테가 말을 보탰다.

이 두 사람은 대체 무슨 착각을 하고 있는 걸까. 다른 사람을 이쿠시마로 혼동하는 게 틀림없다. 오랫동안 이 집에 산 사람은 그 말고도 여럿 있었을 테니까.

이상향. 이쿠시마가 어머니의 자화상을 들고 이주한 섬.

가쓰야의 머릿속에는 아버지에게 들은 이야기의 조각들이 계속 맴돌았다. '퍼플'의 어두운 가게 안. 카운터 너머에 선 바텐더. 그의 연인. 두 사람이 주고받던 기묘한 대화. 마치 그 카운터석에 앉은 사람이 아버지가 아니라 가쓰야 자신 같았다.

한 번도 만난 적 없는 이쿠시마가 상상의 무대 위에 선명하게 모습을 드러냈다. 야위고 키가 크며 약간 구부정한 자세. 움푹 팬 두 눈은 열기에 가득 차 있다. 오만함과 연약함이 뒤섞인 눈빛이다.

—내가 선택하지 않은 세상이 엄연히 존재하고, 그 나름의 방식으로 돌아가고 있다면?

마치 바로 옆에서 그가 속삭이는 것 같아 가쓰야는 어깨를 움찔했다.

—저쪽 세상을 정리하고 왔어.

어머니는 알고 있었다. 자신이 선택하지 않은 또 하나의 세상이 여기 있고, 이쿠시마와 함께 세월을 보내 왔다는 것을. 그래서 그가 죽었다는 소식을 듣자 모든 것을 다시 거두러 와야 했던 것이다. 지회 잉을 그림으로써 자신이 창조에 가담한, 또 다른 세상을.

"아, 자네, 옛날 생각이 나서 온 거였구먼. 그럼 처음부터 그렇게 말해 주지 그랬나. 헷갈리게."

다마이가 환하게 미소를 머금고 말했다.

"자네, 결혼도 했지?"

"그래. 전에 아내도 데려왔잖아."

"아이도 있지?"

"이쿠시마 씨가 죽고 부인도 안 보이게 돼서 그 후 소식은 모르지만, 다들 잘 지내나?"

두 사람의 대화가 끊이지 않았다. 가쓰야는 얼떨떨하게 서 있을 뿐이었다.

그들의 입에서 쉴 새 없이 쏟아지는 가족 이야기는, 젊은 시절 자신이 꿈꾸던 미래와 같았다.

"귀여운 남자아이였잖아. 초등학교에 들어가기 전부터 이쿠시마 씨랑 바다에서 낚시를 자주 했지. 말수는 별로 없지만 손자를 참 예뻐했어, 그 사람."

"낚시에 푹 빠져서 여기 자주 왔었지? 그 아이."

"기억나, 기억나. 이 아래 방파제에서 혼자 낚시도 했잖아. 멀리서 봐도 바로 알 수 있었어. 늘 좋아하는 야구 모자를 쓰고 있었으니."

"야구 모자가 아니야, 그거, 무슨 행사에 갔을 때 엄마가 사 줬다고 했는데. 거 있잖아. 검정 모자. 독수리 그림이 그려진……."

가쓰야는 두 주먹을 꽉 쥐었다.

"이름이 뭐였더라? 자네 아내가 이름을 자주 불러서 기억하고 있었는데."

물어보듯 고개를 돌리는 두 사람을 보며 꼭 쥔 주먹이 땀에 젖었다.

"아, 맞아, 나도 들었어. 방파제에서 낚시하는 그 남자애를, 엄마가 부르러 와서……."

요코테가 이마에 손을 얹고 생각에 잠겼다. 그 이름을 그의 입으로 굳이 들을 필요도 없을 듯했다.

"맞아! 엄마가 그렇게 불렀지. '다카히코'라고."

요코테가 손뼉을 짝 쳤다. '맞지? 그렇지?' 하는 눈으로 가쓰야를 봤다.

가쓰야는 대답하지 않았다. 그대로 발길을 돌려 뛰기 시작했다. 비탈길을 내려가기 직전, 멍하니 입을 벌리고 서 있는 다마이와 요코테의 모습이 눈에 들어왔다. 중심이 흐트러져 하마터면 넘어질 뻔했다. 다리가 엉켜 비틀거렸다. 심장이 요동치고 맥박이 귀를 때려 아무 소리도 들리지 않았다.

이쪽 세상에서 이쿠시마는 어머니와 결혼해 아들을 낳았다. 그리고 그 아들도 성장해 누군가를 만나 가정을 이뤘다. 상대는 미사토였다. 가쓰야가 살던 세상에서 미사토는 아이를 배에 품은 채 죽었지만, 여기서는 달랐다.

그때 미사토의 뱃속에 있던 아이는 남자아이였다. 그 아이가 성장해 이 섬에 와서 가끔 낚시를 했다. 그런 평범하고 소박한 삶이 이쿠시마가 만든 이상향에서 이어지고 있었다. 자화상에서 나온 어머니와 함께. 그리고 이쿠시마가 세상을 떠났을 때 진짜 어머니는 자화상을 되찾아 이 세상을 마무리했다. 이쿠시마가 바라던 인생을.

어머니가 일주일간 자취를 감춘 건 27년 전 가쓰야가 서른두 살 때였다. 미사토의 뱃속에 있던 아이가 태어나 자랐다면 그해 일곱 살이 됐을 것이다.

그 아이. 조금 전 방파제에서 낚시를 하던 남자아이. 흰머리독수리 그림이 새겨진 검정 모자를 쓰고 있던 아이. 바로 그 아이다. 미사토가 다카히코라고 이름 붙인 아이가.

─그곳에는 아직 잔상이 남아 있을지도 몰라.

어머니는 아버지에게 그런 수수께끼 같은 말을 남겼다. 그 아이는 잔상이다. 내가 여기 온 것을 알고, 잠깐이나마 어머니가 보여 준 잔상.

아니, 보여 준 사람은 미사토였을까.

비탈길을 끝까지 내려갔다. 지장 보살상이 길가에 서 있다. 하지만 방파제에는 아무도 없었다. 지장 보살상 옆에 멈춰 서서 숨을 고르며 가쓰야는 천천히 주위를 둘러봤다. 어디에도 인기척이 없다.

다만 방파제 위에 조금 전 그 아이가 쓰고 있던 모자가 덩그러니 놓여 있었다. 천천히 다가갔다. 모자챙 부분에 둥근 돌이 올라가 있다. 바람에 날아가지 않게. 마치 내가 돌아올 걸 전부 알고 있었다는 듯이.

가쓰야는 돌을 치우고 모자를 집어 들었다.

아까는 왜 알아차리지 못했을까. 흰머리독수리 그림은 미사토가 그토록 가고 싶어 하던 '후라노 드림 나이트 페스티벌'의 로고였다. 그녀와 함께 수없이 본 영상에도 나왔는데. 가족을 이루면 꼭 함께 가고 싶다고 미사토는 소원했다.

로고를 손끝으로 쓸었다.

"엄마랑 음악 페스티벌에 갔니?"

이제는 보이지 않는 아들의 잔상을 향해 가쓰야는 말을 걸었다.

고개를 들어 바다로 시선을 옮겼다. 수평선이 하늘과 맞닿는 곳이 아지랑이처럼 흐려 보인다. 저 먼바다를 지나는 화물선은 꼭 장난감 같다. 너무 멀어서 수평선에 살짝 떠올라 아른거리고 있다.

어머니는 결국 어느 쪽을 택했을까. 사실 이쿠시마와 이곳에서 함께 사는 쪽을 선택한 게 아닐까. 스물네 살에 아이를 품은 연인을 교통사고로 잃은, 지금껏 내가 살아온 이 세상이야말로 선택받지 못한 또 하나의 세상 아닐까.

이 섬에서 나는 미사토, 그리고 다카히코와 함께 살았을 텐데······.

가쓰야는 방파제를 따라 발걸음을 옮겼다. 어딘가에서 낚싯대를 드리우고 있을 그 남자아이를 찾기 위해.

평온한 일상의 결을 넘어 서늘한 여운 속을 걷다

여러분은 현실에서 한 발 비껴선 세계를 상상해 본 적이 있으신가요? 언제나 걷던 길 위에 갑자기 낯선 그림자가 드리운다든지, 익숙한 풍경 속에 말로 설명할 수 없는 균열이 생긴다든지 하는 순간 말입니다. 그 틈새로 무엇인가가 스며들어 오면 우리는 그것이 환상인지, 착각인지, 아니면 정말 다른 세계의 손길인지 확신할 수 없습니다. 처음에는 아주 사소한 변화처럼 보이지만 곧 공기의 밀도가 변하고, 시간의 흐름이 미묘하게 느려지거나 빨라지며 주변의 색채가 현실과는 조금씩 어긋나기도 합니다. 그렇게 일상의 소음이 멀어지고 낯익은 사람의 표정 속에서 처음 보는 그림자가 스쳐 지나가는 순간, 우리는 그동안 말 딛고 있던 현실이 그리 단단하지 않다는 사실을 깨닫게 됩니다. 어떤 날은 그런 것들이 단지 기분 탓처럼 스쳐 지나가지만, 또 어떤 날은 문득 등줄기를 타고 스멀스멀 기어오르는 서늘한 감각을 남기고 갑니다. 심지어 어떤 날에는 그 감각이 꿈속에까지 스며들어 깨어난 뒤에도 오래도록 심장을 조여 오기도 하죠. 우리를 덮치는 일상의 그 낯선 기운은 정체를 단정할 수 없습니다. 그것이 사람인지, 사건인지, 혹은 우리 마음속 깊은 곳에서 깨어난 무언가인지조차도요. 다만 분명한 것은 그 순간이 스쳐 간 뒤에도 감각은 쉽게 사라지지 않는다는 것입니다. 얕은 파문처럼 번져 간 기운은 시간이 흐르며 모양을 바꿔 되살아나고, 생각지도 못한 순간에 다시 우리를 덮칩니다. 그 잔향 속에는 불안이라는 감정이 깃들어 있지만 동시에 알 수 없는 매혹도 스며 있어 우리는 그 감각에서 쉽사리 벗어나지 못합니다.

우사미 마코토의 단편집 『꿈 전달』은 바로 일상의 이런 순간을 붙잡아 총 11편의 단편으로 엮어낸 작품입니다. 표제작 「꿈 전달」은 인기 작가가 돌연 절필을 선언하며 시작됩니다. 그를 찾아간 편집자에게 작가는 "꿈을 타고 뭔가가 나를 찾아온다"라는 기묘한 말을 남기고, 이 한마디를 기점으로 현실과 설명 불가능한 현상이 교차하는 이야기가 전개됩니다. 「수족」에서는 지방 수족관에서 일어나는 불가해한 사건이 물과 육지의 경계를 흐리게 하고, 「에어 플랜트」에서는 흙 없이도 살아가는 식물처럼 고립된 사람들의 일상에 알 수 없는 변화가 스며듭니다. 그밖에 「침하교를 건너자」, 「사랑은 구분할 수 없다」, 「난태생」, 「호족」, 「보내는 순례자」, 「끝없는 세상의 끝」, 「보름달이 뜬 거리」, 「어머니의 자화상」까지, 각 단편은 저마다 다른 무대를 배경으로 하면서도 현실과 비현실이 맞닿는 경계의 순간을 다양한 구조와 문체로 세밀하게 그려냅니다. 주로 처절한 현실 묘사를 주축으로 인간의 어두운 본성에 파고들어 독자에게 그걸 고스란히 보여 주던 작가의 기존 다른 장편들과 달리, 이번 작품의 분위기는 굳이 꼽자면 2020년에 국내에 출간된 작가의 호러 단편집 『소녀들은 밤을 걷는다』가 지닌 공기와 일맥상통하는 면이 있습니다. 평범한 풍경 속 보이지 않는 틈을 예리하게 포착하고, 그 틈새로 숨어드는 괴이와 심리적 파장을 함께 묘사하는 특유의 감각이 깃들어 있다고 할까요. 그 서늘함과 기묘함은 장르의 경계를 흐리며 이야기마다 다른 질감과 온도를 만들어내고, 덕분에 독자는 한 권의 책에서 차가운 공포와 은근한 서스펜스, 서정적인 여운까지 오가며 예측할 수 없는 경험을 하게 됩니다.

『꿈 전달』 속 이야기들은 겉으로는 서로 무관해 보이지만, 공통적으로 닫힌 공간과 제한된 시공간을 배경으로 합니다. 바닷가 마을, 인적이 드문 지방 도시, 오래된 가옥, 물속처럼 폐쇄된 세계는 인물들의 감정을 가두는 동시에 외부에서 스며드는 기묘한 기운을 증폭시키는 장치로 작용합니다. 각 단편에서 벌어지는 사건의 규모는 대개 크지 않습니다. 오히려 일상의 균열이 서서히 벌어지는 방식으로 독자를 잠식해 갑니다. 물비린내와 눅눅한 공기, 먼지가 낀 오래된 가옥의 창문 틈새로 스며드는 빛 같은 감각적 묘사는 독자를 이야기 속으로 깊이 끌어들이고, 평온과 불안을 동시에 느끼게 합니다. 그리고 그 중심에는 언제나 그렇듯 '인간'이 있습니다. 누군가는 알 수 없는 사건 앞에서 무너지고, 또 다른 누군가는 그 안에서 삶의 이유를 찾습니다. 어떤 이는 과거의 상처에 발목 잡히고, 어떤 이는 이계異界의 경험을 통해 자기 자신을 새롭게 이해합니다. 이처럼 초현실적인 틀 속에서도 어디까지나 인간의 '심리'와 '관계'를 중심에 두는 것이 작가 우사미 마코토가 가진 힘입니다. 또바로 이런 점이 이야기의 소재나 장르를 불문하고 우사미 마코토의 작품이 독자를 오랫동안 붙잡으며 계속해서 읽게 만드는 이유라고 생각합니다.

우사미 마코토는 데뷔 이후 장르의 경계를 넘나들며 자신만의 서늘한 색채를 확고히 해 왔습니다. 호러 단편에서 출발해 사회파 미스터리의 묵직함을 거쳐, 최근에는 인간과 세계의 경계를 탐사하는 작품들로 영역을 넓히고 있습니다.

작가의 대표작인 『어리석은 자의 독』에서는 반세기를 가로지르는 시대의 격랑 속 인간 군상을, 『전망탑의 라푼젤』에서는 사회의 그늘에 방치된 아동과 그들을 둘러싼 어른들의 선택을, 『밤의 소리를 듣다』에서는 청춘의 방황과 성장을 따스한 시선으로 그려냈지만, 이번 『꿈 전달』에서는 다시금 그의 원점이라 할 수 있는 '괴담'의 정서를 되살리면서도 미스터리, 호러, 기담, 판타지를 자유롭게 오가며 장르적 변주를 시도합니다. 작가는 『꿈 전달』 일본 출간 후 가진 인터뷰에서 자신의 원점이 '괴담'에 있다고 명확히 밝히며 "인간의 무서움과 광기를 쓰고 싶다"라고 말했습니다. 그리고 이번 단편집은 그 말이 고스란히 투영된 결과물입니다. 여전히 매년 여러 권의 책을 발표하며 건재함을 과시하는 작가는, 앞으로도 현실과 비현실의 경계에서 인간을 비추는 이야기를 꾸준히 들려줄 것입니다. 모쪼록 『꿈 전달』이 독자 여러분의 기억 속에 오래 머물며, 문득 일상의 공기가 낯설게 변하는 순간 책의 한 장면이 떠올라 서늘하면서도 매혹적인 잔향을 안겨 주기를 바랍니다.

2025년 가을
이연승

꿈 전달

1판 1쇄 인쇄 2025년 11월 5일
1판 1쇄 발행 2025년 11월 14일

지은이 우사미 마코토 **옮긴이** 이연승
발행인 송호준 **편집장** 민현주 **총괄이사** 황인용
표지 디자인 박진범 **본문 디자인** 송재원
마케팅 소금 **제작** 송승욱 **제작처** 블루엔
발행처 블루홀식스 **출판등록** 2016년 4월 5일 제 2016-000100호
주소 경기도 파주시 회동길 483-1 **전화** 031-955-9777 **팩스** 031-955-9779
이메일 bluebolesix@naver.com

ISBN 979-11-93149-61-4 03830